전염병 일지

전염병 일지

A Journal of the Plague Year

대니얼 디포 지음 서정은 옮김

A JOURNAL OF THE PLAGUE YEAR
by DANIEL DEFOE (1722)

이 책은 실로 꿰매어 제본하는 정통적인 사철 방식으로 만들어졌습니다.
사철 방식으로 제본된 책은 오랫동안 보관해도 손상되지 않습니다.

전염병 일지

7

이웃들과 일상적인 이야기를 나누다가 네덜란드에 페스트가 다시 돈다는 이야기를 들은 것은 1664년 9월 초순이었다. 1663년에 네덜란드, 특히 암스테르담과 로테르담 지역에서 페스트가 무서운 기세로 퍼진 전례가 있었다. 혹자는 이탈리아에서 온 것이라고 하고, 다른 사람들은 튀르키예 상선에 실린 물품들에 묻어 레반트에서 들어온 것이라고 했으며, 또 어떤 사람들은 칸디아[1]에서, 또 다른 사람들은 키프로스섬에서 온 것이라고도 했다. 어디에서 시작되었든 간에 네덜란드에 페스트가 다시 돌고 있다는 사실에는 모두가 동의했다.

그 시절 우리에게는 사실과 풍문을 전하고 사람들의 개입으로 이를 윤색하는, 이후 보게 될 신문 같은 것이 없었다. 이런 소식은 외국과 교신을 하는 상인이나 다른 사람들의 편지를 통해 입수되어 입에서 입으로만 전해졌다. 따라서 오늘날

---

1 Candia. 크레타섬의 옛 이름. 이하 〈원주〉라고 표시하지 않은 모든 주는 옮긴이의 주이다.

처럼 순식간에 나라 전체로 퍼지지는 않았다. 그러나 정부는 사실을 알고 있었던 것 같고, 페스트가 영국으로 퍼지는 것을 막을 방법을 찾기 위해 회의도 몇 차례 열었던 것 같다. 그러나 모든 일이 극비로 진행되었다. 따라서 소문은 곧 수그러들었고, 사람들은 신경 쓸 필요 없는 일이라며, 또 사실이 아니기를 바라면서, 1664년 11월 말 또는 12월 초, 프랑스인으로 알려진 두 남자가 드루리 레인 북단 인근의 롱 에이커 거리에서 페스트로 사망할 때까지 그 소문을 잊었다. 그들이 살던 집 가족은 가능한 한 그 사실을 숨기려고 했다. 그러나 결국 이웃에 소문이 났고, 국무상들도 그 사실을 알게 되었다. 조사해 진실을 분명히 밝히기 위해 2명의 내과의와 1명의 외과의가 그 집을 방문해 검사할 것을 지시받았다. 의사들은 지시를 이행했고, 두 구의 사체에서 명백한 전염병의 흔적을 발견했으며, 두 남성이 페스트로 죽었다는 그들의 소견을 공표했다. 그에 따라 사인이 교구의 관리에게 전해졌고, 관리는 다시 교구청에 의사들의 소견을 전달했다. 그리고 늘 그렇듯이 그 주 사망 주보에 그 사실이 공표되었다.

페스트 사망 2
감염 교구 1

그 소식에 사람들은 크게 동요했고, 1664년 12월의 마지막 주에 같은 집에서 또 한 남자가 동일한 전염병으로 사망하자 교구 전체가 술렁이기 시작했다. 그 후 6주간은 잠잠했다. 전염병 증상으로 죽은 사람이 없었기 때문이다. 사람들은 전염병이 끝났다고 말했다. 그러나 그 후, 2월 12일경이라고 생각되는데, 같은 교구의 다른 집에서 또 한 사람이 동일한 증상으로 사망했다.

이 때문에 사람들의 이목이 시의 그쪽 경계에 집중되었다. 사망 주보는 세인트자일스 교구의 매장이 평소보다 증가했음을 보여 주었다. 그 지역 사람들은 가능한 한 그 사실을 대중에게 숨기려고 했지만, 사람들은 페스트가 시내의 그쪽 경계 지역에 돌고 있으며, 상당수가 전염병으로 사망했다고 의심하기 시작했다. 사람들은 전염병에 대한 두려움에 사로잡혀 반드시 처리해야 하는 긴급한 용무가 아니라면 드루리 레인 혹은 감염이 의심되는 다른 거리에 가려고 하지 않았다.

사망자 수의 증가는 뚜렷했다. 세인트자일스 교구와 세인트앤드루스 홀본 교구의 일반적인 주간 매장 수는 12~17건 내지 19건 전후였다. 그러나 세인트자일스 교구에서 처음 페스트가 시작된 후 일반 사망으로 기록된 매장 수가 눈에 띄게 늘었다. 이를테면 다음과 같았다.

12월 27일~1월 3일	세인트자일스	16
	세인트앤드루스	17
1월 3일~1월 10일	세인트자일스	12
	세인트앤드루스	25

| 1월 10일~1월 17일 | 세인트자일스 18 |
| | 세인트앤드루스 18 |

| 1월 17일~1월 24일 | 세인트자일스 23 |
| | 세인트앤드루스 16 |

| 1월 24일~1월 31일 | 세인트자일스 24 |
| | 세인트앤드루스 15 |

| 1월 31일~2월 7일 | 세인트자일스 21 |
| | 세인트앤드루스 23 |

| 2월 7일~2월 14일 | 세인트자일스 24 |
| | 이 중 1명 페스트 사망 |

　홀본 교구의 한쪽에 접한 세인트브라이드 교구와 다른 쪽에 접한 세인트제임스 클라큰웰 교구에서도 비슷한 사망자 증가가 관찰되었다. 두 교구의 평소 주간 사망자 수는 4~6명 내지 8명인데, 이 시기에는 다음과 같이 증가한 것이다.

| 12월 20일~12월 27일 | 세인트브라이드 0 |
| | 세인트제임스 8 |

| 12월 27일~1월 3일 | 세인트브라이드 6 |

세인트제임스 9

1월 3일~1월 10일   세인트브라이드 11

세인트제임스 7

1월 10일~1월 17일   세인트브라이드 12

세인트제임스 9

1월 17일~1월 24일   세인트브라이드 9

세인트제임스 15

1월 24일~1월 31일   세인트브라이드 8

세인트제임스 12

1월 31일~2월 7일   세인트브라이드 13

세인트제임스 5

2월 7일~2월 14일   세인트브라이드 12

세인트제임스 6

평소에는 사망자 수가 상당히 적은 시기임에도 불구하고 이 교구들 외에도 해당 시기 동안 주간 사망자 수가 대체로 크게 늘었으므로 사람들은 무척 동요했다.

평소 한 주간 사망 주보에 기록되는 매장은 240~300건

사이였다. 300건도 상당히 많은 수로 생각되었다. 그러나 이 후로도 매장 수는 다음과 같이 계속해서 늘었다.

12월 20일~12월 27일	사망 291
12월 27일~1월 3일	사망 349, 58명 증가
1월 3일~1월 10일	사망 394, 45명 증가
1월 10일~1월 17일	사망 415, 21명 증가
1월 17일~1월 24일	사망 474, 59명 증가

　마지막 주의 수는 1656년 페스트 창궐 이래 기록된 주간 사망자 수 중 가장 높았으므로, 특히 더 경각심을 불러일으켰다.

　그러나 이 모든 동요는 다시 한번 가라앉았다. 날씨가 추워졌고, 12월에 내리기 시작한 서리가 거의 2월 말까지 사납게 계속되었으며, 강하지는 않았지만 찬바람까지 가세하여 사망자 수가 다시 감소하고 도시는 건강을 회복했으며, 모두 위험이 지나간 것 같다고 생각하기 시작했다. 세인트자일스 교구만 계속 높은 사망자 수를 보이고 있었다. 특히 4월 초부터 세인트자일스 교구에서 30명이 매장된 4월 18일에서 25일 주 전까지 매주 매장이 25건이었다. 30명이 매장된 주의 사망자 2명은 페스트, 8명은 반점열(斑點熱)로 죽었지만, 반점열은 페스트일 것으로 생각되었다. 반점열로 인한 사망자 총수 역시 그 전주는 8명, 해당 주는 12명으로 증가하고 있었다.

이 때문에 사람들은 모두 다시 불안해하기 시작했다. 계절이 바뀌어 날씨가 점점 더워지고 여름이 코앞으로 다가왔기 때문에 사람들은 두려움에 떨었다. 그러나 그다음 주에는 희망이 보이는 듯했다. 매장 수가 줄어 총 사망자가 388명에 불과했으며, 페스트 사망자는 없고 반점열로 인한 사망만 4건이었기 때문이다.

그러나 그다음 주에 페스트는 다시 돌아왔다. 전염병은 세인트앤드루스 홀본과 세인트클레먼트 데인스 등 다른 두세 교구로 퍼졌고, 시내 사람들에게는 재앙이라 하겠는데, 성내의 세인트메리 울 처치 교구, 그러니까 증권 거래소 근처 베어바인더 레인에서 1명이 페스트로 사망했다. 시 전체에서는 9명이 페스트로, 6명이 반점열로 사망했다. 그러나 조사 결과, 베어바인더 레인에서 죽은 프랑스 남자는 롱 에이커의 감염된 집들 근처에 살다가 본인이 이미 감염된 줄 모르고 전염병을 피해 이사를 온 것으로 밝혀졌다.

이때가 5월 초였는데, 날씨는 아직 온화했고 변화가 잦았으며 충분히 선선했다. 사람들은 여전히 희망을 품고 있었다. 시내가 건재하다는 사실이 고무적이었다. 전체 97개 교구에서 54명의 사망자만 나왔기 때문이다. 우리는 페스트가 대체로 시 경계 지역 일부 사람들 사이에 돌고 있을 뿐 더 확산되지는 않을 것이라는 희망을 품기 시작했다. 게다가 5월 9일에서 16일까지의 주에는 페스트 사망자가 3명에 불과했는데, 그중 시내 전체 혹은 리버티 거주자는 한 사람도 없었다. 세인트앤드루스 교구의 매장은 15건으로 현저히 낮았다. 세인트자일스 교구의 매장은 32건이었지만, 그중 페스트 사망은 1명에 불과하여 사람들은 안도하기 시작했다. 전체 사망자 수 역시 대단히 적었다. 그 전주의 전체 사망자 수는 347명에 불과했고, 언급된 주의 사망자 수는 343명뿐이었다. 이런 희망은 며칠 더 계속되었다. 그러나 며칠에 불과했다. 사람들은 더 이상 속지 않았다. 사람들은 집들을 수색했고, 그 결과 페스트가 사방으로 퍼졌을 뿐만 아니라 매일 많은 사람이 죽고 있다는 사실을 발견했다. 상황을 대수롭지 않게 포장하려던 시도는 끝났다. 페스트 창궐은 더 이상 숨길 수 없는 일이 되었다. 숨기기는커녕 희망의 여지 없이 전염병이 퍼져서 세인트자일스 교구의 몇몇 거리에 병이 돌고 있으며, 가족이 모두 병에 걸린 집도 여럿 있다는 사실이 곧 드러났다. 자연히 다음 주 사망 주보에서 페스트 창궐은 그 모습을 드러냈다. 페스트로 인한 사망은 14명만 기록되어 있었지만, 그것은 조작된 수였다. 세인트자일스 교구에서 총 40명이 사망했는데, 사인이 다른 병으로 기록되어 있었지만 대부분 페스트로 인한 사망이 분명했다. 전체 사망자 수의 증가는 32명을 넘지 않았고, 주보에 기록된 총 사망자 수도 385명에 불과했지만, 14명의 페스트 사망과 14명의 반점열 사망이 있었으므로 사람들은 그 주에 50명은 페스트로 죽은 것이 틀림없다고 생각했다.

5월 23일에서 30일까지의 다음 주 사망 주보에서 페스트로 인한 사망자 수는 17명이었다. 그러나 세인트자일스 교구의 매장은 53건이라는 경악할 숫자였다! 주보에는 페스트 사망이 9명이라고 적혀 있었지만, 치안 판사와 시장의 명령에 따라 엄밀히 다시 조사한 결과, 해당 교구에서 20명 이상이 페스트로 사망했지만 반점열 혹은 다른 병으로 기록되었고, 은폐된 다른 경우들도 있었음이 밝혀졌다.

그러나 곧이어 벌어진 상황에 비하면 그 정도는 사소한 일이었다. 바야흐로 날씨가 더워지기 시작했고, 6월의 첫 주부터 페스트는 무서운 속도로 퍼지기 시작했다. 사망 주보의 숫자는 치솟았고, 열병, 반점열, 치아열 명목의 사망자 수가 크게 늘기 시작했다. 병을 속일 수 있는 사람들은 이웃들이 그들을 피하고 대화도 하지 않는 상황을 막으려고, 또 정부가 그들의 집을 봉쇄하는 상황을 모면하려고 누구나 거짓말을 했기 때문이다. 봉쇄는 아직 실행되지 않았지만 가능성이 있었고, 사람들은 그 생각만으로도 완전히 겁을 먹었다.

6월의 둘째 주, 여전히 전염병의 암운이 무겁게 내려앉은 세인트자일스의 사망자 수는 120명이었다. 사망 주보에는 68명이 페스트로 죽었다고 발표되었지만, 언급된 교구의 평소 사망자 수를 고려할 때 적어도 100명은 페스트로 죽었다고 모두가 말했다.

그 주까지 시내는 계속 건재했다. 전체 97개 교구 중 앞에서 언급한 프랑스인 1명을 제외하고 페스트로 죽은 사람은 더 이상 없었다. 그 후 시내에서 총 4명의 페스트 사망자가 나왔다. 1명은 우드 거리, 1명은 펜처치 거리, 그리고 2명은 크루키드 레인에서 나왔다. 템스강의 그쪽 지역에서는 아직 페스트 사망자가 한 사람도 나오지 않았기 때문에 서더크는 전적으로 안전했다.

나는 올드게이트 밖, 올드게이트 교회와 화이트채플 관문 중간쯤에 있는 거리 왼편 혹은 북쪽에 살고 있었는데, 전염병이 아직 그곳까지 퍼지지 않았으므로 내 이웃들은 상당히 평온한 상태를 유지하고 있었다. 그러나 도시의 반대쪽 끝 지역은 크게 동요하고 있었다. 부유한 사람들, 특히 귀족과 상류층 사람들이 가족과 하인들을 데리고 도시의 서쪽에서 난리 통에나 볼 수 있는 모습으로 무리 지어 시내를 빠져나갔다. 화이트채플, 그러니까 내가 사는 브로드 거리에서는 그 모습을 특히 더 잘 볼 수 있었다. 가방과 여자, 하인, 아이들을 태운 짐마차와 수레, 형편이 좀 더 나은 사람들을 태운 마차와 그들의 시중을 드는 마부 등이 모두 허둥지둥 런던을 떠나는 모습 외에는 아무것도 볼 수 없었다. 그러고 나면 사람들을 더 태워 가려고 돌아오거나 돌려보낸 것이 분명한 빈 짐마차와 수레, 하인들이 모는 빈 말들이 보였다. 그 외에도 무수히 많은 사람들이 몇몇은 혼자서, 몇몇은 하인을 동반한 채 대부분 짐을 잔뜩 싣고 누구나 한눈에 알아볼 수 있는 여행자 차림으로 말을 타고 런던을 떠났다.

두렵고 우울한 풍경이었다. 그러나 아침부터 저녁까지 그 행렬을 볼 수밖에 없었다. 한순간도 다른 볼 것이 없었으니까. 그 모습을 보고 있으니 도시를 덮칠 무서운 재앙에 대해, 그리고 시내에 남겨진 사람들이 겪을 불행한 상황에 대해 대단히 진지하게 생각하지 않을 수 없었다.

사람들이 서둘러 도시를 빠져나가는 모습이 몇 주 동안 이어졌고, 시장 집무실 방문은 대단히 어려운 일이 되었다. 여행 시 필요한 건강 증명서와 출입 허가서를 받으려고 사람들이 엄청나게 몰려들었던 것이다. 이런 서류 없이는 이동 중 마을들을 지나갈 수도, 여관에서 묵을 수도 없었기 때문이다. 이때까지는 시내에 페스트로 인한 사망자가 없었으므로, 시장은 시내 97개 교구에 사는 모든 사람들, 그리고 한동안은 리버티 지역 거주자들에게도 쉽게 허가증을 발급해 주었다.

이런 소란은 몇 주, 그러니까 5월과 6월, 그리고 그 이후에도 계속되었다. 통행을 막기 위해 도로에 울타리나 장벽을 설치할 거라는 소문, 런던 사람들이 병을 옮길까 걱정된 도로변 마을들이 런던 사람의 통행을 허락하지 않을 것이라는 소문이 돌았기 때문이다. 이런 소문들은, 특히 처음에는 아무 근거 없는 추측일 뿐이었다.

나도 내 상황에 대해, 나는 어떻게 처신할 것인가에 대해, 그러니까 런던에 남을 것인지 아니면 다수의 주위 사람들처럼 문을 잠그고 피난을 떠날 것인지에 대해 진지하게 고민하기 시작했다. 내가 이 고민의 과정을 특히 자세히 적는 것은 후대 사람들이 같은 시련에 직면해 비슷한 종류의 결정을 내려야 할 상황에서 도움이 될지 모른다고 생각하기 때문이다. 그러므로 후대 사람들이 이 글을 내 행동의 기록으로 보기보다는 자신들의 행동을 위한 지침으로 읽기를 희망하는 바이다. 나에게 무슨 일이 있었는지는 그들에게 하등 중요하지 않을 터이니 말이다.

나에게는 두 가지 중요한 고려 사항이 있었다. 하나는 사업과 가게의 운영이었다. 사업의 규모는 작지 않았고, 내 전재산이 투자되었다. 다른 하나는 전 도시를 덮칠 것이 분명한 큰 재난 앞에서 목숨을 부지하는 일이었다. 재난이 얼마나 크든 간에 나와 다른 사람들의 두려움은 그 재난보다 훨씬 더 컸다.

첫 번째 사항은 나에게 아주 중요한 문제였다. 나는 마구상(馬具商)인데 점포 판매나 소매 판매보다는 아메리카 대륙내 영국 식민지와 교역하는 무역상과의 거래가 사업의 주를 이루었고, 따라서 내 사업은 상당 부분 그 무역상들의 손에 달려 있었다. 결혼은 하지 않았다. 하지만 사업을 위해 고용한 하인 식솔들이 있었고, 집과 가게, 물품으로 가득한 창고가 있었다. 그러니까 피난을 간다는 것은, 관리인이나 믿고 맡길 사람도 없이 이 모든 것을 두고 간다는 것은, 사업뿐 아니라 물건을 비롯해 사실상 이 세상에서 내가 가진 전 재산을 잃을 위험을 감수해야 함을 의미했다.

당시 나에게는 몇 년 전 포르투갈에서 돌아와 런던에 살고있던 형이 있었다. 형에게 상의하자 형은 세 단어로 대답했다. 전혀 다른 상황에서 나온 조언, 즉 〈네 목숨이나 건져〉[2]라는 말이었다. 간단히 말해 가족을 데리고 피난을 가기로 한형은 나도 런던을 떠나야 한다고 주장했다. 아마 외국에서

---

2 「마태오의 복음서」 27장 40절 〈성전을 헐고 사흘이면 다시 짓는다던 자야, 네 목숨이나 건져라. 네가 정말 하느님의 아들이거든, 어서 십자가에서 내려와 보아라〉에서 인용한 구절. 행인이 십자가에 달린 예수를 보고 신의 아들이라면 다른 사람을 구원하기 전에 자신을 구원하라고 조롱하는 말이다.

들은 모양인데, 페스트에 대한 최고의 대처는 도망가는 것이라고 했다. 사업과 물품, 채무 관계 등에서 발생할 손실을 이야기하자, 형은 내가 남기로 한 바로 그 이유를 들어 단호히 반박했다. 하느님께 안전과 건강을 맡기겠다는 생각이야말로 사업과 물품을 잃을 수도 있다는 걱정과 모순되는 것이 아니냐, 눈앞에 닥친 위험에도 하느님께 목숨을 의탁해 남을 작정이라면 사업상 손해를 볼 위험이나 가능성에 대해서도 하느님을 믿고 의탁하는 것이 합리적이지 않겠느냐고 논박하면서.

갈 곳이 없어서 어려움을 겪는다고 말할 수는 없었다. 우리 가족이 원래 살았던 노샘프턴셔에 친구와 친척이 여럿 있었고, 특히 언제든 기꺼이 나를 반갑게 맞아 줄 하나뿐인 누이가 링컨셔에 살고 있었기 때문이다.

이미 아내와 두 아이를 베드퍼드셔로 보내고 뒤따라갈 예정이었던 형은 내게도 떠날 것을 간곡히 권했다. 한번은 형의 권유대로 할 참이었는데, 말을 구할 수가 없었다. 사람들이 모두 런던을 떠난 것은 아니었지만, 말들은 다 런던 밖으로 갔다고 해도 과언이 아니었다. 몇 주 동안 도시 어디에서도 말을 사거나 빌릴 수 없었기 때문이다. 한번은 하인 하나와 걸어서 떠나겠다고 결심하기도 했다. 많은 사람들이 생각한 것처럼 나도 여관에 묵지 않고 군인용 텐트를 가지고 가서 야영할 작정이었다. 날씨는 상당히 따뜻했고 감기에 걸릴 염려는 없었다. 많은 사람들이 그런 생각을 했다고 말했는데 몇몇 사람들, 특히 전쟁에 참전한 지 얼마 되지 않은 이들이 실제로 그 방법을 쓰기도 했다. 이 방법 이야기가 나왔으니 말인데, 대다수가 그런 식으로 여행을 했더라면 페스트가 그렇게 많은 지역과 마을, 집에 퍼져 그토록 큰 피해를 남기지도 않았을 것이고, 수많은 사람의 목숨을 앗아 가지도 않았을 것이라는 의견을 밝혀야 되겠다.

그러나 이번에는 데려가려 했던 하인이 나를 배신했다. 병이 확산되는 것에 겁을 먹은 나머지, 내가 언제 떠날지 모른다고 생각한 하인이 다른 방법으로 떠나 버린 것이다. 그래서 이번에도 출발이 미루어졌다. 이런저런 식으로, 뭔가 사고가 생기거나 아니면 다른 이유로 출발 계획이 계속 취소되거나 미뤄지곤 했다. 그리고 이 때문에 이런 실망스러운 상황이 신의 뜻일지도 모른다는, 평소라면 쓸데없는 여담이 될 수도 있을 다음 이야기를 하게 되었다.

이 이야기를 하는 또 다른 이유는 비슷한 상황에 놓인 누군가, 특히 양심을 따르는 것을 의무로 삼는 사람, 양심이 시키는 대로 행동하고자 하는 사람에게 이 이야기가 내가 줄 수 있는 최선의 조언이 될 것이라고 생각하기 때문이다. 즉 이런 시기에 발생하는 특별한 계시들을 눈여겨보고, 그 계시들이 서로에 대해 말하는 바, 그리고 전체의 계시가 직면한 질문에 대해 말하는 바를 복합적으로 숙고해야 한다는 조언 말이다. 그래야만 그러한 상황에서 그런 계시들을 그가 반드시 따라야 할 의무, 즉 전염병이 퍼질 때 살던 곳에 남을지 아니면 떠날지에 대한 신의 전언으로 안전하게 해석할 수 있을 것이다.

어느 날 아침, 바로 그 문제를 숙고하고 있을 때, 신성한 힘의 인도와 계획 없이 일어나는 일은 없으므로 출발이 이렇게 지연되는 데에는 틀림없이 뭔가 특별한 이유가 있을 것이라는 생각이 강하게 들었다. 그리고 이 사고들이 떠나지 말라는 하늘의 뜻을 분명하게 지시하거나 알려 주는 것이 아닐까 생각하지 않을 수 없었다. 곧이어 남는 것이 진정 주님의 뜻이라면 나를 둘러쌀 죽음과 위험 속에서도 주님이 필시 내 목숨을 보호해 주실 것이라는 생각과, 틀림없이 주님의 계시라고 생각되는 이 신호들에 반하여 집을 떠남으로써 목숨을 부지하려는 것은 주님을 피해 도망치는 바와 다름이 없으며, 주님이 마땅하다고 생각되는 때와 장소에서 주의 정의가 나를 벌할 것이라는 생각이 들었다.

이런 생각 때문에 떠나려던 마음이 다시 바뀌었다. 그래서 형과 다시 이 문제를 논할 때, 나는 머물 작정이며, 주님께서 정하신 자리에서 운명을 맞겠다고 말했다. 그리고 앞서 언급한 이유로 남는 것이 내게 특별히 주어진 의무인 것 같다고 덧붙였다.

신실한 기독교인임에도 불구하고 형은 내가 하늘의 계시일지 모른다고 말한 그 모든 것들을 비웃으며, 나처럼 쓸데없이 고집 센 사람들에 대한 이야기를 몇 가지 들려주었다. 그리고 내가 페스트나 다른 병으로 움직일 수 없다면, 그래서 떠날 수 없게 되었다면 하늘의 뜻으로 받아들이고 순응해야 한다고 했다. 또한 나의 창조주이자 내 운명의 주인으로서 불가침의 권리를 가진 그분의 결정을 따라야만 한다고,

그리고 그런 경우라면 무엇이 신의 섭리에 따른 명이고 무엇이 아닌지를 결정하는 것이 어렵지 않다고 말했다. 그러나 단지 타고 갈 말을 구할 수 없거나 시중들 하인이 도망갔기 때문에 도시를 떠날 수 없다면서 그것을 신의 계시로 해석하는 것은 말도 되지 않는다고 주장했다. 게다가 건강하고 사지가 멀쩡하며 다른 하인들도 있으므로, 하루 이틀쯤 쉽게 도보로 여행할 수 있고, 건강에 아무 문제가 없다는 확실한 증명서를 들고 있으니 말을 빌리거나, 필요하면 역에서 대여하는 말을 이용해도 되지 않느냐고 말했다.

그리고 나서 형은 자신이 가본(앞서 이미 언급한 것처럼 형은 상인이며 몇 년 전 영국으로 돌아왔고, 마지막에 있었던 곳은 리스본이었다) 아시아와 다른 지역들에서 튀르키예인과 이슬람교도들의 믿음이 어떤 터무니없는 결과를 불러왔는지 이야기해 주었다. 그들은 예정설을 내세우며 모든 사람의 운명은 정해져 있고 태어나기 전에 바꿀 수 없이 결정된 것이라 믿으면서, 거리낌 없이 감염된 지역을 방문해 감염된 사람들과 이야기를 나눔으로써 한 주에 10,000명 혹은 15,000명이나 되는 사람이 죽었다는 것이었다. 그러나 유럽인들, 기독교를 믿는 상인들은 그런 일을 삼가며 그 지역들을 멀리해 대체로 감염을 피했다고 했다.

이 이야기로 형은 다시 한번 내 결심을 바꿔 놓았고, 나는 떠나기로 마음을 고쳐먹은 후 모든 것을 준비했다. 주변의 감염자 수는 빠르게 늘었고, 주간 사망자 수는 700명에 달했으며, 형은 이제 더는 기다릴 수 없다고 말했다. 형에게 하루만 더 생각할 시간을 달라고 부탁했다. 그러면 결정을 내리겠다고. 이미 사업이며 내 개인 일을 누구에게 맡길 것인지에 대해 할 수 있는 조치는 다 취해 두었으므로 결정만 내리면 되었다.

그날 밤 결정을 내리지 못하고, 어찌해야 할지 막막한 상태로 대단히 무거운 마음으로 귀가했다. 이 문제를 숙고하기 위해 그날 저녁은 온전히 비워 두었다. 해가 지면 외출하지 않는 것이 일반적 관습이었으므로 길에는 나밖에 없었다. 그 이유는 천천히 이야기할 것이다.

그날 밤 집으로 가면서, 나는 우선 내 의무가 무엇인지를 결정하려고 노력했다. 시골로 가야 한다고 형이 나를 설득하며 말한 이유를 생각해 보고, 그에 맞서 남아야 할 것 같은 내면의 강한 느낌을 떠올려 보았다. 내 생업의 특수한 조건에서 비롯된 분명한 이유, 그리고 내 재산, 즉 집과 가게의 보전에 대한 책임, 또 어떻게 행동해야 할지를 알려 주는 것 같은, 하늘의 계시라고 생각되는 사건들. 그러자 남아 있으라는 명령 같은 계시를 받았으니, 명을 따르면 보호를 받을 것이라는 약속도 그 계시에 포함된 것으로 여겨야 마땅하다는 생각이 들었다.

이 생각이 머릿속에서 떠나지 않았다. 그리고 그 어느 때보다 더 남아야겠다는 생각이 들었다. 틀림없이 보호를 받을 것이라는 남모를 확신이 그 생각을 뒷받침했다. 이에 더해 평소보다 더 진지하게 이 문제를 고민하던 중 나는 〈어찌할지 모르겠나이다, 주여 저를 인도하소서!〉 등의 말을 외치며 앞에 놓인 성경책을 펼쳤는데, 넘기다 멈춘 곳이 「시편」 91편이었다. 2절에 눈이 간 나는 7절까지를 읽고 그다음 10절도 읽었는데, 그 내용은 다음과 같다. 〈야훼께서 네 피난처시요 네 요새이시며 네가 의지하는 너의 하느님이라고 말하여라. 그분이 너를 사냥하는 자의 덫과 죽을병에서 건져 주시어 당신의 날개로 덮어 주시고 그 깃 아래 숨겨 주시리라. 그의 진실하심이 너의 갑옷이 되고 방패가 되신다. 밤에 덮치는 무서운 손, 낮에 날아드는 화살을 두려워 마라. 밤중에 퍼지는 염병도 한낮에 쏘다니는 재앙도 두려워 마라. 네 왼쪽에서 천 명이 쓰러지고 네 오른쪽에서 만 명이 쓰러져도 너는 조금도 다치지 아니하리라. 오직 눈을 뜨고 보기만 하여라. 악인의 죗값을 네가 보리라. 야훼를 너의 피난처라 하고 지극히 높으신 분을 너의 요새로 삼았으니 어떤 불행도 너를 덮치지 못하리라. 어떤 재앙도 네 집을 가까이 못 하리라.〉

그 순간 나는 도시에 남기로 했으며 나 자신을 온전히 전능하신 주의 선의와 보호에 맡기리라 결심했다는 것, 무엇이든 주님 이외의 피난처를 구하지 않기로 했다는 것을 굳이 독자에게 말할 필요도 없을 것이다. 하느님께서 나의 삶을 주관하시므로, 건강할 때와 마찬가지로 전염병이 돌 때도 나를 지켜 주실 것이다. 나를 살리는 것이 하느님의 뜻이 아니라 하더라도, 나는 여전히 주님의 주관 아래 있으며 하느님께서 옳다고 생각하시는 대로 나를 처분하는 것이 마땅하다.

이렇게 결심하고 나는 침대로 갔다. 다음 날 집을 비롯해 여러 일을 맡기려고 했던 여인이 병이 나는 바람에, 나는 내 결정을 한층 더 확신하게 되었다. 게다가 그 결정을 고수할 수밖에 없는 또 다른 일도 생겼다. 그다음 날 몸 상태가 무척 좋지 않아 설사 떠날 계획이었더라도 갈 수 없게 되었기 때문이다. 그로부터 사나흘 더 앓은 나는 이로써 완전히 결심을 굳히고 형과 이별했다. 형은 서리 카운티의 도킹으로 갔다가 그곳에서 다시 더 멀리, 가족들을 위한 피난처를 준비해 둔 버킹엄셔 혹은 베드퍼드셔로 이동했다.

병에 걸리기에 매우 좋지 않은 시기였다. 누구라도 불편을 호소하면 즉시 페스트에 걸린 것으로 소문이 났기 때문이다. 전염병 증상은 전혀 없었지만, 머리와 배가 몹시 아팠으므로 정말 감염된 것은 아닌지 걱정되기도 했다. 그러나 사흘째 되는 날 상태가 호전되었고, 그날 밤 푹 자고 땀을 조금 흘린 후에는 몸이 훨씬 가뿐해졌다. 병이 낫자 혹시 페스트에 걸린 것은 아닐까 하는 불안도 사라져 평소처럼 일을 하러 나갔다.

그러나 이런 상황들로 인해 시골로 가는 문제를 생각할 수 없었고, 형마저 떠났으므로 그 문제에 대해 나 자신과도 형과도 더는 논쟁할 필요가 없었다.

7월 중순이 되었고, 도시의 다른 쪽 끝, 앞서 말한 대로 세인트자일스와 세인트앤드루스, 그리고 웨스트민스터 부근에서 창궐했던 페스트가 바야흐로 동쪽으로 이동해 내 거주 지역으로 다가오고 있었다. 물론 곧바로 우리 구역으로 온 것은 아니라는 점을 밝혀야겠다. 시내, 그러니까 성내는 여전히 대체로 건강한 상태를 유지하고 있었다. 전염병은 아직 강 건너 서더크에도 크게 퍼지지 않은 상태였다. 그 주의 총 질병 사망자는 1,268명이었고, 그중 900명이 페스트로 죽은 것으로 짐작되었다. 그러나 성내의 시내 전체에서는 28명이 사망했고, 세인트자일스와 세인트마틴스 인 더 필즈에서는 421명이 사망한 반면, 램버스 교구를 포함해 서더크 지구에서는 사망자 수가 19명에 불과했다.

그래서 우리는 인구가 많고 가난한 사람들이 밀집되어 있는, 시내보다 전염병의 먹잇감이 더 많은 외곽 교구에서 감염이 주로 진행되고 있다고 생각했다. 그러나 곧 다시 언급하겠지만, 전염병이 클라큰웰, 크리플게이트, 쇼어디치, 비숍스게이트를 지나 우리 쪽으로 오는 것을 볼 수 있었다. 쇼어디치와 비숍스게이트 교구는 올드게이트, 화이트채플, 스테프니에 맞닿아 있었는데, 병이 시작된 서쪽 교구들에서는 오히려 감염이 줄어들 때 전염병은 마침내 그 지역들에 무시무시한 기세로 퍼지기 시작했다.

7월 4일에서 11일까지 일주일 사이에, 앞서 말한 것처럼 세인트마틴스와 세인트자일스 인 더 필즈 두 교구에서만 400여 명이 죽는 동안, 올드게이트 교구에서는 3명, 화이트채플 교구에서는 4명, 스테프니 교구에서는 1명밖에 죽지 않은 것을 보는 것은 기이한 일이었다.

마찬가지로 그다음 주인 7월 11일에서 18일까지 사망자 수는 1,761명에 달했지만, 강 건너 서더크 전체에서 페스트 사망자는 16명에 지나지 않았다.

하지만 그런 상황은 곧 바뀌었다. 특히 크리플게이트와 클라큰웰에서 사망자 수가 늘기 시작해, 8월 둘째 주에 들어와서는 크리플게이트 교구에서만 886명이 매장되었고, 클라큰웰에서는 155명이 매장되었다. 첫 번째 교구의 매장 건 중 850명이 페스트로 죽은 것으로 추정되었고, 두 번째 교구의 경우 145명이 페스트로 사망했다고 사망 주보에 공표되었다.

앞서 말한 것처럼 7월에는 서쪽 지역과 비교해 내 거주 지역은 안전한 것처럼 보였기 때문에, 사업상 용무가 있을 때면 평소처럼 거리를 다녔다. 특히 별일이 없는지 봐달라고 맡기고 간 형 집에 가기 위해 보통 하루 혹은 이틀에 한 번꼴로 시내를 방문했다. 열쇠가 있었기 때문에 나는 집에 들어가 별일이 없는지 확인하기 위해 방을 두루 살펴보았다. 그런 재난의 와중에 도둑질과 강도질을 할 만큼 극악한 사람이 있을까 싶겠지만, 시내에서 온갖 종류의 악행들과 경박하고 방탕한 행동들이 어느 때 못지않게 공공연히 자행되고 있었던 것은 부인할 수 없는 사실이다. 이런저런 식으로 인구 자체가 줄었기 때문에 빈도는 낮아졌을지 모르지만 말이다.

그러나 시내, 그러니까 성내에도 전염병이 퍼지기 시작했다. 하지만 엄청난 수의 사람들이 시골로 피난을 갔고, 이전만큼 많지는 않지만 7월에도 한 달 내내 사람들이 계속 도시를 빠져나갔으므로 인구는 크게 줄어든 상태였다. 8월에는 어찌나 많은 사람이 도시를 떠났던지, 이러다가는 행정 관료들과 하인들 말고는 도시에 남는 사람이 없겠구나 싶은 생각이 들 정도였다.

시민들이 도시를 빠져나갈 때, 왕가(王家)도 일찌감치 6월에 옥스퍼드로 옮겨 가서 신의 가호로 목숨을 부지했다. 듣자 하니 전염병의 손길이 그들에게는 뻗치지 않았다는데, 그렇다고 해서 그들 중 누구라도 크게 감사나 개심(改心)의 징표를 보인 일은 결코 없었다. 어쩌면 그들의 숨길 수 없는 악덕이 무자비하게 자라, 나라 전체에 이런 무서운 심판을 불러온 것일지도 모른다는 비판에는 귀를 막은 채.

런던의 모습은 모든 건물과 시내, 리버티, 교외, 웨스트민스터, 서더크 일체를 포함해 이제 완전히 낯설게 변해 버렸다. 시내 혹은 성내라고 부르는 지역은 아직 심각한 영향을 받지 않았지만, 전체적인 분위기는 크게 달라졌다. 모두의 얼굴에 비통함과 슬픔이 어렸고, 일부 지역은 아직 전염병이 심하게 퍼지지 않았는데도 모든 사람들의 얼굴에 근심이 가득했다. 전염병이 시시각각 다가오는 것을 분명히 볼 수 있었으므로 모두가 가장 위험한 상황을 가정하며 자신과 가족들을 걱정했다. 그 모습을 보지 않은 사람들에게 당시를 있는 그대로 전할 수 있다면, 그리고 독자들에게 어디에나 만연했던 공포를 제대로 전달할 수 있다면, 그 모습은 독자들의 마음에 깊은 인상을 남기고 그들을 경악하게 할 것이다. 런던 전체가 눈물바다라고 해도 과언이 아니었다. 애도하는 사람들이 거리를 돌아다닌 것은 아니다. 누구도 검은 옷을 입거나 가장 가까운 친구를 위해 정식 상복을 갖추어 입지는 않았다. 그러나 거리에서 애도의 소리를 똑똑히 들을 수 있었다. 거리를 지날 때면 아마 그들의 가장 소중한 가족이 죽어 가고 있거나, 혹은 이제 막 죽은 집의 창문과 문에서 여인들과 아이들이 울부짖는 소리를 무척 자주 들을 수 있었는데, 세상에서 가장 무정한 심장을 가진 사람이라도 슬퍼하지 않을 수 없는 소리였다. 특히 전염병 초기에는 거의 모든 집에서 울고 탄식하는 모습을 볼 수 있었다. 전염병이 진행됨에 따라 사람들은 점점 무감해졌고, 죽음이 언제나 눈앞에 있는지라 친구들이 죽어도 다음에는 자기 차례라고 생각하며 크게 개의치 않게 되었지만.

전염병이 서쪽 지역에 주로 퍼지고 있을 때도 사업 때문에 시의 반대쪽 끝 지역을 방문하는 일이 가끔 있었다. 다른 사람들처럼 나 또한 처음 겪는 일이었기 때문에 언제나 사람들로 북적였던 거리가 인적 없이 황량한 모습이 실로 놀라웠다. 만약 런던을 잘 모르는 사람이 길을 잃기라도 했다면 도로 하나를 다 걷도록, 인도에서 봉쇄된 집들의 문 앞을 지키는 감시인을 제외하면 길을 물을 사람을 한 명도 만나지 못할 정도였다. 이 감시인에 대해서는 곧 설명하도록 하겠다.

어느 날 특별한 용무 때문에 그 지역을 방문한 나는 호기심에 평소보다 더 많은 곳을 둘러보았다. 그리고 볼일이 없는 곳까지 상당한 거리를 걸었다. 홀본까지 갔는데, 거기에는 사람들이 많았다. 그러나 사람들은 모두 양옆 인도로 걷지 않고 대로 한가운데를 걷고 있었다. 아마 집에서 나오는 사람들과 부딪치지 않으려고, 감염되었을지 모르는 집들에서 흘러나오는 냄새를 맡지 않으려고 그러는 것 같았다.

법학원(法學院)들은 모두 문을 닫았고, 템플이나 링컨 협회, 그레이즈 협회에서도 변호사들을 별로 볼 수 없었다. 모두 분쟁을 멈췄으므로 변호사를 찾을 일이 없었다. 게다가 휴가철이라서 대부분 시골에 가 있었다. 어떤 곳에서는 한 도로변의 집 전체가 폐쇄되어 있기도 했다. 거주자들은 모두 떠나고 한두 명의 감시인만이 남아 있었다.

한쪽 도로변 전체의 집이 폐쇄되었다고 했지만, 치안 판사의 명령으로 폐쇄된 것은 아니었다. 상당수가 직업상의 이유나 다른 관련성 때문에 왕가를 따라 떠났거나 전염병에 겁을 먹고 피난을 간 탓에 일부 도로의 집들이 비어 있는 것이었다. 일반적으로 시내로 간주되는 지역의 동요는 아직 그렇게 심하지 않았다. 처음에는 형언하기 어려울 정도로 소란스러웠지만, 앞서 말한 것처럼 초반에는 전염이 진행되다가 잦아들곤 했고, 그에 따라 사람들도 놀랐다가 다시 마음을 놓았으며, 이런 일이 몇 번 반복되자 그 상황에 익숙해지기 시작했다. 상황이 매우 좋지 않을 때도 전염병이 시내, 혹은 시의 동쪽이나 남쪽으로 곧바로 퍼지지 않는 것에 용기를 얻기도 했으며, 이미 말했듯 얼마간 둔감해지기도 했다. 설명한 것처럼 엄청난 수의 사람들이 도시를 빠져나갔다. 그러나 그들은 주로 도시의 서쪽 끝에 거주하는, 즉 우리가 시의 심장부로 부르는 지역의 가장 부유한 계층으로 생계 때문에 도시에 남을 이유가 없는 사람들이었다. 그 이외의 사람들은 대부분 남아서 최악의 상황을 견디고 있었다. 그래서 리버티로 불리는 지역과 교외, 서더크, 와핑, 랫클리프, 스테프니, 로더히스를 포함한 동쪽 지역에서는, 이미 말했듯 사업으로 생계를 유지하지 않는 몇몇 부유한 집들을 제외하고는 대체로 시에 남아 있었다.

　전염병이 발생했을 때, 즉 전염병이 시작될 당시에 런던 시내와 교외의 인구가 대단히 많았다는 사실을 잊어서는 안 된다. 이후에 인구가 그보다 더 늘고, 그 어느 때보다 많은 사람들이 런던에 정착하는 것을 목격하기도 했다. 그러나 전염병 발생 시기 즈음 전쟁이 끝나 군대가 해산되고, 왕가와 군주가 복권됨에 따라 사업상의 이유로 혹은 전시의 공적을 인정받거나 승진을 해 왕가를 모시거나 궁에서 일을 하기 위해 수많은 사람이 런던으로 몰려들었다는 것이 사람들의 일반적인 생각이었다. 시의 인구는 전보다 100,000명이나 늘어난 것으로 추산되었다. 아니, 몰락했던 왕당파 가문이 모두 런던으로 돌아왔기 때문에 거의 두 배까지 늘었다고 주장하는 사람들도 있었다. 퇴역한 군인들은 런던에서 사업을 시작했고, 많은 가족이 런던에 정착했으며, 왕가가 돌아오면서 그들과 함께 거드름을 피우며 새로운 유행을 따르는 수많은 사람들이 런던으로 왔다. 모두가 쾌활하고 사치스러웠으며, 왕정복고의 환희 속에 무수한 가문이 런던으로 돌아왔다.

　나는 종종 유대인들이 유월절을 축하하기 위해 모였을 때, 그리하여 평소라면 전국 각지에 퍼져 있었을 어마어마한 인파가 한곳에 모였을 때 로마군이 예루살렘을 포위해 그들을 덮친 일을 생각한다. 페스트 역시, 앞서 말한 특별한 상황들로 인해 마침 인구가 급격히 늘었을 때 런던을 습격했다. 젊고 활달한 왕족을 따라 수도로 유입된 사람들로 인해 상업,

특히 의류와 장신구 관련 상거래가 대단히 활기를 띠었으며, 그 결과 노동에 의지해 살아가는 대체로 빈곤층인 다수의 노동자와 제조업자 들이 도시로 들어왔다. 런던시장에게 제출된 빈곤층 현황에 대한 한 보고서가 잘 기억나는데, 그 보고서에 따르면 시내 혹은 시 근교에 적어도 100,000명의 리본 제조공이 거주한다고 했다. 그들 대다수는 쇼어디치, 스테프니, 화이트채플, 비숍스게이트, 즉 당시 견직(絹織) 지역으로 불렸던 스피틀필즈 주변에 살았다. 당시 스피틀필즈는 지금처럼 크지 않았고 현재 크기의 5분의 1 정도 규모였다.

이런 상황을 고려하면 도시 전체의 인구를 짐작해 볼 수 있을 것이다. 실제로 나는 종종 전염병 유행 초반에 엄청난 수의 사람들이 떠난 후에도 여전히 그렇게 많은 사람이 런던에 남아 있다는 사실에 놀라곤 했다.

그러나 이제 이 경악할 시기의 초반 이야기로 돌아가야겠다. 당시 런던에 있던 사람들의 공포심은 아직 크지 않았으나 몇 가지 기이한 사건들 때문에 놀랄 만큼 증폭되었다. 그 이상한 일들을 함께 생각하면 인구 전체가 마치 한 사람인 것처럼 일어나 집을 버리고 도시를 떠나지 않은 것이 신기할 정도였다. 마치 그곳이 지상에서 파괴되도록 저주받은, 그리고 그 땅에 있는 모든 것도 함께 사라지도록 저주받은 아겔다마[3]로 하늘이 지정한 곳이라도 한 것처럼 말이다. 그중

---

3 Akeldama. 유다가 예수 그리스도를 배신한 후 양심의 가책을 느껴 장로들과 대제사장에게 돌려준 예수의 몸값으로 밭을 사서 나그네의 묘지로 삼은 곳으로, 〈피밭field of blood〉이라는 뜻이다.

몇 가지만 이야기할 생각이지만, 실제로는 대단히 많은 기이한 일들이 있었고, 그런 일들을 더 부풀려 퍼뜨리는 주술사나 무당이 어찌나 많았던지, 다른 곳에 주술사나 무당(특히 여자들)이 남아 있기는 한 것인지 궁금할 정도였다.

우선 페스트가 돌기 전, 그다음 해 런던에서 대화재가 발발하기 얼마 전에 그랬던 것처럼 이글거리는 행성 혹은 유성이 몇 달 동안 나타났다. 노파들과, 남자들 중에서도 우울증에 걸린 염려증 환자들은, 그들 역시 노파들이라 불러도 무방할 텐데, (특히 두 번의 심판이 끝난 후에 더욱) 두 개의 유성이 도시 바로 위로 지나갔다거나 집들에 닿을 듯 가깝게 지나갔다며, 이것이 특별히 런던에 대해 뭔가를 알리는 신호탄임이 틀림없다고 주장했다. 또 전염병 전에 나타난 유성은 흐릿하고 탁하며 칙칙한 데다 움직임이 무겁고 근엄하며 느렸는데, 화재 전에 나타난 유성은 밝고 반짝였으며, 혹자에 따르면 이글거리고 움직임이 빠르며 사나웠다고 했다. 자연히 첫 번째 유성은 무거운 심판, 페스트처럼 느리지만 심각하고 두렵고 끔찍한 재앙을 알리는 것이라면, 두 번째 유성은 화재처럼 갑작스럽고 빠르며 맹렬한 일격을 예언하는 것이라고 했다. 화재 전의 유성이 빠르고 사납게 지나는 것을 보고 유성의 움직임을 직접 목도했을 뿐 아니라 멀리서이긴 하지만 돌진하는 듯한 큰 소음과 사납고 맹렬한 소리까지 들었다고 대단히 구체적으로 말하는 이들도 있었다.

나도 두 유성을 모두 보았다. 나 역시 머릿속으로 비슷한 생각을 했음을, 그래서 유성들을 하느님의 경고와 심판으로 생각했음을 고백해야겠다. 특히 첫 번째 유성이 나타난 후 페스트가 돌았는데, 그 후 또다시 비슷한 유성을 봤을 때는 하느님께서 아직 이 도시를 충분히 벌하지 않으셨다고 생각할 수밖에 없었다.

하지만 그렇다고 해서 다른 사람들처럼 행동하지는 않았다. 이런 현상의 자연적 원인에 대한 천문학자들의 설명이 있고, 유성의 움직임과 공전까지 계산할 수 있거나 계산할 수 있다고 가정되는 것을 알고 있었기 때문이다. 따라서 이런 현상을 전적으로 전염병, 전쟁, 화재 등의 전조나 예언, 심지어 원인으로 보는 것은 가당치 않은 일이다.

그러나 내 의견이나 학자들의 의견이 무엇이든 혹은 무엇이었든 간에, 이런 현상들은 평범한 사람들의 마음을 무척이나 동요시켰다. 그래서 런던을 덮칠 끔찍한 재앙과 심판에 대한 우울한 두려움을 거의 모든 사람이 공유하고 있었다. 유성의 목격이 그 주된 원인이었고 앞서 언급한, 세인트자일스에서 12월에 나온 2명의 사망자로 인한 얼마간의 경각심도 한몫을 했다.

비슷한 당대의 어리석음 때문에도 사람들의 두려움은 기이할 만큼 증가했다. 그런 시대적 어리석음 속에서, 나로서는 그 이유를 짐작하기 어렵지만 사람들은 어느 때보다 더 예언, 점성술, 꿈, 미신 따위에 중독되었다. 그런 일로 돈을 버는 사람들, 즉 예측이나 예언서 따위를 찍어 파는 사람들의 분별없는 행동 때문에 이런 불행한 풍속이 시작된 것인지는 모르겠다. 그러나 『릴리 역서(曆書)』, 『개드베리 신비 예언서』,『푸어 로빈 역서』 같은 책들은 사람들을 완전히 겁에 질리게 만들었다. 또 종교 책자로 가장한 책들, 이를테면『나의 선민아, 페스트를 피하려면 도시를 떠나라』라든가『값진 경고』,『브리튼 회고록』 등의 제목을 단 비슷비슷한 많은 책들이, 결국 도시가 멸망한다는 예언을 직접적으로 혹은 간접적으로 전하고 있었다. 자신이 도시의 각성을 위해 파견된 전령인 양 예언을 외치며 도시를 뛰어다니는 대담한 자들도 있었다. 특히 그중 한 사람은 마치 하느님이 니느웨로 보낸 요나처럼 〈40일 이내에 런던은 파멸할 것〉이라고 외치며 거리를 돌아다니기도 했는데, 사실 그가 40일이라고 했는지 4일이라고 했는지는 분명치 않다. 또 다른 이는 예루살렘이 파괴되기 얼마 전, 〈예루살렘에 화 있을진저!〉라고 외치고 다닌, 요세푸스[4]가 언급한 그 남자처럼 허리춤에 속옷 하나를 두른 채 알몸으로 밤이고 낮이고 소리를 치며 돌아다니기도 했다. 발가벗은 이 딱한 이는 〈오! 전능하신 주, 두려운 주여!〉라는 말밖에 하지 않았는데, 두려움에 가득 찬 얼굴과 목소리로 황급히 걸으며 한시도 쉬지 않고 그 말을 반복했고, 누구도 그가 멈추거나 쉬거나 음식을 먹는 것을 보지 못했다. 적어도 나는 그랬다는 이야기를 듣지 못했다. 나는 이 딱한 사람을 거리에서 몇 번 마주쳤고, 말을 걸어 보려고도 했지만 그는 나뿐만 아니라 그 누구와도 말을 하려 하지 않았고

---

4 Flavius Josephus(37?~100?). 유대의 역사가. 그의 책『유대 전쟁기 The Wars of the Jews』에 예루살렘의 멸망을 소리쳐 예언하고 다닌 남자의 이야기가 나온다.

암울한 예언만을 계속했다.

이런 일들에다, 앞에서 언급한 것처럼 세인트자일스에서 페스트로 인한 사망자가 하나둘 주보에 실리고, 그런 일이 몇 번 반복되자 사람들의 공포는 최고조에 달했다.

이런 풍조에 더해 미신을 믿는 사람들의 꿈, 그러니까 그들이 다른 사람들의 꿈을 해몽하는 것 말인데, 역시 숱한 사람을 두려움으로 몰아넣었다. 어떤 사람들은 런던에 굉장한 전염병이 퍼져 산 자가 죽은 자를 묻을 수도 없게 될 터이니 도시를 떠나라는 경고의 목소리를 들었다고 했다. 다른 사람들은 허공에서 유령을 보기도 했다. 딱하기는 하지만 이 둘 모두에 대해 나는 그들이 하지 않은 말을 들었고 나타나지 않은 것을 본 것이라고 주장할 수밖에 없다. 그러나 사람들의 상상력은 통제되지 않았고, 망상이 그들을 사로잡았다. 사실 구름을 계속 쳐다보면 형태나 인물, 모양이나 형상이 보이는 것은 자연스러운 일이다. 구름은 공기와 수증기에 불과하지만, 그들은 불타는 검을 쥔 손이 구름 속에서 나타나 도시를 향해 칼끝을 똑바로 겨누는 것을 보았다고 했다. 허공에서 관을 묻으러 가는 운구차를 보았다고도 했다. 또 매장하지 못한 시체 더미를 보는가 하면, 그 밖에도 이런저런 것들을 보았다고 했다. 어리석은 이들의 상상력은 사람들을 겁에 질리게 하고 깨어나야 할 무지로 그들을 채웠다.

마치 과대망상은
배며, 군대며, 전투를 허공에 그리지만

고요한 눈동자와 호흡은 망상을 해체하고
본래 물질인 구름으로 돌아가게 하는 것처럼.

그 사람들이 자기가 보았다며 매일 떠들어 댄 기이한 이야
기들로 이 기록을 채울 수도 있을 것이다. 모두가 자신이 본
것, 혹은 봤다고 믿는 것에 대해 너무나 확신에 차 있었으므
로 우정을 깨거나, 한편으로 무례하고 막된 사람이라고, 다
른 한편으로 불경스럽고 고집불통이라는 욕을 먹지 않고서
는 그들을 반박할 길이 없었다. 대유행 이전에(세인트자일스
에서 시작되었다고 한 시점과 별도로), 아마 3월이라고 생각
되는데, 한번은 거리에서 한 무리의 사람들을 보고 호기심을
느껴 그 틈에 끼어든 적이 있었다. 사람들은 한 여자가 분명
하게 봤다고 주장하는, 흰옷을 입고 불타는 칼을 든 채 머리
위로 그 칼을 휘두르는 천사를 보기 위해 모두 허공을 뚫어
지게 쳐다보고 있었다. 그 여자는 천사의 면면을 생생하게
묘사했고, 딱한 사람들은 순순하고 맹목적으로 그 말을 곧이
곧대로 믿었다. 「네, 모든 것이 똑똑히 보이네요.」 한 사람이
말했다. 「분명 검이 있어요.」 다른 사람도 그 모습을 보았다.
또 다른 사람은 그 얼굴을 보고 외쳤다. 「오, 얼마나 장엄한
모습인가!」 한 사람은 이 모습을 보고 다른 사람은 저 모습을
보았다. 다른 사람들처럼 나 역시 열심히, 그들처럼 순순히
그 말을 믿으려는 마음은 없었지만 허공을 보았다. 그러나
맞은편의 햇빛 때문에 한쪽이 빛나는 흰 구름 말고는 아무것
도 보이지 않았다. 그 여자는 내게 그 형상을 보여 주려고 노

력했지만, 내가 그것을 보았다고 고백하게 만들 수는 없었다. 그런 고백을 했다면 그것은 거짓말이었을 것이다. 그런데 그 여자가 내 쪽으로 고개를 돌리더니, 내 얼굴을 보고 내가 웃었다고 생각했다. 그 역시 그녀의 상상력이 그녀를 속인 것에 불과했지만. 나는 진심으로 웃지 않았고, 저 딱한 사람들이 자기들의 상상력 때문에 저렇게까지 겁에 질린 것에 대해 진지하게 생각하고 있었다. 그러나 그녀는 등을 돌리더니 나를 불경스러운 자, 조롱하는 자 등으로 부르면서 하느님의 분노가 도래했으며 끔찍한 심판이 다가오고 있으니, 나 같은 불신자는 겁에 질려 죽을 것이라고 퍼부었다.

그녀 주위의 사람들도 그녀처럼 나를 경멸하는 것 같았다. 그들을 비웃은 게 아니라고 설득하는 것은 불가능해 보였고, 그들에게 진실을 일깨워 주려다가는 몰매를 맞을 것 같았다. 그래서 나는 그 자리를 떠났고, 그 형상은 이글거리는 행성처럼 사실로 받아들여졌다.

마찬가지로 대낮에 겪은 또 다른 일도 있다. 옆으로 구호소들이 줄지어 서 있는, 페티 프랑스에서 비숍스게이트 처치야드로 이어지는 좁은 길을 지나갈 때 생긴 일이다. 비숍스게이트 처치 혹은 교구에는 묘지가 두 곳 있다. 하나는 페티프랑스라고 불리는 곳에서 교회 문 바로 옆으로 이어진 비숍스게이트 거리로 가는 길 중간에 있고, 다른 하나는 왼쪽으로 구호소들이 서 있고 오른쪽에는 목책 울타리로 만든 낮은 담이 있는, 그보다 더 오른쪽 뒤에 성벽이 있는 좁은 길에 면한 묘지다.

이 좁은 길에서 한 남자가 목책들 사이로 묘지를 보고 있었다. 행인들의 통행을 막지 않는 선에서 이 좁은 길에 들어갈 수 있는 최대한의 사람들이 그곳에 서 있었다. 그 남자는 한 번은 이쪽, 또 한 번은 저쪽을 가리키며 그곳 묘비석 위를 걷는 유령이 보인다고 확신에 찬 목소리로 군중들에게 열정적으로 말했다. 대단히 구체적으로 유령의 형체와 자세, 움직임을 묘사하며 그는 다른 모든 이들이 자기처럼 그 유령을 보지 못하는 것이 놀라울 뿐이라고 했다. 그러다가 갑자기 그는 〈저기 있어요, 이쪽으로 오는군요〉, 〈몸을 돌렸어요〉라고 소리쳤다. 마침내 사람들은 그 유령의 존재를 확신하게 되었고, 한 사람이 유령을 보았다고 생각하자, 다른 사람도 그것을 보았다고 믿었다. 그렇게 그는 매일 그 좁은 골목에서 비숍스게이트 시계가 11시를 칠 때까지 기이한 소란을 일으켰다. 시계 소리를 들으면 유령이 흠칫 놀라, 마치 불려 가듯 갑자기 사라진다면서.

나는 그 남자가 말한 순간 그쪽 주변을 유심히 살펴보았다. 그러나 아무것도 볼 수 없었다. 하지만 그 어리석은 남자는 너무 확신에 차 있어서 사람들을 적지 않게 흥분시켰고, 그들이 겁을 먹고 떨며 도망치게 만들었다. 결국 이 이야기를 아는 사람은 될 수 있으면 그 길로 다니지 않고, 밤에는 어떤 일이 있어도 절대 그 길을 가지 않게 되었다.

그 어리석은 남자는 유령이 틀림없이 무수히 많은 사람이 그 묘지에 묻히게 될 것을 암시하며 집과 땅에, 또 사람들에게 표시를 했다고 확신했고, 사람들은 그 해석을 받아들였다.

과연 많은 사람이 그 묘지에 묻히기도 했다. 그러나 분명히 밝혀 두건대 나는 그가 그런 유령을 보았다고 믿지 않으며, 최선을 다해 주변을 살폈지만 어떤 것도 보지 못했다.

이런 일들은 사람들이 얼마나 망상에 사로잡혀 있었는지를 보여 준다. 재앙이 다가오고 있다고 생각한 사람들은 최악의 전염병이 전 도시와 왕국 전체를 폐허로 만들고, 인간과 동물을 포함해 나라 전체를 파괴할 것이라며, 무서운 전염병에 대한 온갖 예측을 했다.

이에 더해 앞서도 말했지만, 점성가들은 행성들이 불길하게 충돌한다는 이야기로 상황을 악화시켰다. 충돌 중 하나는 10월, 또 다른 하나는 11월에 발생할 것이라고 했으며, 과연 그렇기도 했다. 그들은 이 충돌이 가뭄과 기근, 전염병을 예고하는 것임을 암시하며 이런 천체 현상에 대한 온갖 예측으로 사람들의 마음을 동요시켰다. 그러나 첫 두 예언은 완전히 틀린 것이었다. 가뭄은 없었고, 12월에 시작되어 연초까지 이어진 혹독한 서리가 거의 3월까지 계속되었다. 그 후 덥다기보다는 따뜻하고 상쾌한 바람이 부는 온화한 날씨가 이어졌다. 다시 말해 날씨가 좋았으며, 큰비도 몇 차례나 내렸다.

사람들에게 겁을 주는 책자의 인쇄를 막고, 그런 책자를 유포하는 이들에게 경고를 주려는 시도가 몇 번쯤 있었다. 몇 사람이 잡혀가기도 했다. 그러나 듣기로는, 잡아간 뒤 처벌을 하지 않았다고 한다. 정부도 겁을 먹어, 이렇게 말해도 무방할 텐데, 이미 제정신이 아닌 사람들을 더 자극하고 싶지 않았을 것이다.

들는 사람들에게 용기를 주기보다 오히려 겁에 질리게 만드는 설교를 한 목사들도 간과할 수 없다. 그런 목사들 다수는 틀림없이 사람들의 신앙심을 강화하고 무엇보다 회개를 촉구하기 위해 그렇게 했을 것이다. 그러나 그런 식의 연설로는 의도를 달성할 수 없었다. 적어도 그 연설이 다른 식으로 끼친 해악에 비례할 만큼의 효과는 거두지 못했다. 성경 어디를 봐도 하느님은 공포와 충격으로 우리를 움직이는 것이 아니라, 그에게 의지해 살라는 초대로 우리를 그에게로 이끄신다. 나는 목사들이 성스러운 하느님을 본받아, 그분의 예를 따라야 했다고 생각한다. 성경은 하늘에 계신 하느님의 자비, 회개한 자를 기꺼이 받아 주시고 용서하시며, 〈너희는 나에게 와서 생명을 얻으려 하지 않는다〉라고 안타까워하는 하느님의 자비에 대한 언급으로 가득하며, 그렇기에 평화의 복음, 은총의 복음이라고 불리는 것이다.

그러나 우리에게는 온통 공포를 불러일으키는 이야기로 가득한 주의 주장을 설파하는 의인들만이 있었다. 그들은 암울한 이야기밖에 하지 않았으며, 사람들을 두려움으로 하나 되게 하고 울며 떠나게 했다. 또한 무서운 예언을 해대며 모두가 절멸할 것이라는 생각으로 사람들을 공포에 떨게 만들었지만 그들이 하느님의 자비를 구하며 기도하도록, 적어도 충분히 인도하지는 않았다.

종교 문제에 대해서라면, 당시는 정말 불행한 분열의 시기였다. 수많은 종파와 분파가 있었고, 사람들은 저마다 다른 견해를 가지고 있었다. 약 4년 전, 왕정복고와 함께 영국 국교회 역시 회복되었다. 그러나 장로교와 독립 개신교, 다른 온갖 종파의 목사와 설교자 들은 각자의 모임을 구성했고 저마다의 제단을 세웠으며 따로 예배를 드렸다. 그때는 비국교도의 수가 그렇게 많지 않았고, 지금처럼 하나의 단체를 형성하고 있지도 않았다. 그래서 모인 교인의 수라고 해봐야 몇 명 되지 않았는데도 정부는 그들의 모임을 불허하고 교인들을 탄압했으며 예배를 금지했다.

그러나 전염병 덕에 적어도 한동안은 화해가 이루어졌다. 비국교도 내에서 가장 뛰어나고 존경받는 목사와 설교자 다수가 국교회 교회를 찾아갔다. 그곳의 재직 성직자들 상당수가 전염병이 두려워 교회를 버리고 도망쳤기 때문이다. 그들이 누구인지, 종교관이 무엇인지 개의치 않고, 사람들은 그들의 설교를 듣기 위해 모여들었다. 그러나 전염병이 끝나자 관용의 정신도 약해졌고, 교회들은 저마다 다시 그들의 목사를 찾거나 목사가 죽은 곳에서는 다른 이들을 데려와서 상황은 이전으로 돌아갔다.

하나의 어리석음은 언제나 또 다른 어리석음을 부르게 마련이다. 공포와 두려움은 사람들을 나약하고, 어리석고, 해로운 수많은 다른 일로 인도했는데, 이런 일을 하라고 부추기는 사악하기 그지없는 인간들은 차고 넘치도록 많았다. 그들은 자신의 운명을 알기 위해, 혹은 그들의 표현을 따르자면 운명이 그들에게 비밀을 털어놓게 하거나 수명을 점치기 위해 점쟁이나 마술사, 점성술사를 찾곤 했다. 이런 어리석음 때문에 성내는 곧 마술이니 흑마술이니, 혹은 그들이 실제로 한 행동보다 천배쯤 더 대단한 일을 한다고 떠벌이는 한 무리의 인간들로 가득 찼다. 이런 일이 대단히 공공연하게 이루어졌고, 이들을 찾는 사람들이 많았으므로 예언가, 점성술사, 수명 계산 등등의 간판이며 광고 문구가 문 앞에 붙어 있는 것을 흔히 볼 수 있었다. 이런 이들의 집임을 표시하기 위해 흔히 사용되곤 했던 베이컨 수도승의 청동 두상,[5] 혹은 마더 십턴[6]이나 멀린[7]의 두상이 그려진 간판 같은 것을 거의 모든 거리에서 볼 수 있었다.

이 악마의 예언들이 어떤 어리석고 불합리하며 터무니없는 말들로 사람들을 위로하고 만족시킨 것인지 나는 알지 못한다. 그러나 분명 수많은 사람들이 그들의 문 앞에 몰려들었고, 당시 사기꾼 마술사들이 흔히 입고 다니던 대로 벨벳 상의에 깃을 달고 검은 망토를 입은 근엄한 표정의 작자가 거리에 나타나면 사람들이 우르르 몰려들어 그를 따라가며 질문을 던져 댔다.

이것이 얼마나 터무니없는 망상이며 어떤 결과를 낳았는지는 말할 필요도 없다. 그러나 페스트 자체가 이 모든 것을 끝장내거나, 성내에서 대부분의 점쟁이를 쓸어버리기 전까지 이 망상을 치료할 길은 없어 보였다. 이들의 수법 중 하나는 가난한 사람들이 전염병이 돌겠냐고 물으면 대체로 언제

---

5 중세 학자 로저 베이컨이 발명했다고 전해지는, 말하는 청동 두상.
6 영국의 점쟁이이자 예언가. 때로 마녀로 묘사되기도 한다.
7 아서왕의 전설에 등장하는 예언자.

나 그렇다고 대답하는 것이었다. 그래야 사업을 계속할 수 있으니까. 사람들이 계속 두려움을 갖지 않으면 점쟁이들은 필요 없어질 테고, 그들의 재주 역시 쓸모없어질 것이다. 따라서 그들은 언제나 사람들에게 틀림없이 질병과 전염병, 결국 페스트를 불러오고 말 이런저런 행성의 충돌이며, 별들의 영향에 대해 떠들어 댔다. 몇몇은 확신에 차서 전염병은 이미 시작되었다고 말하기도 했는데, 물론 그것은 사실이었지만, 그런 말을 했다고 해서 그들이 페스트에 대해 아는 것은 아니었다.

공정하게 말하자면, 진지하고 통찰력 있는 목사와 설교자 대부분은 이런 유행과 그 밖의 그릇된 관행을 호되게 비난했고, 그런 행동의 어리석음과 해악을 폭로했다. 정신이 깨어 있고 판단력이 있는 사람들도 그런 행태를 경멸하고 혐오했다. 그러나 중하층 사람들과 가난한 노동자들의 마음을 바꿀 수는 없었다. 공포가 그들의 마음을 온통 사로잡은 나머지, 그들은 그런 터무니없는 일들에 아무 생각 없이 돈을 마구 낭비했다. 하인들, 특히 하녀들이 이런 사기꾼들의 주된 고객이었다. 그들은 먼저 〈전염병이 돌까요?〉라고 묻고 대개 이어서 〈맙소사, 그럼 저는 어떻게 되는 건가요? 주인님이 저를 거두실까요, 아니면 버리실까요? 마님이 시골로 가시면 저를 데리고 가실까요, 아니면 굶어 죽게 여기 두고 가실까요?〉 같은 질문을 했다. 남자 하인들의 질문도 비슷했다.

앞으로도 다시 언급할 일이 있겠지만, 실제로 가난한 하인들의 상황은 매우 암울했다. 그들 중 상당수가 일자리를 잃을 것이 분명했다. 그런 경우 그들 대부분은, 특히 사기꾼 예언자들로부터 일자리를 보전할 것이며 주인 어르신과 마님을 따라 시골로 피신할 것이라는 답을 듣고 헛된 희망을 품었던 이들은 더욱더 살길이 묘연했다. 공적 구제를 통해 엄청난 수의 이 딱한 이들을 돕지 않았다면 이런 상황에서 언제나 그렇듯 그들은 도시에서 가장 비참한 상황에 처했을 것이다.

최초의 불안 이후, 즉 페스트가 본격적으로 시작되기 전 몇 달 동안 이런 일들이 대중의 마음을 동요시켰다. 그러나 더 진중한 시 거주민 일부는 다르게 행동했다는 사실을 잊어서는 안 된다. 정부는 그들의 신앙심을 독려했고, 공식적인 기도일과 단식, 참회의 날을 지정해 사람들이 죄를 고백하고 머리 위로 드리운 무서운 심판을 피할 수 있도록 하느님의 자비를 구하도록 했다. 여러 다른 종파의 사람들이 얼마나 그런 기회를 반겼는지, 교회와 예배에 사람들이 얼마나 몰렸으면 자주 인파 때문에 그 근처에도, 아니, 가장 큰 교회들의 문 근처에도 갈 수가 없었는지 다 표현하기 어려울 정도였다. 또 매일 아침과 저녁 기도를 올리도록 몇몇 교회가 지정되었고, 다른 곳에서도 개인적으로 기도할 수 있는 날들이 있었다. 사람들은 이런 모든 자리에 여느 때와는 다른 신심으로 참석했다. 다양한 종파에 속한 일부 가족들은 가까운 친척만 참석을 허락하는 가족끼리의 사적 금식을 하기도 했다. 다시 말해 진지하고 신실한 이들은 진정 기독교인다운 태도로, 기독교인이 마땅히 해야 할 방식으로 합당한 속죄와 참회를 하고 있었다.

공공 기관 역시 이 어려운 상황에서 나름의 역할을 하려는 모습을 보였다. 당시 사치와 향락을 일삼던 궁전부터 국가적 위험에 합당한 근심을 표했고, 프랑스 궁전을 따라 시작된 후 차츰 영국에서도 널리 유행하게 된 모든 연극과 막간극 공연이 금지되었다. 여기저기에 생겨나 사람들을 타락시키던 도박장과 공공 무도장, 콘서트 홀도 폐쇄되거나 영업이 금지되었다. 가난한 평민을 홀리던 광대와 요술쟁이, 꼭두각시극 공연자, 줄타기 곡예사 등도 고객이 전혀 없자 영업을 중단했다. 사람들의 마음은 다른 일로 어지러웠으며, 평범한 사람의 얼굴 위에도 이 상황에 대한 일종의 슬픔과 두려움이 어려 있었다. 죽음이 눈앞에 있었으며, 사람들은 모두 오락이나 정신을 팔 다른 일들이 아니라 자신들의 무덤을 생각하고 있었다.

그러나 이런 환난의 시기에 올바르게 사용되었다면 은혜롭게도 사람들이 무릎을 꿇고 죄를 고백하며 자비로운 구원자에게 용서를 구하고 그의 연민을 간청함으로써 우리 런던을 두 번째 니느웨로 만들 수도 있었을 이런 유익한 상념도 생각이 어리석고 무지한 일반 대중들에게는 정반대의 결과를 가져왔다. 과거에도 짐승처럼 거칠고 생각 없이 살던 그들은 이제 두려움에 사로잡혀 극도로 어리석은 행동들을 저질렀다. 앞서 말한 것처럼 앞으로 닥칠 일을 묻기 위해, 그들을 기만해 장삿속을 채울 요량으로 공포를 부추기고 그들을 계속 두려움과 불안에 사로잡히게 만드는 마술사와 마녀, 온

갓 사기꾼을 찾아간 것이다. 각종 약과 치료제를 찾아 돌팔이 의사들과 자격 없는 거리의 약사들, 약초 파는 노파들에게 달려간 사람들의 어리석음도 이에 못지않았다. 그들은 알약이며 물약, 보호제라고 불리던 약을 잔뜩 사들이며 돈을 낭비했을 뿐 아니라, 감염에 대비해 몸을 보호하기는커녕 감염이 두려워 미리 독을 마시는 방식으로 몸을 전염병에 대비시켰다. 다른 한편에는 믿을 수 없을 만큼, 상상하기도 힘들 만큼 많은 의사들의 광고며 자격 없는 이들의 선전물이 집들 기둥과 거리 모퉁이에 나붙었는데, 이 광고들은 의학적 허풍을 늘어놓으며 치료제를 사러 오라고 사람들을 꼬드겼고, 대체로 다음과 같은 문구들로 장식되었다. 〈효능 확증 페스트 예방제. 효과 보장 감염 예방제. 최고의 공기 감염 예방 물약. 감염 시 따라야 할 건강법. 페스트 예방 알약. 최초 발견, 비교 불가 페스트 예방 물약. 만능 전염병 치료제. 독보적인 효과의 페스트 치료 물약. 모든 감염에 특효가 있는 해독제.〉 그 외에도 다 기억할 수도 없을 만큼 많은 다른 광고들이 있었는데, 그것들을 다 정리한다면 책을 한 권 엮을 수 있을 정도였다.

또 어떤 사람들은 병에 걸렸을 때 처방이나 조언을 구하기 위해 자기 방을 찾아오라는 호객 전단을 하숙집 앞에 붙여두기도 했는데, 그 전단들 역시 다음과 같은 과장된 문구들로 작성되었다.

— 저명한 고지(高地) 네덜란드 출신 의사. 네덜란드에

서 막 도착. 작년 암스테르담에 페스트가 대규모로 퍼졌을 당시 내내 그곳에 머무르며 실제로 페스트에 걸린 사람을 다수 치료함.

— 나폴리에서 막 도착한 이탈리아 귀부인. 오랜 경험을 통해 직접 발견한 특효 감염 예방 비법 전수. 지난번 나폴리에서 페스트가 발생해 하루에 20,000명이 사망했을 때 이 비법이 놀라운 효과를 보인 바 있음.

— 노(老)귀부인. 1636년 런던에 페스트가 돌았을 때 환자를 진료해 놀라운 치료 효과를 보인 바 있음. 여성만 진료. 상담 가능.

— 숙련된 의사. 긴 시간 모든 독과 감염에 대한 해독제를 연구하고 40년간 진료한 경험을 통해 주님의 은총 덕에 마침내 어떤 감염성 질환도 예방할 수 있는 비법 발견. 가난한 이는 무료 상담.

여기에 적은 것은 대표적인 예에 불과하다. 비슷한 전단을 20~30개 더 소개할 수 있으며, 그래도 다 소개하지 못한 것이 많을 것이다. 그러나 이것만으로도 당시의 분위기가 어떠했는지, 어떻게 일련의 도둑들과 사기꾼들이 가난한 사람들을 속여 돈을 후려냈을 뿐만 아니라 유해하고 치명적인 조제약으로 그들의 건강을 해쳤는지 알리기에 충분할 것이다. 어떤 이들은 수은을 썼고, 또 어떤 이들은 선전과는 완전히 다른, 그 약을 먹은 후 전염병에 걸리면 몸에 도움이 되기는커녕 해가 되는, 수은 못지않게 해로운 약을 팔았다.

가난한 사람들을 일단 끌어모은 다음, 돈을 내지 않으면 아무것도 해주지 않는 한 사기꾼 의사의 교묘한 상술을 언급하고 가야 되겠다. 그는 거리에서 나누어 준 전단에 〈가난한 이는 무료 상담〉이라는 문구를 대문자로 적은 모양이었다.

자연히 가난한 많은 사람들이 그를 찾아왔다. 그는 그들에게 일장 연설을 늘어놓고, 체질과 건강 상태를 살펴본 다음, 뻔한 조언을 이것저것 해주었다. 그러나 이 모든 설레발의 귀결은 그에게 매일 아침 일정량을 복용하기만 하면 목숨을 구할 수 있는, 설사 감염된 사람과 같은 집에 살더라도 절대 페스트에 걸리지 않게 해줄 약이 있다는 광고였다. 이 말을 들은 사람들은 그 약을 꼭 사야겠다고 생각했다. 그러나 값이 대단히 비쌌다. 아마도 반 크라운[8] 정도였다고 생각한다. 「그런데 선생님……」한 가난한 여자가 말했다. 「저는 교구 덕에 사는 구호소의 가난한 여인입니다. 전단에 가난한 사람에게 무료로 도움을 준다고 하지 않으셨나요?」「아, 선량한 여인이여.」의사는 대답했다. 「맞소. 전단에 쓴 대로요. 가난한 이들에게 무료로 상담을 하지요. 그러나 약을 무료로 주는 것은 아니라오.」「아, 선생님!」여인이 말했다. 「그러니까 가난한 이들에게 덫을 놓은 것이군요. 무료로 상담을 한다는 게, 그러니까 돈을 내고 선생의 약을 사라는 조언을 공짜로 준다는 뜻이었군요. 상점 주인들이 물건을 팔 때와 마찬가지로요.」그러더니 그 여인은 그에게 욕을 하기 시작했다. 그리고 종일 그의 집 문 앞에서 찾아온 모든 사람들에게 자신이

8 2실링 6펜스.

겪은 일을 이야기하는 통에 고객들이 돌아가는 것을 발견한 의사는 결국 여인을 계단 위로 다시 불러서 공짜로 약 한 통을 줄 수밖에 없었다. 그러나 받아 본들, 그 약 역시 아무 쓸모 없는 것이었을 터이다.

그러나 겁에 질려 온갖 종류의 사기꾼과 협잡꾼의 술수에 넘어간 사람들 이야기로 다시 돌아가도록 하자. 이런 사기꾼들이 비참한 사람들에게 막대한 돈을 뜯어낸 것은 분명한 사실이다. 매일 그들을 찾는 무리는 끝없이 늘어났고, 그들의 문 앞에는 당시의 가장 저명한 의사인 브룩스 박사, 업턴 박사, 하지스 박사, 베르윅 박사, 혹은 다른 누구의 집보다 더 많은 사람들이 몰려들었다. 들리는 말로는 그들 중 몇몇은 약을 팔아 하루에 5파운드를 벌기도 했다고 한다.

이런 예들 외에도 당시 사람들이 얼마나 동요되었는지를 보여 줄 또 다른 어리석은 행동이 있다. 앞의 경우보다 더 죄질이 나쁜 사기꾼을 따르는 자들이 있었던 것이다. 앞서 언급한 좀도둑들은 사람들을 속여 주머니를 털었을 뿐이다. 이 경우 죄는, 무슨 죄든 간에, 무엇보다 사기꾼의 사기 행각에 있지 속은 사람에게 있는 것은 아니다. 그러나 이제부터 말하는 사례에서 죄는 우선적으로 속은 사람에게 있거나 양자 모두에게 똑같이 있다고 할 수 있다. 그것은 부적이나 약물, 퇴마 용품, 액막이 등을 지니고 다니는 것이었는데, 이런 것들이 어떻게 페스트에 대비해 몸을 지킬 수 있게 해준다는 것인지 이해할 수 없는 일이다. 마치 페스트가 하느님의 벌이 아니라 악령 때문에 생긴 일인 듯, 사람들은 십자가나 황

```
A B R A C A D A B R A
  A B R A C A D A B R
    A B R A C A D A B
      A B R A C A D A
        A B R A C A D
          A B R A C A
            A B R A C
              A B R A
                A B R
                  A B
                    A
```

도 12궁, 특정 단어나 숫자, 특히 아브라카다브라를 위와 같
이 삼각형 또는 피라미드 모양으로 적고 여러 번 매듭을 지
어 묶은 종이 같은 것들이 악령을 쫓아 준다고 믿었다.

　어떤 부적은 십자가에 예수회(IHS) 표시를 넣었고, 어떤
것들은 ✿ 표시만 그려져 있기도 했다.

　국가적 감염이라는 위중한 시기에, 심각한 결과를 가져올
수 있는 상황에서 저질러진 이러한 행위들의 부덕과 아둔함
을 한탄하며 한참 시간을 보낼 수도 있을 것이다. 그러나 이
런 일들을 기록하며 나는 사실을 적고 상황을 있는 그대로
전하는 것으로 족하려 한다. 가난한 사람들이 어떻게 이런
조치들이 충분치 않다는 것을 깨달았는지, 이후 그들 중 얼
마나 많은 수가 그 끔찍한 부적과 야릇한 물건을 목에 매단
채 각 교구의 공동 매립지로 던져졌는지는 차츰 이야기하게
될 것이다.

　이 모든 사태는 전염병이 지척까지 왔다는 사실을 처음 깨

달은 후 사람들이 겁에 질려 일어난 일이었다. 그러니까 1664년 성 미가엘 축일부터, 더 구체적으로는 12월 초 세인트자일스 교구에서 두 남자가 죽은 후, 그리고 다시 또 2월에 경각심을 불러일으키는 일이 발생한 후의 상황이었던 것이다. 전염병의 전파가 분명해지자 사람들은 곧 그들을 속여 돈을 버는 사기꾼의 효과도 없는 처방에 의지하는 것이 바보짓임을 깨달았다. 하지만 스스로를 구하기 위해 혹은 두려움을 달래기 위해 달리 어떤 길을 취할지, 무엇을 해야 할지 모르는 사람들의 공포는 이제 막막함과 기행을 통해 표현되었고, 그들은 〈주여, 자비를 베푸소서, 어찌해야 하나이까?〉라고 반복해 울부짖으며 이웃의 이 집 저 집, 또 거리의 이 집 저 집 사이를 뛰어다녔다.

가난한 사람들에 대해 특히 더 연민을 가져야 할 한 가지 사실이 있다. 착잡하고 무거운 마음으로 이에 대해 말하고자 하는데, 이 글을 읽는 사람이 다 반기지는 않을 이야기일지도 모른다. 그것은 사람들의 말처럼, 죽음이 이제 단지 모든 이의 생각 속에 맴도는 게 아니라 그들의 집과 방 안에 들어와 얼굴을 빤히 보고 있는데도 가난한 사람들은 거의 아무런 도움이나 위안도 받을 수 없었다는 사실이다. 어리석음과 아둔함 탓도 있었지만, 아니, 많았지만 대부분은 정당한 공포였다. 그리고 다른 사람의 영혼에 대해 이런 말을 할 수 있다면 말이지만, 그 공포는 사람들의 마음속 가장 깊은 영혼을 흔들었다. 많은 이의 양심이 깨어났고, 많은 무정한 심장이 녹아 눈물을 흘렸으며, 긴 세월 숨겨 온 여러 범죄에 대한 참회의 고백들이 숱하게 쏟아졌다. 절망에 빠진 많은 이들이 죽어 가며 내는 신음 소리에 기독교인이라면 누구나 영혼에 상처를 입었겠지만, 누구도 감히 그들을 위로하기 위해 다가가지 못했다. 숱한 강도와 살인의 고백이 들려도 살아 있는 누구도 이를 기록하려 하지 않았다. 거리를 지나노라면 〈나는 도둑이었네〉, 〈간통을 했네〉, 〈사람을 죽였네〉 등등을 외치며 예수의 이름으로 주님의 자비를 구하는 소리를 들을 수도 있었다. 그러나 누구도 감히 조금이라도 알아보려 하거나 영육의 고통 속에서 비명을 지르는 가엾은 이들을 위로하기 위해 가던 길을 멈추지 않았다. 처음에는, 그리고 한동안은 몇몇 목사들이 아픈 사람들을 방문했다. 그러나 계속할 수는 없었다. 어떤 집을 방문하는 것이 죽음을 대면하는 일이 될 수도 있었기 때문이다. 도시에서 가장 대담한 이들인 시체 매장인들도 일가족이 몰살한 집이나, 상황이 특히 더 처참한 몇몇 집에서는 겁에 질려 감히 집 안에 들어갈 엄두를 내지 못했다. 그러나 이는 물론 병이 처음 퍼지기 시작할 무렵의 일이다.

시간이 지나자 사람들은 이 모든 것에 둔감해졌고, 나중에 말하겠지만, 이후에는 어디든 거리낌 없이 다니기 시작했다.

앞서 말했듯 나는 이제 전염병이 본격적으로 시작되었다고 생각했다. 치안 판사들은 시민들의 상황을 진지하게 고려하기 시작했다. 감염 가구와 거주민 관리를 위해 그들이 취한 조치에 대해서는 별도로 설명할 것이다. 그러나 돌팔이 의사며 사기꾼, 마술사, 점쟁이를 쫓아다니는 사람들의 광기에 가까운 어리석음을 앞서 언급했으니 건강 관련 문제는 여기서 이야기하는 것이 타당할 듯하다. 매우 명석하고 신심이 깊은 시장은 가난한 이들, 즉 전염병에 걸린 가난한 이들의 구제를 위해 내과의와 외과의를 지명했다. 특히 의사회로 하여금 가난한 이들이 적은 돈으로 구할 수 있는 전염병의 각종 증상에 대한 치료법을 출간하게 했다. 이는 당시 취할 수 있는 가장 자비롭고 현명한 조치 중 하나였다. 이 조치 덕에 사람들이 전단을 뿌려 대는 이들의 문 앞을 배회하거나 생각 없이 맹목적으로 약 대신 독을, 생명 대신 죽음을 들이마시는 일을 막을 수 있었기 때문이다.

의사회 전체의 자문을 받아 작성된 의사들의 이 지침은 특히 가난한 사람들을 위해 만들어진 것으로 치료 비용 경감을 위해 누구나 볼 수 있도록 대중에게 공개되었고, 원하면 누구든 공짜로 책자를 받을 수 있었다. 그러나 대중에게 공개되어 어디서나 구할 수 있는 책자이므로, 굳이 여기에 수록할 필요는 없겠다.

최고조에 이른 전염병의 위력이 다음 해의 대화재와 같았다고 말한다고 해서 의사들의 권위나 능력을 폄훼하는 것은 아니다. 화재는 전염병이 건드리지 못한 것을 태웠고 모든 대처를 무력화했다. 소화기는 부서지고, 양동이는 내동댕이쳐졌으며, 인간의 힘은 어찌할 바를 모르고 무력화되었다. 화재처럼 페스트도 모든 약을 거부했다. 의사들 역시 입에 약을 문 채 병에 걸렸고, 다른 사람들에게 처방을 내리고 주의 사항을 말하며 다니던 사람들도 증세가 나타나면 다른 이들에게 물리치는 법을 알려 주었던 바로 그 적에게 무릎을 꿇고 죽었다. 여러 명의 내과의, 심지어 그중 몇은 가장 저명한 의사들이었는데, 그리고 가장 실력 있는 외과의도 여럿 그렇게 목숨을 잃었다. 효과가 전혀 없다는 사실을 자신들부터 알아야 했는데, 어리석게도 자기가 파는 약을 신뢰한 돌팔이들도 많이 죽었다. 자신들이 한 짓을 알고 있으니 다른 도둑들처럼 죄를 지었다는 사실을 인식하고 마땅히 그들을 벌할 정의의 심판으로부터 도망치는 편이 좋았을 텐데 말이다.

의사들 역시 다른 사람들과 마찬가지로 재앙을 피할 수 없었다는 사실을 밝힌다고 해서 그들의 치료나 노고의 가치를 깎아내리는 것은 아니다. 그럴 의도로 하는 말도 아니다. 오히려 그들이 목숨을 잃으면서까지 인류에게 봉사했다는 사실에 대한 칭송이다. 그들은 의무를 수행하며 사람들의 목숨을 구하려고 노력했다. 그러나 의사들이 신의 심판을 저지하거나, 하늘의 뜻으로 무장한 전염병이 신의 명을 이행하는 것을 막으리라고 기대할 수는 없다.

의사들은 의심의 여지 없이 자신들의 의술과 신중한 판단 및 처치로 많은 사람의 목숨을 구하고 건강을 회복시켰다. 그러므로 이미 증상이 나타난 사람들, 또 의사들이 진료를 하기 전에 치명적인 상태에 빠진 감염자들을 치료할 수 없었다는 사실을 말한다고 해서, 이런 경우가 빈번했지만, 그들의 인품이나 실력이 평가 절하되는 것은 아니다.

이제 전염병이 처음 발발했을 때 병의 전파를 막고 대중의 안전을 지키기 위해 치안 판사들이 취한 공적 조치들을 설명해야겠다. 치안 판사들의 판단력과 자비, 이후 전염병이 퍼졌을 때 질서를 유지하고 식량을 공급하며 가난한 사람들을 보살핀 점 등은 재차 언급할 기회가 있을 것이다. 지금은 감염 가구의 관리를 위해 그들이 공표한 규정에 대해 이야기하고자 한다.

앞서 주택 봉쇄에 대해 언급한 적이 있는데, 그 조치를 특별히 더 설명할 필요가 있다. 페스트의 역사에서 특히 처연한 부분이지만, 가장 슬픈 이야기를 하고 지나가야 하는 것이다.

이미 말한 것처럼 6월경 런던시장과 시 의회는 시내의 전염병 통제를 위한 조치를 시작했다.

국무상의 지시하에 미들섹스주의 치안 판사들이 세인트자일스 인 더 필즈, 세인트마틴스, 세인트클레먼트 데인스를 포함한 교구들에서 주택 봉쇄를 시행했다. 조치는 성공적이었다. 감염자가 발생한 집들을 엄격하게 감시하고, 사망 확인을 한 후 시체를 곧바로 매장하도록 주의한 결과, 페스트가 발생한 몇몇 거리에서 더 이상 감염자가 나오지 않았기 때문이다. 또 전염병 창궐 후에도 비숍스게이트, 쇼어디치, 올드게이트, 화이트채플, 스테프니 교구에서 다른 교구들보다 감염이 더 빨리 감소하는 것을 볼 수 있었다. 이런 식의 초기 대처가 질병의 전파를 막는 데 큰 도움이 된 것이다.

내가 알기로는 주택 봉쇄는 제임스 1세가 즉위한 1603년 페스트 발생 때 처음 시행된 조치이다. 사람들을 자기 집에 격리할 수 있는 법이 〈페스트 감염자의 구호 및 통제를 위한 법령〉으로 명명되어 국회에서 승인되었다. 그 법령에 근거해 런던시장과 시 의원들이 이번 명령을 제정하고 1665년 7월 1일부터 시행했다. 시내의 감염자 수는 아직 미미했다. 시행 전 마지막 주, 92개 교구의 사망 주보에 기록된 페스트 사망 자는 4명에 불과했다. 몇몇 주택이 봉쇄되었고, 감염자들은 이즐링턴으로 가는 길의 번힐 필즈 너머 격리 병원으로 옮겨 졌다. 그리고 이런 조치 덕분에 전국에서 한 주에 거의 1천여 명의 사망자가 나올 때도 시내의 사망자 수는 28명에 불과했 고, 전염병 창궐 기간 내내 런던시는 다른 어떤 지역보다 상 대적으로 건강하게 유지되었다.

앞서 말한 것처럼 6월 말에 공표되고 7월 1일부터 시행된 시장의 명령은 다음과 같다.

1665년 페스트 감염 관리를 위해
런던시장과 시 의회가 제정·공표한 명령들

친애하는 고(故) 제임스 국왕의 통치 기간 동안 페스트 감염자를 구제하고 관리하기 위해 제정된 법령에 따라 치 안 판사, 시장, 치안 집행인, 그 외 주요 공직자들은 그들의 권한 내에서 감염된 사람과 장소를 검사, 조사, 감시, 간호, 매장할 사람을 지정하고, 업무 수행 선서를 지도 및 감독 할 수 있다. 같은 법령에 의해 이들은 자신의 판단하에 필 요한 조치를 위해 그들에게 그 외의 지시를 내릴 권한을 가진다. (주님의 가호로) 질병을 막고 예방하는 것이 매우 시급한 상황이므로 특별히 신중을 기해 다음의 관리들이 임명되고 아래의 규칙들이 성실히 준수되어야 한다.

모든 교구에서 검사관을 임명할 것

첫 번째로 모든 구에서 시 의원과 부(副)시 의원, 평의회가 1명이나 2명 혹은 그 이상의 덕망 있고 믿을 수 있는 사람을 검사관으로 임명하고 최소한 두 달 동안 그 직책을 유지한다. 적임자로 판단되어 임명된 누구라도 그 직책 수행을 거부하면, 그 사람은 임명에 동의할 때까지 감옥에 가둔다.

검사관

검사관들은 수시로 모든 교구에서 어떤 집이 감염되고, 어떤 사람이 어떤 병에 걸렸는지를 최대한 사실에 가깝게 조사해 파악하고, 의심이 가는 경우 감염이 입증될 때까지 그 집에 대한 접근을 제한할 것을 시 의원들 앞에서 맹세한다. 그리고 만약 감염자를 발견하면 순경에게 그 집을 봉쇄하도록 명령하고, 그 순경이 부주의하거나 태만하게 근무하면 그 구의 시 의원에게 그 사실을 즉각 통보해야 한다.

감시인

감염된 집에는 2명의 감시인이 배정되며, 1명은 낮에, 다른 1명은 밤에 근무한다. 감시인들은 감염된 집에 아무도 드나들지 않도록 특별히 주의를 기울일 의무가 있으며,

위반 시 엄중한 처벌을 받는다. 또한 감시인은 감염 가구에게 필요한 것이 있거나 그들이 요청하는 것이 있을 때 이를 들어줄 추가적 의무가 있다. 일이 있어 자리를 비울 때는 집 문을 자물쇠로 잠근 후, 열쇠를 가지고 가야 한다. 낮 근무를 하는 감시인은 밤 10시까지, 밤 근무를 하는 감시인은 새벽 6시까지 자리를 지킨다.

조사인

모든 교구는 특히 주의를 기울여 여성 조사자를 임명해야 한다. 정직하다는 평판이 있는 사람들로, 그중에서도 찾을 수 있는 최선의 사람들을 임명해야 한다. 조사인들은 지식을 최대한 활용해 배정된 사람이 감염으로 죽은 것인지, 아니면 다른 질병 때문에 죽은 것인지를 최대한 밝혀내어 정직하게 보고할 것을 맹세해야 한다. 몇 개의 교구에 대한 조사 책임을 지고 임명된, 혹은 임명 예정인 조사인을 전염병 예방과 치료를 위해 임명될 내과의들이 면담해 그들이 그 직책에 적합한지를 판단하고, 그들이 의무 이행에 태만해 시정 사유가 생기면 수시로 그들을 지도 및 감독한다.

외과의

그동안 병을 제대로 보고하지 않는 일이 대단히 많았고 그 때문에 감염이 더 확산되었으므로, 이미 격리 병원에 소속된 의사들과 별도로 조사인을 보조하기 위해 능력 있고 신중한 외과의를 골라 임명해야 한다. 가장 적절하고 편리한 방식으로 시내와 리버티를 네 구역으로 나누고 이들이 각각 한 구역씩 맡도록 한다. 각 구역의 외과의는 병에 대해 정확한 보고서를 작성하기 위해 조사인과 함께 검시에 참여한다.

더 나아가 지명된 외과의들은 각 교구의 검사관들이 명단을 작성해 그들에게 할당하거나 방문을 요청한 사람들을 찾아가 그들의 병을 파악해야 한다.

임명된 외과의는 다른 모든 질병 치료에서 면제되며, 오직 전염병 관련 업무만 보아야 한다. 외과의는 환자를 조사할 때마다 한 사람당 12펜스를 받는데, 이 비용은 지불할 능력이 있는 경우 검사를 받은 쪽에서 내고 그렇지 않은 경우에는 교구에서 지불한다.

간호-간병인

간호-간병인이 페스트로 죽은 사람의 사망 후 28일이 경과하기 전에 감염된 집을 떠날 경우, 그 집은 28일이 지날 때까지 봉쇄된다.

페스트 감염자와 감염 주택에 대한 명령

환자 고지

각 가정의 가장은 집안 식구 중 누구라도 신체의 어느

부위에든 종기나 반점, 부종 등이 발견되는 경우, 혹은 뚜렷한 다른 질병 없이 심각하게 아픈 경우 증상이 나타난 지 두 시간 이내에 검사관에게 그 사실을 알린다.

감염자 격리

검사관, 외과의, 조사인에 의해 페스트에 걸린 사실이 확인된 사람은 당일 같은 집에 격리될 것이며, 그렇게 격리된 후 설령 환자가 사망하지 않더라도 병자가 지낸 집은 다른 가족들이 필요한 방역 조치를 취한 뒤 한 달 동안 폐쇄되어야 한다.

환기 소독

감염된 물건을 격리해 처리할 때는 환자의 침구와 의류, 커튼을 열과 감염 주택에 사용하는 향으로 소독해 충분히 공기를 쐰 후 다시 사용한다. 이는 검사관의 참관하에 시행되어야 한다.

주택 봉쇄

누구라도 감염된 것으로 알려진 사람을 만나거나 감염된 사실이 밝혀져 출입이 금지된 집에 자의로 들어갔다면, 그 사람의 집도 검사관의 지시에 따라 일정 기간 봉쇄된다.

감염 주택에서 다른 곳으로의 이동 금지 및 기타 사항

감염자의 집에서 어떤 물건도 시내의 다른 집으로 옮겨

서는 안 된다(격리 병원, 천막 병원, 또는 이와 유사한 장소로 감염 주택의 주인이 직접, 그리고 하인에게 물건을 들려 옮기는 경우는 예외로 한다). 물건을 받는 교구의 안전을 위해 감염 주택의 주인 혹은 하인이 직접 물건을 옮기고 규칙을 준수하는지 이동 전에 세세한 관리 감독이 필요하며, 이를 위한 비용을 물건을 받는 교구에 부담시킬 수 없고, 운반은 밤에 이루어져야만 한다. 집을 두 채 소유한 경우 건강한 가족과 아픈 가족을 선택에 따라 다른 집으로 이동시키는 것은 합법하다. 건강한 식구들을 한 집으로 이동시켰다면, 이후 그 집으로 병자를 보내선 안 되고, 마찬가지로 환자가 있는 집으로 건강한 식구를 보내서도 안 된다. 이동이 이루어진 집은 최소한 한 주 동안 봉쇄하고, 초기에는 병세가 아직 나타나지 않을 가능성에 대비하여 아무도 만나지 않는다.

시체 매장

　페스트 사망자의 시체는 가장 편한 시간에 매장하되, 오직 교구 위원과 순경의 참관하에 언제나 일출 전 혹은 일몰 후에 묻도록 한다. 이웃이나 친척 누구도 묘지에 따라갈 수 없으며, 감염 사망자의 집을 방문할 수도 없다. 위반시 본인의 집이 격리되거나 감옥에 갇힌다.

　어떤 교회에서도 감염으로 사망한 자의 시체를 대중 기도, 설교, 강연 중 묻거나 교회에 안치해서는 안 된다. 어떤 교회나 교회 묘지, 매장지에서도 매장 시 아이들이 시체나

관, 무덤 근처에 접근할 수 없다. 모든 무덤은 최소한 2미터 깊이로 파야 한다.

아울러 전염병이 지속되는 동안 다른 사망으로 인한 매장에도 사람들이 모이는 것을 금지한다.

감염 주택 물건 거래 금지

어떤 옷이나 직물, 침구, 의류도 감염자의 집 밖으로 가지고 나갈 수 없다. 입던 옷이나 침구를 팔거나 저당 잡힐 목적으로 집 밖으로 가지고 가거나 유통하는 것을 엄격히 금지한다. 침구나 헌 옷을 파는 상인들은 그렇게 거래된 침구나 의류를 거리나 골목, 도로, 통로 쪽 창이나 가판대, 매대에 진열하거나 걸거나 판매할 수 없다. 위반하면 감옥에 가둔다. 상인 혹은 다른 사람이 감염된 집에서 나온 침구나 의류 및 다른 물건을 그 집의 감염 후 2개월 이내에 구입했다면, 구매자의 집도 감염된 것으로 간주해 최소 20일 동안 봉쇄를 명한다.

감염 주택 거주인 이동 금지

감시가 소홀한 틈을 타서, 또는 다른 방법으로 감염자가 감염 주택에서 다른 장소로 이동하거나 이송된다면, 그 사실이 알려지는 대로 이동 혹은 이송된 사람이 본래 살던 교구는 그들의 비용으로 집을 떠난 감염자를 밤에 다시 데려가야 한다. 위반 시 해당 구 시 의원의 지시에 따라 처벌을 받고, 감염자를 들인 집은 20일 동안 봉쇄된다.

감염 주택 표시

눈에 잘 띄도록 30센티미터 길이의 붉은 십자가 모양과 그 십자가 바로 위에 적은 〈주여 자비를 베푸소서〉라는 글귀로 감염 주택을 표시해야 하고, 합법적으로 봉쇄가 해제될 때까지 표시를 유지해야 한다.

감염 주택 감시

순경은 봉쇄된 주택마다 거주인이 집을 떠나지 못하게 감시인들로 하여금 잘 지키도록 하고, 거주인에게 필요한 물품을 (그럴 능력이 있는 경우) 그들의 돈으로 제공하고, 능력이 없는 경우 공공 비용으로 제공하도록 감독한다. 환자가 더 발생하지 않아도 4주일 동안 봉쇄를 유지한다.

조사인과 외과의, 간병인, 매장인은 한눈에 잘 보이도록 거리를 다닐 때면 반드시 1미터 길이의 붉은 막대기나 지팡이를 손에 들고, 파견 혹은 배정된 집, 본인의 집을 제외한 다른 어떤 집도 들어갈 수 없으며, 특히 감염자를 대면하거나 감염자와 관련된 일을 하고 얼마 되지 않은 경우에는 사람을 만나지 않도록 하는 규칙을 엄격히 준수한다.

동거인

한집에 여러 명이 사는 경우, 누구라도 감염이 되면 해당 교구의 검사관이 발행한 허가서 없이 감염자를 옮겨서는 안 되고 다른 가족 누구도 집을 떠나서는 안 된다. 위반 시 감염자와 가족들이 새로 옮겨 간 집도 감염 주택으로 간주해 봉쇄한다.

전세 마차

감염인을 격리 병원이나 다른 곳에 이송한 후에는 평소
용도로 마차를 사용하지 않고(그런 경우가 종종 있었는
데) 이송일로부터 5~6일간 잘 환기해 세워 두도록 전세
마차 마부를 관리한다.

거리 청결 유지를 위한 명령들

거리 청결 유지

첫째, 각 집 호주는 문 앞을 매일 청소해 한 주 내내 깨끗한
상태를 유지할 것을 필수 의무로 이행한다.

생활 쓰레기 수거

집에서 나오는 생활 쓰레기와 오물은 청소부가 매일 수
거해야 하고, 청소부는 지금까지 해왔던 것처럼 피리를 불
어 자신이 왔음을 알린다.

분뇨 매립지는 도시에서 먼 곳에 설치할 것

분뇨 매립지는 될 수 있는 한 도시와 공공 도로에서 멀
리 떨어진 곳에 설치해야 하고, 분뇨 수거인이나 다른 누
구도 시내 근처 공터에 분뇨를 부려서는 안 된다.

상한 생선, 고기, 곰팡이 핀 곡물 섭취 주의

냄새나는 생선, 상한 고기, 곰팡이 핀 곡물, 종류를 막론하고 상한 과일 등을 시내 어디에서도, 또 시 주변에서도 판매하지 못하도록 특별히 관리한다.

양조업자와 무허가 주류상이 곰팡이가 피거나 지저분한 술통을 사용하지 않는지 조사한다.

시내 어디에서도 돼지나 개, 고양이, 집비둘기, 토끼를 키울 수 없으며, 도로나 골목에 돼지가 있거나 돌아다녀서는 안 된다. 그런 돼지는 교구 직원이나 다른 관리가 압수하고, 소유주는 평의회 규정에 따라 처벌을 받는다. 개는 이 목적을 위해 임명된 도살자가 살처분한다.

부랑자와 불필요한 모임 관련 명령

거지

도시 곳곳에 무리 지어 다니는 많은 부랑자들과 집 없는 거지들이 병을 퍼뜨리는 주된 원인이며, 배회를 금하는 명령에도 불구하고 문제가 개선되지 않고 있다는 민원이 폭주하고 있다. 따라서 순경과 이 문제에 책임이 있는 사람은 부랑자가 어떤 식으로든 거리를 배회하지 않도록 특별히 주의를 기울여야 하며, 법령에 따라 그런 이들을 엄중히 처벌하도록 한다.

공연

모든 연극과 곰 골리기,[9] 도박, 음악 공연, 펜싱 또 기타 사람들을 모으는 원인이 되는 행위 일체를 금하며, 이를 어기는 자는 해당 구의 시 의원에 의해 엄중히 처벌받는다.

연회 금지

모든 대중 연회, 특히 시내의 단체가 주선한 연회와, 식당, 술집, 다른 공공 모임 장소에서의 회식 일체를 이후 다른 명령이 있을 때까지 금지한다. 이로써 절약된 돈은 감염된 빈자들의 구호와 구제를 위해 보관한다.

술집

식당과 술집, 커피 하우스, 술 창고 등에서의 무절제한 음주는 사회악이자 페스트를 퍼뜨리는 주요 원인이므로 엄격히 관리되어야 한다. 런던시의 오랜 법과 관습에 따라 저녁 9시 이후에는 어떤 개인 혹은 집단도 음주를 목적으로 식당, 술집, 커피 하우스에 가거나 머무를 수 없다. 위반시 해당 규정이 정한 바대로 처벌받는다.

이상의 규정과 추가로 필요하다고 생각되는 다른 규칙 및 지시의 원활한 집행을 위해 시 의원, 부(副)시 의원, 평의회 의원들은 매주 한 번에서 두세 번 혹은 (필요에 따라) 더 자주, 각 구의 (전염병 감염 위험이 없는) 일반 회합 장

---

9 쇠사슬에 묶인 곰을 개로 하여금 공격하게 하는 놀이.

소에서 만나 제정된 규정들을 성실히 집행할 방법을 논해야 한다. 감염 지역이나 그 인근에 사는 이는 감염이 의심되는 동안에는 회의에 참석할 수 없다. 언급한 시 의원과 부시 의원, 평의회 의원들은 자신이 책임진 구들에서 상기 회의를 통해 폐하의 백성을 감염에서 보호하는 데 필요한 다른 긴요한 규칙을 제정할 권한을 갖는다.

시장 존 로런스 경
부시장 조지 워터먼 경
찰스 도 경

이 규칙들이 런던시장의 관할 구역에만 적용되는 것이었음은 말할 필요도 없다. 그러므로 성 밖 촌락, 그리고 시 외곽으로 불리던 지역 내의 교구와 마을 치안 판사들도 동일한 조치를 취했음을 밝혀야 되겠다. 내 기억으로는 우리 지역에서는 주택 봉쇄가 그렇게 금방 시행되지 않았다. 앞서 말한 것처럼 병이 아직 시내의 동쪽 지역에 퍼지지 않았고, 8월 초까지 적어도 본격적으로 퍼지지는 않았기 때문이었다. 예를 들어 7월 11일부터 18일까지 전국의 사망자 수는 1,761명이었지만, 타운 햄리츠로 불리는 지역 내 교구 전체에서 페스트 사망자 수는 71명에 불과했고, 당시의 기록은 다음과 같다.

	7월 11일 ~18일	7월 19일 ~25일	7월 26일 ~8월 1일
올드게이트	14	34	65
스테프니	33	58	76
화이트채플	21	48	79
세인트캐서린 타워	2	4	4
트리니티 미너리즈	1	1	4
합계	71	145	228

그러나 병은 본격적으로 퍼지고 있었다. 그래서 같은 주 인접 교구들의 사망자 수는 다음과 같았다.

	7월 11일 ~18일	7월 19일 ~25일*	7월 26일 ~8월 1일
세인트레너드 쇼어디치	64	84	110
세인트보돌프 비숍스게이트	65	105	116
세인트자일스 크리플게이트	213	421	554
합계	342	610	780

* 이 주에는 사망자가 눈에 띄게 증가했다.

초기에는 이런 주택 봉쇄 조치가 너무 잔인하고 비기독교 적이라고 생각되었고, 집에 갇힌 불쌍한 사람들은 울분을 터 뜨렸다. 너무 가혹한 처사라는 불평, 이유 없이 봉쇄되었다 거나 (어떤 집들은 악의로) 봉쇄되었다는 불평이 매일 시장에게 전달되었다. 그러나 조사를 통해 그렇게 요란하게 불평한 사람들 상당수가 계속 격리가 필요한 상태임이 밝혀졌다. 또 환자를 진찰해서 전염성이 없거나 전염성 여부가 확실하지 않더라도 환자의 동의하에 격리 병원으로 옮겨진 경우는 주택 봉쇄가 해제되기도 했다.

가족 중 건강한 이들을 병자와 분리했다면 병을 피할 수도 있었을 텐데, 문을 봉쇄하고, 밤낮으로 감시인을 두어 출입을 막고 아무도 그 집을 방문하지 못하게 한 것은 사실 대단히 가혹한 조치였다. 많은 사람이 이 비참한 감금 상태에서 죽어 갔다. 집에 감염자가 발생해도 이동의 자유가 있었다면 병을 피할 수 있었으리라는 생각은 일리 있는 것이었다. 이 생각 때문에 사람들은 처음에 크게 동요하며 반발했다. 그렇게 봉쇄된 집 앞을 지키던 감시인들에게 상해를 가하거나 폭력을 행사하는 경우들도 왕왕 있었다. 곧 언급하겠지만, 무력으로 탈출한 경우도 여러 번 있었다. 그러나 공익을 위해 개인의 불행은 정당화되었고, 그 당시 정부나 치안 판사에게 어떤 읍소를 하더라도, 적어도 내가 아는 한 사정을 봐준 경우는 없었다. 그래서 사람들은 가능한 모든 방법으로 집을 빠져나가려고 했다. 봉쇄된 집에 갇힌 사람들이 배정된 감시인의 눈을 피하고, 감시인을 속이고, 그들 몰래 도망치기 위해 사용한 방법들을 정리하면 작은 책을 한 권 쓸 수 있을 정도이다. 그리고 그 과정에서 몸싸움이나 사건 사고도 왕왕 발생했는데, 그중 한 사례를 소개하자면 다음과 같다.

어느 날 아침 8시경 하운즈디치를 따라 걷고 있는데 큰 소리가 들렸다. 물론 사람이 많지는 않았다. 자유롭게 모일 수 있는 상황이 아니었고, 모인다고 해도 오래 있을 수 없었기 때문이다. 나도 그곳에 길게 있지는 않았다. 하지만 너무 요란한 소리에 호기심이 일었다. 나는 창밖을 내다보는 사람에게 무슨 일인지 물었다.

한 감시인이 감염 주택, 혹은 감염된 것으로 판단해 봉쇄된 주택 앞에서 임무를 수행하고 있었던 모양이다. 그 이야기를 했을 때, 그는 이틀 밤 그곳을 지켰고 주간 감시인은 하루를 근무한 후 막 야간 감시인과 교대하기 위해 그곳에 온 참이었다. 근무를 서는 동안 집 안에서는 아무 소리도 들리지 않았고, 불빛도 전혀 없었다. 집안 식구들은 아무것도 부탁하지 않았고, 감시인의 주된 임무는 심부름이었지만 그에게 심부름을 시키지도 않았다. 큰 울음 소리와 비명이 들렸던 월요일 오후 이후로는, 아마 가족 중 누군가 죽음을 맞고 있구나 생각했는데, 신경 쓸 만한 일도 없었다. 그 전날 밤에는 시체 수레라고 불리는 수레가 집 앞에 왔고, 문 앞으로 내온 하녀 시체를 매장꾼이라고 불리는 사람들이 싣고 초록색 담요로 덮은 후 떠났다고 했다.

앞서 언급한 울음소리와 소음이 들렸을 때, 감시인이 문을 두드렸지만 한참 동안 아무 대답도 없었다고 한다. 그러다가 마침내 한 사람이 내다보면서 화난, 그러나 울음 섞인 목소리로 〈대체 왜 그렇게 문을 두드리는 거요?〉라고 물었다. 감시인은 〈나는 감시인이오! 별일 없나요? 무슨 문제가 있나요?〉라고 물었고, 상대는 〈당신이 무슨 상관이요, 시체 수레나 불러 주시오〉라고 대답했다고 한다. 1시 무렵이었는데, 감시인은 곧 부탁받은 대로 시체 수레를 불러 세운 후 다시 문을 두드렸다. 그러나 아무 대답이 없었다. 그는 계속 문을 두드렸고, 시체 수레의 인부는 몇 번이나 〈시체를 가지고 내려오시오〉라고 소리쳤다. 그러나 아무 대답이 없었고, 수레를 끄는 인부는 다른 집들에서도 불렀기 때문에 기다리지 못하고 가버렸다.

대체 무슨 영문인지 알 수 없었던 감시인은 아침 감시인, 혹은 사람들이 주간 감시인이라고도 부르는 이가 교대하러 올 때까지 그대로 있다가 그에게 밤새 있었던 일을 이야기해 주었다. 그들은 한참 문을 두드렸지만 아무 대답이 없었다. 그들은 앞서 대답한 사람이 나왔던 2층 창문이 아직 열려 있음을 발견했다.

궁금증을 풀기 위해 그들은 긴 사다리를 가져왔고, 그중 한 사람이 창으로 올라가 방 안을 들여다보았다. 한 여자가 속옷만 입은 상태로 바닥에 비참한 모습으로 쓰러져 있었다. 그러나 그가 아무리 소리를 지르고 긴 지팡이로 바닥을 쿵쿵 내려쳐도 아무도 나오지 않았고 대답도 하지 않았다. 집 안 어디에서도 아무 소리도 들을 수 없었다.

그래서 그는 다시 사다리를 내려와 동료에게 이 사실을 말했고, 동료도 올라가 같은 상황을 확인한 후, 두 사람은 시장이나 치안 판사에게 이 사실을 알리기로 했다. 그러나 창문으로 들어갈 것을 권하지는 않았다. 두 사람의 보고를 들은 치안 판사는 문을 부수어 열라고 명령했고, 집 안 물건에 손을 대지 못하도록 현장에 대동할 순경과 다른 사람들을 지정해 주었다. 명령이 이행되었다. 집 안에는 그 젊은 여자 말고는 아무도 없었다. 병에 걸려 회복의 가능성이 없자 가족들은 그녀 혼자 죽게 두고 감시인 몰래 문을 열거나 뒷문 혹은 지붕으로 나갈 방법을 찾은 모양으로 감시인이 눈치채지 못한 사이에 모두 집을 떠나 버린 것이었다. 그가 들은 울음과 비명은 두고 가는 여인이 여주인의 동생이었기 때문에, 필시 가족들 모두에게 마음 아픈 일이었을 그 쓰라린 이별 앞에서 가족들이 낸 소리 같았다. 집주인과 아내, 몇 명의 아이와 하인까지 모두 도망을 갔으며, 그들이 병에 걸렸는지 건강했는지는 알 길이 없고, 그에 대해 더 알아보지도 않았다.

많은 사람들이 감염된 집에서, 특히 감시인이 심부름을 간 사이에 그렇게 도망쳤다. 가족들이 음식이나 약같이 필요한 물건을 부탁하거나, 의사나 외과의, 간호사를 데려와 달라거나, 그들이 오려고 한다면 말이지만, 시체 수레를 불러 달라거나 등등의 일을 부탁하면 그 일을 해주는 것이 감시인의 임무였기 때문이다. 그런 일을 보러 갈 때 감시인은 바깥문을 잠그고, 열쇠를 가지고 가야 했다. 그러나 이런 상황에서도 감시인을 속이고 감금 상태에서 벗어나기 위해 사람들은 열쇠를 두세 개 만들거나 돌려서 잠근 자물쇠를 여는 방법을 찾아내 집 안쪽에서 자물쇠를 열고 감시인을 시장이나 빵집, 혹은 다른 곳에 이런저런 심부름을 보낸 사이에 문을 열고 자유롭게 드나들었다. 그러나 이런 사실을 발견하자 치안 판사들은 이후 문밖에 추가 자물쇠를 달고, 필요한 경우 빗장을 설치하도록 명령을 내렸다.

올드게이트 교구 내 거리에 있던 다른 집 이야기도 들었는데, 그 집은 하녀가 병에 걸려 집이 봉쇄되고 가족 모두가 집에 갇혔다. 집의 가장은 친구들을 통해 가까운 시 의원과 시장에게 사정하고 하녀를 격리 병원으로 보내 달라고 했지만 거절당했다. 현관 앞에는 붉은 십자가 모양이 그려졌고, 문 밖에는 앞서 말한 자물쇠가 채워졌으며, 규정에 따라 감시인이 문 앞을 지키게 되었다.

손쓸 방법 없이 그와 아내, 아이들이 병에 걸린 불쌍한 하녀와 갇히게 되었다는 사실을 깨달은 가장은 감시인을 부른 후 자신들이 하녀를 돌보다가는 틀림없이 모두 죽고 말 테니, 이 불쌍한 하녀를 돌볼 간호사를 데려와 달라고 말했다. 그리고 자신은 가족들 중 누구도 하녀 근처에 가지 못하게 할 것이며, 하녀는 4층 다락에 누워 있는데, 거기서는 도와 달라고 누구를 부를 수도, 소리를 지를 수도 없으므로 부탁을 들어주지 않는다면 하녀는 병으로 죽든 아니면 굶어 죽든 할 것이라고 분명히 말했다.

감시인은 청을 들어주기로 하고 부탁받은 대로 간호사를 구해 같은 날 저녁 집으로 데려왔다. 그사이에 그 집 가장은 그의 가게를 통해 가게 창문 앞 혹은 아래쪽에 있는, 한때 구두 수선공이 쓰던 가판대 아니면 가건물로 나가는 큰 구멍을 만들었다. 불운했던 그 시기, 그 자리를 세냈던 수선공은 죽었거나 떠났거나 해서 집주인이 열쇠를 가지고 있었으므로 그는 가건물을 통해 나갈 수 있었다. 틀림없이 소리가 났을 것이고, 그러면 감시인이 경계했을 터이므로, 감시인이 문 앞에 있는 채로 그런 일을 할 수는 없었을 것이다. 가건물로 나가는 통로를 만든 후 그는 감시인이 간호사를 데리고 올 때까지, 그리고 다음 날 낮에도 가만히 기다렸다. 하지만 그 다음 날 밤, 그는 구실을 만들어 감시인에게 또 다른 사소한 심부름을 시켰다. 듣자 하니 만드는 동안 기다려야 하는, 하녀에게 필요한 고약을 사러 약사에게 보냈다던가, 아니면 얼마간 기다려야 하는 비슷한 다른 심부름을 시켰다는데, 그사이에 그와 가족들은 모두 집을 빠져나갔다. 남겨진 간호사와 감시인이 그 딱한 하녀의 시체를 묻고, 실은 시체 수레에 던지는 것이지만, 뒷수습을 해야 했다.

본론을 접어 두고, 이 길고 암울했던 한 해 동안 내가 접한, 아니 전해 들은 비슷한 이야기를 얼마든지 계속할 수 있을 것이다. 이것들은 분명 사실이거나 매우 사실에 가까운 이야기, 즉 대체로 사실이라고 할 수 있는 이야기들이었다. 그런 시기에는 누구도 세세한 사실을 다 알 수는 없기 때문이다. 많은 곳에서 감시인에 대한 비슷한 폭력들이 보고되었다. 내 기억으로는 전염병이 시작되어 끝날 때까지 적어도 18~20명이 죽거나 죽을 만큼 큰 부상을 입었는데, 이는 감염되어 봉쇄된 집에 갇힌 사람들이 나오려다가 저지당하자 저지른 짓으로 짐작되었다.

봉쇄된 집들의 수만큼 도시에 감옥이 생긴 셈이니 이런 소란은 예측할 만한 것이기도 했다. 그렇게 봉쇄되어 갇힌 사람들은 죄도 짓지 않았는데 단지 불운을 겪는다는 이유로 갇힌 것이며, 따라서 더 견디기 어려웠기 때문이다.

또 다른 차이도 있었는데, 이렇게 불러도 된다면 각 감옥에 간수가 1명밖에 없었다는 점이 그것이다. 그가 집 전체를 감시해야 했는데, 다소 차이는 있지만 많은 집이 출입구가 여러 개였다. 그들이 처한 상황에 놀라고, 처분에 분개하며, 병증 때문에 흥분하고 절박해진 사람들의 도주를 막기 위해 감시인 혼자 모든 출입구를 막는 것은 불가능했다. 그래서 그들 중 하나가 집 한쪽에서 감시인에게 말을 거는 사이에 가족들은 다른 쪽 출구로 도망치곤 했다.

예를 들어 지금도 작은 골목들이 많은 콜먼 거리에서 화이츠 앨리라고 불리는 곳에 위치한 집 한 채가 봉쇄되었다. 그 집 뒤에는 뜰로 나가는 문 대신 창이 하나 있었고, 뜰에는 벨 앨리로 나갈 수 있는 통로가 있었다. 순경이 이 집 문 앞에 감시인을 배치했고, 그와 그의 동료는 그곳을 밤낮으로 지켰지만, 어느 날 저녁 가족들은 모두 창을 통해 나가 뜰을 가로질러 도망쳤다. 그런데도 이 딱한 감시인들은 그 뒤로 거의 2주 동안 그 집을 감시했다.

그곳에서 멀지 않은 다른 집에서는 가족들이 화약을 터뜨려 감시인에게 심한 화상을 입혔다. 그가 무시무시한 비명을 질렀지만 아무도 그를 돕기 위해 오지 않았고, 움직일 수 있는 가족들은 모두 1층 높이의 창을 통해 집을 빠져나갔다. 병에 걸려 남겨진 두 사람이 도와달라고 소리를 질러 구호 조치가 취해졌고, 간호사가 그들을 보살폈다. 그러나 페스트가 진정되어 돌아올 때까지 도망친 가족들은 코빼기도 보이지 않았다. 입증할 방법이 없었으므로 그들에게 어떤 처벌도 할 수 없었다.

또 이 감옥들에는 보통 감옥에 있는 창살이나 빗장이 없었기 때문에 사람들은 심지어 감시인이 보고 있어도 칼이나 총 등을 들고 창으로 빠져나와 소란을 피우거나 도움을 요청하면 쏘겠다며 불쌍한 감시인을 위협했다고 한다.

어떤 경우에는 봉쇄된 집과 이웃집 사이에 정원이나 담장, 울타리 혹은 뒷마당이나 뒤채가 있어서 사람들은 친분을 이용해, 또는 통사정을 해서 그 담이나 울타리를 넘어 이웃집 문으로 나가기도 했다. 또 이웃집 하인들을 매수해 밤에 그 집을 통해 나가기도 했다. 그러니까 한마디로 가옥 봉쇄는 믿을 만한 조치가 아니었다. 어떤 수단을 써서라도 도망치기 위해 이렇게 극단적인 행동을 하게 만들었을 뿐 소기의 목적을 달성하지도 못했다.

더 나쁜 것은 도망친 사람들이 절박한 상황에서 병에 걸린 채 돌아다님으로써, 봉쇄 조치를 취하지 않았을 경우보다 병을 더 확산시켰다는 점이다. 그 상황에 놓였을 때의 온갖 곤란을 생각한다면 누구라도 봉쇄 조치의 가혹함이 많은 사람을 절박한 상황으로 몰아넣었음을 인정하지 않을 수 없다. 그 때문에 사람들은 온갖 위험을 무릅쓰고 집을 빠져나갔으며, 병에 걸린 것이 명백한 상태에서 어디로 가야 할지, 무엇을 해야 할지, 혹은 자신들이 무슨 일을 저질렀는지도 모르는 채 큰 위험과 극단적 상황에 내몰리고, 단지 먹을 것이 없어서 혹은 사나운 페스트 기세에 쓰러져 거리나 들판에서 죽어 갔다. 또 다른 이들은 절박한 발걸음이 이끄는 대로 어디로 온 건지, 어디로 갈지도 모르는 채 아무런 도움도 받지 못하고 지쳐 쓰러질 때까지 시골길을 헤매기도 했다. 병에 걸렸든 걸리지 않았든 길가의 집들과 마을에서 묵는 것을 허락하지 않았기 때문에, 그들은 길가에서 죽거나 헛간에 들어가 죽었다. 어쩌면 병에 걸리지 않았을지도 모르지만, 아무도 그들을 믿으려 하지 않았기 때문에 그들에게 다가오거나 도움을 주지 않았다.

다른 한편, 한 가족이 처음 병에 걸릴 때, 그러니까 가족 중 누군가 나갔다가 부주의로 인해 혹은 다른 이유로 병을 집에 옮겨 왔을 때, 감염 사실을 알게 되면 규정에 따라 병에 걸린 사람 주변인을 모두 검사하도록 지목된 검사관보다 가족이 그 사실을 먼저 아는 것은 당연하다.

병에 걸린 후 검사관이 올 때까지의 시간 동안, 집 안 가장은 갈 곳이 있다면 가족들을 데리고 집을 떠날 수 있었으며, 많은 사람들이 그렇게 하기도 했다. 그러나 실제로 많은 사람들이 감염된 상태에서 그렇게 행동했기 때문에, 그들은 기꺼이 자기들을 받아들여 호의를 베풀어 준 이들의 집에 병을 퍼뜨리는 큰 재앙을 불러왔고, 이는 잔인하고 은혜를 모르는 행동으로 비난받아 마땅했다.

그리고 이것이 감염자들에 대해, 그들이 다른 사람들에게 병을 퍼뜨리는 것을 전혀 신경 쓰지 않으며, 양심의 가책도 느끼지 않는다는 일반적 의견 혹은 소문이 돌았던 이유의 일부였다. 이런 소문이 완전히 틀린 것은 아니었겠지만 사람들의 말처럼 흔한 일은 아니었을 것이다. 곧 주님의 심판대 앞에 서게 될 것이라는 생각이 마땅했던 시기에 그렇게 사악한 행동을 어떤 납득할 만한 이유로 설명할 수 있을 것인가. 그런 행동은 인정과 인간성에 반할 뿐만 아니라 종교적, 도덕적으로도 용인되지 않는 일이라는 사실을 밝히는 것으로 족하고, 이 점에 대해서는 나중에 다시 이야기하겠다.

이제 주택 봉쇄에 대한 두려움 때문에 절박해진 사람들이 봉쇄 전후에 속임수를 쓰거나 무력으로 집을 빠져나온 뒤 안타깝게도 상황이 좋아지기는커녕 더 비참해진 경우에 대해 말하고자 한다. 우선 그렇게 빠져나온 사람들 중 상당수는 몸을 피할 곳이나 숨어서 페스트가 지나갈 때까지 지낼 수 있는 다른 집이 있었다. 또 전염병이 돌 것을 예측한 많은 사람들이 가족 전체가 버틸 만큼 충분한 식량을 비축한 채 숨어 지냈는데, 얼마나 철저히 숨어 지냈던지 일절 모습을 볼 수도 소식을 들을 수도 없다가 전염병이 끝날 무렵 탈 없이 건강한 모습으로 다시 나타났다. 이런 경우들을 여럿 알고 있고, 그들의 생활 방식을 자세히 이야기할 수도 있는데, 정황상 집을 떠날 수 없거나 이럴 때 갈 수 있는 먼 곳의 피난처가 없는 경우라면 이런 은신이야말로 실로 가장 효과적인 대처였다. 그렇게 숨어 지내면 몇백 킬로미터 떨어진 곳에 있는 것과 마찬가지였기 때문이다. 내 기억으로는 이런 가족 중 불운을 겪은 이는 없었다. 그들 중에서도 몇몇 네덜란드 출신 상인들은 특히 더 철저했다. 그들은 집을 마치 포위된 작은 요새처럼 지키면서 일체의 출입을 금하고, 누구도 집 근처에 오지 못하도록 했는데, 드레이퍼스 가든을 내려보는 스록모턴가(街) 광장에 있는 집 하나가 특히 기억에 남는다.

그러나 감염 후 치안 판사에 의해 봉쇄된 집들에 대한 이야기로 다시 돌아가자. 이런 가족들의 비참함은 이루 말할 수가 없었다. 사랑하는 가족의 병을 지켜보고, 그렇게 갇힌 상황으로 인한 공포 때문에 거의 죽을 만큼 놀라고 겁을 먹은 사람들의 가장 비참한 비명과 울음소리를 듣게 되는 곳도 대개 이런 집들이었다.

그 소리들이 기억날 뿐만 아니라, 이 이야기를 쓰는 지금도 그 소리가 들리는 것만 같다. 어떤 부인에게 외동딸이 있었다. 열아홉 살가량의 상당한 재산을 가진 아가씨였다. 그들은 머물던 집에 하숙인으로 있었다. 아가씨와 그녀의 어머니, 그리고 하녀는 무슨 일인가로, 그 이유는 기억나지 않는데, 외출했다가 돌아온 참이었다. 봉쇄된 집은 아니었던 것이다. 그런데 집으로 돌아오고 두 시간쯤 뒤 딸이 몸이 좋지 않다고 하소연을 했다. 15분쯤 후에는 구토를 하고 지독한 두통을 호소했다. 「오, 이런, 우리 아이가 전염병에 걸린 건 아니겠지!」 완전히 겁에 질린 어머니가 말했다. 딸의 두통은 점점 더 심해졌고, 어머니는 딸을 침대에 눕혀 땀을 내게 할 요량으로 침대를 데우게 했다. 그것이 전염병 증상이 처음 나타날 때 흔히 취하는 조치였기 때문이다.

침구를 환기시키는 동안, 딸의 옷을 벗기고 침대에 눕힌 다음 촛불을 들고 몸을 살펴본 어머니는 딸의 허벅지 안쪽에서 즉시 그 치명적인 병의 징조를 발견했다. 침착함을 잃은 어머니는 초를 떨어뜨렸고, 세상에서 가장 강한 심장을 가진 사람이라도 두려움에 떨 만큼 무서운 비명을 질렀다. 한 번의 비명이나 울음이 아니었다. 두려움이 완전히 그녀의 영혼을 사로잡았다. 그녀는 기절했다가 의식을 회복한 후 마치 제정신이 아닌 사람처럼, 아니, 실제로 정신이 나간 채로 계단을 오르내리고 집 전체를 배회하며 이성을 잃은 것처럼, 적어도 이성을 통제할 힘을 완전히 잃은 상태로 몇 시간 동안 계속 울부짖었는데, 듣자 하니 결국 다시는 제정신을 찾지 못했다고 한다. 젊은 아가씨는 이미 그 순간 시신이나 다름없었다. 반점이 있던 자리에 발생한 괴저가 온몸으로 퍼져 두 시간이 채 지나기도 전에 그녀는 사망했다. 그러나 그녀가 죽고 몇 시간이 지난 후에도 딸에게 무슨 일이 일어났는지 모르고 어머니는 계속해서 울부짖었다. 너무 오래된 일이라 확신할 수는 없지만, 어머니는 결국 정신을 찾지 못하고 2~3주일 후 죽었던 것 같다.

이것은 특별한 경우라서 더 잘 기억하고 있는지도 모른다. 그 일에 대해 이야기를 많이 들었기 때문이다. 그러나 비슷한 경우가 헤아릴 수 없이 많았고, 사망 주보에 〈충격사〉, 즉 놀라서 죽었다는 사유가 두세 건 적혀 있지 않은 주를 찾기 어려웠다. 하지만 너무 놀라 그 자리에서 사망한 경우 외에도 충격으로 정신을 잃거나, 기억을 잃거나, 이해력 등을 상실하는 극단적인 사례들도 많았다. 하지만 주택 봉쇄 이야기로 다시 돌아가기로 하자.

어떤 사람들은 주택 봉쇄 후 꾀를 써서 집을 빠져나왔고,

또 어떤 사람들은 밤에 몰래 나갈 수 있도록 감시인을 돈으로 매수해 집을 빠져나왔다. 솔직히 말하자면, 당시 나는 이런 행동들이 누구든 저지를 수 있는 이해할 만한 위법 혹은 매수라고 생각했다. 그 딱한 사람들을 동정할 수밖에 없었고, 봉쇄 주택에서 사람들을 내보낸 죄로 거리에서 3명의 감시인을 공개적으로 채찍질한 것은 지나치게 가혹한 처사라고 생각했다.

그러나 엄한 처벌에도 불구하고, 돈은 가난한 사람들의 마음을 움직였고, 많은 가족이 주택 봉쇄 후에도 빠져나올 방법을 찾아 도망갔다. 그러나 이런 가족들은 어딘가 갈 데가 있는 사람들이었다. 8월 1일 이후 어느 쪽으로든 길을 지나기는 쉽지 않았다. 그러나 도망갈 방법은 많았다. 특히 이미 언급한 것처럼, 어떤 이들은 텐트를 가지고 있어서 들판에 텐트를 치고, 침대나 바닥에 깔 짚, 식량 등을 그리로 옮긴 다음 동굴 속 은자처럼 그곳에서 살았다. 누구도 감히 그들에게 다가가지 않았기 때문이다. 그런 사람들에 관한 이야기가 여럿 나돌았는데, 어떤 것들은 우습고, 어떤 것들은 비극적이었다. 사막을 떠도는 순례자들처럼 살면서 믿기 어려운 방식으로 스스로를 유배시켜 위험을 피한 사람들도 있었는데, 그런 경우 기대할 수 있는 것보다는 많은 자유를 누렸다.

나는 두 형제와 그들의 친척 남자에 관한 이야기를 하나 알고 있다. 독신이었지만 시에 너무 오래 남아 떠날 때를 놓친 데다, 어디로 피난을 가야 할지도 모르고, 멀리 여행할 수단도 없었던 그들은 나름의 생존 방법을 찾았다. 그 자체만 보면 일견 절박한 것처럼 보이는 그들의 방법은 사실 대단히 자연스럽기도 해서 당시 더 많은 사람이 그렇게 하지 않은 것이 이상하게 여겨질 정도였다. 그들은 가난했지만 육신과 영혼을 유지하기 위한 약간의 생필품을 마련할 수 없을 만큼 가난하지는 않았다. 전염병이 무서운 기세로 퍼지는 것을 본 그들은 가능한 한 다른 곳으로 몸을 피하기로 결심했다.

그들 중 하나는 지난번 전쟁과, 그 전의 저지대[10] 전쟁에 참전한 군인이었다. 부상을 당한 데다가 군인 말고는 다른 직업을 가져 본 적도 없어서 너무 어려운 일은 할 수 없었던 그는 한동안 선원용 비스킷을 만드는 와핑의 한 빵집에서 일했다.

그 사람의 동생은 선원이었는데, 어쩌다 한쪽 다리를 다쳐 바다에 나가지 못하게 되었고 와핑 근처 어딘가의 돛 만드는 공장에서 일하며 생계를 유지했다. 돈 관리를 잘해 얼마간 저금이 있었고, 셋 중에서 가장 여유가 있었다.

마지막 남자는 소목 혹은 목수로 손재주가 좋았다. 공구 상자 혹은 연장통 말고는 아무 재산도 없었지만, 공구 상자 덕에 지금처럼 예외적인 시기에도 언제 어디서든 생계를 유지할 수 있었던 그는 새드웰 근처에 살았다.

그들은 모두 스테프니 교구에 살고 있었는데, 그 교구는 앞서 말했듯 병이 가장 나중에 퍼진 곳, 그러니까 나중에 급격히 퍼진 곳이었다. 그들은 도시의 서쪽에서 잦아든 페스트가 자신들이 사는 동쪽으로 오는 것이 분명해질 때까지 그곳

10 유럽 북해 연안의 벨기에, 네덜란드, 룩셈부르크로 구성된 지역.

에 남아 있었다.

세세한 부분까지 사실을 요구하거나 정확하지 않은 부분에 대해 책임을 지라고 하지 않고 독자들이 내가 그들에게 들은 대로 세 남자의 이야기를 전하는 것에 만족한다면, 우리에게 비슷한 공적 재난이 발생하는 경우 이 이야기가 가난한 사람들이 따르기 좋은 예가 될 것이라고 믿으며, 할 수 있는 한 정확하게 그들의 이야기를 전하고자 한다. 주님의 무한한 자비로 그런 일이 발생하지 않는다고 하더라도, 세 남자의 이야기는 여전히 많은 점에서 유용할 것이며, 이 이야기를 한 것이 무익한 일이었다는 말은 나오지 않을 것이라고 생각한다.

하던 이야기를 마치려면 아직 한참 남았으므로, 세 남자에 관한 이야기는 이 정도만 미리 말해 두기로 하자.

처음에는 거리를 자유롭게 다녔지만 분명한 위험을 감수할 만한 행동은 하지 않았다. 그러나 사람들이 우리 올게이트 교구 묘지에 거대한 구덩이를 팔 때는 예외였다. 무시무시한 구덩이였다. 나는 직접 가서 보고 싶은 마음을 억누를 수 없었다. 최대한 가깝게 짐작해 보자면 세로가 약 12미터, 가로가 4~5미터인 구덩이였다. 처음 봤을 때는 대략 3미터 깊이였는데, 일부는 나중에 물이 나와서 더 팔 수 없을 때까지 거의 6미터를 팠다고 들었다. 그 구멍 전에도 그들은 큰 구덩이를 몇 개 더 팠던 것 같다. 아직 우리 교구까지 전염병이 퍼지기 한참 전이었지만, 일단 시작된 후에는 런던 안과 주변을 통틀어 올게이트와 화이트채플 두 교구처럼 무섭게 병이 퍼진 곳도 없었다.

우리 교구에 병이 번지기 시작할 무렵, 특히 8월 초까지 우리 교구에서는 아직 볼 수 없던 시체 수레가 돌아다니기 시작할 무렵 그들은 이미 다른 곳에 몇 개의 구덩이를 더 판 후였다. 그 구덩이마다 50~60구의 시체를 묻었고, 그 후 더 큰 구덩이들을 파고 시체 수레가 한 주 동안 실어 온 시체를 모두 그곳에 묻었는데, 8월 중순부터 말까지 매장 수는 한 주에 200~400구에 이르렀다. 매장지 표면과 매장된 시신 사이에 2미터 깊이가 유지되어야 한다는 치안 판사의 명령 때문에 구덩이를 더 크게 파기 어려웠고, 5미터 전후 깊이에서 물이 나왔기 때문에 한 구덩이에 더 많은 시체를 묻을 수도 없었다. 그러나 9월 초가 되어 병이 무서운 기세로 번지고, 우리 교구의 매장 건수가 런던 주변 비슷한 규모의 교구들에서 전례를 찾을 수 없을 만큼 증가하자, 그들은 단순한 구덩이라고 할 수 없는, 이 끔찍한 심연 같은 구덩이를 파도록 명령했다.

그 구덩이를 팔 때는 한 달 혹은 그 이상은 버틸 수 있을 것으로 예상했다. 교구민 전체를 묻을 준비를 하는 것이냐 등의 말을 하며, 그렇게 끔찍한 구덩이를 파는 것에 대해 교구 위원을 비난하는 사람들도 있었다. 그러나 시간이 지나자 그런 말을 한 사람들보다 교구 위원이 상황을 더 정확히 판단했음이 드러났다. 구덩이는 9월 4일에 완성되었고, 6일부터 시신을 매장하기 시작했는데, 2주일 후인 20일까지 1,114구의 시체가 매립되었고 표면에서 2미터 지점까지 시신으로 가득 차서 구덩이를 덮어야만 했기 때문이다. 이 사실을 보증할 수 있는, 심지어 나보다 정확하게 교회 마당에서 그 구덩이가 있던 자리를 보여 줄 수도 있는 나이 든 교구민들이 분명 있을 것이다. 하운즈디치에서 동쪽으로 돌아 화이트채플 쪽으로 가면 스리 넌스 인 근처의 묘지 서쪽 벽 길에 나란히 있는 묘지 표면에서 그 구덩이가 있던 자리의 흔적을 여러 해 동안 볼 수 있었다.

호기심이 발동해, 아니, 호기심에 못 이겨 다시 구덩이를 보러 간 것은 9월 10일경이었는데, 그때까지 거의 400구의 시체가 매장되었다. 전에도 한 번 가본 적이 있어서 낮에 보는 것으로는 만족할 수 없었다. 일단 시체가 구덩이에 던져지면 운반 인부라고도 불리는 매장 인부들이 곧바로 흙으로 덮기 때문에 낮에는 대충 덮어 놓은 흙밖에 볼 것이 없었다. 그래서 나는 밤에 가서 시체가 매장되는 것을 보기로 결심했다.

처음에는 단지 감염을 막기 위해 사람들이 매립 구덩이에 접근하는 것이 엄격하게 금지되었다. 그러나 감염된 사람들과 죽음이 임박한 사람들이 정신 착란 상태에서 담요나 누더기로 몸을 감싸고 이곳으로 와서 구덩이에 몸을 던졌기 때문에, 혹은 그들의 표현에 따르면 구덩이에 스스로를 묻었기 때문에 시간이 지나면서 접근 금지는 더 필요한 조치가 되었다. 관리들이 아무나 내키는 대로 들어가 눕게 두지는 않았다. 그러나 크리플게이트 교구 핀즈베리에 있는 커다란 구덩이는 당시 담 없이 들판에 노출되어 있었기 때문에 사람들이 그곳에 와서 몸을 던진 후 흙이 덮이기 전에 죽었다는, 그리고 인부들이 다른 사람들을 묻기 위해 왔다가 이미 죽은, 아직 몸이 채 식지 않은 그들을 발견하고 흙을 덮어 주었다는 이야기를 들었다.

실로 말로는 표현할 수 없을 정도로 끔찍한 일이었다. 직접 보지 않은 이들에게 당시의 정황을 온전히 전할 말을 찾는 것은 불가능한 일이지만, 다음의 이야기가 그 당시의 끔찍한 상황을 조금이라도 전할 수 있을지 모르겠다.

매립지를 지키는 묘지기를 알고 있던 덕에 나는 묘지에 들어갈 수 있었다. 그는 나를 막지 않았지만 들어가지 말라고 진심으로 설득했다. 선하고 신실하며 분별 있는 그는 자신의 경우 그 모든 위험을 감수하면서도 목숨을 부지하기를 바라는 것이 일이자 의무이지만 내 경우에는 호기심 외에 묘지에 들어갈 명백한 이유가 없으며, 호기심이 이런 위험 감수를 정당화하기에 충분한 이유라고 믿는 척할 수는 없을 것이라고 말했다. 나는 그에게 꼭 가보고 싶으며 어쩌면 교훈적이고 유익한 경험일지 모른다고 대답했다. 그 선한 남자는, 그런 목적으로 가려는 거라면, 〈그러면 가보세요. 어쩌면 사람에 따라 교훈이 될 수도, 평생 들은 최고의 설교가 될 수도 있을 테니〉라고 말했다. 「교훈을 주는 광경이지요.」 그가 덧붙였다. 「목소리, 그것도 큰 목소리로 우리 모두에게 회개하라고 외치는 광경이요.」 그리고 문을 열어 주며 〈원한다면 들어가세요〉라고 말했다.

그의 말이 내 결심을 얼마간 흔들었으므로 나는 망설이며 한참 동안 서 있었다. 그런데 이렇게 기다리고 있는 사이에 미너리즈 끝에서 두 개의 횃불이 다가오고 종 치는 소리가 들리더니, 곧이어 사람들이 시체 수레라고 부르는 마차가 도로에 모습을 드러냈다. 보고 싶은 마음을 더는 참지 못하고 나는 묘지 안으로 들어갔다. 처음 묘지에 들어갈 때, 그리고 들어가서는 매장 인부들과 수레를 모는, 아니, 말과 수레를 끌고 가는 마부 외에는 아무도 볼 수 없었다. 그러나 그들이 구덩이 근처로 갈 때 한 남자가 걸어오는 것이 보였다. 갈색 담요로 몸을 감싼 그 남자는 큰 고통을 겪는 사람처럼 망토 아래 두 손을 움직였다. 매장 인부들은 그를 내가 앞서 말한 그런 불쌍한 사람, 제정신이 아닌 상태에서 자신을 묻으려 하는 그런 사람이라고 생각하며 그 주위에 둘러섰다. 그는 주위를 서성이며 아무 말도 하지 않고, 두세 번 폐부에서 나오는 것 같은 큰 신음 소리만 내더니, 심장이 부서질 것처럼 한숨을 쉬었다.

그에게 다가간 매장 인부는 곧 그가, 내가 앞서 말한 것처럼 감염으로 희망을 잃은 사람도, 제정신을 잃은 사람도 아니라는 사실을 발견했다. 아내와 자녀들을 시체 수레에 싣는 슬픔의 무게에 짓눌려 감당할 수 없는 비통함에 사로잡힌 채 마차를 따라온 남자일 뿐이었다. 그는 슬픔을 감추지 못했지만 그것은 눈물로 해소할 수 없는 남성적인 슬픔이었다. 그는 인부들에게 자신을 내버려 두라고, 시신이 매장되는 것을 보기만 하고 가겠다고 말했다. 인부들은 그의 청을 들어주었다. 그러나 수레가 방향을 틀고 시신들이 마구 구덩이로 던져지자 그는 깜짝 놀랐다. 물론 곧 기대할 수 없는 일이라는 사실을 받아들였지만, 적어도 예의를 갖춰 시체를 부릴 것이라고 생각했기 때문이다. 그 장면을 보자마자 그는 참지 못하고 크게 울음을 터뜨렸다. 그가 말하는 소리는 들을 수 없었다. 그러나 그는 두세 걸음 뒤로 물러서더니 기절했다. 인부들이 달려가 그를 일으켜 세웠고, 그는 곧 정신을 차렸다. 인부들이 그를 하운즈디치 끝에 있는 파이 주막으로 데리고 갔다. 그곳 사람들은 그 남자를 아는 것 같았고, 그를 보살펴주었다. 매립지를 떠나며 그는 구덩이를 다시 한번 쳐다보았다. 그러나 인부들이 시신을 넣자마자 즉시 흙으로 덮었기 때문에, 7~8개 혹은 더 많은 촛불과 등불이 구덩이 주변 흙무더기 위에서 밤새 타고 있어 빛은 충분했음에도 불구하고 아무것도 볼 수 없었다.

참으로 슬픈 장면이었고, 나도 다른 사람들처럼 마음이 동요되었다. 끔찍하고 두려운 또 다른 장면도 있었다. 수레에는 16~17구의 시신이 있었는데, 어떤 시신은 삼베로 싸여 있고, 다른 시신은 담요로 싸여 있었다. 또 어떤 시신은 벌거벗은 것이나 다름없는 상태였고 덮은 천이 너무 헐렁해 수레에서 쏟아질 때 몸에서 벗겨지는 바람에 거의 나체 상태로 다른 시신들 사이로 떨어졌다. 그러나 모두 다 죽어 인류의 공동묘지라고 불러도 무방할 구덩이로 들어가는 마당에 누구도 이를 크게 신경 쓰지 않았고, 예의에 어긋난다고 생각하지도 않았다. 가난한 사람이나 부유한 사람이나 할 것 없이 그들은 함께 구덩이로 떨어졌다. 다른 매장 방법은 없었고, 가능하지도 않았다. 이렇게 큰 재난으로 사망한 엄청난 수의 사람들을 위한 관을 마련할 수 없었기 때문이다.

매장 인부들에 대한 나쁜 소문들도 있었다. 당시 수의용 천은 보통 질 좋은 삼베로, 머리부터 발까지 잘 감싸인 시신이 더러 있었는데, 그런 경우 매장 인부들이 사악하게도 수레에서 천을 벗긴 후 시신을 맨몸으로 매립지로 운반한다는 소문이었다. 그러나 나로서는 기독교인이 그렇게까지 사악한 행동을 했다고 믿기는 어려웠기 때문에 기록은 하되, 진위 여부는 확인되지 않았음을 밝혀 둔다.

돌보는 병자의 죽음을 앞당긴 간호사들의 잔인한 행동과 관행에 대해서도 무수한 소문들이 있었다. 그러나 이에 대해서는 적당한 때 더 말할 생각이다.

그 광경에 나는 큰 충격을 받았다. 거의 압도된 상태로 나는 설명할 수 없는 암울한 생각과 괴로운 마음에 사로잡혀 묘지를 떠났다. 막 교회를 나와 집으로 가는 거리로 접어들었을 때 길 건너 부처 로의 해로 앨리에서 종을 치는 이를 앞세우고 횃불을 든 또 다른 수레가 다가오는 것이 보였다. 시신이 수레 가득 실려 있었다. 수레는 곧바로 교회 쪽 도로로 접어들었다. 나는 잠깐 서 있었지만, 그 암울한 광경을 한 번 더 보기 위해 다시 돌아갈 마음이 들지 않아 곧바로 집으로 왔다. 그리고 아무 해도 입지 않았다는 생각에 감사한 마음으로 내가 감수한 위험을 묵상하지 않을 수 없었다. 실제로 나는 아무런 해도 입지 않았다.

집에 있자니 불운한 그 가엾은 남자의 슬픔이 다시 떠올랐고, 그 장면을 생각하니 참을 수 없이 눈물이 났다. 어쩌면 그가 흘린 것보다 더 많은 눈물을 흘렸을지도 모른다. 그 남자 생각에 마음이 너무 무거워진 나는 자신을 이기지 못하고, 결국 그 남자가 어떻게 되었는지 물어보기로 결심하고 다시 거리로 나섰다.

새벽 1시쯤이었지만, 그 가엾은 신사는 아직 주막에 있었다. 그를 알고 있던 주막 사람들이 그로 인해 감염될 위험에도 불구하고 그를 위로하며 밤새 곁을 지켰던 것이다. 그러나 그는 아주 건강해 보였다.

이 술집 이야기를 하자니 마음이 무겁다. 술집 주인은 충분히 양식 있고 예의 바르며 친절한 사람이었다. 전처럼 활발하게 영업을 하지는 않았지만, 이즈음까지도 가게를 열고 장사를 계속하고 있었다. 그러나 이 술집을 찾는 한 무리의 형편없는 손님들이 있었다. 이 무서운 시기에도 그들은 매일 밤 그곳에 모여 그런 인간들이 평소에 하듯이 흥청망청 소란스럽게 놀았고, 그 정도가 지나쳐서 술집 주인 부부도 처음에는 민망해하다가 이내 그들을 무서워할 정도였다.

그들은 대개 거리 쪽 자리를 차지했고, 언제나 늦게까지 있었으므로, 시체 수레가 거리 끝에서 도로를 건너 하운즈디치로 가는 것을 주막 창문으로 볼 수 있었다. 그들은 자주 종소리가 들리면 얼른 창을 열고 밖을 내다보았다. 그리고 시체 수레가 지나갈 때면 거리의 사람들과 집 창문에서 나는 사람들의 비탄에 젖은 소리를 들으며 무례하게 그들을 조롱하고 야유를 퍼부었다. 당시에는 많은 사람들이 일상적으로 거리를 지날 때도 신의 자비를 빌었는데, 이 불쌍한 이들의 기도 소리가 들리면 그들은 더욱 요란하게 사람들을 비웃었다.

앞서 언급한 것처럼 이 불쌍한 남자를 주막으로 데리고 올 때 일었던 소란 때문에 심사가 틀어진 그들은, 그자들의 표현에 따르면 무덤에서 나온 사람을 주막에 들였다고 처음에는 주막 주인에게 언성을 높이며 화를 냈다. 그러나 그가 이웃이고 건강하며 가족에게 닥친 재앙으로 인해 슬픔에 빠져 있다는 등의 설명을 듣자, 화를 내는 대신 그 남자의 아내와 자녀에 대한 그의 슬픔을 조롱하기 시작했다. 그들은 그 큰 무덤에 뛰어들어 가족과 함께 하늘나라로 갈 용기는 없었느냐고 비아냥거리며 말하고, 그 외에도 대단히 모욕적이고 불경한 표현들로 그 남자를 조롱했다.

내가 다시 주막에 갔을 때 그들은 그런 몹쓸 짓을 하고 있었다. 그 남자는 적어도 내가 보기에는 비탄에 잠겨 말없이 가만히 앉아 있었다. 그들의 모욕에도 불구하고 그는 여전히 슬픔에 잠겨 있었지만, 그들의 말에 서글픔과 분노를 동시에 느끼는 것 같았다. 그 모습을 보고 나는 조용히 그들을 꾸짖었다. 그들이 어떤 사람인지 알 만큼 알았고, 그중 두 사람은 개인적으로도 알고 지냈기 때문이다.

그들은 즉시 나에게 욕과 저주를 퍼붓기 시작했다. 그리고 너보다 정직한 사람들이 숱하게 묘지로 실려 가는 이런 때에 무덤 밖에서 뭘 하는 거냐, 왜 시체 수레가 와서 실어 가지 않도록 집에서 기도나 하지 않느냐 등등의 말을 퍼부었다.

그런 취급에 평정심을 잃지는 않았지만, 그 무례함에는 진정 놀랐다. 그러나 나는 침착함을 유지하며 말했다. 그들이 든 세상 누구든 정직하지 않다고 나를 비난하는 것은 받아들일 수 없지만, 이 두려운 신의 심판에서 나보다 훌륭한 많은 사람이 죽어서 묘지에 묻힌 것은 사실이다. 그들의 질문에 답하며 나는 또 너희가 끔찍한 저주와 욕설로 헛되이 불경을 저지르며 입에 담은 위대한 하느님의 자비 덕에 목숨을 부지하고 있다, 그리고 하느님의 자비와 다른 여러 가지 이유 중에서도 이렇게 무서운 시기에 그런 식으로 행동하며 무례한 짓을 하는 당신들을 꾸짖기 위해, 특히 이웃이며 정직한 신사인 그를 당신들 중 몇 명은 이미 알고 있을 뿐만 아니라 그가 신의 뜻으로 가족과 이별하고 슬픔에 잠긴 것을 보면서도 조롱하고 놀린 것을 나무라기 위해 살아 있다고 믿는다고 말했다.

내가 그들을 전혀 두려워하지 않고 할 말을 다 하는 것에 도발된 듯 그들은 끔찍한 조롱으로 응대했는데, 그 말들을 정확히 기억할 수 없을뿐더러 기억이 난다고 해도 거리의 평범한 사람들이나 최악의 인간들조차 그런 시기에 입에 담지 못할 끔찍한 욕설과 저주, 추잡한 말 중 어떤 단어도 이 기록에 남기고 싶지 않다. (이런 무뢰한들을 제외하고 이 시기에는 가장 사악한 악당들조차 일순간 그들을 절멸시킬 수 있는 전능한 손을 생각하며 얼마간 두려움을 느꼈다.)

그들이 내뱉은 온갖 사악한 말 중에서도 두려움을 모르는 불경한 언사와 신이 없다는 식의 말들이 가장 나빴다. 그들은 내가 페스트를 하느님의 벌이라고 부른 것을 비웃었으며, 이렇게 무서운 재앙이 일어난 것이 신의 섭리와 아무 상관도 없다는 듯 심판이라는 말 자체를 조롱하고, 시체를 실어 가는 수레를 보며 신을 찾는 사람들 역시 모두 광신도로 취급하면서 어리석고 터무니없는 자들이라고 웃음거리로 삼았다.

필요하다고 생각한 말로 대꾸를 했지만 그들의 끔찍한 말을 제지하기에는 한참 역부족이었고, 내 말에 그들이 더욱 흥분해서 날뛰었기 때문에, 고백하건대 나는 공포와 일종의 분노를 느끼며 전 도시를 덮친 심판의 손길이 그들과 그들 주위 사람들에게 성스러운 복수를 행하지 않기를 바란다고 말하고 자리를 떠났다.

내 꾸짖음에 그들은 최악의 경멸을 보이며 할 수 있는 온갖 조롱을 다 했고, 그들의 말에 따르면 내가 설교를 늘어놓았기 때문에 생각할 수 있는 모든 무례하고 상스러운 야유를 나에게 퍼부었다. 화가 나기보다 마음이 무거워진 나는 그들이 그렇게 나를 모욕했음에도 불구하고, 마땅히 해야 할 말을 했다는 사실에 대해 마음속으로 하느님께 감사를 드리며 자리를 떠났다.

이후에도 그들은 사나흘 더 그런 사악한 짓을 계속하며 종교적이거나 진지한 사람들, 혹은 신의 두려운 심판이 내려졌다는 생각에 조금이라도 영향을 받은 사람들을 계속해서 비웃고 조롱했다. 나는 그들이 또 감염의 위험에도 불구하고 교회에 모여 단식하고 진노의 손을 거두어 가시기를 하느님께 기도하는 선량한 사람들을 마찬가지로 모욕했다는 이야기를 들었다.

그런 짓을 사나흘 더 했다고 말했는데, 그 이상은 할 수 없었다. 사나흘 후 그들 중 하나, 특히 그 딱한 남자에게 왜 무덤으로 따라가지 않았냐고 물었던 그 사람이 하늘의 심판으로 페스트에 걸려 실로 처참한 모습으로 죽었기 때문이다. 그리고 말할 것도 없이 그들 모두는 내가 앞서 언급한 그 거대한 구덩이가 채 다 메워지기 전, 대략 2주도 걸리지 않았는데, 그 구덩이에 던져졌다.

당시 모두를 덮친 그런 두려움의 시기에 그자들은 인간의 본성을 가진 사람이라면 생각만으로도 몸이 떨릴 갖가지 무례한 짓을 저질렀다. 특히 사람들이 종교적인 태도를 보일 때면 매번 그들을 조롱했고, 이런 재앙의 시기에 하늘의 자비를 구하기 위해 사람들이 공공 예배 시설에 열정적으로 모이는 것을 비웃었다. 그들이 모여서 놀던 술집이 교회 문이 보이는 자리에 있었으므로, 그들은 자신들의 무신론적이고 불경한 기쁨을 누릴 기회를 특히 더 자주 가질 수 있었다.

그러나 앞서 말한 그 일이 있기 전에는 빈도가 좀 줄었다. 이즈음 시내의 이 구역에도 병이 굉장한 기세로 번져 사람들은 교회에 오기를 두려워했고, 적어도 그 수가 평소만큼 많지 않았기 때문이다. 많은 성직자가 죽었고, 다른 이들은 시골로 피신했다. 이런 시기에 도시에 남을 뿐만 아니라 교회에 와서 회중을 위해, 그들 중 다수가 감염자라고 믿을 이유가 충분한데도 성직자의 임무를 매일, 혹은 일부 예배당에서 그랬던 것처럼 하루에 두 번 수행하기 위해서는 실로 대단한 용기와 굳은 신념이 필요했다.

사람들은 종교 활동에 놀라운 열정을 보였다. 교회 문이 항상 열려 있었으므로 사람들은 성직자가 예배를 주재하든 아니든 홀로 찾아와 서로 떨어진 신도석에 자리를 잡고 앉아 열정적이고 헌신적으로 기도를 올리곤 했다.

비국교도들은 그들의 모임 장소에서 만났고, 다른 종파에 속한 사람들도 모두 해당 종파의 안내에 따라 모였다. 그러나 특히 전염병이 시작되던 시기에 그 모든 것이 이 남자들의 막돼먹은 조롱의 대상이 되었다.

그 일이 있기 전 여러 종파의 신실한 사람 몇몇이 대놓고 종교를 모욕하는 그들을 꾸짖기도 했고 병이 무섭게 번지는 상황 때문에도 한동안 막돼먹은 언행이 좀 수그러들었던 모양인데, 그 신사를 처음 주막에 데려왔을 때 있었던 소란 때문에 신을 모르는 천박한 태도에 다시 불이 붙은 것 같았다. 처음에는 최선을 다해 침착하고 평온하게 예의를 갖춰 말했는데도 불구하고, 그들은 내가 꾸짖었을 때도 똑같이 불경하고 천박한 태도로 대응했다. 자기들이 화를 낼까 봐 무서워서 내가 예의를 지켰다고 생각하며 더 심하게 나를 모욕하기도 했는데, 물론 곧 그렇지 않다는 사실을 깨달았다.

나는 그자들의 막돼먹은 행실에 무겁고 암담한 마음으로, 그러나 그들이 신의 정의가 드러날 무서운 예가 될 것임을 의심하지 않으며 집으로 돌아왔다. 나는 이 암울한 시기가 신의 심판을 위한 특별한 시간이라고 생각했으며, 이 기회에 하느님께서 보시기에 바람직하지 않은, 마땅한 처벌의 대상을 다른 때보다 더 특별히 주목할 만한 방식으로 고르실 것이라고 생각했다. 물론 같은 재앙 아래 선한 이들 역시 숱하게 죽었고 죽게 될 터였다. 이렇게 많은 사람이 죽어 가는 때에 그들이 병에 걸렸는지 여부, 혹은 이런저런 다른 근거로 그들의 영원의 상태를 판단하는 것은 신뢰할 만한 방법이 아니다. 그러나 이런 시기에 하느님의 이름과 존재를 모독하고, 그의 심판을 부정하며, 예배와 예배자들을 조롱하면서 대놓고 당신을 적대시하는 자들을 자비롭게 살려 두는 것을 옳다고 생각하지 않으실 것이라 믿는 것은 합당하다고 생각된다. 다른 시기라면 주님의 자비가 그들을 용서하고, 목숨을 부지하게 해주실지 몰라도 말이다. 지금은 전염병의 시기이자 신의 분노의 시기가 아니던가. 〈그러는데 내가 벌하지 않고 내버려 두겠느냐? 내가 똑똑히 일러둔다. 이런 족속에게 분풀이를 않고 내버려 둘 수는 없다〉고 적힌 「예레미아」 5장 9절 말씀이 떠올랐다.

이런 일들로 나는 마음이 무거웠다. 하느님이 그들뿐 아니라 나라 전체를 심판할 목적으로 손에 칼을 빼 드신 이런 때에, 하느님과 그의 백성, 예배를 모욕할 만큼 타락하고 두려움을 모르며 사악한 이들이 있다는 사실을 생각하며, 그자들의 무도함에 두렵고 참담한 마음으로 나는 집으로 돌아왔다.

처음에는 얼마간 그들에게 분노한 상태였다. 나 개인에게 퍼부은 모욕 때문이 아니라 그들이 한 불경한 말에 경악했기 때문이었다. 그러나 내가 느낀 분노에 사감이 전혀 없는지 의심도 들었다. 나에게 개인적인 욕설도 잔뜩 했기 때문이다.

잠시 무거운 마음으로 생각에 잠겨 있던 나는 집에 오자마자 잠자리에 들었다. 그날 밤 잠을 이루지 못했던 것이다. 그리고 하느님께 그렇게 위험한 상황에서 지켜 주신 것에 대해 가장 겸허한 마음으로 감사의 기도를 올렸다. 그러고는 진지한 마음으로 진심을 다하여 그 절망적인 무리를 용서해 달라고, 그들의 눈을 뜨게 해주시며 그들이 경외심을 느끼게 해 달라고 기도했다.

이렇게 기도함으로써 나는 내 의무, 즉 나를 무도하게 이용한 자들을 위해 기도할 의무를 행했을 뿐 아니라, 그들이 개인적으로 나를 욕했기 때문에 마음에 화가 가득한 것이 아니라는 사실을 만족할 만큼 확신할 수 있었다. 그러므로 하느님을 섬기려는 진실한 열정과 자신의 사적 감정이나 분노의 결과를 구분하고, 확신하고 싶은 사람 모두에게 이 방법을 겸허히 권하는 바이다.

그러나 이제 전염병 시기를 생각하면 떠오르는 특별한 사건들, 특히 감염 초반의 주택 봉쇄 시기에 있었던 일들로 돌아가야겠다. 전염병이 절정에 달하기 전에는 그 후보다 더 상황을 관찰할 여유가 있었다. 그러나 상황이 최악에 달했을 때는 전처럼 서로 이야기를 나누는 일조차 없었다.

앞에서 언급했지만, 주택 봉쇄 동안 감시인에게 폭력을 휘두른 경우들이 있었다. 군인들은 볼 수 없었다. 나중과 비교하면 그 수가 훨씬 적었던 당시 국왕의 친위 부대는 런던 타워와 화이트홀을 지키는 소수를 제외하고 왕가와 함께 옥스퍼드로 이동하거나 먼 시골 부대로 흩어진 뒤였다. 런던에 남은 군인의 수는 몇 명 되지 않았다. 타워에도 24명의 포병과 병기계(兵器係)라고 불리는 무기고 감시를 위해 지명된 24명의 장교를 제외하면 근위대처럼 군복에 모자를 쓰고 문을 지키는 간수라고 불렸던 이들 외에 다른 보초는 없었던 것으로 생각한다. 훈련된 민병대를 조직할 가능성은 전혀 없었다. 설사 런던이나 미들섹스의 지휘관이 민병대 모집을 위해 북을 울리라고 명령했다고 해도, 누구도 위험을 감수하면서까지 모이지는 않았을 것이다.

이런 상황으로 인해 감시인이 더 보호를 받지 못했고, 아마 때로 더 심각한 폭력에 노출되기도 했다고 생각한다. 이 이야기를 하는 이유는 우선 사람들을 집에 가두기 위해 감시인을 세우는 것이 효과적이지 않다는 사실을 밝히려는 것이다. 무력을 쓰든지 꾀를 쓰든지 해서 사람들은 원할 때면 언제든 자유롭게 집을 빠져나갔다. 두 번째로 그렇게 집을 빠져나간 사람들은 대체로 감염자였는데, 절박한 상태에서 이리저리 헤매던 그들은 자신이 누구에게 병을 옮기는지 고려하지 못했다. 앞서 말했지만 이것이 감염자들은 당연히 다른 사람들에게 병을 옮기려 한다는 소문의 기원이라고 생각되는데, 이는 전적으로 잘못된 소문이다.

이 문제에 대해서라면 나는 많은 경우를 알고 있으며, 병에 걸렸을 때 다른 사람들에게 병을 퍼뜨리기는커녕 그들의 안녕을 위해 가족조차 오지 못하게 하고, 자기 때문에 병에 걸리거나 감염되어 위험에 처하는 일이 없도록 가장 가까운 일가조차 보지 않고 죽어 간 선량하고 경건하며 신실한 사람들의 이야기를 여럿 해줄 수 있다. 따라서 감염된 사람들이 다른 사람들에게 야기할 위험을 개의치 않은 경우들이 있다면 바로 이것, 즉 병에 걸린 사람들이 봉쇄된 집을 빠져나와 음식이나 도움이 너무도 절박한 나머지 자신의 상태를 숨기고, 고의는 아니더라도 그 사실을 모르고 조심하지 않은 다른 사람들을 전염시키게 된 것이 분명 그런 경우의 발생 이유일 것이다. 주된 이유는 아닐지도 모르지만 말이다.

이것이 앞서 설명했듯이 내가, 그때도 그렇고 지금도 여전히, 강제로 주택을 봉쇄하고 사람들을 자기 집에 가두는 것이 대체로 거의 혹은 전혀 효과가 없다고 믿는 이유이다. 사실 나는 주택 봉쇄가 조용히 자기 침대에서 죽어 갈 사람들을 오히려 병에 걸린 상태에서 이리저리 절박하게 돌아다니게 했다고 생각한다.

그렇게 올더게이트 혹은 그 근처에 있던 자기 집에서 도망쳐 나와 이즐링턴 방향으로 간 한 시민을 기억한다. 그는 지금도 같은 간판을 쓰는 에인절 인에 갔다가 화이트 호스 여관에 갔지만 거절당하고, 마찬가지로 지금도 같은 간판을 쓰는 파이드 불에 들어갔다. 그는 자신이 병에 걸리지 않았으며 전적으로 건강하다고 그들을 안심시키고는, 링컨셔로 가는 척하면서 하룻밤 묵을 방이 있는지 물었다. 병이 아직 그렇게 멀리까지 영향을 미치기 전이었다.

그들은 방은 없지만, 다락에 침대가 하나 있는데 다음 날 가축을 몰고 올 이들이 있어서 오늘 밤 하루만 그 침대를 쓸 수 있다고, 거기서라도 묵을 생각이 있다면 가능하다고 대답했고, 그는 그러기로 했다. 하녀가 방을 보여 주기 위해 촛불을 들고 그를 데리고 올라갔다. 그는 좋은 옷을 입고 있었고, 다락에서 자는 데 익숙한 사람처럼 보이지 않았다. 방으로 올라간 그는 깊은 한숨을 쉬며 이런 방에서 자본 적이 없다고 하녀에게 말했다. 그러나 하녀는 다시 한번 더 좋은 방은 없다고 그에게 말했다. 「흉흉한 시절이니 적응해야지요, 하룻밤뿐이니까요.」그는 이렇게 말하고 침대가에 앉더니 하녀에게, 내 기억으로는 데운 맥주 한 잔을 가져다 달라고 부탁했다. 그러나 급한 여관 일들 때문에 아마 다른 일을 보다가 하녀는 그 부탁을 잊어버렸고, 그에게 올라가지 않았다.

다음 날 아침, 그가 보이지 않자 여관의 누군가가 그를 데리고 올라갔던 하녀에게 그 남자는 어떻게 되었냐고 물었다. 하녀는 깜짝 놀라며, 〈세상에, 그 사람 까맣게 잊고 있었어요. 데운 맥주를 갖다 달라고 했는데 잊어버렸네요〉라고 말했다. 그 말에 하녀 대신 다른 사람이 그를 보러 올라갔고, 방에 들어간 그는 남자가 뻣뻣하고 차가운 시체로 침대에 길게 누워 있는 것을 발견했다. 옷은 벗고 입을 벌린 채 끔찍한 모습으로 눈을 부릅뜨고 있었으며, 한 손으로 침대의 담요를 단단히 움켜쥐고 있었다. 하녀가 방을 나간 뒤 얼마 지나지 않아 죽은 것이 분명했다. 하녀가 맥주를 가지고 올라갔다면, 아마 침대에 앉은 지 몇 분 만에 죽은 그를 발견했을 것이다. 누구라도 짐작하겠지만, 여관에는 대소동이 벌어졌다. 병이 여관에 퍼진 이 재난 이전에 그곳에서 전염병이 발생한 일은 없었다. 병은 주변의 다른 집들로 빠르게 퍼져 나갔다. 그 여관에서 몇 명이나 죽었는지는 기억나지 않지만, 그 남자를 처음 위층으로 데리고 간 하녀가 바로 놀라 쓰러졌고, 몇 명이 더 쓰러졌다. 그 전주에 이즐링턴에서 페스트 사망자는 2명에 불과했는데, 그다음 주에는 같은 교구에서 17명이 죽었고, 그중 14명이 전염병으로 사망했다. 7월 11일부터 18일 사이 일주일간의 기록이었다.

일부 가족이 선택한 방법이 하나 있는데, 집에 병자가 나온 가족들도 상당수 이 방법을 사용했다. 병이 처음 발생했을 때 대개 이웃이나 친척 중 누군가에게 집을 맡기고 물품의 안전 등을 부탁한 후 시골 지인의 집으로 피난을 가는 것이 그 방법이었다. 어떤 집들은 문에 자물쇠를 걸고, 창문과 문 위에 소나무 판을 대고 못을 박아 완전히 폐쇄하기도 했다. 이런 집은 일반 감시인들이나 교구 관리들이 감독했지만, 그런 경우는 드물었다.

외(外)교구와 서리, 서더크라고 불리는 강변을 포함해 런던과 교외의 거주민들이 버리고 간 집이 10,000채가 넘는다고들 했다. 그 외에도 하숙인이나 다른 사람 집에 살다가 도망간 사람들도 있으니, 이런 수까지 다 포함하면 거의 200,000명이 집을 버리고 떠난 것으로 짐작되었다. 그러나 이에 대해서는 나중에 다시 이야기하기로 하자. 지금 이 이야기를 하는 이유는 소유 혹은 관리하는 집이 두 채인 사람들 사이에서는 다음과 같은 조처가 일반적이었다는 사실을 밝혀 두기 위함이다. 즉 가족 중 누구라도 병에 걸리면 검사관 혹은 다른 관리에게 그 사실을 알리기 전에 가장은 즉시 아이와 하인들까지, 누구든 아프지 않은 가족 모두를 자신이 관리하는 다른 집으로 보낸 후에 검사관에게 병자가 발생했음을 알리고, 간호사를 부르거나 배정받은 후 병자가 사망할 경우 집을 보살필 또 다른 사람을 구해(돈을 주고 구하는 것인데) 그를 남겨질 다른 이들과 함께 봉쇄된 집에 두고 가는 것이 일반적인 방식이었다.

이는 많은 경우, 만약 아픈 사람과 함께 갇히면 죽음을 피할 수 없었을 남은 가족을 구하는 방법이었다. 하지만 다른 한편으로 이 방법은 주택 봉쇄의 또 다른 문제 중 하나이기도 했다. 집에 갇히는 것이 두려워 많은 사람들이 가족을 데리고 도망쳤는데, 공식적으로 확인되거나 병세가 심하지 않더라도 병에 걸린 것이 분명한 상태에서 어쩔 수 없이 사실을 숨기고, 혹은 자신도 아직 모르는 채로 자유롭게 돌아다님으로써 다른 사람들에게 병을 옮기고 무서운 속도로 병을 퍼뜨렸기 때문이다. 이 문제는 나중에 더 자세히 설명하겠다.

이 지점에서 우리처럼 무서운 전염병을 겪을 누군가 혹시 나중에 이 책을 읽게 될 때 도움이 될 관찰 몇 가지를 기록하고자 한다. (1) 우선 런던 시민들의 집에 전염병이 전파되는 경로는 대개 하인들을 통해서였다. 하인들은 생필품, 그러니까 음식이나 약을 사기 위해 빵집과 양조장, 가게 등을 방문하며 거리를 다니게 마련이다. 가게와 시장 등에 가기 위해 거리를 지나다니는 그들이 어떤 식으로든 치명적인 숨을 내뿜는 감염자를 만나지 않기는 불가능하다. 그 결과 하인들은 그 오염된 숨을 자신이 일하는 집 가족에게 옮긴다.

(2) 다음으로 이렇게 큰 도시에 격리 병원이 하나밖에 없는 것이 큰 문제였다. 기껏해야 200~300명을 수용할 수 있는 번힐 필즈 너머의 격리 병원 하나 대신 한 침대에 두 사람을 눕히거나 한방에 두 침대를 놓지 않고도 1,000명은 수용할 수 있는 격리 병원 여러 개가 필요했다. 그랬다면 특히 집 하인 중 누구든 병에 걸리는 즉시 가장이 그들을, 그들이 원하는 경우(많은 이가 원했다) 가까운 격리 병원으로 보내고, 검사관도 병에 걸린 가난한 사람들에게 같은 조치를 취할 수 있었을 것이다. 주택을 봉쇄하는 대신 사람들이 동의하는 곳에서는(동의하지 않는 경우에는 불가하지만) 이런 방법을 취했다면 확신하건대, 이 문제에 대해 나는 줄곧 같은 의견을 갖고 있는데, 그렇게 많은 사람들이 수천 명씩 죽지 않았을 것이다. 하인이 병에 걸렸을 때 가족들이 그들을 다른 곳에 보내거나 앞서 설명한 것처럼 자신들이 병자를 두고 집을 떠날 시간이 있었을 때는 모두가 산 경우를 내가 아는 한도 내에서도 여러 건 말할 수 있다. 반면 가족 중 한 사람 혹은 그 이상이 아플 때 집을 봉쇄하면 온 가족이 감염되어 아무도 시체를 묻거나 나를 수 없고, 그럴 생존자도 없었던 탓에 수레 인부가 집 안으로 들어가 시체를 끌어내야만 했다.

(3) 이상의 사실을 고려할 때 병이 감염을 통해, 그러니까 의사들이 악취라고 부르는 증기나 연기, 숨, 땀, 환자의 고름 냄새, 혹은 의사들도 다 파악하지 못한 다른 악취를 통해 전파된다는 사실을 나는 의심할 수 없다. 이런 악취가 아픈 사람을 일정한 거리 이내에서 접촉한 건강한 사람에게 영향을

주어 즉시 그 사람의 주요 신체 부위에 침투하고, 곧바로 그들의 피를 썩게 하며, 마치 제정신을 잃은 것처럼 보일 정도로 그들의 정신을 교란시킨다. 그러면 새로 감염된 사람은 같은 방식으로 다른 사람들에게 그 병을 퍼뜨린다. 몇 가지 사례를 이야기할 수 있는데, 이 문제를 진지하게 고려한 사람이라면 이 사례를 듣고 확신을 갖지 않을 수 없을 것이다. 이제 전염병이 끝났지만, 병이 매개 없이 다른 누구도 아닌 특정한 이 사람 혹은 저 사람을 쓰러뜨릴 명령을 받고 하늘에서 직접 내려온 것처럼 이야기하는 일부 사람들을 볼 때면 놀라지 않을 수 없다. 이런 의견을 나는 명백한 무지와 광신의 결과로 생각하며 경멸한다. 병이 오직 공기를 통해 전염된다는 의견 역시 마찬가지이다. 이 견해에 따르면 숨을 쉴 때 공기를 통해 수많은 곤충과 보이지 않는 생명체가 몸속으로 들어가거나, 심지어 공기와 함께 땀구멍으로 들어가 대단히 해로운 독기를 뿜거나 독성이 있는 알을 낳아 그것들이 피에 섞여 몸이 감염되는 것이라고 한다. 일견 전문적인 것 같지만 단순한 이 견해는 보편적인 경험을 통해 그 단순성이 드러났다. 하지만 이에 대해서는 순서가 되었을 때 더 이야기하고자 한다.

이 지점에서 나는, 시의 거주민에게 가장 치명적이었던 것은 진작부터 전염병에 대한 주의와 경고가 있었는데도 식량이나 다른 필수품을 비축해 피신처 혹은 집 안에서 버티도록 준비하지 않은 그들 자신의 심각한 부주의였다는 점을 더 강조하고 싶다. 앞서 말했지만, 그렇게 한 일부 사람들은 그 대비 덕에 훨씬 더 많은 수가 목숨을 부지할 수 있었다. 또 어느 정도 병에 무감해진 후, 사람들은 처음 병이 돌기 시작했을 때처럼 감염된 상태에서, 그 상태를 모르지 않으면서도 삼가는 법 없이 서로 이야기를 나누곤 했다.

나도 그렇게 생각 없는 시민 중 하나였으며, 대비를 거의 하지 않았다는 사실을 인정한다. 그래서 전염병이 돌기 전과 마찬가지로, 심지어 시간이 지나 내 어리석음을 깨닫게 된 후에도 하인들이 1페니 혹은 반 페니어치의 온갖 소소한 물건을 사기 위해 외출을 해야만 했다. 너무 늦게야 상황 판단을 제대로 하기 시작했기 때문에 한 달 동안 식솔과 함께 쓸 물품을 비축할 시간이 거의 없었다.

우리 집 식구는 집안일을 보살피는 노파와 하녀, 수습생 둘, 그리고 나였다. 주변에서 점점 더 많은 사람들이 전염병에 걸리기 시작할 무렵 나는 무거운 마음으로 어떤 선택을 해야 할지, 어떻게 행동해야 할지에 대해 여러 생각을 했다. 거리를 다닐 때면 어디에서나 마주치는 암울한 모습들이 내 마음을 공포로 채웠다. 무시무시한 병인 전염병 자체도 두려웠다. 어떤 사람들은 다른 사람들보다 더 끔찍하게 병증을 겪었다. 보통 목이나 사타구니에 생기는 종기가 단단하게 굳어 터지지 않으면 굉장히 고통스러워서 가장 가혹한 고문을 받는 것과도 같았다. 고통을 견디지 못해 창문으로 몸을 던지거나 자신을 쏘거나, 다른 방법으로 자살하는 사람들도 있었다. 나는 그런 끔찍한 장면을 몇 번이나 보았다. 고통을 견디지 못한 어떤 사람들은 계속 비명을 지르기도 했다. 거리를 지날 때면 그들의 커다란 비명 소리가 처연하게 들려왔다. 생각만으로도 심장이 서늘해지는 소리였는데, 똑같이 끔찍한 재앙이 언제든 우리에게 닥칠 수 있다는 걸 떠올리면 더더욱 그랬다.

결심이 흔들리기 시작했다는 점을 고백하지 않을 수 없다. 나는 용기를 잃었으며, 내 경솔함을 후회했다. 집 밖으로 나가 조금 전 언급한 그런 끔찍한 광경들을 마주치면, 감히 런던에 남겠다고 한 경솔함이 후회스러워졌다. 남지 말고 형, 그리고 형 가족들과 함께 떠났다면 좋았을걸, 하고 몇 번이나 생각했다.

끔찍한 풍경에 겁을 먹어 때로 집으로 돌아오면서 더는 외출하지 말아야겠다고 결심했고, 그런 결심을 사나흘 지키곤 했다. 그런 시간 동안 나는 살아 있는 것에 대해, 식솔이 죽지 않은 것에 대해 더할 수 없이 신실한 마음으로 기도를 올리고 계속 죄를 고했으며, 매일 헌신하면서 금식, 굴종, 묵상으로 하느님께 의지했다. 그 시간 동안 나는 책을 읽고, 매일 일어난 일들을 기록했는데, 집 밖에서 관찰한 내용을 기술하는 이 글의 대부분은 나중에 그 기록에 기초해 작성된 것이다. 개인적인 묵상 내용은 사적인 목적을 위해 남겨 두었으며, 어떤 이유로도 공개하지 않을 작정이다.

그런 시간에 떠오른 종교적 주제에 대한 묵상도 기록했지만, 그것은 나에게만 유용한 것이고 다른 견해를 가진 사람에게는 쓸모가 없는 것이므로, 그에 대해서는 달리 언급하지 않겠다.

나에게는 히스라는 이름의 아주 훌륭한 내과의 친구가 있었다. 나는 이 암울한 시기 동안 그를 자주 방문했고, 그의 충고를 성실히 따랐다. 내가 자주 외출한다는 사실을 알고 그는 감염을 막기 위해 여러 처방을 내려 주었고, 거리를 다닐 때 입에 물고 있으라며 약도 주었다. 그도 자주 나를 만나러 왔다. 그는 좋은 의사일 뿐만 아니라 신실한 기독교인이었으므로, 그와의 유쾌한 대화는 이 끔찍한 시기의 가장 암울한 기간을 지나는 내게 큰 위안이 되었다.

8월 초가 되자, 전염병은 내가 살던 지역에 무섭게 퍼지기 시작했다. 나를 보러 왔다가 내가 자주 거리를 다닌다는 것을 알게 된 히스는 나도 식솔들도 나가지 말고 집에만 있으라고 진지하게 말했다. 그러고는 창문과 덧문, 커튼을 단단히 닫고 절대 열지 말라면서, 그 전에 우선 창문과 문을 열었던 방에 송진과 역청, 유황, 화약 등으로 연기를 잔뜩 피우라고 설득했다. 우리는 한동안 그의 말을 따랐다. 하지만 그렇게 칩거하기 위한 식량을 비축해 두지 않았기 때문에 계속 집에만 있는 것은 불가능했다. 그래도 비록 늦긴 했지만, 될 수 있으면 그렇게 하려고 노력했다. 빵을 굽고 술을 빚을 도구가 있었기 때문에 나는 두 자루의 빻은 곡물을 샀다. 화덕이 있었으므로 몇 주 동안 우리가 먹을 모든 빵을 구웠다. 또 엿기름을 사서 내가 가진 술통을 다 채울 만큼 맥주를 만들었는데, 5~6주일 동안 식솔들이 충분히 먹을 수 있는 양이었다. 상당한 양의 가염 버터와 체서 치즈도 구했다. 고기는 없었지만, 주로 우리 거리 건너편에 모여 사는 도축장과 푸줏간 주인들 사이에 병이 무섭게 퍼지고 있었기 때문에, 그들이 사는 거리에 가는 것은 권할 만한 일이 아니었다.

여기서 다시 한번 생필품을 사기 위한 외출이 도시 전체를 감염시킨 주원인이었다는 사실을 언급해야겠다. 이런 외출을 통해 사람들이 감염되곤 했으며, 종종 물건들 자체가 오염되어 있기도 했기 때문이다. 적어도 나에게는 그렇게 믿을 충분한 이유가 있었다. 따라서 나는 내가 들은 소문, 즉 시장 사람들과 시내에 들어온 물품들이 절대 감염되지 않았다는 말을 충분히 확신하며 소개할 수 없다. 가축의 대부분이 도살되던 화이트채플의 푸줏간들로 병이 무섭게 퍼져 나갔고, 종국에는 문을 연 가게가 거의 없어 살아남은 사람들이 마일엔드에서 가축을 도축한 후, 고기를 말에 싣고 시장으로 가져가는 상황이었다는 사실을 나는 분명히 안다.

그러나 돈이 없는 사람들은 물품을 비축할 수 없었고, 생필품을 사기 위해 시장에 갈 수밖에 없었다. 어떤 사람들은 하인들이나 아이들을 보내기도 했다. 매일 필요한 생필품들이었기 때문에 병에 걸린 많은 사람들이 시장에 나왔고, 갈 때는 건강하던 사람들이 집으로 돌아올 때는 죽음을 가지고 왔다.

사람들이 가능한 온갖 예방 조치를 취한 것은 사실이다. 시장에서 고기를 살 때는 푸줏간 주인에게 받는 대신 자신들이 직접 고리에서 고기를 빼 갔다. 푸줏간 주인들도 돈을 직접 만지지 않기 위해 식초가 채워진 항아리에 돈을 두고 가도록 했다. 물건을 사는 사람들은 잔돈을 받지 않기 위해 어떤 금액도 맞춰 낼 수 있도록 늘 작은 단위의 돈을 가지고 다녔다. 소독제를 넣은 병이나 향수를 손에 쥐고 다녔고 쓸 수 있는 온갖 방법을 다 썼다. 그러나 가난한 사람들은 이런 것마저도 할 수 없어서 온갖 위험에 노출된 채 돌아다녔다.

이 때문에 발생한 비참한 이야기가 매일 무수히 들려왔다. 때로는 바로 이런 시장에서 남자나 여자 들이 갑자기 쓰러져 죽기도 했다. 페스트에 걸린 사람들의 상당수가 몸속에서 괴저가 주요 장기를 침범해 한순간에 쓰러져 죽을 때까지 그 사실을 알지 못했다. 이 때문에 많은 사람들이 자주 아무 경고 없이 갑자기 거리에서 그런 식으로 죽곤 했다. 가판이나 좌판 혹은 아무 문이나 현관까지 갈 힘이 있는 이들은 그런 곳에 주저앉은 다음 앞서 말한 사람들처럼 죽었다.

이런 일들이 너무 빈번히 일어났기 때문에, 전염병이 무서운 기세로 퍼질 때 거리에는 여기저기 누운 시체들만 있을 뿐 지나다니는 사람이 거의 없었다. 또 그런 상황을 보면 처음에는 가던 길을 멈추고 나와 보라고 이웃을 부르던 사람들도 더 이상 쓰러진 사람들에게 신경을 쓰지 않았다. 그 대신 시체를 보면 반대쪽 길로 건너가 시체 가까이 가지 않으려 했고, 길이나 통로가 좁으면 오던 길을 되돌아가 일을 보기 위해 방문하려던 곳에 갈 수 있는 다른 길을 찾았다. 그런 경우 시체는 언제나 관리들이 발견해 실어 갈 때까지, 혹은 밤에 시체 수레를 끄는 인부들이 실어 운반해 갈 때까지 그곳에 방치되었다. 이런 일에 종사하는 겁 없는 사람들은 시체 주머니를 뒤지고, 때로 옷이 번듯하면 시체에서 옷을 벗겨 가기도 했으며, 챙길 수 있는 것은 무엇이든 가져갔다.

그러나 다시 시장에 관한 이야기로 돌아가면, 시체는 푸줏간 주인들이 처리했는데, 시장에서 누군가 죽으면 그들이 언제나 관리들을 불러 손수레에 시체를 싣고 가까운 묘지로 운반하게 했다. 이런 일이 너무 빈번했기 때문에 그런 죽음은 지금처럼 사망 주보에 거리나 들판에서 발견된 객사로 기록되지 않고 페스트 대유행으로 인한 사망 항목에 포함되었다.

그러나 이제 전염병의 기세가 너무 대단해져서 시장에 물건이 별로 없었고, 물건을 사려는 사람들도 전처럼 시장을 찾지 않았다. 런던시장은 물건을 팔러 오는 시골 사람들이 시로 들어오는 도로 입구에 자리를 펴고서 가져온 물건을 판매한 후 곧바로 돌아가도록 조치했다. 많은 시골 사람들이 기꺼이 이 조치에 부응해 시의 입구나 들판, 특히 스피틀필즈의 화이트채플 너머 들판에서 물건을 팔았다. 지금 스피틀필즈로 불리는 거리들이 그때는 들판이었던 것이다. 서더크의 세인트조지스 필즈와 번힐 필즈, 이즐링턴 근처의 우즈클로즈라고 불리는 큰 들판들에서도 물건을 팔았다. 시장과 시 의원들, 치안 판사들은 직원이나 하인을 보내 가족들을 위한 물건을 사 오게 하고 자신들은 가능한 한 집에서 나가지 않았다. 다른 많은 사람들도 같은 방식을 취했다. 이 조치 덕에 시골 사람들은 한결 마음을 놓고 온갖 물품을 팔러 왔고, 감염된 사람도 극히 적었다. 나는 이 조치가 시골 사람들이 놀라울 정도로 병에 걸리지 않았다고 이야기되는 이유 중하나라고 생각한다.

나의 단출한 식솔에 대해 말하자면, 앞서 말한 것처럼 빵과 버터, 치즈, 맥주를 비축한 후 나는 친구이자 의사인 히스의 조언에 따라 가족들로 하여금 집에만 있도록 했고, 목숨을 잃을 위험을 감수하며 고기를 사러 가느니 고기 없이 몇 달을 버티는 곤란을 감수하겠다고 결심했다.

그러나 가족들은 가둬 둘 수 있어도 호기심을 충족시키고 싶은 마음을 이기지 못한 탓에 나는 집에만 있기가 어려웠다. 겁을 먹고 두려움에 떨며 집으로 돌아오곤 했지만, 그래도 참지 못하고 외출을 했다. 다만 초반처럼 자주 나가지는 않았다.

사실 콜먼 거리 교구에 있는 형의 집, 형이 봐달라고 맡긴 집에 가봐야 할 의무가 있기도 했다. 처음에는 매일 갔지만 나중에는 1주일에 한두 번만 찾아갔다.

이런 외출에서 나는 무수히 많은 비참한 광경을 목격했다. 특히 거리에서 쓰러져 죽은 사람들과 비탄에 사로잡혀 방 창을 열고 소름 돋는 끔찍한 소리로 울부짖거나 비명을 지르는 여자들의 모습을. 비탄에 빠진 불쌍한 사람들이 고통을 표현하며 보인 가지각색의 형상은 말로는 다 표현하기 어렵다.

로스버리의 토큰하우스 야드를 지나갈 때 갑자기 내 머리 바로 위에서 창문이 벌컥 열리며 한 여자가 무서운 소리로 세 번이나 비명을 지르더니 흉내도 낼 수 없는 소리로 〈아 죽음, 죽음, 죽음!〉이라고 울부짖었다. 그 소리에 나는 공포에 질려 핏속까지 서늘해졌다. 거리에는 아무도 없었고 다른 집 창문이 열리지도 않았다. 사람들은 이제 어떤 일에도 관심을 갖지 않았고, 누구도 다른 사람을 도울 수 없었다. 나 역시 벨 앨리 쪽으로 가던 길을 계속 걸었다.

막 벨 앨리로 들어섰을 때, 길 오른쪽에서 조금 전 들은 것보다 더 무서운 비명이 들려왔다. 창문에서 밖으로 직접 지른 소리는 아니었다. 하지만 다락 창이 열리자 한 가족이 완전히 공포에 사로잡힌 채 여자들과 아이들이 제정신이 아닌 것처럼 이 방 저 방으로 비명을 지르며 뛰어다니는 소리를 들을 수 있었다. 골목 맞은편 집 창에서 누군가 〈무슨 일이오?〉라고 소리쳐 묻자, 먼저 열린 창에서 〈오, 주여, 저희 주인 나리께서 목을 매셨어요!〉라는 대답이 들렸다. 맞은편 집 사람이 〈숨이 완전히 멎은 거요?〉라고 다시 물었다. 그러자 첫 번째 집에서 〈아이고, 네, 완전히 멎었어요. 완전히 죽어서 몸이 차가워요!〉라고 대답했다. 그는 상인이자 부(副)시의장으로 굉장한 부자였다. 그의 이름을 알긴 하지만 밝히고 싶지는 않다. 이제 다시 잘 지내는 가족에게 고통을 안겨 줄 수 있기 때문이다.

그러나 이것은 하나의 예에 불과하다. 각 집에서 매일 일어난 끔찍한 일들은 믿기 어려울 정도였다. 극심한 병증이나 종기로 인한 통증을, 실제로 참을 수 없는 고통을 견디지 못한 이들은 제정신을 잃고 이리저리 미친 듯 날뛰며 창밖으로 몸을 던지거나 자신에게 총을 쏘는 등 자해하는 일이 자주 있었다. 정신 착란 상태에서 자기 아이를 살해한 어머니도 있었고, 어떤 사람들은 단순히 격렬한 슬픔으로 인해 죽는가 하면 또 다른 사람들은 병에 걸리지 않았는데도 놀라고 겁에 질려 죽기도 했다. 두려움에 질려 천치가 되거나 제정신을 잃은 사람도 있었고, 절망과 광기에 빠진 사람과 낙담으로 미쳐 버린 사람들도 있었다.

종기가 특히 고통스러웠는데, 어떤 경우에는 견딜 수 없을 정도였다. 의사들이 불쌍한 많은 사람들을 고문했으며, 심지어 죽음으로 몰아갔다고 말해도 과언이 아닐 것이다. 어떤 사람들의 종기는 단단해졌는데, 의사들은 그것을 터뜨리기 위해 독한 고약이나 습포제를 붙였다. 효과가 없으면 사정없이 종기를 갈라 고름을 빼냈다. 어떤 이들의 경우 종기는 부분적으로는 병 때문에 또 부분적으로는 억지로 고름을 짜낸 탓에 딱딱해졌는데, 너무 단단해진 종기는 어떤 도구로도 터뜨릴 수 없었다. 그러면 의사들은 부식제로 종기를 태웠는데, 그 때문에 많은 사람들이 고통으로 미친 듯 날뛰다가 죽거나 종기를 태우는 과정에서 죽었다. 극심한 고통 속에서 침대에 누운 자신들을 꽉 잡아 주거나 보살펴 줄 사람이 없었던 이들은 앞서 말한 것처럼 스스로 목숨을 끊었다. 어떤 사람들은 벌거벗은 채 거리로 뛰쳐나와, 감시인이나 다른 관리가 제지하지 않으면 곧장 강으로 달려가 물속으로 뛰어들기도 했다.

그렇게 고문을 받는 사람들의 신음과 비명이 자주 내 영혼을 파고들었다. 그러나 두 가지 중에서는 이 경우가 감염의 전 증상 중 회복의 가능성이 가장 높았다. 종기가 부어올라 터져 흘러내리면, 혹은 의사들의 표현대로 소화되면 환자는 대개 회복되었다. 한편, 귀부인의 딸처럼 발병 후 바로 죽는 경우에는 죽기 바로 전까지, 어떤 사람들은 자주 뇌졸중이나 간질처럼 쓰러지기 직전까지 별다른 증상 없이 활동하곤 했다. 이런 사람들은 갑작스럽게 병세가 심해져 의자나 가판, 아니면 어디든 근처에 기댈 곳, 혹은 가능한 경우 자기 집으로 가서 앞서 말한 것처럼 자리에 앉아 있다가 차츰 의식을 잃고 죽었다. 이런 죽음은 기절한 상태에서 마치 자다가 죽은 것 같은 일반적인 괴저 사망과 매우 흡사했다. 그래서 괴저가 온몸에 퍼질 때까지 자신이 감염되었다는 사실을 거의 모른 채 죽었고, 의사들 역시 환자의 흉부 혹은 신체의 다른 부위를 절개해 병의 흔적을 확인할 때까지 그들이 병에 걸렸는지 분명히 알 수 없었다.

이 시기에 우리는 간호사와 감시인에 대한 무서운 이야기들을 숱하게 들었다. 죽어 가는 환자를 보살피는 간호사, 그러니까 감염된 사람들을 보살피기 위해 고용된 간호사가 그들을 야만적으로 취급하고, 굶기고, 목을 조르고, 또 다른 방법들로 죽음을 앞당겼다는, 즉 환자들을 살해했다는 이야기들이었다. 또 봉쇄된 집을 지키는 감시인이 집에 한 사람만 남으면, 그리고 그 사람이 병으로 누워 있으면 들어가서 그 사람을 죽인 뒤 즉시 시체 수레로 던져 버리면, 시신은 채 식기도 전에 무덤으로 보내진다고 했다.

그런 살인이 실제로 벌어진 적이 있으며, 그 때문에 두 사람이 감옥으로 갔지만, 재판을 받기 전에 죽었다는 이야기도 해야겠다. 또 다른 세 사람이 각각 다른 시기에 그런 살인으로 처형되었다는 이야기도 들었다. 그러나 나는 일부 사람들이 말하듯, 그런 범죄가 그렇게 흔하게 발생했다고 생각하지 않는다. 감염자들이 회복되는 경우는 거의 없었는데, 몸도 가누지 못할 만큼 약해진 사람에게 그런 짓을 한다는 것은 별로 합리적이지 않다. 살인의 동기, 적어도 곧 죽을 것이 분명해 살 가능성이 없는 사람을 죽이고 싶어 할 만한 동기는 없었다.

이렇게 무서운 시기에도 숱한 강도와 악행이 저질러졌다는 사실을 부인할 수 없다. 어떤 사람들은 탐욕의 힘에 압도되어 위험을 아랑곳하지 않고, 특히 가족이나 거주자가 모두 죽은 집에서 약탈과 도둑질을 일삼았으며, 감염의 가능성을 고려하지 않고 온갖 위험에도 불구하고 집에 들어가 심지어 시체의 옷이나 시체가 누워 있는 자리의 침대보까지 벗겨 갔다.

하운즈디치의 어느 가족에게 일어난 일이 이런 경우였다. 아마 나머지 가족이 먼저 시체 수레에 실려 간 후였던 것 같은데, 한 남자와 그의 딸이 각각 다른 방에서 완전히 벌거벗겨진 채 바닥에 누워 죽은 모습으로 발견되었다. 도둑들이 시체를 침대에서 굴러 떨어뜨린 후, 침대보까지 벗겨 간 것 같았다.

이 모든 재난의 와중에 여자들이 가장 경솔하고 대담하며 무모한 존재였다는 사실도 언급해야겠다. 엄청난 수의 여자들이 병자의 간호를 위해 간호사로 일했는데, 고용된 집에서 그들은 수없이 많은 좀도둑질을 저질렀다. 그들 중 몇은 공개 태형을 받기도 했는데, 본보기 삼아 교수형을 받는 것이 마땅했을 터이다. 결국 교구 관리가 병자를 돌볼 간호사를 추천하고, 그들이 추천한 간호사를 책임짐으로써, 만약 간호사들이 일한 집에서 물건이 사라지면 교구 관리가 그들을 추궁할 수 있게 되기까지 실로 많은 집이 도둑을 맞았기 때문이다.

그러나 이런 도둑질은 주로 돌보던 환자가 죽었을 때 가져갈 수 있는, 입고 있던 옷과 이불, 반지, 돈 등을 대상으로 한 것으로, 집 전체를 대상으로 삼는 일은 없었다. 몇 년이 지난 후, 죽기 직전 공포에 떨며 자신이 간호사로 일하던 시절 저지른 도둑질을 고백한 한 여자의 이야기를 들었는데, 그녀는 이런 도둑질로 상당한 부자가 되었다고 했다. 그러나 살해에 대해서라면, 앞서 말한 몇몇 경우를 제외하면 사람들의 말이 사실임을 입증할 증거는 없을 것이라고 생각한다.

나는 자신이 돌보던 임종 직전의 환자 얼굴에 젖은 수건을 덮어, 이미 죽어 가는 환자의 목숨을 끊은 어떤 간호사 이야기를 들은 적이 있다. 돌보던 젊은 여성이 의식을 잃었다가 정신이 돌아왔을 때 목을 졸라 죽인 또 다른 간호사 이야기도 들었다. 어떤 간호사는 환자들에게 이런저런 것들을 먹여 죽이는가 하면, 다른 간호사는 먹을 것을 전혀 주지 않아 환자를 굶겨 죽인다고 했다. 이런 이야기에는 언제나 두 가지 의심스러운 점이 있어서, 나는 결코 진지하게 그 이야기들을 믿지 않았고 사람들이 계속 서로를 겁주기 위해 하는 말들로 생각했다. 우선 언제 이런 이야기를 듣든 간에, 사건이 일어난 곳은 이야기를 듣는 곳에서 가장 먼 도시의 반대편 끝이었다. 이야기를 듣는 곳이 화이트채플이면 사건은 세인트자일스, 웨스터민스터, 홀본 아니면 시의 반대편 끝 어딘가에서 벌어졌다. 만약 그 이야기를 도시의 그쪽 방향 끝에서 들었다면 사건은 화이트채플이나 미너리즈 혹은 크리플게이트 교구 인근에서 일어났다. 시내에서 이야기를 들었다면 사건은 서더크에서 벌어졌고, 서더크에서 들었다면 사건은 시내에서 벌어지는 식이었다.

다음으로, 어느 지역에서 이야기를 듣든 간에 구체적인 내용은 언제나 같았다. 특히 죽어 가는 사람의 얼굴에 젖은 천을 이중으로 덮는다거나, 양갓집 아가씨의 목을 조른다거나 하는 내용이 그랬다. 그래서 적어도 내가 판단하기로는 이런 이야기들은 분명 사실보다는 허구에 가까웠다.

그러나 이런 이야기가 사람들에게 얼마간 영향을 준 것은 사실이다. 특히 앞서 말한 것처럼 사람들은 집을 맡기거나 목숨을 맡길 이들에 대해 한층 조심스러워졌고, 가능한 경우 언제나 소개를 통해 사람을 구하려고 했다. 사람이 많지 않아 그런 사람을 구하기 어려울 때는 교구 관리에게 부탁했다.

그러나 이 점에 대해서도 마찬가지로, 이 시기에 가장 고통받은 사람은 병에 걸렸는데 음식도 약도 없고, 도움을 받을 의사나 약사도 없으며, 보살펴 줄 간호사도 없는 가난한 사람들이었다. 가난한 많은 사람들이 창문으로 도움을 요청하거나, 심지어 먹을 것을 애원하며 가장 비참하고 슬픈 모습으로 죽어 갔다. 하지만 그런 사람이나 가족의 이야기가 시장에게 전달되면 언제든 구호를 받았다는 사실 역시 밝혀야겠다.

어떤 가족들은 그렇게 가난하지 않은데도 아내와 아이들을 멀리 보내고 비용을 줄이기 위해 하인들도 내보내는 바람에, 상당수의 사람이 고립된 상태에서 도움을 받지 못하고 혼자 죽음을 맞기도 했다.

내 지인이자 이웃인 한 사람이 화이트크로스 거리 인근의 가게 주인에게 돈을 빌려 준 일이 있어, 그 돈을 받기 위해 열여덟 살쯤 된 그의 젊은 도제 하나를 그리로 보냈다. 가게에 도착해 문이 잠긴 것을 본 청년은 문을 세게 두드렸다. 안에서 누군가 대답하는 소리를 들었다고 생각했지만, 확실하지 않아서 그는 조금 기다렸다가 다시 문을 두드렸다. 세 번째로 문을 두드렸을 때, 누군가 계단을 내려오는 소리가 들렸다.

마침내 그 집 남자가 문 앞으로 나왔다. 그는 반바지 혹은 속바지에 노란 플란넬 조끼를 입고 양말 없이 슬리퍼를 신은 채, 머리에 흰 수면 모자를 쓰고 있었다. 그 청년의 말을 옮기자면, 그의 얼굴에는 죽음이 어려 있었다.

문을 열며 그가 〈뭣 때문에 귀찮게 하는 거냐?〉고 물었다. 다소 놀란 청년은 〈아무개 댁에서 왔는데요. 주인어른이 돈을 받아 오라고 하셨어요. 주인어른이 무슨 돈인지 나리께서 아실 거라고 하던데요〉라고 대답했다. 그 산 유령은 돌아서며, 〈알겠네. 크리플게이트 교회를 지날 때 들러서 종을 치라고 좀 전해 주게〉라고 말하더니 다시 문을 닫고 올라가 같은 날, 아니, 아마도 한 시간이 채 지나기 전에 죽었다. 나는 이 이야기를 그 청년에게 직접 들었는데, 그 말을 믿을 만한 이유가 있다. 이것은 아직 전염병이 최고조에 달하기 전에 있었던 일이다. 6월이었다고 생각된다. 6월 말경으로 아직 죽은 이를 위해 종을 치는 의식이 지켜지고 있던 때, 시체 수레가 다니기 전이 틀림없다. 종을 치는 의식은 적어도 그 교구에서는 7월이 시작되기 전에 분명 끝나서 더는 지켜지지 않았다. 7월 25일까지는 한 주 사망자가 550명 이상 나와서 부유한 사람이든 가난한 사람이든 더 이상 격식을 갖춰 매장할 수 없었기 때문이다.

앞서 말했듯이, 이런 무서운 재난에도 불구하고 훔칠 것이 있기만 하면 어디에든 도둑들이 횡행했고, 그들은 대개 여자였다. 어느 날 아침 11시경, 나는 별일이 없는지 확인하기 위해 평소처럼 콜먼 거리에 있는 형의 집 쪽으로 걸어가고 있었다.

형의 집 앞에는 작은 뜰이 있고, 뜰에는 문이 달린 벽돌담이 있었는데, 벽 안으로 여러 종류의 물품이 보관된 창고가 몇 개 있었다. 창고 중 하나에 시골에서 가져온 춤이 높은 여성용 모자 몇 꾸러미가 있었는데, 수출용으로 짐작되지만 어디에 팔 것인지는 알 수 없었다.

스완 앨리라는 곳에 있는 형의 집 문 근처에 도착했을 때, 서너 명의 여자들이 춤이 높은 모자를 쓰고 나오는 것을 보고 의아하게 생각했다. 나중에 생각해 보니 한 여자는, 아니, 한 사람 이상이었을지도 모르지만, 손에 같은 모자를 몇 개씩 들고 있었다. 그러나 그들이 형의 집 문에서 나오는 것을 보지 못했기에, 그리고 창고에 그런 물건이 있는 줄 몰랐기에 나는 그들에게 아무 말도 하지 않았고, 전염에 대한 두려움 때문에 당시 다들 하던 대로 그들을 마주치지 않기 위해 반대편 길로 갔다. 그러나 집 문에 더 가까워졌을 때 더 많은 모자를 들고 문밖으로 나오는 또 다른 여자를 만났다. 나는 〈부인, 무슨 일로 여기 있는 건가요?〉라고 물었다. 그 여자는 〈안에 사람들이 더 있어요. 그 사람들도 무슨 일이 있어서 온 건 아니에요〉라고 대답하더니 가버렸다. 문 앞에 도착하자 다른 두 여자가 역시 머리에 모자를 쓰고 팔 옆에도 모자를 낀 채 마당을 가로질러 오는 것이 보였다. 그 모습을 본 나는 자동으로 잠기는 용수철 자물쇠가 달린 문을 내 뒤로 닫은 후, 여자들을 향해 여기에서 뭘 하는 거냐고 물어본 다음 모자를 빼앗았다. 솔직히 말해, 그들 중 하나는 도둑처럼 보이지 않았다. 실제로 그녀는 잘못했다고, 그러나 주인 없는 물건이 있으니 얼마든지 가져가라는 말을 들었다고 하면서 한 방향을 가리키며 우리 같은 사람들이 저기 더 있다고 대답했다. 그리고 불쌍한 얼굴로 눈물을 흘렸다. 그래서 나는 그녀에게 모자를 받고, 문을 열어 그녀가 나가게 해주었다. 안됐다는 생각이 들었기 때문이다. 그녀가 알려 준 창고 쪽을 보자, 모두 예닐곱쯤 되는 여자들이, 마치 자기 돈으로 살 요량으로 모자 가게에 와 있는 것처럼 긴장도 하지 않고 평온한 모습으로 모자를 써보고 있는 것을 목격했다.

그렇게 여러 명의 도둑을 발견했다는 사실에도 놀랐지만 내가 처한 상황도 당황스러웠다. 몇 주 동안이나 피해 다닌,

이들 중 누구든 거리에서 만났다면 피하려고 반대편 길로 갔을 다수의 사람들 사이에 있었기 때문이다.

다른 이유 때문이기는 하지만 그들도 나만큼 놀랐다. 그들은 모두 자신들은 이웃인데 주인 없는 물건이니 가져가도 된다는 이야기를 들었다는 등의 말을 했다. 나는 처음에는 엄포를 놓으며 그들 모두를 붙잡으려고 문 쪽으로 가서 열쇠를 뽑아 버렸다. 그러고는 모두 창고에 가둔 다음, 그들을 끌고 갈 시의 관리들을 데려오겠다고 위협했다.

그들은 진심으로 빌면서 담장 문도 창고 문도 열려 있었다고, 누군가 더 값나가는 물건이 있으리라 기대하며 문을 부순 것이 틀림없다고 항변했다. 일리 있는 말이었다. 자물쇠가 부서져 있고, 바깥문에 걸린 자물쇠도 열려 있었지만, 없어진 모자가 많지는 않았기 때문이다.

결국 나는 잔인하고 엄하게 굴 시기가 아니라고 생각했다. 게다가 건강 상태를 알 수 없는 사람들을 찾아가고 데려오려면 전염병이 기승이라 한 주 동안 4,000명의 사망자가 나오는 이런 시기에 여기저기 돌아다녀야 할 터였다. 본때를 보여 주거나 형의 물품을 훔친 것에 대한 정의를 추구하다가 내 목숨을 잃을지도 모를 일이었다. 그래서 나는 그들의 이름과 집 주소를 적고, 과연 그들은 이웃 사람들이었다, 형이 집으로 돌아오면 그들에게 경위의 설명을 요구할 것이라고 겁을 주는 것으로 만족했다.

그런 다음 주제를 바꿔 조금 더 말했다. 그리고 그들에게 모두가 환난을 겪는 시기, 하느님의 무서운 심판을 마주한 지금, 페스트가 바로 그들의 집 문 앞, 어쩌면 집 안에 있을지도 모를 이런 때, 몇 시간 후 시체 수레가 그들을 무덤으로 싣고 가기 위해 집 앞에 설지도 모를 이런 때에 어떻게 그런 짓을 할 수 있는지 물었다.

형 집에서 일한 적이 있어 형을 아는 두 남자가 소란을 듣고 나를 도우러 올 때까지, 내 말은 그 여자들에게 별 영향을 주지 못한 것처럼 보였다. 이미 말한 것처럼 이웃에 사는 사람들이었으므로, 그들은 즉시 여자들 중 3명을 알아보고 나에게 그들이 누구이며 어디에 사는지 알려 주었다. 여자들이 앞서 내게 준 자신들에 대한 정보는 사실인 것 같았다.

이 이야기를 하자니 두 사람과 관련된 다른 기억들이 떠오른다. 그중 한 남자의 이름은 존 헤이워드였는데, 그때 그는 세인트스티븐 콜먼 거리 교구의 교회지기였다. 당시에 교회지기라 하면 운구를 하고 묘지를 파는 사람을 뜻했다. 그는 그 커다란 교구에서 나온 모든 시신, 장례 절차를 따라 운구되는 모든 시신을 무덤까지 직접 옮기거나 옮기는 것을 도왔다. 장례식을 치를 수 없게 된 뒤에는 사망자가 있는 집에서 시신을 실어 가기 위해 종을 들고 시체 수레를 몰아 무수한 시체를 집과 방에서 실어 날랐다. 지금도 여전히 그렇지만, 그 교구는 런던의 모든 교구 중에서도 특별히 골목이 많고 수레가 들어갈 수 없는 긴 길이 많은 것으로 유명했고, 그런 곳에서는 수레꾼이 가서 시체를 싣고 먼 길을 걸어 나와야 했다. 화이츠 앨리, 크로스 키 코트, 스완 앨리, 벨 앨리, 화이트호스 앨리를 포함해 다른 많은 곳에서 우리는 여전히 그런 골목을 볼 수 있다. 그런 곳에서 수레꾼들은 일종의 손수레를 끌고 가서 시체를 싣고 수레로 운반했다. 이런 일을 하면서도 그는 감염되지 않았고, 그로부터 20년 이상 더 살았으며, 죽을 때까지 그 교구의 교회지기로 일했다. 같은 시기에 그의 아내는 감염자를 보살피는 간호사로 일했고, 정직한 성품 덕에 교구 관리들에게 추천을 받아 그 교구에서 죽어 간 많은 환자를 간호했지만, 그녀 역시 전염병에 걸리지 않았다.

그는 마늘과 운향(芸香) 풀을 입에 물고, 담배를 피우는 것 외에 일체의 약을 사용하지 않았다고 했다. 이것은 그에게 직접 들은 말이다. 아내의 비법은 식초 물로 머리를 감고, 언제나 마르지 않게 머릿수건에 식초 물을 뿌리는 것이었다. 간호하는 환자의 체취가 특히 더 역겨울 때는 식초 냄새를 맡고 머릿수건에 식초 물을 뿌리고 손수건을 식초 물로 적셔 입에 대고 있었다.

가난한 사람들이 주로 전염병에 걸렸으며, 전염병을 무서워하지 않고 조심성 없게 행동하며 일종의 무지한 용기로 일을 보러 다닌 사람 역시 가난한 이들이었다는 사실을 말해야 되겠다. 무지한 용기라 불러 마땅한데, 그것은 종교나 신중함에 근거한 것이 아니었기 때문이다. 그들은 조심성이라고는 없이 아픈 사람을 보살피거나 봉쇄된 주택을 감시하거나 감염자를 격리 병원으로 옮기는 일, 심지어 한 술 더 떠 시체를 무덤에 나르는 것처럼 가장 위험한 일이라도 일거리만 있으면 무엇이든 했기 때문이다.

사람들을 그렇게도 즐겁게 해준 피리 부는 남자 이야기가 바로 이 존 헤이워드의 구역에서 그가 일을 하던 중 벌어진 사건이었는데, 그는 나에게 그 이야기가 사실이라고 확인해 주었다. 소문에는 피리 부는 남자가 장님이라고 했는데, 존의 말로는 장님이 아니라 무식하고 병약하며 가난한 사내로 보통 밤 10시쯤 피리를 불며 이 집 저 집 동네를 돈다고 했다. 그러면 사람들이 그를 선술집으로 데리고 갔는데, 이미 그를 아는 그 술집들에서 사람들이 그에게 술이며 음식을 주고 때로는 잔돈푼을 쥐어 주기도 했다고 한다. 그리고 답례로 그는 피리를 불거나 노래를 하고, 소소한 이야기로 사람들을 즐겁게 해주며 근근이 살았다는 것이다. 그러나 상황이 앞서 말한 것과 같았으므로, 이런 오락 제공으로 먹고살 수 있는 때가 아니었다. 그런데도 이 딱한 사내는 평소처럼 동네를 돌다가 거의 굶어 죽을 지경이 되었다. 누군가 어떻게 지내느냐고 물으면, 그는 시체 수레가 아직 오지 않았지만 다음 주에 데리러 오겠다는 약속을 했다고 대답하곤 했다.

그러던 어느 날, 누군가 그에게 술을 너무 많이 주기라도 한 건지, 존 헤이워드의 말로는 자기 집에서 술을 마시지는 않았다는데, 하여튼 콜먼 거리의 술집에서 사람들이 평소보다 많은 음식을 그에게 주었고, 평소 배불리 먹지 못한, 적어도 한참 동안 배불리 먹지 못한 이 딱한 사내는 크리플게이트 쪽 런던 성벽 인근 거리의 어느 집 문 앞 가판 위에 누워 곤히 잠이 들어 버렸다. 그 집은 골목 모퉁이에 있었는데, 그 골목의 어떤 집 사람들이 시체 수레가 오기 전에 언제나 울리는 종소리를 듣고 이 불쌍한 사내도 다른 사람처럼 이웃

125

누군가가 그곳에 부린 시신이라고 생각하며, 전염병으로 죽은 진짜 시체를 그가 누운 가판 위, 피리 부는 사내 옆에 내려 놓았다.

곧 종을 울리며 수레를 끌고 온 존 헤이워드는 가판에 누운 두 구의 시신을 발견하고 그들이 사용하는 도구를 이용해 그들을 들어 수레 안으로 던졌다. 그러는 동안에도 피리 부는 사내는 곤히 잠들어 있었다.

정직한 존 헤이워드의 말에 따르면, 거기서부터 길을 따라가며 그들은 그를 거의 산 채로 묻을 때까지 계속 다른 시신들을 수레에 실었다. 그런데도 그는 잠에 빠져 있었다. 마침내 수레는 시체를 부릴 부지에 도착했다. 나도 분명히 기억나는데, 마운트 밀에 있는 부지였다. 수레에 실은 그 슬픈 짐을 내릴 준비를 하기 전에 보통 수레를 잠깐 세우는데, 수레가 서자마자 그 사내가 일어나 시체들 사이로 머리를 내밀려고 버둥거리다가 겨우 수레 위로 몸을 일으키며 소리쳤다. 「저기요! 지금 여기가 어디죠?」 그 소리에 작업하던 사람들은 깜짝 놀랐다. 그러나 잠시 후 존 헤이워드가 정신을 차리고 말했다. 「하느님 저희를 구해 주소서. 수레에 산 사람이 있다니!」 그 소리에 또 다른 사람도 사내에게 말을 걸었다. 「당신은 누구요?」 그 사내가 대답했다. 「난 불쌍한 피리 부는 남자요. 지금 내가 어디에 있는 거요?」 「어디에 있냐고?」 존 헤이워드가 대답했다. 「시체 수레에 있다오. 당신을 묻을 참이었지.」 「하지만 전 안 죽었는데요, 저 살아 있는 거 맞죠?」 피리 부는 남자가 물었다. 존이 말했듯이, 처음에는 모두 겁에 질려 있었지만 그 말에 사람들은 웃음을 터뜨렸다. 그러고는 그 딱한 사내가 내려올 수 있도록 도와주었고, 그는 평소처럼 자기 일을 하러 갔다.

풍문에 따르면 그가 수레에서 피리를 불어 인부들과 다른 이들이 달아났다고 했지만, 존 헤이워드가 들려준 이야기는 달랐다. 피리를 불었다는 이야기는 없었다. 단지 불쌍한 피리 부는 남자가 앞서 말한 것처럼 시체 수레에 실려 갔다고만 했는데, 나는 이 말이 사실임을 의심하지 않는다.

여기에서 런던시의 시체 수레가 특정 교구에 한정된 것이 아니라 발표된 사망자 수에 따라 여러 교구를 돌아다녔다는 사실을 말해 두어야겠다. 또 시신을 그가 속한 교구 매장지로 운반해야만 했던 것도 아니었다. 공간이 부족한 탓에 도시에서 수습한 시신의 상당수는 시 외곽의 매립지로 실려 갔다.

이 심판에 사람들이 처음에 얼마나 놀랐는지 이미 언급했지만, 더 진지하고 종교적인 차원에서 내가 관찰한 몇 가지 사실을 기록해야겠다. 어떤 도시도, 적어도 이렇게 큰 규모의 어떤 도시도 이처럼 무서운 전염병을 이렇게 대비 없이 겪은 일은 없을 것이다. 행정적으로든 종교적으로든 간에 말이다. 사람들은 어떤 경고나 예측, 불길한 징조도 없었던 것처럼 행동했고, 결과적으로 거의 아무런 공적 대비도 하지 않은 상태였다.

시장과 부시장은 준수할 규제 조항의 집행을 위한 준비를 전혀 하지 않았고, 치안 판사도 마찬가지였다. 빈민 구제를 위한 대책도 없었다.

시민들에게는 빈민 구제를 위해 곡물이나 곡물 가루를 저장해 두는 공공 창고나 곳간도 없었다. 비슷한 상황에서 다른 나라가 한 것처럼 식량을 비축해 두었더라면 극한 상황에 놓인 많은 비참한 가족들을 구제할 수 있었을 것이며, 지금보다 더 효율적으로 그들을 도울 수 있었을 것이다.

시의 자금 비축에 대해서는 할 수 있는 말이 많지 않다. 시 재정부에는 엄청난 자금이 있다고들 했다. 런던 대화재 이후 공공건물을 재건하고 신축 건물을 짓기 위해 재정부가 지출한 막대한 자금을 생각하면 실제로 그랬을 것이라고 짐작할 수 있다. 길드 홀, 블랙웰 홀, 리든 홀 일부와 증권 거래소의 절반, 법원, 시(市) 감옥과 루드게이트 및 뉴게이트 형무소, 강의 몇몇 부두들과 잔교(棧橋) 및 선착장이 재건되었는데, 그것들은 모두 페스트가 유행한 다음 해의 대화재에서 무너지거나 훼손된 건축물이었다. 새로 지은 건축물로는 대화재 기념비, 다리를 놓은 플리트 디치 수로, 베들렘 혹은 베들램 정신 병원 등이 있었다. 그러나 당시 시 재정 담당 관리들은 재난 상황의 시민들을 돕기 위해 고아 기금[11]을 사용하는 것을 다음 해 도시를 꾸미고 건물을 다시 짓기 위해 관리들이 돈을 쓸 때보다 더 양심에 걸려 했을 것이다. 기금을 시민의 구호에 썼다면 돈을 잃은 사람들은 자신들의 돈이 더 좋은

11 고아에게 남겨진 유산을 시가 맡아 관리한 기금으로, 성년 전에는 그들의 양육비를 지급하다가 성년이 되면 남은 돈을 돌려주었다. 그러나 유산에서 발생한 이자는 시 재정 수입에 포함되었고, 이자 수입의 규모는 상당했다.

곳에 쓰였다고 생각했을 테고, 시에 대한 대중의 신뢰가 추문이나 비난으로 얼룩지는 일도 더 적었을 텐데 말이다.

안전을 위해 시골로 피신했지만, 도시를 떠난 시민들이 남은 이들의 안녕에 지대한 관심을 갖고 가난한 사람들의 구호를 위해 적지 않은 돈을 기부했다는 사실을 잊어서는 안 될 것이다. 잉글랜드의 가장 외진 곳에 있는 상업 도시들에서도 상당한 금액이 모금되었다. 또 영국 각지의 귀족과 향신(鄕紳)들이 런던의 안타까운 상황을 걱정하며 빈민 구제를 위해 시장과 치안 판사에게 거액의 구호금을 보냈다고 들었다. 국왕 폐하 역시 매주 1,000파운드를 네 구역, 즉 4분의 1은 런던 자치구에, 4분의 1은 강가 서더크 지역 거주민들에게, 또다른 4분의 1은 성내를 제외한 리버티와 그에 딸린 지역들에, 나머지 4분의 1은 미들섹스 카운티의 교외 지역과 시의 동쪽 및 북쪽에 지급하도록 명령했다고 한다. 그러나 이는 단지 전해 들은 이야기일 뿐이다.

전에는 노동이나 소매업으로 먹고살았던 상당수의 가난한 사람들과 가구들이 이제는 자선에 의지해 살고 있었다. 자비롭고 선한 기독교인들이 그들을 돕기 위해 내놓은 상당한 금액의 기부금이 없었다면 도시는 결코 버티지 못했을 것이다. 물론 치안 판사가 기부금과 기부금의 공정한 배분에 대한 기록을 남겼다. 그러나 기부금을 배분한 관리들 중 많은 사람들이 죽었고, 또 들은 바로는 기부금 관련 기록의 상당 부분이 바로 이듬해에 일어난 대화재, 시의 재정부와 그 안의 많은 서류까지 태워 버린 그 화재에서 유실되었다고 했다. 그래서 기록을 찾아보려고 무척이나 애를 썼지만, 구체적인 자료는 확인할 수 없었다.

신의 가호로 그런 일이 없어야 하겠지만, 비슷한 전염병이 발생할 경우 이 사례를 참조할 수 있을 것이다. 즉 당시 시장과 시 의원들이 매주 상당액을 빈민 구호를 위해 지급한 덕에, 그렇지 않았다면 죽었을 수많은 사람들이 구제를 받고 목숨을 부지했다는 사실을 기억할 필요가 있는 것이다. 여기에서 당시 가난한 사람들의 실태와, 그와 관련해 걱정할 점들을 간단히 기록하고자 한다. 이를 통해 이후에 다시 비슷한 재난이 시에 닥칠 때 겪을 상황을 예상할 수 있을 것이기 때문이다.

전염병이 시작될 무렵, 전 도시의 감염이 분명해 보였고 다른 희망은 없는 것 같았다. 앞서 말한 것처럼 시골에 지낼 곳이 있거나 친구가 있는 사람들은 모두 가족을 데리고 시를 떠나 마치 도시 전체가 성문을 빠져나가 남은 사람이 아무도 없는 것만 같았다. 당연히 그때부터 기초 생필품 관련 품목을 제외한 모든 거래가 완전히 끊기고 말았다.

이것은 생생한 현실로 사람들이 실제로 겪은 일을 너무 많이 포함하고 있기 때문에 지나치게 구체적인 정보는 제외하고자 한다. 따라서 이번 일로 직접적인 고통을 겪은 일부 직종과 계급 사람들의 이야기만을 기록한다.

1. 제조업에 종사하는 모든 장인, 특히 장식과 가구, 의류에서 꼭 필요하지 않은 부분을 제작하는 이들, 이를테면

리본 제조공과 다른 방직공, 금사와 은사로 만든 레이스 제조공들, 금사와 은사 제조공, 재봉사, 여성용 모자 제조공, 제화공, 남자용 모자 생산자, 장갑 제조공이 영향을 받았다. 또 덮개 천 제작자와 소목장이, 서랍장 제작자, 거울 제조공, 그리고 이런 제조업에 의지하고 있는 헤아릴 수 없이 많은 상공업자도 같은 상황에 처했다. 이런 제조업을 운영하던 장인들은 생산을 멈추고, 도제와 일꾼 및 하인을 모두 해고했다.

2. 교역도 완전히 멈췄다. 강을 통해 들어오거나 나가려는 배는 거의 없었다. 따라서 세관의 모든 임시직 일꾼과 선원, 운송용 소형 배의 뱃사공, 짐꾼, 그리고 무역상에 의존해 먹고사는 모든 가난한 사람들이 즉시 해고되어 일자리를 잃었다.

3. 집을 짓고 수리하는 일에 종사하는 사람들도 완전히 일이 끊겼다. 수천 가구의 집이 하루아침에 사는 이들 없이 버려진 때에 집을 지으려는 사람이 있을 리 만무했기 때문이다. 따라서 이 한 분야에서만도 벽돌공, 석공, 목수, 소목장이, 미장이, 칠장이, 유리장이, 장식공, 배관공, 그리고 이런 일에 의존하는 모든 일꾼을 포함해 관련 직종에 있던 평범한 일꾼들 전부가 일자리를 잃었다.

4. 해운업도 중지되었다. 배가 전처럼 드나들지 않았으므로 선원들은 모두 일자리를 잃었으며, 그들 중 많은 수가 최악의 상황을 겪었다. 선원들과 함께 선박 및 선박 장비 제조 관련 종사자들, 이를테면 선박 목수, 방수 기술자,

밧줄 제조공, 통 제조공, 돛 제조공, 닻 제조공과 대장장이, 도르래 제조공, 조각공, 총기 제조공, 선박용 장비 잡화상, 선박 세공인 등도 일자리를 잃었다. 이런 제조업의 소유주는 가진 재산으로 그럭저럭 버텼을 것이다. 그러나 거래가 거의 중단되었기 때문에 그들의 고용인은 모두 해고되었다. 게다가 강에 배가 다니지 않았으므로 뱃사공과 거룻배 사공, 선박 건조인, 거룻배 건조인 등도 마찬가지로 일 없이 노는 신세가 되었다.

5. 피난 간 사람들이든 남은 사람들이든 모든 가구가 가능한 한 지출을 줄였고, 따라서 셀 수 없이 많은 하인과 몸종, 점원, 직공, 가게 경리 등등의 사람들, 특히 가난한 하녀들이 해고되어 일도, 집도, 의지할 데도 없이 버려졌다. 이들의 상황은 실로 암울했다.

이 부분에 대해 더 구체적인 이야기를 할 수도 있지만, 대체로 모든 상업이 중단되고 고용이 해지되었으며, 그 결과 일자리가 없어졌고, 가난한 사람들은 먹고살 길을 잃었다고 말하는 것으로 충분할 듯하다. 초기에 가난한 사람들의 울부짖음은 실로 처연했다. 그러나 구호금 지급으로 그들의 고통은 크게 완화되었다. 대단히 많은 사람들이 시골로 피신했다. 하지만 수천 명의 가난한 사람들은 절망만이 남을 때까지 런던에서 버티다가 도망가는 길에 죽음을 맞았다. 죽음의 사신 노릇만을 한 것이다. 병에 걸린 채 이동한 다른 사람들은 불행하게도 병을 왕국의 가장 먼 곳까지 퍼뜨렸다.

그들 다수가 내가 앞서 언급한 절망적인 상황의 비참한 희생자가 되었고, 그 상황에 수반된 시련 속에서 죽음을 맞았다. 숙소도, 돈도, 친구도, 음식을 구할 방법도, 그들에게 음식을 줄 누구도 없었던 사람들은 전염병 자체가 아니라 전염병의 결과, 즉 굶주림과 고난, 모든 것이 부족한 상황 때문에 죽었다고 할 수 있었다. 그들 중 상당수가 법적 거주민 자격이 없었으므로, 교구에 도움을 요청할 수도 없었다. 구호 담당 관리들에게 요청해 받은 것이 유일한 원조였는데(이에 대해 관리들에게 합당한 치하를 해야 할 것이다), 이 지원은 필요한 곳에 조심스럽고 관대하게 이루어졌다. 시에 남은 사람들은 위에 적은 것처럼 떠난 사람들이 겪은 고생과 결핍을 전혀 경험하지 못했다.

기술자든 단순 노동자든 간에 이 도시에서 노동으로 생계를 유지하는 사람들이 얼마나 많은지 아는 누구에게든 갑작스럽게 그들이 모두 직업을 잃고, 더 이상 일을 찾을 수도, 임금을 받을 수도 없게 되었을 때 상황이 얼마나 비참했을지 생각해 보라고 권하고 싶다.

이것이 당시 우리가 처한 상황이었다. 많은 선량한 사람들이 국내에서뿐만 아니라 외국에서 구호를 위해 보내온 돈이 그렇게 많지 않았다면, 시장과 부시장은 시의 평화를 유지할 수 없었을 것이다. 사실 그들은 사람들이 절박함 때문에 소요를 일으키고 부잣집들을 털고 생필품 시장을 약탈할까 봐 걱정했는데, 이런 일이 생기면 시내로 자유롭게 물건을 가지고 오던 시골 사람들이 겁을 먹고 더 이상 오지 않을 것이고,

도시는 식량 부족을 견디지 못해 무너지고 말았을 것이기 때문이다.

그러나 시장과 시 의회, 시 외곽 지역 치안 판사들이 지혜롭게 대처함으로써 사방에서 보내온 기금으로 시민을 잘 지원했으며, 어디에서든 필요한 도움이 있으면 최대한 제공했으므로 가난한 사람들도 동요하지 않았다.

이 외에도 대중 소요가 일어나지 않은 데에는 두 가지 이유가 더 있었다. 우선 마땅히 그랬어야 했음에도 부자들이 집에 물건을 비축하지 않은 것이 그 이유였다. 생필품을 충분히 비축했다면 몇몇 사람들이 그랬던 것처럼 그들 역시 집에 숨어 지내면서 전염병을 더 잘 피할 수 있었을 것이다. 그러나 그러지 않은 것이 분명했기 때문에 폭도들은 침입해도 그 집에 식량이 있을 것이라고 기대하지 않았다. 몇 번쯤 폭동이 일어날 뻔했는데, 만약 그랬다면 이미 허물어진 도시는 완전히 무너지고 말았을 것이다. 그들을 막을 정규군이 전혀 없었을뿐더러 시의 방어를 위해 훈련받은 민병대를 소집할 수도, 무장할 남자들을 찾을 수도 없었기 때문이다.

그러나 시 의원들조차 일부 죽고 일부 시를 떠난 상황에서 남아 있는 치안 판사들과 시장의 조치 덕에 이런 사태를 막을 수 있었다. 더욱이 그들은 생각할 수 있는 가장 인도적인 방법, 특히 가장 절박한 사람들에게는 구호금을 주고 다른 사람들에게는 일자리, 특히 감염되어 봉쇄된 집을 감시하는 일자리를 주는 방식으로 이 사태를 수습했다. 이런 집들은 매우 많았으며, 들은 말로는 한때 10,000가구가 봉쇄되었다고 하는데, 모든 집에 2명의 감시인, 즉 야간 감시인과 주간 감시인이 필요했기 때문에 이를 통해 엄청난 수의 가난한 사람들이 일시에 일자리를 얻을 수 있었다.

해고된 여자들과 하인들도 사방에서 아픈 사람을 돌보는 간호사로 고용된 덕에 상당수가 구제되었다.

그 자체로는 암울한 일이지만, 나름의 또 다른 구제도 있었다. 8월 중순부터 10월 중순까지 무서운 기세로 퍼지며 그 시기 동안만 30,000~40,000명의 가난한 시민들의 목숨을 앗아 간 페스트가 바로 그것이었다. 그들이 생존했다면 그들의 가난은 분명 도시에 감당할 수 없는 짐이 되었을 것이다. 다시 말해 모든 도시의 자원을 가용해도 그들에게 들어가는 비용을 감당하거나 그들에게 음식을 제공할 수 없었을 것이다. 시간이 지나면 그들은 어쩔 수 없는 상황에 몰려 살아남기 위해 런던이나 근교를 약탈했을지 모르고, 그랬다면 런던뿐만 아니라 나라 전체가 곧 극도의 공포와 혼란에 빠졌을 것이다.

이 시련이 사람들을 매우 겸허하게 만드는 것을 볼 수 있었다. 9주 동안 하루에 거의 1,000명 가까운 사람이 매일 죽었기 때문이다. 그것도 나로서는 몇천 명씩 누락되었다고 믿을 이유가 충분한 사망 주보의 기록이 그랬다. 상황은 대단히 혼란스러웠고, 시체 수레가 밤에 다니는 데다가, 어떤 곳에서는 기록을 전혀 남기지 않았다. 그러나 수레는 계속해서 시체를 날랐다. 도합 몇 주 동안 서기와 묘지기가 수레를 확인하지 않았고, 시체가 몇 구나 운구된 것인지 알 수도 없었

	전체 사망자	페스트 사망자
8월 8일~8월 15일	5,319	3,880
8월 15일~8월 22일	5,568	4,237
8월 22일~8월 29일	7,496	6,102
8월 29일~9월 5일	8,252	6,988
9월 5일~9월 12일	7,690	6,544
9월 12일~9월 19일	8,297	7,165
9월 19일~9월 26일	6,460	5,533
9월 26일~10월 3일	5,720	4,929
10월 3일~10월 10일	5,068	4,227
합계	59,870	49,705

다. 위의 사망 주보가 언급한 사망자 규모를 보여 준다.

그러니까 사망자 대부분이 이 두 달 사이에 나왔다고 할 수 있다. 페스트로 죽은 것으로 기록된 총 사망자 수가 68,590명인데, 약간의 오차는 있지만 이 두 달 동안에 50,000명이 죽었기 때문이다. 위 표를 보면 295명이 모자라지만, 표의 기간 역시 두 달에서 이틀이 부족하니까 50,000명으로 계산한 것이다.

교구 관리들이 완전한 사망자 수를 제공하지 않은 데다 그들의 기록을 신뢰할 수 없다고 말했지만, 그런 무서운 재난의 시기에, 그들 역시 다수가 병에 걸려 기록을 제출해야 할 바로 그때 죽었을지도 모르는 시기에 어떻게 정확한 기록을 남길 수 있었겠는지 고려해야 할 것이다. 하급 관리뿐 아니라 교구 서기들도 다수 죽었기 때문이다. 이 불쌍한 관리들은 온갖 위험을 감수했지만 모두가 겪는 재앙을 피하지는 못했던 것이다. 특히 스테프니 교구에서는, 그 말이 사실이라면, 그해에 116명의 교회지기와 매장인, 그리고 그들의 보조 일꾼들, 즉 시체 수레를 끄는 마부와 종 치는 이, 시체 운반인 등이 죽었다고 했다.

실로 그것은 어둠 속에 뒤엉켜 구덩이로, 누구도 최악의 위험을 감수하지 않고서는 가까이 갈 수 없는 그런 구덩이로 던져지는 시체의 정확한 수를 셀 만한 여유를 허락하는 성격의 일이 아니었다. 올게이트와 크리플게이트, 화이트채플, 스테프니 교구에서 한 주에 500, 600, 700, 800명의 사망자 수가 주보에 기록되는 일이 자주 있었다. 그러나 우리는 그런 교구들에서 때로 한 주에 2,000명이 죽었다는, 나뿐만이 아니라 그 기간 내내 런던에 남아 있던 사람들의 의견을 신뢰해도 좋을 것이다. 사망 주보의 페스트 항목에는 68,590명만이 기록되어 있지만, 나는 이 문제를 최대한 면밀히 조사한 사람이 사실은 1년 동안 100,000명의 사람이 페스트로 죽었다고 기록한 것을 보았다.

내가 본 것, 그리고 직접 목격한 다른 이들에게 들은 바에 기초해 의견을 제시해도 된다면 나 역시 진심으로 같은 생각이다. 즉 다른 병으로 죽은 이들과 들판, 도로, 사람들의 표현처럼 파악 가능한 범위 너머의 은밀한 곳에서 죽은 이들, 거주민이지만 사망 주보에 적히지 않은 사람들을 제외하고 페스트로 죽은 사람만 최소한 100,000명은 된다고 생각한다. 전염병에 걸려 절망한 많은 불쌍한 사람들이 불행에 낙담하거나 얼이 빠진 채 들판과 숲을 헤매기도 하고 사람들이 모르는 외딴곳, 덤불숲이든 산울타리든 어디로든 기어 들어가 그곳에서 죽은 것을 우리 모두 알고 있다.

인근 마을 사람들이 불쌍하게 여겨, 그럴 힘이 있다면 집어 가도록 멀찍이 떨어진 곳에 음식을 가져다주었다. 그러나 때로 그들은 그 음식을 집어 갈 수도 없었다. 마을 사람이 나중에 가보면 그 비참한 사람들은 죽어 쓰러져 있고 음식은 손대지 않은 채 남아 있었다. 이런 비참한 경우가 헤아릴 수 없이 많았다. 나는 얼마나 많은 사람들이 이렇게 죽었는지 알고 있으며, 어디에서 죽었는지도 정확히 알고 있다. 지금도 그곳에 가면 여전히 묻혀 있을 그들의 유골을 찾을 수 있다고 확신한다. 시골 사람들이 시체와 떨어진 곳에 구멍을 파고 긴 막대기와 막대기 끝의 고리를 이용해 시체를 이런 구덩이에 끌어넣은 다음, 가능한 한 높게 그 위로 흙을 덮었기 때문이다. 바람이 부는 방향에 주의를 기울여 그들은 시체의 악취가 그들에게 풍겨 오지 않도록, 선원들이 바람이 오는 방향이라고 부르는 쪽에서 움직였다. 실로 많은 이들이 그런 식으로 세상을 떠났으며, 사망 주보든 혹은 사망 주보 외의 다른 방식으로든 간에 그들의 죽음은 알려지지도 기록되지도 않았다.

이런 사실은 대부분 물론 다른 사람들에게 들은 것이다. 베스널 그린과 해크니 혹은 그 인근을 제외하면 나는 들판으로 나가는 일이 거의 없었기 때문이다. 그러나 들판을 걸을 때면 언제나 멀리에서 배회하는 불쌍한 사람들을 많이 볼 수 있었다. 하지만 그들의 상태는 알기 어려웠다. 시내의 거리에서든 들판에서든 누군가 다가오면 멀찍이 떨어져 걷는 것이 일반적인 관례였기 때문이다. 그러나 나는 앞에서 말한 내용이 틀림없는 사실이라고 생각한다.

거리와 들판을 다닌 일을 말한 김에 당시 런던이 얼마나 황량했는지 언급해야겠다. 내가 살던 대로(大路)는 런던의 모든 거리 중에서, 그러니까 리버티와 교외를 포함해도 가장 넓은 도로 중 하나로 알려져 있었다. 도축업자들이 살던 쪽 길은 대부분, 특히 울타리가 없는 길들은 보도라기보다 풀 덮인 들판에 가까웠고, 사람들은 보통 말이나 마차를 타고 길 한가운데로 다녔다. 사실 화이트채플 교회 쪽의 도로 끝부분은 전혀 포장이 되어 있지 않았다. 포장된 부분 역시 풀이 무성했다. 이상할 것도 없는 것이 리든 홀, 비숍스게이트, 콘힐, 심지어 익스체인지로(路) 같은 시내의 큰 길들도 일부 구간은 풀이 나 있었기 때문이다. 뿌리채소와 콩, 건초 등을 시장으로 실어 오는 시골 사람들 말고는, 이들도 평소와 비교하면 아주 적은 수에 불과했는데, 아침부터 저녁까지 거리에는 수레도 마차도 다니지 않았다. 감염자를 격리 병원 혹은 다른 병원으로 이동할 때를 제외하면, 그리고 의사들이 가겠다고 동의해서 그들을 왕진 장소로 데리고 가는 소수의 경우 외에는 마차도 거의 이용되지 않았다. 마차는 실제로 위험했고, 사람들은 마차를 이용하고 싶어 하지 않았다. 마지막으로 마차에 탔던 사람이 누구인지 알 수 없는 데다, 이미 말한 것처럼 대개 감염자들이 마차로 격리 병원으로 옮겨졌고, 가는 길에 마차에서 죽기도 했기 때문이다.

전염병이 최고조에 이르렀을 때는 병자를 방문하기 위해 외출을 하려는 내과의가 거의 없었다. 저명한 내과의뿐만 아니라 외과의도 적지 않은 수가 죽었다. 실로 암담한 상황이었다. 주보의 기록을 참고하지 않고도 나는 이 시기의 한 달 동안 대략 적어도 하루에 1,500~1,700명이 사망했다고 믿고 있다.

전염병 전체 기간에서 최악의 시기 중 하나는 9월 초라고 생각되는데, 이때는 정말이지 신심 깊은 사람들조차 하느님이 이 가련한 도시의 사람들을 완전히 몰살할 계획이라고 생각하기 시작했다. 이즈음에는 동쪽 교구들에도 병이 완전히 퍼져 있었다. 사망 주보에는 더 적게 기록되었지만, 내 의견을 제시하자면 올게이트 교구에서는 2주 동안 매주 1,000명 이상이 매장되었다. 무서운 속도로 병이 주위로 퍼져 나가 내가 사는 집 맞은편 골목이며, 부처 로 주변의 올게이트 교구 지역들, 하운즈디치와 미너리즈에서 감염되지 않은 집이 스무 채 중 한 채도 되지 않았다. 죽음이 이 지역의 구석구석까지 손을 뻗친 것이다. 내 거주 교구보다는 훨씬 덜했지만 화이트채플 교구도 마찬가지였다. 주보에 따르면 한 주에 거의 600명이 매장되었지만, 내 짐작에는 거의 두 배가 매장되었을 것이다. 가족들이 모두 죽거나, 심지어 거리에 있는 모든 집의 가족이 사망해서 이웃들이 일가가 모두 죽었으니 아무개 집에 가서 아무개 시체를 실어 가라고 종 치는 이를 부르는 일이 빈번했다.

시체를 수레로 옮기는 것은 이제 대단히 위험하고 꺼리는 일이 되었다. 거주인이 모두 사망한 집의 시체를 수레꾼들이 처리하지 않아서 이웃집들이 악취에 시달리고, 결국 감염될 때까지 시체들이 며칠 동안이나 방치되어 있다는 불평들이 나왔다. 담당자들의 일 처리가 이 지경에 이르자 교구 위원과 순경이 사태를 수습하기 위해 호출되었고, 햄리츠의 치안 판사들까지 시체 수습을 재촉하고 독려하기 위해 목숨을 걸고 그들을 도와야 했다. 시체 가까이 접근해야 했기 때문에 무수히 많은 수레꾼이 감염되어 죽었기 때문이다. (앞서 말했다시피) 일자리와 음식이 필요해 어쩔 수 없이 어떤 일이라도 마다하지 않고 하려는 가난한 사람들이 그렇게 많지 않았더라면 이 일을 할 사람들을 찾을 수 없었을 것이며, 시체는 땅 위에 누운 채 처참한 모습으로 부패했을 터였다.

　이 점에 대해서는 관리들을 아무리 칭찬해도 부족하지 않다. 시체 매장 관련 절차를 대단히 잘 운영하여 시체 운반과 매장을 위해 고용된 이들 중 누구라도 병에 걸리거나 죽으면, 이런 경우가 대단히 많았는데, 즉시 다른 사람들로 그 자리를 대체했기 때문이다. 앞서 말했듯, 엄청난 수의 가난한 사람들이 일자리를 잃었기 때문에 이런 대체가 어렵지 않았다. 그 덕분에 헤아릴 수 없이 많은 사람이 동시에 죽고 병에 걸렸는데도 불구하고, 매일 밤 시체가 운구되어 처리되었다. 따라서 런던에 대해서는 결코 산 자가 죽은 자를 묻을 수 없을 지경이었다는 말을 할 수 없었다.

　이 참혹한 시기 동안, 사망자 수가 늘어 감에 따라 사람들의 두려움도 커져만 갔다. 겁에 질린 사람들은 말로 다 할 수 없는 갖가지 행동을 했고, 병의 고통에 사로잡힌 다른 사람들도 마찬가지 기행을 일삼곤 했다. 이 부분은 매우 가슴 아픈 이야기이다. 어떤 사람들은 고함을 치거나 비명을 지르고 손을 비틀며 거리를 다녔고, 또 어떤 사람들은 하느님의 자비를 구하며 손을 높이 든 채 기도하며 다니기도 했다. 그들이 제정신이 아닌 상태에서 이런 행동을 한 것인지는 잘 모르겠다. 하지만 설사 그렇다 해도 그들의 행동은 매일 낮, 특히 밤에 일부 거리에서 들려오는 끔찍한 비명과 울음소리보다 훨씬 나았으며, 온전한 상태에서라면 더 신실한 마음의 소유자임을 보여 주는 행동이었다. 유명한 광신도 솔로몬 이글의 이야기를 모두 다 들어 봤을 것이다. 그는 병에 걸리지 않았지만, 마치 머리만 감염되기라도 한 것처럼 무시무시한 모습으로 도시에 내린 신의 심판을 알리며, 때로 거의 벌거벗은 채 달궈진 석탄이 담긴 팬을 머리에 이고 거리를 걸어다녔다. 그가 무슨 말을 하고 누구의 흉내를 냈는지는 아는 바가 없다.

매일 저녁 화이트채플 거리를 지나며 두 손을 들고 〈선한 주여, 우리를 구하소서. 주의 가장 소중한 피로 구원하신 백성을 구하소서〉라고 교회 기도문 일부를 반복한 목사가 미친 건지, 아니면 불쌍한 사람들을 위한 순수한 열정에서 그런 행동을 한 것인지도 말하기 어렵다. 분명히 말할 수 없는 이유는, 앞서 언급했지만 많은 사람들이 누구도 병을 피할 수 없을 것으로 생각하기 시작한, 심지어 대놓고 말하기 시작한 최악의 시기 동안 집에 칩거한 채 이 암울한 광경들을 단지 내 방 창문을 통해서만 보았기 때문이다(창문을 여는 일은 거의 없었다). 사실 나도 다른 사람들처럼 생각하기 시작했고, 그래서 2주일 동안 꼼짝도 하지 않고 집 안에만 있었다. 그러나 계속 그럴 수는 없었다. 게다가 위험에도 불구하고 가장 심각한 시기 동안에도 대중 예배를 거르지 않는 일부 사람들이 있었다. 대단히 많은 성직자가 교회 문을 닫고 다른 사람들과 마찬가지로 목숨을 구하기 위해 도망갔지만, 모두가 그런 것은 아니었다. 몇몇 목사는 그 상황에서도 자리를 지키면서 계속적으로 기도하고 때로 설교를 하거나 짧게 회개나 개심을 장려하기도 하며, 찾아오는 이가 있는 한 대중 예배를 지속했다. 비국교도들도 마찬가지였는데, 심지어 교구 목사가 죽거나 도망간 바로 그 교회들에서 예배를 보았다. 그런 시기에 종파를 구별할 여유는 없었던 것이다.

죽어 가는 가련한 사람들이 자신들을 위로하고, 함께 기도하고, 충고와 안내를 해줄 목사들을 찾으며 비탄에 빠져 신음하는 소리, 또 과거의 죄를 고백하고 신에게 용서와 자비를 구하는 처연한 소리를 듣는 것은 참으로 마음 아픈 일이었다. 죽음을 앞두고 회개한 자들이 이런 재앙의 시기는 회개를 하거나 하느님을 찾을 때가 아니니 환난의 날까지 회개를 미루지 말라고 다른 사람들을 일깨우는 숱한 경고를 들으면, 가장 무심한 자라도 가슴에서 피를 흘렸을 것이다. 내가 들은 그 소리, 죽어 가는 가련한 사람들이 고통과 절망의 절정에서 쏟아 내는 그 한탄과 신음을 글로 옮길 수만 있다면.

그러면 내가 아직도 생생하게 귓가에 울리는 그 소리를 듣는 것처럼 이 글을 읽는 독자들도 그 소리를 듣게 할 수 있을 텐데.

독자들의 영혼에 경각심을 불러일으킬 수 있는 감동적인 울림을 담아 이 부분을 전할 수 있다면, 짧고 불완전하더라도 이 기록을 남긴 것이 보람 있을 것이다.

하느님의 뜻으로 나는 아직 살아 있고 활력이 넘치며 건강하다. 그러나 14일, 혹은 그에 가까운 기간 동안 문을 닫고 집 안에만 갇혀 있었던 탓에 나는 매우 답답했다. 더 참을 수 없어진 나는 형에게 보낼 편지를 가지고 우체국으로 갔다. 거리는 실로 놀라울 정도로 조용했다. 편지를 부치려고 우체국으로 들어갈 때 한 남자가 마당 한구석에 선 채 창문 사이로 다른 남자와 이야기하는 것이 보였다. 또 다른 남자가 우체국 문을 열었다. 마당 한가운데에 두 개의 열쇠가 달린 작은 가죽 지갑이 떨어져 있고 안에 돈이 들어 있었는데, 아무도 주울 생각을 하지 않았다. 지갑이 그 자리에 얼마나 있었는지 묻자, 창문에 있던 남자가 거의 한 시간 동안 그곳에 있었다며, 지갑을 떨어뜨린 사람이 찾으러 올지 몰라서 줍지 않았다고 대답했다. 나는 돈이 아쉽지 않은 데다 큰 금액도 아닌지라 상관을 하거나 위험을 무릅쓰고 돈을 주울 생각이 전혀 없었다. 그래서 지나가려는데 우체국 문을 연 남자가 진짜 주인이 찾으러 오면 돌려줄 수 있도록 자기가 주워 두겠다고 했다. 그러더니 한 양동이의 물을 가지고 와서 지갑 옆에 두고, 다시 들어가서 화약을 가져오더니 지갑 위에 잔뜩 뿌렸다. 그러고는 지갑에 뿌린 화약에 도화선을 연결했는데, 도화선의 길이는 2미터 정도였다. 그다음 그는 세 번째로 들어가더니 아마 일부러 미리 준비해 둔 것 같은, 붉게 달궈진 부젓가락을 가지고 와서 그걸로 도화선에 불을 붙였다. 지갑이 불에 그슬렸고, 연기가 나서 공기가 매캐해졌다. 그러나 그걸로도 충분치 않은 듯 그는 부젓가락이 지갑을 태워 구멍을 낼 때까지 한참 들고 있더니, 흔들어서 양동이 물속으로 돈을 떨어뜨린 후 양동이를 들고 우체국 안으로 들어갔다. 내 기억에 13실링과 약간의 은화, 그리고 파딩[12] 몇 개였다.

앞에서 말한 것처럼 돈을 위해서라면 감염의 위험을 개의치 않을 만큼 무디어진 가난한 사람들도 있었지만, 내가 본 광경에서 짐작할 수 있듯이 살아남은 소수는 감염이 무섭게 퍼지는 기간에 매우 조심스럽게 행동했다.

비슷한 시기에 나는 보 쪽 들판으로 걸어가 보았다. 강가와 배들이 어떤 상황인지 무척 궁금했기 때문이다. 해운에 관심이 있던 나는 배 안에서 지내는 것이 감염을 피해 자신을 보호하는 가장 좋은 방법 중 하나라고 생각하고 있었다. 그 문제에 대한 궁금증을 풀 방법을 궁리하다가 나는 보에서 브롬리 쪽으로 방향을 돌려 들판을 가로질러 블랙월까지 내려간 후, 승선이나 하선을 위한 선착장으로 가보았다.

한 남자가 제방이라고 부르던 강둑을 혼자 걷고 있었다. 나도 집들이 모두 봉쇄된 것을 보면서 한동안 주변을 걸었다. 그러다가 결국 멀리 떨어져 서서 그 남자와 대화를 나누게

12 1페니의 4분의 1에 해당하던 영국의 옛 화폐 단위.

되었다. 우선 나는 그에게 근방 사람들의 상황이 어떤지를 물었다. 「세상에, 거의 다 죽거나 병들어서 아무도 없어요.」 그가 말했다. 그러고는 포플러 쪽을 가리키며 대답했다. 「이쪽이나 저쪽 마을 사람들 중 절반은 죽고, 나머지는 병이 들어서 남은 가족이 거의 없어요.」 그러더니 한 집을 가리키며 말했다. 「저 집은 다 죽었고요. 집 문이 열려 있는데, 아무도 감히 들어갈 생각을 못 하죠. 가난한 도둑 하나가 뭐라도 훔칠 요량으로 들어갔다가 도둑질한 값을 호되게 치렀어요. 지난밤에 그도 묘지로 실려 갔으니까요.」 그는 또 다른 집 몇 채를 가리키며 〈저기도 다 죽었어요. 남편과 아내, 다섯 아이까지. 저 집은 봉쇄되었고요. 문 앞에 감시인이 보이시죠?〉라고 말하더니 다른 몇몇 집들도 마찬가지라고 했다. 내가 물었다. 「그런데 당신은 여기서 혼자 뭘 하는 건가요?」 그가 대답했다. 「저야 외롭고 불쌍한 사람이지요. 가족들은 병에 걸렸고, 애 하나는 죽었지만, 하느님 덕에 전 아직 병에 걸리지 않았어요.」 내가 물었다. 「당신은 걸리지 않았다니, 어떻게 그럴 수 있죠?」 그가 손가락으로 대단히 작은 낮은 판잣집을 가리키며 대답했다. 「저 집에 불쌍한 제 집사람과 두 아이가 살아요. 살아 있다고 할 수 있다면 말이죠. 아내와 아이 하나가 병에 걸렸거든요. 전 집에는 안 가고요.」 그 말을 할 때 그의 얼굴 위로 눈물이 주르륵 흐르는 것이 보였다. 물론 내 볼에도 눈물이 흘렀다.

내가 다시 물었다. 「그런데 왜 가보지 않는 겁니까? 어떻게 혈육을 버릴 수 있죠?」 그가 대답했다. 「세상에, 가족을 버리다니요. 할 수 있는 건 다 하고 있어요. 주님 덕으로 부족한 것 없게 보살피고요.」이렇게 말하며 눈을 들어 하늘을 올려다보는 그의 얼굴을 살펴본 나는 곧 그가 위선자가 아니라 경건하고 신앙심 깊은 선량한 사람이며, 그의 외침이 이런 시기에 부족함 없이 가족들을 보살필 수 있다고 말할 수 있는 것에 대한 감사의 표현이라는 것을 알 수 있었다. 나는 말했다. 「요즘 같은 때 가난한 사람들이 겪는 시련을 생각하면, 참 다행한 일입니다. 하지만 대체 어떻게 먹고사는 건가요? 모두를 덮친 무서운 재앙을 어떻게 피하는 거죠?」그가 대답했다. 「저는 사공입니다. 저기 제 배가 있죠. 지금은 배가 집입니다. 낮에는 배로 일을 하고, 밤에는 배에서 잠을 자지요. 번 건 저 돌 위에 올려 주고요.」그가 도로 건너편, 그의 집에서 제법 떨어져 있는 넓적한 돌을 가리키며 말했다. 「그리고 들을 때까지 소리를 쳐서 부르면 가족들이 나와서 가지고 갑니다.」

나는 다시 물었다. 「하지만 사공 일로 어떻게 돈을 버는 거죠? 요새도 배를 타는 이가 있나요?」그가 대답했다. 「네, 나리, 저처럼 배로 돈을 벌 수 있습죠.」그가 마을에서 상당히 떨어진 강 아래쪽을 가리키며 말했다. 「저기 닻을 내린 다섯 척의 배가 보이시죠?」그러고는 마을 위쪽을 가리키며, 〈그리고 저기 닻을 내린 여덟 척에서 열 척쯤 되는 배가 사슬로 연결된 것이 보이시죠?〉라고 물었다. 「저 배들에는 상인이나 선주의 가족들이 타고 있어요. 감염을 피하려고 배에서 꼼짝 않고 지내는 거죠. 저들이 뭍에 나오지 않아도 되도록 필요한 물건을 구해 주고, 편지도 배달하고, 꼭 처리해야 할 일들도 대신 해주면서 심부름을 하고 있습니다. 매일 밤이면 저 배들 중 하나에 제 배를 묶고, 그 위에서 혼자 자고요. 그리고 주님 덕에 지금까지 목숨을 부지했죠.」

「하지만 당신이 이렇게 감염이 만연한, 다들 피하는 강가에 있다가 가도 그들이 당신을 배에 오르게 해주나요?」내가 물었다.

그가 대답했다. 「그거라면 말입니다, 배 위로 올라가는 일은 거의 없어요. 가지고 온 물건을 배에 딸린 돛단배나 배 옆으로 가져다주면, 그들이 끈으로 잡아당겨 갑판으로 가지고 가죠. 절대 강가의 집에 가지 않고 누구를 접촉하는 일도 없으니까, 제 가족조차 말입니다, 그 사람들이 저 때문에 병에 걸릴 위험은 없을 겁니다. 필요한 물건만 배달해 주는 거니까요.」

내가 말했다. 「하지만 그게 더 위험한 거 아닙니까. 누군가에게 그 물건들을 샀을 텐데, 마을의 이 구역이 이렇게까지 감염되었으니 사람들과 말을 섞는 것도 위험할 것 같은데요. 시내에서 조금 떨어져 있긴 하지만, 이 마을은 런던의 입구나 다름없으니까요.」

「맞는 말씀입니다.」그가 덧붙였다. 「하지만 잘못 생각하신 거예요. 배에 배달할 물건을 여기서 사는 게 아니거든요. 그리니치까지 노를 저어 가서 생고기를 사고, 가끔은 울위치까지 강을 따라 내려가 그곳에서 사기도 하죠. 그리고 켄티시 쪽에 있는 알고 지내는 농가들에서 가금류랑 달걀을 사서 부탁받은 대로 때로는 이 배, 때로는 저 배로 물건들을 가져다주죠. 이 마을로 올라오는 일은 거의 없어요. 오늘은 아내를 보고, 애들이 어떻게 지내는지 물어보려고, 그리고 어제 받은 약간의 돈을 주려고 온 거고요.」

「고생이 많네요!」 내가 말했다. 「그래, 가족에게 줄 돈을 얼마나 벌었나요?」

「4실링이요. 요새 가난한 사람들의 형편을 생각하면 큰돈이죠. 그들이 제게 빵도 한 봉지 주고, 소금에 절인 생선이랑 고기도 좀 나눠 주었어요. 다 귀한 음식이죠.」 그가 대답했다.

「그래서 가족들에게 벌써 주었나요?」 내가 물었다.

「아뇨, 하지만 왔다고 말했어요. 아내가 지금은 안 되고, 30분쯤 후에나 올 수 있다고 하더라고요. 그래서 아내를 기다리고 있는 거예요. 가엾은 사람!」 그가 말했다. 「아내는 무척이나 쇠약해졌어요. 종기가 터졌는데, 그래서 회복을 기대하고 있지만, 아이는 죽을 것 같아요. 하지만 신의 뜻이죠!」 그는 여기서 말을 멈추고 흐느껴 울기 시작했다.

「그래요, 주님의 뜻에 맡기기로 했으니 주님을 믿고 의지하세요. 주님께서 우리 모두의 운명을 결정하실 겁니다.」 내가 말했다.

「그럼요.」 그가 대답했다. 「우리 중 누구든 살아남는다면 끝없는 신의 자비 덕이죠. 그러니 제가 감히 어떻게 불평을 하겠어요!」

「지당한 말입니다. 당신에 비하면 내 믿음은 얼마나 나약한 것인지.」 위험 속에서도 이 남자를 지탱하는 믿음의 토대가 나보다 훨씬 단단하다는 생각에 나는 부끄러워졌다. 그는 도망칠 곳도 없었고, 나에게는 없는 가족을 보살필 의무에 묶여 있었다. 나의 믿음이 그저 신념이라면 그는 진정으로 신을 의지하고 있었고, 신에게 자신을 맡기는 용기를 가지고 있었다. 그러면서도 자신의 안전에 만전을 기하고 있었다.

이런 생각을 하면서 나는 그로부터 몸을 조금 돌렸다. 그보다 더 많은 눈물이 흘러내려 주체할 수가 없었기 때문이다.

조금 더 이야기를 나누는데, 마침내 그 불쌍한 여인이 문을 열고 〈로버트, 로버트〉라고 불렀다. 남자는 대답한 후 조금만 기다리고 있으면 가겠다고 말했다. 그리고 나서 그는 자신의 나룻배가 있는 선착장으로 내려가 배에 사는 사람들이 준 음식이 든 자루를 가져왔다. 돌아온 그는 다시 아내를 부르더니, 나에게 보여 준 넓적한 바위로 가서 자루 안에 든 것을 모두 꺼내 바위 위에 올려놓고 물러섰다. 그러자 아내가 어린 사내아이와 함께 물건을 가져가기 위해 왔다. 그가 소리쳐 이 물건을 보낸 이는 이 배의 선장이고, 저 물건을 보낸 이는 저 배의 선장이라고 설명한 다음, 〈모든 것은 다 하느님이 보낸 것이니, 하느님께 감사하구려〉라고 덧붙였다. 그 가엾은 여인은 물건을 모두 챙겼지만, 별로 무겁지 않은데도 너무 허약해진 나머지 한 번에 다 옮길 수가 없어서 작은 가방에 든 비스킷을 두고, 자신이 돌아올 때까지 아들에게 보고 있게 했다.

나는 그에게 물었다. 「그런데 지난주 벌었다고 했던 4실링도 아내에게 주었나요?」

「그럼요, 그럼요.」그가 대답했다. 「아내가 받은 걸 확인해 드리죠.」 그러더니 그는 〈레이철, 레이철, 돈도 챙겼소?〉라고 물었다. 아내의 이름이 레이철인 것 같았다. 「챙겼어요.」 아내가 대답했다. 「얼마였소?」 그가 물었다. 「4실링 1그로트네요.」 여인이 대답했다. 「맞아요, 맞아.」 남자가 대답했다. 「하느님이 모두를 지켜 주실 거요.」 그러고는 떠나려고 몸을 돌렸다.

이 남자의 이야기에 눈물을 참을 수 없었던 것처럼 그를 돕고 싶은 자선의 마음도 참을 수 없었다. 그래서 나는 그를 불렀다. 「저기요.」 내가 말했다. 「이리 좀 와보세요. 건강한 것 같으니까 가까이 가도 되겠죠.」 그러고는 주머니에 넣고 있던 손을 뻗으며 말했다. 「가서 아내를 한 번 더 불러요. 그리고 내가 주는 작은 위안을 전해 주세요. 당신처럼 그분에게 의지하는 가족을 하느님은 결코 버리지 않으실 겁니다.」 이렇게 말하며 나는 그에게 4실링을 주고, 돈을 바위에 둔 후 아내를 부르라고 했다.

이 가난한 남자가 얼마나 고마워했는지 말로는 표현할 길이 없다. 그 역시 얼굴에 흐르는 눈물로밖에 달리 고마움을 표현하지 못했다. 그는 아내를 부르더니, 하느님이 자신들의 상황을 들은 한 낯선 이의 마음을 움직여 그들에게 이런 돈을 주게 했다는 말이며, 그 비슷한 다른 말들을 한참 했다. 그 여자도 나와 하느님에게 감사를 표한 후, 기쁘게 돈을 집어 들었다. 그해를 통틀어 그보다 더 돈을 잘 쓴 일은 없다고 믿는다.

그 후에 나는 그에게 그리니치까지 병이 퍼졌는지 물어보았다. 그는 2주 전까지는 괜찮았지만 지금은 퍼졌을 것이라고, 하지만 그는 뎁트퍼드 브리지 방향 남쪽에 있는 그리니치 끝자락의 한 정육점과 식료품점에만 들러 사람들이 부탁한 물건을 사며, 무척 조심한다고 대답했다.

나는 그에게 전염병을 피해 배에서 지내는 사람들이 왜 필요한 물품 일체를 충분히 준비하지 않았는지 물었다. 그러자 그는 그들 중 일부는 준비를 했다고, 그러나 다른 일부는 겁에 질려 도망치듯 급히 배로 왔다고 말했다. 그때는 필요한 사람들을 찾아 물건을 제대로 비축하기에는 상황이 너무 급박했고, 그래서 나에게 보여 준 그 배 두 척의 심부름을 자신이 맡게 되었다고 했다. 그 배에는 건빵과 선박용 맥주 외에는 거의 아무것도 없었으며, 그 밖의 모든 것을 그가 그들에게 사다 준다고 설명했다. 나는 저렇게 마을에서 피신해 있는 배들이 더 있는지 그에게 물었다. 그는 그렇다고, 그리니치 바로 맞은편 강가에서 라임 하우스와 레드리프 인근 강변까지 자리가 있는 곳마다 배들이 강 가운데에 나란히 두 척씩 줄지어 떠 있고, 그중 몇몇 배에는 여러 가족이 살고 있다고 대답했다. 나는 배 안까지 병이 퍼지지 않았는지 물었다. 그는 다른 사람들처럼 충분히 조심하지 않고 선원들이 마을을 다녀오도록 허락한 두세 척의 배 말고는 괜찮다고 대답했다. 그리고 배들이 풀[13]에 줄지어 선 모습이 장관이라고도 했다.

그가 밀물이 시작되면 바로 그리니치로 갈 것이라고 말했을 때, 나를 데리고 갔다가 다시 데려다줄 수 있는지 물어보았다. 그가 말한 것처럼 배가 서 있는 모습이 무척 보고 싶었

13 Pool. 런던 브리지에서 라임하우스까지 이어지는 템스강 변의 정박지.

기 때문이다. 그는 내가 기독교인으로서, 그리고 정직한 사람으로서 병에 걸리지 않았다고 분명하게 말한다면 그렇게 하겠다고 대답했다. 나는 그에게 병에 걸리지 않았고 하느님의 뜻으로 아직 건강하며, 화이트채플에 살고 있다고, 다만 너무 집 안에만 있다 보니 답답해져서 바람을 쐬려고 여기까지 왔으며 집에는 병자를 접촉한 사람도 전혀 없다고 말했다.

「하기야 저와 제 불쌍한 가족을 가엾게 여겨 자비를 베푼 분인데, 건강하지 않은 상태로 제 배에 올라탈 만큼 무자비한 일을 하실 리 없겠죠. 그러면 저를 죽이는 것이나 다름없고, 제 가족들도 다 죽을 테니까요.」그가 대답했다. 그 가엾은 남자가 가족을 위해 그렇게 합당한 걱정을 하고, 애정 어린 태도로 말하는 것을 듣자 마음이 흔들려 처음에는 나 자신의 만족을 위해 갈 마음이 싹 없어졌다. 나는 그에게 갓 태어난 아기처럼 분명히 전혀 감염되지 않았으며, 그의 제안이 고맙긴 하지만 그를 불안하게 하기보다는 호기심을 포기하겠다고 말했다. 그런데 이번에는 그가 나를 포기하게 두려 하지 않았다. 그리고 내가 한 말을 자신이 얼마나 신뢰하는지 보여 주기 위해 같이 갈 것을 강권했다. 그래서 나는 밀물이 시작될 때 그의 배에 탔고, 그리니치까지 갔다. 그가 부탁받은 물건을 사는 동안 나는 강을 제대로 보기 위해 동쪽에서 마을을 굽어보고 있는 언덕 위로 올라갔다. 그렇게 많은 수의 배들이 두 척씩 나란히, 어떤 곳에서는 두세 척씩 강폭에 맞게 나란히 줄지어 서 있는 것은 놀라운 풍경이었다. 랫클리프와 레드리프 거주지 사이, 즉 사람들이 풀이라고 부르는 구역을 따라 시내까지 강 상류 쪽으로 배들이 늘어서 있었고, 언덕에서 가장 멀리 볼 수 있는 롱 리치의 곶까지 하구 쪽으로도 강 전체에 배들이 있었다.

몇 척이나 되는지 짐작하기 어려웠지만, 돛이 수백 개는 족히 되어 보였다. 해운 관련 일을 하는 10,000명 이상의 사람들이 무서운 전염병을 확실하게 피해 이곳에 몸을 숨긴 채 꽤 안전하고 편안하게 지내는 기발한 방식을 칭찬하지 않을 수 없었다.

나는 그날 낮의 외출, 특히 그 가엾은 남자와 함께한 외출에 무척 만족스러워하며 집으로 돌아왔다. 이런 희망 없는 시기에 그렇게 많은 가족이 작은 은신처를 마련한 것을 본 것도 기뻤다. 나는 또 전염병이 더욱 기승을 부림에 따라 가족을 태운 배들이 육지에서 더 멀리 아동하는 것도 보았다. 듣자 하니 몇몇 배들은 바다 근처까지 이동해 북쪽 해안의 항구나 안전한 정박지까지 갔다고 했다.

하지만 그렇게 육지를 떠나 배에서 생활한 모든 사람들이 감염으로부터 안전했던 것은 아니다. 많은 사람이 죽었고, 듣자 하니 어떤 사람은 관에 담긴 채, 또 어떤 사람은 관 없이 강에 던져져 조수가 들고 날 때면 시체가 물살에 올라갔다 내려갔다 하는 것이 때때로 보였다고 했다.

그러나 감히 추측해 보자면, 그렇게 감염된 배들은 사람들이 너무 늦게까지 육지에 있다가 감염이 되었으나 아마도 그 사실을 모른 채 배로 피신한 경우일 것이다. 그러니까 배에 탄 상태에서 감염된 것이 아니라 병에 걸린 채 배로 간 것이다. 혹은 이 배들이 그 가엾은 사공이 말한, 식량을 준비할 시간이 없어서 필요한 물건이 생기면 때로 강변으로 사람을 보내거나 강변에서 온 돛단배를 접촉해야 했던 배들일 수도 있다. 그 결과 미처 모르는 상태에서 병이 배에 퍼진 것이다.

당시 그 자신을 죽음으로 몰아넣는 데 큰 역할을 한 런던 사람들의 이해하기 어려운 태도를 이 지점에서 언급하고 넘어가지 않을 수 없다. 말한 것처럼 페스트는 시내 서쪽 끝, 그러니까 롱 에이커와 드루리 레인 등지에서 시작해 아주 천천히 그리고 점진적으로 시내로 이동했다. 12월에 처음 발발했고, 2월과 4월에 다시 환자가 나왔으며, 매번 발병자 수는 매우 적었다. 그리고 5월까지는 발병이 없었다. 5월의 마지막 주까지도 사망자는 17명에 불과했고, 모두 시내의 서쪽 끝에서만 나왔다. 이 기간 내내 심지어 한 주에 3,000명 이상의 사망자가 나올 때까지도 강 양쪽의 레드리프와 와핑, 랫클리프 그리고 서더크 쪽의 거의 모든 사람들은 그곳으로는 병이 오지 않을 거라고, 혹은 그렇게 심하게 퍼지지는 않을 거라고 굳게 믿고 있었다. 어떤 사람들은 피치와 타르 혹은 선박 관련 제조업에서 많이 사용되는 기름과 송진, 유황 같은 것들이 자신들을 지켜 줄 것이라고 믿었다. 또 다른 이들은 웨스트민스터와 세인트자일스, 세인트앤드루스 교구들에서 기승을 부렸던 병이 이쪽으로 오기 전에 수그러들고 있다고 주장하기도 했다. 이 말은 부분적으로는 사실이었다. 예를 들어 다음을 보자.

8월 8일~8월 15일	
세인트자일스 인 더 필즈	242
크리플게이트	886
스테프니	197
세인트막달라, 버몬드	24
로더히스	3
주간 총 사망자	4,030

8월 15일~8월 22일	
세인트자일스 인 더 필즈	175
크리플게이트	847
스테프니	273
세인트막달라, 버몬드	36
로더히스	2
주간 총 사망자	5,319

부기: 이 시기에 스테프니 교구 사망자로 기록된 수는 대부분 현재 스피틀필즈라고 부르는 쇼어디치와 접한 지역에서 나왔다. 이 근방의 쇼어디치 교회 묘지 벽까지가 스테프니 교구에 포함되어 있었다. 당시 세인트자일스 인 더 필즈에서는 전염병이 수그러들고 크리플게이트, 비숍스게이트, 쇼어디치 교구에서는 맹렬하게 퍼지고 있었다. 그러나 라임 하우스, 랫클리프 하이웨이 그리고 현재 섀드웰 교구와 와핑 교구에 해당되는 지역, 심지어 런던 타워 옆의 세인트캐서린까지 포함한 지역에서는 8월이 다 지날 때까지 주간 사망자가 10명도 나오지 않았다. 그러나 차차 설명하겠지만 그들은 나

중에 이에 대한 대가를 치렀다.

이 때문에 레드리프와 와핑, 랫클리프와 라임 하우스 지역 사람들은 자신들은 매우 안전하다고 생각하면서, 병이 그쪽까지 오지 않고 끝날 것이라고 자신해 시골로 피신하거나 자체적으로 격리하는 등의 아무 조치도 취하지 않았다. 주의하기는커녕 시내에서 온 친구와 친척을 집에 받아들였고, 다른 지역의 사람들 몇몇은 실제로 그곳을 안전한 곳, 다른 곳들처럼 병이 퍼지지 않도록 하느님의 보호를 받는 곳으로 생각해 피난처로 삼기도 했다.

그리고 바로 그것 때문에 이 지역에 병이 퍼졌을 때, 그들은 다른 지역보다 더 놀라고 준비되지 않은 채 어찌할 바를 몰라 당황했다. 실제로 9월과 10월에 이 지역에 병이 무서운 기세로 퍼졌을 때는 이미 시골로 피신하는 것이 불가능했다. 누구도 낯선 이의 접근을 허락하지 않았고, 그들이 사는 마을 근처에 오는 것도 용납하지 않았다. 이미 말한 것처럼 런던에서 가까운 지역과 비교해 들판과 숲이 많은 서리 쪽 시골을 헤맨 몇 명의 사람들이 그곳의 숲과 공유지에서 굶어 죽은 채 발견되기도 했다. 특히 노우드 주변과 캠버웰, 덜리지, 루섬 교구에서는 감염이 두려워 누구도 감히 시련을 겪는 불쌍한 사람들을 도울 용기를 내지 못했다.

이런 생각이 시내의 이쪽 지역 사람들에게 널리 퍼져 있었던 이유는, 앞서 말한 것처럼 부분적으로 그들이 배로 도망칠 수 있었기 때문이다. 조심성 있게 식량을 충분히 준비해서 일찍 배로 피한 사람들은 음식을 구하기 위해 물가로 나오거나 물품을 싣고 온 나룻배 상인을 배에 태우는 위험을 감수할 필요가 없었다. 그런 경우 그들은 다른 누구보다 안전하게 병을 피할 수 있었다. 그러나 상황이 너무나 심각해지자 사람들은 겁에 질려 먹을 것도 준비하지 않고 배로 도망갔고, 어떤 사람들은 그들을 먼 곳으로 데리고 나가거나 안전하게 물품을 구입할 수 있는 강 하구까지 나룻배를 타고 갈 사람도 없는 배에 올라타기도 했다. 이런 사람들은 대개 강변에서와 마찬가지로 어려움을 겪었고, 배에서도 병에 걸리곤 했다.

더 여유가 있는 사람들은 큰 배를 타고, 가난한 사람들은 소형선이나 거룻배, 낚싯배 등을 탔다. 많은 사람들, 그중 뱃사공들이 나룻배에서 살았는데 그들의 상황은 특히 더 좋지 않았다. 식량을 배달하기 위해, 혹은 자신의 음식을 구하기 위해 돌아다녀야 했고, 그러다가 그들 사이에 병이 퍼지면 처참한 상황으로 이어졌다. 많은 사공들이 런던 브리지 위쪽과 아래쪽에 닻을 내린 채 그들의 배 안에서 죽었고, 누구도 감히 만지거나 가까이 갈 수 없는 상태가 될 때까지 발견되지 않았다.

선박 관련 일을 하는 시의 강변 지역 사람들이 겪은 시련은 개탄할 정도로 모두의 동정을 받을 만했다. 실로 마음 아픈 일이다! 하지만 당시는 모두 다 자신의 안위가 가장 중요한 때라서 다른 사람의 시련을 동정할 여유가 없었다. 죽음이 모든 이의 문 앞에 있었고, 심지어 집 안에 들어온 가족들도 많았지만 무엇을 할지, 어디로 도망쳐야 할지 알 수 없는 상황이었기 때문이다.

이런 상황이 모든 연민을 앗아 갔다. 자기 보존이 가장 중요한 원칙처럼 보였다. 자녀들은 말할 수 없는 고통 속에 죽어 가는 부모를 두고 도망쳤다. 전자만큼 빈번하지는 않았지만, 어떤 곳에서는 부모들이 자식에게 같은 짓을 하기도 했다. 실로 끔찍한 일도 있었는데, 특히 어떤 주에 병에 걸린 엄마 둘이 제정신을 잃고 착란 상태에서 자신의 아이들을 죽이기도 했다. 그중 하나는 내가 사는 곳에서 멀지 않은 지역에서 벌어진 일이었는데, 광기에 사로잡힌 그 불쌍한 여자는 그 행동에 대해 벌을 받는 것은 고사하고 자신이 한 짓을 깨닫기도 전에 죽고 말았다.

자기 자신의 죽음을 목전에 두고 있을 때 타인에 대한 사랑과 걱정을 상실하는 것은 이상한 일이 아니다. 일반적으로 그렇다는 것이다. 변치 않는 사랑과 연민, 의무를 보여 준 경우도 많았고, 그중 몇 건에 대해서는 나도 들은 바가 있다. 소문을 통해 들은 것이지만.

그래서 구체적인 사실을 입증하기는 어렵지만.

그중 한 가지 예를 소개하기 전에, 나는 먼저 이 재난의 시기에 벌어진 온갖 상황 중에서도 아이를 가진 여자들의 상황이 가장 안타까웠다는 점을 밝히고 싶다. 슬픔의 시간, 산고의 시간이 다가와도 그들에게는 도와줄 산파도, 이웃 여자도 없었다. 대부분의 산파, 특히 가난한 이들의 아이를 받는 산파들 대다수가 죽었고, 전부는 아니지만 알려진 산파들 다수는 시골로 도망갔다. 따라서 돈이 별로 없는 가난한 여자들이 산파를 구하는 것은 거의 불가능에 가까웠다. 산파를 부르더라도 그들이 구할 수 있는 산파는 무지하고 경험이 없는 이들인지라, 그 때문에 믿을 수 없을 만큼 많은 산모가 최악의 고통을 겪었다. 산파를 흉내 내는 사람들의 무지와 경솔함 때문에 몇몇은 목숨을 잃거나 몸이 상하기도 했다. 이렇게 말해도 과장은 아닐 텐데, 무수히 많은 아기가 산파의 무지 때문에 살해당했다. 다만 그런 경우 살해는 아기가 어떻게 되든 엄마를 살리기 위해 어쩔 수 없었다는 구실로 그럴듯하게 포장되었다. 같은 이유로 엄마와 아기가 동시에 목숨을 잃는 경우도 많았다. 특히 엄마가 병에 걸리면 아무도 가까이 가려 하지 않았으므로 때로 둘 다 죽었다. 엄마가 페스트로 죽고 아이는 반쯤 태어난 채, 혹은 태어났지만 엄마로부터 분리되지 못한 채 죽는 일도 있었다. 어떤 산모들은 산고를 겪다가 분만하지 못하고 죽었다. 이런 경우는 너무 많아서 다 헤아릴 수도 없다.

이런 출산 관련 사망의 일부는 사망 주보의 다음 항목 아래에 기록된, 평소보다 많은 수로 드러났다(그러나 나는 여전히 이 수가 실제 사망자 수보다 훨씬 더 적다고 믿고 있다).

분만 중 사망
유산 및 사산
영유아 사망

전염병이 가장 극심했던 주의 사망자 수와 전염병이 시작되기 전의 사망자 수를 비교하면, 심지어 같은 해에도 다음과 같은 차이를 보인다.

	분만 중 사망	유산	사산
1월 3일~1월 10일	7	1	13
1월 10일~1월 17일	8	6	11
1월 17일~1월 24일	9	5	15
1월 24일~1월 31일	3	2	9
1월 31일~2월 7일	3	3	8
2월 7일~2월 14일	6	2	11
2월 14일~2월 21일	5	2	13
2월 21일~2월 28일	2	2	10
2월 28일~3월 7일	5	1	10
합계	48	24	100

	분만 중 사망	유산	사산
8월 1일~8월 8일	25	5	11
8월 8일~8월 15일	23	6	8
8월 15일~8월 22일	28	4	4
8월 22일~8월 29일	40	6	10
8월 29일~9월 5일	38	2	11
9월 5일~9월 12일	39	23	0
9월 12일~9월 19일	42	5	17
9월 19일~9월 26일	42	6	10
9월 26일~10월 3일	14	4	9
합계	291	61	80

이 숫자의 차이를 제대로 이해하려면, 당시 런던에 있던 사람들의 일반적인 의견에 따르면 8월과 9월 시내 인구는 1월과 2월 인구의 3분의 1도 채 되지 않았다는 사실을 고려해야 한다. 단적으로 그 전해에 이 세 가지 항목의 사망자 수는 다음과 같다.

	1664년	1665년
분만 중 사망	189	625
유산 및 사산	458	617
합계	647	1,242

시에 남은 사람의 수를 고려하면 이 차이는 훨씬 더 커진다. 이 당시 도시에 있던 사람들의 수를 정확히 알 도리는 없다. 나중에 추정치를 제시하기는 할 것이다. 지금 그 수를 언급한 것은 앞에서 말한 딱한 여자들의 비참한 상황을 설명하기 위함이다. 그러니 성경 구절처럼 〈이런 때에 임신한 여자들과 젖먹이가 딸린 여자들은 불행하다〉라고 말해도 좋을 것이다. 그들은 과연 더 특별한 시련을 겪었기 때문이다.

이런 일을 겪은 가족들 다수를 직접 만나 대화를 나누지는 못했지만, 참혹한 상황에 놓인 그들의 비명은 멀리까지 들려왔다. 아이를 가진 여자들이 9주 동안 291명 사망한 것으로 추정되는데, 인구가 세 배 정도 되던 시기에 같은 이유로 죽은 사망자 수가 48명이었으니, 독자들도 그 비율을 짐작해볼 수 있을 것이다.

수유하는 여성들이 겪은 시련도 이에 못지않았다는 사실은 의심의 여지가 없다. 이 점에 대해 사망 주보는 별로 알려주는 바가 없다. 수유기에 굶어 죽은 아이들의 수가 평소보다 늘어난 기록이 있지만, 그건 아무것도 아니었다. 첫 번째 참상은 젖 먹일 사람이 없어서 아기들이 굶어 죽는 것이었다. 엄마가 죽고 다른 가족들도 모두 죽은 상태에서 젖을 먹지 못한 아기들이 그 옆에서 죽은 채 발견되었다. 내 의견을 말하자면, 나는 수백 명의 가엾은 영아들이 이렇게 죽었다고 생각한다. 두 번째로 아기들은 굶어 죽은 것이 아니라 젖을 먹인 사람에 의해 독살당했다. 엄마가 직접 젖을 먹인 경우도 마찬가지인데, 감염된 상태에서 자신이 감염되었다는 사실을 미처 모르고 젖을 먹임으로써 아기를 독살, 아니, 감염시킨 것이다. 그런 경우 아기들은 엄마가 죽기도 전에 사망했다.

나는 이 경고를 반드시 기록으로 남겨 두고자 하는데, 만약 이 도시에 그렇게 무서운 전염병이 다시 발생한다면 임신한 여성과 젖먹이가 있는 여성들은 어떤 방법을 써서라도 반드시 도시를 떠나야 한다. 병에 걸리면 그들은 다른 누구보다 더 큰 시련을 겪을 것이기 때문이다.

엄마나 젖 유모가 전염병에 걸려 죽은 뒤 살아남은 아기들이 그들의 젖을 빨고 있는 모습으로 발견된 참혹한 이야기도 있다. 내가 살던 교구의 한 엄마는 아기가 아파서 진찰을 받기 위해 약제사를 부르러 보냈다. 들은 이야기로는 약제사가 도착했을 때 엄마는 아기에게 젖을 먹이고 있었다는데, 곁으로 보기에 그녀는 대단히 건강해 보였다. 그러나 그녀에게 다가간 약제사는 젖을 먹이는 가슴 위로 병의 징후를 보았다. 당연히 몹시 놀랐지만 불쌍한 엄마를 너무 놀라게 하고 싶지 않아서, 약제사는 엄마에게 아기를 건네받은 다음 방에 있던 요람에 눕히고 아기의 옷을 젖혀 보았다. 아기에게도 병의 징후가 있었다. 그 집 아빠에게 엄마와 아기의 상태를 말해 주고, 집으로 돌아간 약제사가 아빠에게 예방약을 보내기도 전에 엄마와 아기는 모두 죽고 말았다. 아기가 젖을 먹이던 엄마를 감염시킨 것인지 엄마가 아기를 감염시킨 것인지는 확실치 않지만, 아마도 후자일 것이다.

페스트로 죽은 젖 유모를 떠나 부모 집으로 온 아기에 대한 비슷한 이야기도 있다. 마음 약한 엄마는 아기를 거절하지 못하고 품에 안았는데, 결국 감염되어 죽은 아기를 품에 안은 채 함께 죽었다.

모성이 강한 엄마들이 사랑하는 아이들을 간호하고 보살피다가 때로 그들에게 병이 옮아 아이들보다 먼저 죽는 일도 자주 있었고, 사랑으로 아이들을 위해 희생해 정작 아이들은 병에서 회복되어 살아나고 엄마는 죽는 일도 흔했는데, 이런 모습을 보면 가장 비정한 사람도 감동받지 않을 수 없었다.

이스트스미스필드에 사는 상인의 이야기도 비슷한 사연이다. 그의 아내는 첫아기를 임신해 만삭이었는데, 전염병에 걸린 채 산고가 시작되었다. 남편은 아내를 도울 산파도, 돌봐 줄 간호사도 구할 수 없었고, 데리고 있던 하인 둘은 벌써 아내를 피해 도망간 뒤였다. 그는 미친 사람처럼 이 집 저 집을 찾아갔지만 아무 도움도 구할 수 없었다. 결국 봉쇄 주택을 지키던 감시인 하나로부터 아침에 간호사를 보내겠다는 약속을 받은 것이 전부였다. 이 가엾은 남자는 무너지는 가슴을 부여잡고 산파 노릇을 하며 할 수 있는 한 진통하는 아내를 도왔다. 아기는 죽은 채 태어났고, 아내는 한 시간쯤 후 그의 품에 안겨 죽었다. 상인은 아내를 꼭 끌어안고 아침이 될 때까지 움직이지 않았다. 아침에 감시인이 약속대로 간호사를 데리고 계단을 올라왔다. 상인이 문을 열어 두었거나, 잠그지 않고 닫아만 두었던 모양이다. 간호사와 감시인은 상인이 죽은 아내를 안고 앉아 있는 것을 보았다. 슬픔이 너무 컸던 탓에 그도 몇 시간 후에 죽었다. 전염병의 징후는 전혀 없었는데, 단지 슬픔 때문에 죽은 것이다.

가족의 죽음으로 인한 견딜 수 없는 슬픔 때문에 머리가 이상해진 사람들에 대한 이야기도 있었다. 특히 슬픔의 무게에 완전히 짓눌린 나머지 머리가 점차 몸 쪽으로 내려와 어깨 사이로 주저앉는 바람에 어깨뼈 위로 정수리만 조금 보일 지경이 된 사람의 이야기를 들은 적이 있다. 차츰 목소리와 지각도 사라지고, 쇄골에 기대 정면을 본 채 사람들이 손으로 받쳐 주지 않으면 고개를 들지도 못했다. 그는 다시 이전의 상태로 돌아가지 못하고 그렇게 1년쯤 버티다가 쇠약해져서 죽었다. 다시는 눈을 들거나 무언가를 응시하지도 못했다고 한다.

이런 이야기들에 대해서는 대략적인 요약밖에 전할 수 없다. 때로 이런 일을 겪은 가족 전체가 병에 걸려 죽은 탓에 자세한 이야기를 들을 수 없었기 때문이다. 그러나 이런 일들은 셀 수 없이 많았고, 앞서 언급했듯이 길을 지날 때도 그런 모습을 보거나 소리를 들을 수 있었다. 조금씩 다르긴 해도 비슷한 사연이 없는 가족을 찾기가 더 어려울 정도였다.

그러나 이제 시의 동쪽 끝 지역에 전염병이 창궐했던 시기에 대한 이야기를 계속해야겠다. 이 지역 사람들이 병을 피할 수 있다고 얼마나 오래 자신하고 있었는지, 그래서 병이 퍼지자 얼마나 놀랐는지 등에 대해서 말이다. 실제로 이 지역에 병이 퍼졌을 때 전염병은 마치 무장한 군인처럼 그들을 덮쳤기 때문이다. 이 부분을 말하려면 앞서 언급한 세 남자의 이야기로 돌아가야 한다. 그들은 모두 와핑 혹은 그 인근에 거주하며 한 사람은 빵 굽는 일을 하고, 다른 한 사람은 돛 만드는 일을 하며, 나머지 한 사람은 목수로 일했는데, 그들은 어디로 갈지, 무엇을 해야 할지 모르는 상태에서 와핑을 떠났다.

앞서 말했듯이, 이 지역 사람들의 안일함과 자만은 대단해서 다른 사람들처럼 도망가지 않았을 뿐만 아니라, 자신들도 그 지역도 안전하다며 우쭐거리고 다녔기 때문에, 많은 사람들이 시내와 감염된 시외 지구를 빠져나와 와핑, 랫클리프, 라임 하우스, 포플러 등을 피난처로 생각하며 그 지역들로 이동했다. 그리고 이 때문에 병이 더 빨리 전파되었을 가능성이 크다. 나는 비슷한 종류의 전염병이 발생하면 사람들이 처음부터 피난을 가서 런던 같은 대도시를 비워야 한다는 의견을 갖고 있다. 도망갈 수 있는 모든 사람은 기회를 놓치지 말고 제때 도시를 떠나야 한다. 그러나 떠날 사람이 모두 가고 나면 남은 사람들은 시의 한쪽에서 다른 쪽으로 이동하지 말고 있던 곳을 지켜야 한다. 입은 옷을 통해서도 이 집에서 저 집으로 병을 옮길 수 있고, 결국 도시 전체에 위해가 될 수 있기 때문이다.

같은 이유로 개와 고양이를 죽이라는 명령이 내려졌다. 고양이와 개는 가축이기 때문에 이 집에서 저 집, 이 거리에서 저 거리로 돌아다니게 마련이고, 털을 통해서 감염자의 전염성 물질이나 악취를 옮길 수 있기 때문이다. 그래서 전염병이 시작되었을 때 시장과 시의 관리들이 의사의 조언에 따라 모든 고양이와 개를 즉시 죽여야 한다는 규칙을 발표했고, 이 규칙을 시행할 담당자를 임명했다.

사람들이 말한 숫자가 신뢰할 만한 것이라면 얼마나 많은 고양이와 개가 죽었는지 믿기 어려울 정도였다. 사람들은 40,000마리의 개와 그 다섯 배나 되는 고양이가 죽었다고 했다. 고양이가 없는 집은 거의 없을뿐더러, 어떤 집에는 여러 마리가 있었고, 때로는 대여섯 마리를 키우는 집도 있었기 때문이다. 생쥐와 쥐, 특히 쥐를 잡기 위해 가능한 한 모든 조치가 취해졌다. 쥐약을 비롯해 다른 독약을 놓았고, 엄청난 수의 쥐가 죽었다.

때로 나는 이 재난이 처음 닥쳤을 때 런던의 모든 사람이 얼마나 대비되지 않은 상태였는지 생각하곤 한다. 개인도 시도 제때 필요한 행동과 조치를 취하지 못했으며, 그 때문에 얼마나 큰 혼란이 뒤따르고 헤아릴 수 없이 많은 사람들이 재난 속에 죽었는지 모른다. 적당한 조치가 취해졌다면, 또 주님의 뜻이 그러했다면, 그런 상황을 피할 수 있었을 텐데 말이다. 후대 사람들은 현명한 판단을 통해 경각심을 얻고 필요한 준비를 할 수도 있을 것이다. 그러나 이 부분에 대해서는 나중에 다시 이야기하기로 하자.

세 남자의 이야기로 돌아가야겠다. 그들의 이야기는 모든 점에서 배울 만하고, 그들과 동행한 이들의 행동은 비슷한 재난이 또다시 닥칠 때 모든 가난한 남자들이나 여자들이 따를 만한 본보기라고 할 수 있다. 이 기록을 남길 다른 이유를 찾을 수 없다면, 나는 바로 이것이 이 기록을 남기는 합당한 이유가 될 수 있다고 생각한다. 내 서술이 정확히 사실에 부합하지 않을 수도 있지만 말이다.

그들 중 둘은 형제라고 들었다. 하나는 이전에 군인이었지만 지금은 비스킷을 구웠고, 다른 하나는 선원으로 다리를 절었는데 지금은 돛 만드는 일을 하고 있었다. 세 번째 남자는 목수였다. 어느 날 비스킷을 굽는 존이 돛을 만드는 동생 토머스에게 물었다. 「톰, 상황이 어떻게 될까? 시내에 페스트가 창궐해서 이쪽으로 번지고 있는데, 우리는 어떻게 해야 하지?」

토머스가 대답했다. 「정말 어떻게 해야 할지 모르겠어. 병이 와핑까지 퍼지면 하숙집에서 나가라고 할 거야. 이미 나한테 그렇게 말도 했고.」

존   하숙집에서 나가라고 했다고! 그러면 누가 널 받아 줄지 모르겠다. 요즘은 사람들이 서로 다 무서워해서 어디에서도 숙소를 구할 수가 없어.

토머스 그렇겠지? 하숙집 사람들은 선량한 이들이고, 나한테도 퍽 잘해 줘. 하지만 매일 일을 하러 나가니까 위험하다면서, 집에만 숨어 지내며 아무도 들이지 않을 거라고 하더라고.

존 그렇지, 시에 남을 결심이라면 안전하게 지내는 것이 좋지.

토머스 가게 주인이 제작 중인 한 벌의 돛, 내가 거의 마무리하고 있는 그 돛만 끝내면 한동안 더 일을 구할 수 없을 테니 나도 집 안에만 있을 생각이야. 요즘은 일도 없고, 사방에서 일꾼들과 하인들이 해고되고 있으니 나도 얼마든지 집에만 있을 수 있는데, 다른 이들도 다 내보내는 마당에 하숙집 주인이 그러라고 할 것 같지는 않아.

존 그러면 어쩔 생각이야? 나는 어쩌지? 내 상황도 너 못지않게 나빠. 내 하숙집 주인 가족은 하녀 하나만 남기고 모두 시골로 갔는데, 그 하녀도 다음 주에 집을 잠그고 떠날 예정이야. 그러면 너보다 먼저 집 없이 떠도는 신세가 되겠지. 어디로 갈지 알면 나도 떠나고 싶은데 말이야.

토머스 처음에 떠나지 않은 것이 잘못이야. 그랬더라면 어디로든 갔을 텐데. 이제 꼼짝할 수가 없어. 마을을 벗어났다간 굶어 죽고 말걸. 돈을 줘도 음식을 팔려 하지 않을 테고, 집은커녕 자기들 마을에도 들어오지 못하게 할 테니.

존 게다가 난 내 한 몸 버틸 돈도 없어.

토머스 그거라면 어떻게든 같이 버틸 수 있을 거야. 많지는 않아도 나한테 돈이 조금 있으니까. 하지만 떠나는 건 불가능해. 나랑 같은 거리에 사는 정직한 두어 명의 남자가 피난을 떠났는데, 바넷인지 훼트스톤인지, 그 근처 어딘가에서 사람들이 더 오면 총을 쏘겠다고 해서 낙담해 돌아왔어.

존 나라면 총을 쏜다고 해도 갔을 거야. 돈을 내는데도 음식을 팔지 않으면 그들의 눈앞에서 음식을 가져가 버릴 거고. 음식에 대해 돈을 낸다면 법적으로 그들은 나한테 아무 짓도 할 수 없을 테니까.

토머스 아직도 저지대에 있는 것처럼 군인 시절의 말투네. 하지만 이건 심각한 문제야. 지금 같은 때에는 건강을 확인할 수 없는 사람들을 멀리할 이유가 충분하니까. 그 사람들의 물건을 빼앗는 것도 안 될 일이고.

존 아니, 그건 틀린 생각이야. 내 말도 오해하고 있고. 난 누구의 물건도 훔칠 생각이 없어. 하지만 길가의 어떤 마을이라도 내가 대로를 통과해 지나는 것을 막고 돈을 내고 음식을 사는 것을 막을 수 있다면, 그건 그 마을이 나를 굶겨 죽일 권리가 있다고 말하는 것이나 마찬가지인데, 그건 말이 안 되지.

토머스 하지만 형이 온 곳으로 돌아갈 자유를 부정하진 않아. 그러니 굶어 죽으라는 건 아니지.

존 하지만 바로 뒤의 마을도 같은 이유로 내가 돌아가지 못하게 막을 테고, 결국 두 마을 사이에서 굶어 죽게 두는 셈이지. 게다가 내가 어떤 길로든 여행하는 것을 막을 법은 없어.

토머스 하지만 길가의 모든 마을에서 사람들과 싸우는 건 너무 힘든 일이야. 돈 없는 사람이, 더구나 이런 때에 할 수 있는 일도 아니고.

존 하지만 이러다간 누구보다 나쁜 처지가 될 거야. 떠날 수도 없고 머물 수도 없으니까. 나는 〈여기 있다가는 반드시 죽을 거야〉라고 말한 사마리아의 나환자들과 같은 마음이야. 특히 이미 말한 것처럼 우리는 살 집도 없고, 누가 되었든 다른 사람 집에서 하숙을 할 수도 없어. 이런 때에 거리에서 자는 건 불가능한 일이고. 지금 바로 시체 수레에 실려 가는 게 차라리 나을지도 모르지. 그래서 하는 말인데, 여기 있으면 틀림없이 죽겠지만, 떠나면 살 수도 있어. 난 떠날 생각이야.

토머스 떠난다고, 어디로 가게? 뭘 하려고? 어디로 갈지 알면 나도 기꺼이 형과 같이 가겠어. 하지만 아는 사람도 없고, 친구도 없잖아. 우린 여기서 태어났으니 여기서 죽어야지.

존 톰, 왕국 전체가 이 마을과 마찬가지로 내 고향이야. 전염병이 퍼졌는데 마을을 떠나면 안 된다는 건 불이 나도 집을 떠나면 안 된다고 말하는 것과 같지. 난 잉글랜드에서 태어났고, 그럴 수만 있다면 잉글랜드 어디에서든 살 권리가 있어.

토머스 하지만 형, 잉글랜드 법에 따라 부랑자들은 붙잡혀서 이전 등록 주소지로 보내진다는 걸 알잖아.

존 하지만 그 사람들이 어떻게 날 부랑자라고 할 수 있지? 합법적인 이유로 여행을 하는 건데 말이야.

토머스 여행이든 부랑이든, 어떻게 타당한 이유를 댈 건데? 어떤 말로도 그들을 설득할 수 없을 거야.

존 살기 위해 도망가는 게 합당한 이유가 아니라는 거냐! 그들도 모두 그게 사실이라는 걸 모를 리 없고. 우리가 거짓말을 한다고 할 수는 없을 거다.

토머스 하지만 지나가게 해줘도 어디로 간단 말이야?

존 목숨을 구할 수 있는 곳 어디로든. 마을을 떠나면서 생각해도 충분해. 이 위험한 곳을 벗어날 수만 있다면 어디든 상관없어.

토머스 극한 상황에 몰릴 텐데. 어떻게 해야 할지 모르겠네.

존 조금 생각을 해보자.

때는 7월 초였다. 시의 서쪽과 북쪽에 전염병이 퍼졌지만, 앞서 말한 것처럼 와핑 지역 전체와 레드리프, 랫클리프, 라임 하우스, 포플러, 뎁트퍼드와 그리니치까지, 즉 허미티지에서 시작해 그 맞은편 아래쪽 블랙월까지 양쪽 강변 어디에도 병이 퍼지지 않은 상태였다. 스테프니 교구 전체에 페스트로 죽은 사람은 한 명도 없었고, 화이트채플로(路) 남쪽 지역 어떤 교구에도 페스트 사망자는 없었다. 그러나 바로 그 주 사망 주보의 수는 1,006명까지 증가했다.

그 대화를 나누고 나서 형제는 2주일 후 다시 만났다. 이제 상황이 달라져 있었다. 병이 무섭게 퍼졌고, 사망자 수도 가파르게 증가했다. 강 양편 지역들은 여전히 상황이 나쁘지 않았지만, 사망 주보의 수는 2,785명까지 늘었고, 계속해서 무서울 정도로 증가하고 있었다. 레드리프에서 사망자가 몇 명 나오기 시작했고, 랫클리프 하이웨이에서 대여섯 명이 죽었다. 그즈음 돛을 만드는 아우가 다소 당황한 모습으로 형을 찾아왔다. 하숙집에서 나가라는 최후 통고를 받았고, 준비할 시간이 일주일밖에 없었기 때문이다. 형도 그 못지않게 상황이 좋지 않았다. 벌써 하숙집에서 쫓겨난 그는 비스킷을 굽는 가게 주인의 허락을 받아 가게에 딸린 창고에서 지내고 있었기 때문이다. 그곳에서 그는 짚만 깐 바닥에 사람들이 빵 포대라고 부르는 비스킷 자루를 이불 삼아 덮고 잤다.

일도 벌이도 더 구할 수 없을 거라는 사실을 알게 된 그들은 무서운 전염병이 퍼지지 않은 곳으로 가기 위해 최선을 다해 보기로 했다. 그리고 근검절약하며 가진 것으로 버틸 수 있는 데까지 버티고 어디에서든, 어떤 일이든, 일감을 찾을 수 있으면 뭐라도 해서 돈을 벌기로 했다.

이 결심을 최대한 잘 실행할 궁리를 하는 동안, 돛 만드는 이를 잘 아는 세 번째 남자가 그들의 계획을 듣고 같이 가기로 했다. 그래서 그들은 떠날 준비를 시작했다.

각자가 가진 돈의 액수는 같지 않았다. 하지만 가장 돈이 많은 돛 만드는 사내가 다리를 절기도 하고, 시골에서 일거리를 찾기가 가장 어려울 것 같기도 해서, 이후 누구라도 다른 사람보다 돈을 더 벌면 불평 없이 공금에 합치는 조건으로 얼마가 되었든 가진 돈을 모두 공금으로 내는 것에 동의했다.

그들은 가능한 한 짐을 적게 싸기로 했다. 우선은 걸어서, 가능하면 충분히 안전한 곳까지 멀리 갈 생각이었기 때문이다. 어느 방향으로 갈지 많은 의견이 오갔지만 그들은 좀처럼 결정을 내리지 못했고, 떠나기로 한 날 아침까지도 마음을 정하지 못했다.

마침내 한때 선원이었던 토머스가 결정을 내릴 단서를 제안했다. 그는 날씨가 무척 더우니 북쪽으로 가는 것이 좋겠다고, 그래야 얼굴과 가슴 위로 이글거리며 내리쬐는 해 때문에 숨이 막히고 더위를 먹는 일을 피할 수 있을 거라고 말했다. 그는 또 알다시피 병이 공기를 통해 옮을 수 있으니, 이런 때 피를 뜨겁게 하는 것은 좋지 않다는 이야기를 들었다고 말했다. 그러고는 출발할 때 부는 바람의 반대쪽으로 가는 게 좋겠다며, 그러면 가는 동안 시내의 공기가 등 뒤로 따라오지 않을 것이라고 말했다. 두 가지 제안에 모두 동의했다. 다만 계획이 실현되려면 북쪽으로 출발할 때 남풍이 불지 않아야 했다.

다음에는 과거 군인이었다가 비스킷을 굽는 존이 의견을 냈다. 그는 우선 일행 누구도 길에서 숙소를 구할 것을 기대해서는 안 된다고, 또 날씨가 따뜻하긴 하지만 비가 올 수도 있고 습할 수도 있어서 야외에서 자는 것은 너무 힘들 거라고, 이런 시기에는 건강에 배로 신경을 써야 한다고 말했다. 그러자 돛을 만드는 아우 토머스가 쉽게 작은 텐트를 하나 만들 수 있을 테니 자신이 매일 밤 펴고 접겠다고, 머리를 누일 튼튼한 텐트가 하나 있으면 잉글랜드 어디에나 여관이 있는 셈이니 편안히 지낼 수 있을 거라고 말했다.

목수가 이 생각에 반대하며 다른 도구가 없어도 도끼와 나무망치만 있으면 매일 밤 텐트 못지않은, 그들이 충분히 만족할 만한 잠자리를 지을 테니 그 문제는 자신에게 맡겨 달라고 말했다.

군인과 목수는 그 문제를 두고 잠시 언쟁을 벌였지만, 결국 군인이 주장한 대로 텐트를 만들기로 결정했다. 유일한 문제점은 텐트를 지고 다녀야 하는데, 그러면 날씨도 더운데 짐이 너무 많아진다는 것이었다. 하지만 돛 만드는 이에게 생긴 행운 덕분에 문제가 쉽게 해결되었다. 돛 제조업뿐만 아니라 밧줄 제조업도 하는 그의 고용주에게 당시 쓰지 않는 작고 초라한 말이 한 필 있었는데, 세 명의 정직한 남자를 기꺼이 돕고 싶은 마음에서 짐을 나르는 데 쓰라고 고용주가 그들에게 그 말을 주었기 때문이다. 또 그는 돛 만드는 이가 떠나기 전 3일 동안 일한 것에 대한 작은 대가로 낡긴 했지만 쓸 만한 텐트 하나를 만들기에 충분한 낡은 윗돛대용 범포도 주었다. 군인은 텐트 만드는 법을 보여 주었고, 그의 지시에 따라 세 남자는 곧 텐트를 만들고 텐트에 쓸 장대와 말뚝도 장만해서 여행 준비를 했다. 세 남자와 텐트 하나, 말 한 필, 총 한 자루가 준비되었다. 군인이었던 존이 자신은 이제 더 이상 비스킷 굽는 사람이 아니라 기병대이니 무기 없이는 출발할 수 없다고 주장했기 때문이다.

자신뿐만 아니라 일행의 생계를 위해 타지에서 뭐라도 일거리를 찾을 때 필요할지 모르므로 목수는 작은 공구 가방도 챙겼다. 그리고 얼마가 되었든 가진 돈을 모두 공금으로 합친 후 그들은 여행을 시작했다. 출발하는 날 아침 선원 토머스가 나침반을 보며 바람이 북서미서(北西微西)에서 불어온다고 말했기 때문에, 그들은 북서쪽을 향해 가기로 했다.

하지만 문제가 있었다. 그들이 허미티지 쪽 와핑 끝에서 출발할 때, 특히 시의 북쪽 지역에서 전염병이 쇼어디치나 크리플게이트 교구에서만큼 맹렬히 퍼지고 있었으므로 그 근처를 지나는 것이 안전하지 않다고 생각했다. 그래서 그들은 왼쪽에 스테프니 교회를 두고 랫클리프 하이웨이를 통해 랫클리프 크로스까지 동쪽으로 갔다. 랫클리프 크로스에서 마일 엔드로 가려면 교회 묘지 옆을 지나야 하는데, 그러면 서풍으로 보이는 바람이 도시에서 병이 가장 심한 쪽에서 곧장 불어올 것이므로 그 길로도 가지 않았다. 따라서 스테프니를 떠난 그들은 길게 우회해 포플러와 브롬리를 지나 보까지 가서 대로로 들어섰다.

보 다리에는 경비병이 있어서 심문을 받아야 했다. 하지만 그들은 길을 가로질러 보 마을 그쪽 끝에서 올드 퍼드로 접어드는 좁은 길로 감으로써 심문을 받지 않고 올드 퍼드까지 갈 수 있었다. 어디에나 경비병이 보초를 서고 있었다. 그러나 지나가는 사람들을 막기 위해서라기보다는 그들이 자기 마을에 머물지 못하게 하기 위해서인 듯 보였다. 이것은 그 즈음 새롭게 돌던 소문, 아주 근거가 없다고 할 수도 없는 소문 때문이었다. 즉 일거리도 먹을 것도 구할 수 없게 되어 굶주리고 절망한 런던의 가난한 사람들이 식량을 구하기 위해 무장 소요를 일으키고 음식을 훔치려고 시 인근 마을들을 덮친다는 소문이었다. 이는 소문일 뿐이었고, 소문으로 남아서 참으로 다행이지만, 쉽게 현실이 될 수도 있었다. 몇 주가 더 지나자 가난한 사람들은 환난으로 인해 너무나 절망적인 상태가 되었고, 그들이 들판이나 인근 마을로 몰려가 어디든 닥치는 대로 파괴하지 않도록 통제하는 것은 대단히 어려워졌다. 앞에서도 말했지만, 실로 맹렬한 기세로 퍼지며 무섭게 그들을 덮친 전염병처럼 그들을 막은 것은 없었다. 수천 명씩 들판으로 무리 지어 가는 대신 수천 명씩 무덤으로 실려 갔기 때문이다. 폭도들의 위협이 시작된 세인트세펄처, 클라큰웰, 크리플게이트, 비숍스게이트, 쇼어디치 인근 지역에서 병이 너무 무섭게 퍼졌기 때문에 전염이 절정에 이르기 전이었던 8월의 첫 3주 동안 이미 5,361명 이상의 사람이 죽었다. 앞서 말했지만 같은 시기에 와핑과 래드클리프, 로더히스에는 거의 병이 퍼지지 않았거나 아주 적은 수의 감염자만이 나왔다. 이미 설명한 것처럼 시장과 치안 판사가 분노와 절망 때문에 사람들이 폭도로 변해 소요를 일으키는 것을 막기 위해, 다시 말해 가난한 사람들이 부자를 습격하는 것을 막기 위해 귀감이 될 만한 행정 정책을 편 것이 크게 도움이 되었다. 그러나 그들의 공적에도 불구하고 시체 수레의 기여가 더 컸다고 할 수 있다. 말한 것처럼 20일 동안 그 다섯 교구에서만 5,000명 이상이 사망했는데, 그 기간 동안 병에 걸린 사람은 아마 세 배에 달했을 것이다. 일부는 회복했지만 매일 엄청난 수가 감염되어 나중에 사망했기 때문이다.

게다가 나는 여전히 사망 주보의 기록이 5,000명이면 실제 사망자 수는 그 두 배는 될 것이라고 생각한다. 사망 주보의 기록이 정확하다고 믿을 근거는 희박했으며, 사실 내가 목격한 그런 혼란스러운 상황 속에서 정확한 기록을 남기기도 어려웠을 것이다.

그러나 우리의 여행자 이야기로 돌아가자. 이 지점에 와서야 그들은 검문을 받았지만, 도시가 아니라 시골에서 온 사람처럼 보였기 때문에 기대한 것보다 친절한 대접을 받았다. 사람들은 그들을 순경과 교구 위원이 있는 술집으로 데려가 마실 것과 먹을 것을 주었고, 그 덕에 그들은 피로에서 회복되어 한결 기운을 찾을 수 있었다. 그래서 그들은 질문을 받으면 런던에서 왔다고 하지 말고 에식스에서 왔다고 대답해야겠다고 생각했다.

이 작은 거짓말을 써먹기 위해, 그들은 올드 퍼드 순경에게 크게 호감을 얻어 그들이 에식스에서 출발해 그 마을을 지났으며 런던에 머문 적이 없다는 증명서를 발급받을 수 있었다. 시골에서 일반적으로 통용되는 런던 지역의 의미를 생각하면 거짓이지만, 엄격히 따져 보면 사실이었다. 그들이 살던 와핑 혹은 래드클리프는 시내 혹은 리버티가 아니었기 때문이다.

해크니 교구의 마을 중 하나인 호머턴에 있던 순경에게 보내진 그 증명서는 그들에게 대단히 유리하게 작용하여 그들은 자유롭게 그곳을 지나갈 수 있었을 뿐만 아니라, 순경이 신청해 준 덕에 별 어려움 없이 치안 판사로부터 정식 건강 증명서를 발급받을 수 있었다. 그래서 그들은 (당시 몇 개의 작은 마을 사이에 있던) 길게 나눠진 해크니 교구를 통과하여 스탬퍼드 힐 위 북방 대로까지 계속 이동했다.

이때쯤 그들은 지치기 시작했으므로 앞서 말한 큰길로 들어가기 조금 전에 있는 해크니 뒤쪽 길에 텐트를 치고 첫날 밤을 보내기로 했다. 그리고 계획대로 텐트를 세웠는데, 헛간 혹은 헛간처럼 생긴 건물을 하나 발견해서 아무도 없는지 확인하기 위해 안을 잘 살핀 후, 헛간 벽에 텐트 앞부분을 기대도록 했다. 그날 밤은 바람이 세차게 불었고, 이런 식으로 야영을 하고 텐트를 치는 것이 아직 서툴렀기 때문이었다.

여기에서 목수를 제외한 나머지는 잠이 들었다. 조심스럽고 진중한 성격의 목수는 첫날 밤에 이렇게 긴장을 푼다는 것이 내키지 않았고, 잠을 이룰 수 없었다. 자려고 해봐도 소용이 없자, 그는 나가서 총을 들고 동료들을 위해 보초를 서기로 했다. 그래서 손에 총을 쥐고 다시 헛간 앞쪽으로 걸어갔다. 헛간은 길가 들판에 있었지만, 주위에 울타리가 쳐져 있었다.

보초를 선 지 얼마 되지 않아 그는 수가 꽤 되는 듯한 한 무리 사람들의 소리를 들었다. 목수는 그들이 곧바로 헛간 쪽으로 오고 있다고 생각했다. 그는 바로 동료들을 깨우지 않았다. 하지만 몇 분 후 소리가 점점 더 커지자 비스킷 굽는 사람이 목수를 불러 무슨 일이냐고 묻더니 곧 그도 밖으로 나왔다. 다리를 저는 돛 만드는 토머스는 셋 중 가장 지쳤던 탓에 텐트 안에 계속 누워 있었다.

그들의 예상대로, 사람들은 곧바로 헛간 쪽으로 다가왔다. 우리의 여행자 중 하나가 마치 보초 서는 군인처럼 〈누구요?〉라고 물었다. 그들은 바로 대답하지 않았고, 대신 그들 중 하나가 자기 뒤의 사람에게 〈이런, 이런, 이를 어째. 우리보다 먼저 온 사람들이 헛간을 차지했어〉라고 말했다.

그 말에 모두 조금 당황한 듯 멈춰 섰다. 모두 13명이었고, 여자도 몇 명 있었다. 어떻게 할지 함께 상의하는 일행의 말을 엿들은 우리의 여행자들은 곧 그들 역시 자신들처럼 안전하게 쉴 곳을 찾고 있는 딱한 처지의 사람들이라는 사실을 알게 되었다. 더욱이 그들이 자신들에게 다가와 피해를 줄까봐 걱정할 필요도 없었다. 〈거기 누구요?〉라고 묻자마자 한 여자가 겁먹은 것처럼 〈가까이 가지 말아요. 저 사람들이 병에 걸렸으면 어떡해요?〉라고 말하는 소리가 들렸기 때문이다. 또 남자 중 하나가 〈가서 말을 걸어 봅시다〉라고 하자, 여자들이 〈절대 안 돼요. 하느님의 은총으로 여기까지 몸을 피했는데, 이제 와서 위험을 자초하면 안 되죠. 제발 부탁이에요〉라고 말하는 소리도 들렸다.

이 말을 들은 우리의 여행자들은 그들이 안전하고 상식적인 이들로, 자신들처럼 목숨을 구하기 위해 도망친 사람들이라는 사실을 알고 안심했다. 존이 동료 목수에게 〈어떻게든 저 사람들이 안심할 수 있게 해주자〉고 제안했다. 그래서 목수가 그들에게 말을 걸었다. 「이보세요, 당신들 말을 듣자 하니 우리처럼 무서운 전염병을 피해 도망 온 모양인데, 우리 때문에 겁먹을 것 없어요. 우리 세 남자는 일행인데, 당신들이 병에 걸리지 않았다면 우리 때문에 피해받을 일은 없을 겁니다. 우리는 헛간이 아니라 여기 밖 텐트에 있어요. 원하면 텐트를 걷고 바로 다른 곳에 칠 수도 있어요.」이 말에 이름이 리처드인 목수와 이름이 포드인 무리의 한 남자 사이에 대화가 시작되었다.

포드 그러니까 모두 병에 걸리지 않은 게 확실하다는 거죠.

리처드 물론이죠. 그 말을 하려고 했어요. 위험하다고 생각하거나 불안해하지 않도록요. 그래도 당신들이 위험을 감수하길 바라지 않아요. 그래서 하는 말인데, 우리는 헛간을 쓰지 않으니 당신들도 안전하고 우리도 안전하게 텐트를 옮길게요.

포드 관대하고 친절하시군요. 하지만 당신들이 전염병에 걸리지 않았고 건강하다는 사실을 확신할 수 있다면, 왜 이미 쉴 수 있게 자리 잡은 텐트를 옮기라고 하겠어요. 괜찮으시면 당신들을 방해하지 않고 저희가 헛간에 들어가 잠시 쉬겠습니다.

리처드 그런데 우리보다 수가 많으니, 당신들도 다 병에 걸리지 않았다는 사실을 확인해 주면 좋겠어요. 당신들이 우리에게 병을 옮길 위험도 우리가 병을 옮길 위험 못지않게 크니까요.

포드 하느님의 은총으로 일부는 병을 피했어요. 적은 수이긴 하지만요. 장차 운명이 어떻게 될지는 모르지만 아직은 무사합니다.

리처드　어느 지역에서 왔습니까? 당신들이 살던 곳에도 병이 퍼졌나요?

포드　그럼요, 무시무시하게 퍼졌죠. 그렇지 않았다면 이렇게 도망을 왔겠습니까. 남은 이들 중 생존할 사람은 거의 없을 겁니다.

리처드　어느 지역에서 오셨죠?

포드　대부분 크리플게이트 교구에서 왔고, 두세 명이 클라큰웰 교구에서 왔는데, 그래도 크리플게이트 쪽에 가까워요.

리처드　어째서 더 빨리 떠나지 않았죠?

포드　떠난 지 조금 됐어요. 그리고 이즐링턴의 이쪽 방향 끝에서 지낼 수 있을 때까지 함께 지냈죠. 양해를 구해 사람이 살지 않는 낡은 집 하나에 묵으며 가져온 약간의 침구와 가재도구로 생활하고요. 하지만 전염병이 이즐링턴까지 올라오고, 우리가 묵던 집의 옆집까지 감염되어 봉쇄되자마자 놀라서 도망쳐 나왔습니다.

리처드　어디로 가는 건가요?

포드　어디든 운명이 인도하는 곳으로요. 우리를 맡긴 하느님께서 인도해 주시겠지요.

거기에서 그들은 대화를 마쳤다. 일행 모두가 헛간으로 갔고, 약간의 어려움이 있었지만 모두 안으로 들어갈 수 있었다. 헛간에는 건초뿐이었지만, 헛간을 가득 채울 만큼 있었기 때문에 그들은 그럭저럭 자리를 만들고 잠자리에 들었다. 그러나 텐트로 돌아가기 전에 우리의 여행자들은 한 여자의 아버지로 보이는 노인이 하느님의 섭리가 그들을 인도하고 축복하기를 기원하며 잠자리에 들기 전 모두를 데리고 기도를 올리는 것을 보았다.

해가 일찍 뜨는 계절이었으므로 곧 날이 밝았다. 밤이 시작될 때 목수 리처드가 보초를 섰으므로, 군인이었던 존이 그와 교대해 새벽 동안 보초를 섰다. 일행은 서로를 더 잘 알게 되었다. 이즐링턴을 떠날 때는 하이게이트까지 북쪽으로 갈 계획이었던 모양이다. 하지만 홀러웨이에서 멈춰야 했다. 그들이 지나가도록 사람들이 허락해 주지 않았기 때문이다. 그래서 그들은 동쪽으로 이동해 필즈와 힐즈를 지난 후 마을을 피해 가기 위해 보디드 리버에서 빠져나와 왼쪽으로는 혼지를, 오른쪽으로는 뉴잉턴을 지나쳐 3명의 여행자가 맞은편에서 한 것처럼 그 길로 스탬퍼드 힐까지 이동했다. 지금은 늪지대의 강을 건너 에핑 포리스트까지 갈 생각인데, 그곳에서 자리를 잡고 지내도 된다는 허락을 받기를 기대하고 있었다. 그들은 가난해 보이지 않았다. 적어도 절박해 보이지는 않았다. 그들의 말처럼 날씨가 추워져 감염이 줄어들 때까지, 혹은 더 감염될 사람이 남지 않았기 때문이라도 무서운 병세가 제풀에 지쳐 차츰 꺾이기 시작하기 전까지 두세 달 동안 그럭저럭 버틸 여유는 있어 보였다.

세 여행자의 계획도 그들과 별다르지 않았다. 다만 세 여행자가 여행에 대비해 준비를 더 잘했고, 더 멀리까지 갈 계획이라는 사실만 달랐다. 상대편 일행은 2~3일마다 런던 상황을 계속 전해 들을 수 있도록 하루만 더 이동할 생각이었다.

이 시점에서 우리의 세 여행자는 미처 예상치 못한 불편에 직면했다. 바로 말이 문제였다. 상대편 일행은 숲이든 도로든 통행로든 길이든 간에 원하는 대로 갈 수 있었지만, 짐을 말로 나르다 보니 그들은 길로만 가야 했기 때문이다. 그 일행은 또 꼭 필요한 물품을 사기 위해서가 아니라면 마을 가까이 가거나 마을 안으로 들어갈 필요도 없었다. 이것이 실로 어려운 일이었는데, 이에 대해서는 나중에 따로 말하기로 하자.

하지만 우리의 세 여행자는 길로만 움직여야 했다. 그렇지 않으면 울타리가 쳐진 들판을 지나기 위해 담장이나 문을 망가뜨리면서 그 지역에 큰 피해를 입혀야 하는데, 피할 수만 있다면 그런 일은 절대 하고 싶지 않았다.

세 여행자는 상대편 일행에 합류해 이후의 운명을 그들과 함께하고 싶은 마음이 컸다. 그래서 얼마간 대화를 나눈 다음 그들은 북쪽으로 가기로 했던 최초의 계획을 접고 일행을 따라 에식스로 가기로 했다. 그리고 아침이 되자 텐트를 정리하고 짐을 말에 실은 후, 일행과 함께 길을 떠났다.

강에 도착한 무리는 배를 타는 데 약간의 어려움을 겪었다. 나룻배 사공이 그들을 무서워했기 때문이다. 그러나 거리를 두고 얼마간 대화를 나눈 끝에 사공은 그들이 알아서 배를 타도록, 평소 타는 곳에서 떨어진 지점에 배를 대는 것에 동의했다. 그렇게 강을 건넌 후에는 배를 그냥 두고 가라고, 그러면 자기가 다른 배를 타고 가서 다시 가지고 오겠다고 말했는데, 그는 8일 이상 지난 후에야 그렇게 한 것 같 았다.

이때 그들은 사공에게 선금을 주고 먹을 것과 마실 것을 부탁해서 받았다. 사공은 음식을 사 와서 배 안에 두었는데, 이미 말한 것처럼 돈을 먼저 받고서 그렇게 해주었다. 그러 나 이제 세 여행자는 말을 어떻게 해야 할지 알 수 없어 실로 난감한 상황에 직면했다. 배가 작아서 말을 태울 수 없었기 때문이다. 결국 그들은 짐을 내린 후 말이 헤엄쳐 강을 건너 게 할 수밖에 없었다.

그들은 강에서 숲을 향해 이동했다. 하지만 일행이 월섬스 토에 도착했을 때, 다른 곳과 마찬가지로 마을 사람들이 그 들을 막았다. 순경과 순찰대원 들은 그들을 멀리 세워 둔 채 질문을 던졌다. 일행은 앞서 한 것과 마찬가지로 자신들의 상황을 설명했지만, 그들은 일행의 말을 믿지 않았다. 두세 무리가 이미 같은 길로 와서 비슷한 구실을 댔지만, 그들이 지나간 후 마을 사람들 몇 명이 병에 걸렸기 때문이라고 했 다. 이후 그들은 그 지역 사람들에게 가혹한 취급을 받았지 만, 그럴 만한 짓을 했으니 합당한 일이라 하겠고, 브렌트 우 드나 그쪽 어딘가에서 몇 명이 죽었다는데 병 때문에 죽은 것인지, 굶고 지쳐서 죽은 것인지는 알 수 없다고 했다.

월섬스토 사람들이 그렇게 조심스럽고, 충분한 확신 없이 는 누구도 지나가지 못하게 하는 이유는 충분히 이해할 만했 다. 하지만 목수 리처드와, 대화에 참여한 일행의 다른 남자 하나가 상대편에게 그런 이유로 길을 막고, 다른 요구 없이 단지 길을 지나가려는 사람들의 통행을 허락하지 않을 수는 없다고 말했다. 만약 자신들 때문에 걱정된다면, 마을 사람들이 집에 들어가 문을 닫으면 된다고, 공손할 필요도 무례할 필요도 없이 각자 볼일을 보면 될 것이라고 했다.

순경과 순찰대원 들은 논리와 상관없이 고집을 피웠고, 어떤 말도 들으려 하지 않았다. 그래서 그들과 이야기를 나눈 두 사람은 어떻게 하면 좋을지 상의하기 위해 일행에게 돌아왔다. 전반적으로 막막한 상황이었고, 한참이 지나도록 어떻게 해야 할지 알 수 없었다. 마침내 군인이자 비스킷 굽는 일을 했던 존이 골똘히 생각하더니 나와서, 나머지 협상은 자기에게 맡겨 달라고 말했다. 그러고는 목수 리처드에게 나무를 잘라 막대기를 몇 개 만들어서 될 수 있는 한 총처럼 보이게 깎으라고 했다. 곧 멀리서 보면 막대기라는 걸 알 수 없는 장총 대여섯 자루가 만들어졌다. 존은 병사들이 비 오는 날 화기의 자물쇠 부분에 녹이 스는 것을 막기 위해 하는 것처럼 총의 자물쇠 부분을 가지고 있는 헝겊이나 천으로 감싸도록 하고, 나무의 다른 부분에는 근처의 진흙을 발랐다. 그사이 다른 사람들은 존의 지시에 따라 2~3명씩 나무 밑에 서로 멀찍이 떨어져 앉은 채 모닥불을 피웠다.

그동안 존은 2~3명의 남자와 함께 이동해 마을 사람들이 세워 둔 장벽이 보이는 곳 길가에 텐트를 쳤다. 그리고 텐트 옆에 보초를 하나 세워 그로 하여금 그들이 가진 유일한 진짜 총을 어깨에 메고 마을 사람들이 볼 수 있도록 앞뒤로 걸어다니게 했다. 존은 또 바로 옆 울타리 문에 말을 묶고, 마을 사람들이 연기 때문에 자신들이 무엇을 하는지 볼 수 없도록 마른 가지를 모아 텐트 앞쪽에 불을 피웠다.

한참 동안 그들을 유심히 지켜본 마을 사람들은 관찰한 모든 정황으로 미루어 저쪽의 수가 상당하다고 결론을 내리고 불안해하기 시작했다. 그들이 마을을 지나갈까 불안한 것이 아니라 그곳에 머물까 봐, 무엇보다 그들이 말과 총을 가지고 있다는 사실을 알게 되어 불안한 것이었다. 그들은 텐트 옆의 말 한 필과 총 한 자루를 보았고, 다른 사람들이 장총처럼 보이는 것을 어깨에 걸고 길옆 울타리 안쪽 들판 주위를 걸어다니는 것을 보았다. 이런 광경에 마을 사람들이 겁을 먹고 경각심을 느낀 것은 당연한 일이었다. 그들은 어떻게 할지 상의하기 위해 치안 판사를 찾아간 것 같았다. 치안 판사가 그들에게 어떤 말을 했는지는 알 수 없지만, 저녁이 될 무렵 그들이 장벽 너머에서 텐트 옆의 보초를 불렀다.

「왜 그러시오?」존이 대답했다.

「뭘 하려는 거요?」순경이 물었다.

「하다니? 우리가 뭘 하기를 바라는 거요?」존이 대답했다.

순경 왜 가지 않고 거기 있는 거요?

존 왜 국도(國道)에서 우리를 멈춰 세우고 길을 막는 거요?

순경 당신한테 이유를 설명할 의무는 없지만 말해 주겠소. 전염병 때문이오.

존 우리 일행이 모두 건강하고 병에 걸리지 않았다고 말했잖소. 그에 대해 당신들을 설득할 의무는 없지만. 그런데도 이렇게 우리를 국도에서 막고 있지 않소.

순경 우리의 안전을 위해 통행을 막을 권리가 있소. 게다가 이 길은 국도가 아니라 허락을 받고 사용하는 길이오. 여기 문이 보이지 않소? 통행료를 받고 통과시켜 주는 거요.

존 당신들처럼 우리에게도 안전을 추구할 권리가 있소. 우리가 목숨을 구하기 위해 피난을 가는 길이라는 걸 알지 않소. 우릴 이렇게 멈춰 세우는 건 실로 부당하고 기독교인답지 않은 짓이오.

순경 원래 있던 곳으로 돌아가는 건 괜찮소. 그걸 막진 않겠소.

존 당신들보다 더 강한 적 때문에 돌아갈 수 없소. 그렇지 않았다면 여기까지 오지도 않았을 거요.

순경 그러면 어디든 다른 곳으로 가면 되지 않소.

존 아니, 그럴 생각 없소. 우리가 마음만 먹으면 당신과 교구 사람들 모두를 돌려보내고 마을을 통과해 갈 수 있다는 걸 보면 알겠지. 하지만 우릴 여기 세워 놓으니, 알겠소. 여기서 야영을 하면서 살 생각이오. 우리에게 음식을 제공해야 할 거요.

순경 음식을 제공한다! 그게 무슨 소리요!

존 그러면 우리를 굶어 죽게 할 생각인 거요? 우릴 여기 잡아 둘 생각이라면 살게 해줘야지.

순경 우리의 도움을 기대하다간 곤란을 겪을 거요.

존 우릴 굶기면 알아서 더 좋은 방법을 찾겠소.

순경 설마 무력으로 마을을 공격하겠다는 소리는 아니겠죠?

존 우린 아직 아무런 무력도 행사하지 않았는데, 어째 그러라고 부추기는 것 같구려. 나는 퇴역 군인이고, 굶어 죽을 생각은 없소. 먹을 것이 없으면 철수할 거라고 생각한다면 오산이오.

순경 우릴 협박하니 우리도 대비해야겠구려. 당신들을 막기 위해 지역군을 동원해도 된다는 허락을 받았소.

존 협박을 하는 건 우리가 아니라 당신이오. 우릴 공격할 작정인 것 같은데 공격 시간을 주지 않았다고 우릴 비난하지는 마시오. 우리는 몇 분이면 진군을 시작할 수 있으니.[14]

순경 우리한테 바라는 게 뭐요?

존 우선, 이 마을을 지나가게 해주는 것 말고는 아무것도 바라는 것이 없소. 당신들 누구에게도 어떤 피해도 주지 않을 것이고, 우리 때문에 손해를 보거나 다치는 사람도 전혀 없을 것이오. 우리는 도둑이 아니라 매주 수천 명을 집어삼키는 런던의 무서운 페스트를 피해 도망가고 있는, 시련을 겪는 사람들일 뿐이오. 어떻게 이렇게까지 자비심이 없을 수 있단 말이오!

순경 우리도 살아야 하니 어쩔 수가 없지 않소.

존 뭐라! 이런 재난의 시기에 연민을 거둔다는 거요?

순경 오른쪽 들판을 지나 마을의 저쪽 뒤로 간다면, 지나갈 수 있도록 문을 열라고 해보겠소.

---

14 순경 및 그와 함께 온 사람들은 이 말에 겁을 먹고 즉시 태도를 바꿨다—원주.

존 우리 기병들이 짐을 실은 채 그 길을 지날 수는 없소.[15] 그 길은 우리가 가려는 길로 이어지지도 않고. 왜 우리를 길 밖으로 몰아내는 거요? 게다가 당신들은 우리가 가진 것 말고는 먹을 것도 전혀 주지 않으면서 우릴 여기 종일 세워 두지 않았소. 곤란을 덜 수 있도록 우리에게 음식을 보내야 할 거요.

순경 다른 길로 간다면 음식을 좀 보내겠소.

존 이런 식이라면 지역의 모든 마을이 길마다 우리를 막을 게요.

순경 그들 모두가 당신들에게 음식을 주는 한 나쁠 것도 없지 않소. 보아하니 텐트가 있어 숙소가 필요한 것도 아니고.

존 흠, 음식은 얼마나 보낼 생각이오?

순경 인원이 몇이나 되오?

존 아니, 일행 모두가 먹을 만큼 청할 생각은 없소. 세 부대가 있는데, 스무 명의 남자와 예닐곱의 여자가 3일간 먹을 빵을 보내고 당신이 말한 들판 쪽 길을 알려 주시오. 마을 사람들이 우리 때문에 겁을 먹는 건 바라지 않소. 우린 당신들과 마찬가지로 전혀 병에 걸리지 않았지만, 그쪽 말대로 행로를 틀겠소.

순경 당신 일행의 다른 사람들도 우리에게 다른 불편을 끼치는 일이 없을 거라고 약속할 수 있소?

존 절대 그런 일은 없을 거요. 믿어도 되오.

15 그들에게 말은 한 필밖에 없었다 — 원주.

순경 또 당신 일행 중 누구도 우리가 음식을 둔 자리에서 한 발자국도 더 마을 쪽으로 오지 않는다는 보장이 필요하오.

존 우리 중 누구도 그러지 않을 거라고 내가 보장하겠소.[16]

약속한 대로 그들은 스무 덩이의 빵과 서너 개의 질 좋은 쇠고기 덩어리를 약속 장소로 보내고 그들이 지나갈 수 있도록 몇 군데 문을 열어 주었다. 그러나 그들 중 누구도 일행이 가는 것을 보러 올 용기는 없었다. 저녁이었기 때문에 설사 보러 왔다고 해도 일행이 몇 명이나 되는지 알 수는 없을 터였다.

이것은 군인 출신인 존의 지략이었다. 그러나 그 지역 일대는 이 일로 대단히 놀랐고, 일행이 정말 200~300명의 무리였다면 지역 전체가 그들을 공격해 감옥에 보내거나 죽일 수도 있었다.

일행도 곧 그 사실을 알게 되었다. 2~3일이 지난 후 기병과 보병으로 이루어진 몇 무리의 군인들이, 존이 그들에게 말했던 대로 장총으로 무장한 세 무리의 남자들이 런던에서 도망쳐 병을 퍼뜨릴 뿐만 아니라 지역을 약탈하고 있다면서 그들을 쫓는 것을 발견했기 때문이다.

자신들의 행동이 불러온 결과를 알게 된 일행은 곧 위험에 처했다는 사실을 깨닫고, 역시 한때 군인이었던 존의 조언에 따라 다시 무리를 나눠 여행하기로 했다. 말을 가진 존과 그

16 여기에서 존은 일행 중 하나를 부르더니 리처드 대위와 부하들에게 늪 옆쪽 길 아래로 내려가 숲에서 결집해 있으라는 명령을 전하라고 했다. 그러나 일행 중에는 리처드 대위도 없고, 그의 부하들도 없었으므로 이 모든 것은 연기였다 — 원주.

의 두 일행은 월섬으로 가는 것처럼 이동하고, 나머지는 두 무리로 나누되, 그 안에서도 모두 조금씩 떨어져 에핑을 향해 움직였다.

첫날 밤에는 숲에서 서로 멀리 떨어지지 않은 채 함께 잤지만, 사람들의 눈에 띄지 않게 텐트를 치지는 않았다. 한편 리처드는 도끼와 손도끼로 나뭇가지를 잘라 그런 상황에서 모두가 최대한 편안하게 야영할 수 있는 세 채의 움막 혹은 헛간을 만들었다. 월섬스토에서 확보한 음식 덕에 이날 밤은 아주 배불리 먹을 수 있었고, 다음 날은 하느님의 뜻에 맡기기로 했다. 한때 군인이었던 존의 지시 덕에 지금까지 잘해 왔으므로, 일행은 기꺼이 존을 그들의 대표로 삼았다. 그의 첫 지휘는 대단히 성공적이었다. 존은 일행에게 이제 런던에서 충분히 멀어졌으며, 당장은 구호를 받기 위해 지역에 의지할 필요가 없으니 그들이 지역에 병을 퍼뜨리지 않는 것 못지않게 지역민이 그들에게 병을 옮기지 않게 조심해야 한다고 말했다. 또 얼마 되지 않는 돈을 최대한 아껴야 하며, 지역에 어떤 피해도 입히지 않기 위해 자신들이 최대한 지역 상황에 맞추도록 노력해야 한다고 덧붙였다. 일행은 모두 그의 말을 따랐다. 그리하여 다음 날 그들은 세 채의 움막을 두고 에핑을 향해 이동했다. 이제 일행으로부터 대장이라고 불리는 존과 그의 두 동료도 월섬으로 가려던 계획을 접고 모두 함께 이동했다.

에핑 근처에 도착한 그들은 큰길에서 너무 가깝지도 않고 북쪽 큰길에서 너무 떨어지지도 않은, 가지치기를 한 작은 나무 군락 밑 들판에서 적당한 지점을 찾았다. 그들은 이곳에 세 개의 큰 텐트 혹은 움막을 세워 작은 야영장을 만들었다. 이 움막은 목수가 몇 명을 조수 삼아 함께 장대를 잘라 땅에 원형으로 박은 후, 이를 위에서 작은 매듭으로 모아 묶고, 옆면이 완전히 가려지고 보온이 되도록 나뭇가지와 덤불로 장대 사이를 채워 만든 것이었다. 여자들이 머물 작은 텐트와 말이 쉴 움막도 있었다.

다음 날인가, 혹은 다음다음 날이 마침 에핑의 장날이어서 대장 존과 다른 남자들이 시장에 가서 먹을거리, 그러니까 빵과 약간의 양고기 및 쇠고기를 샀다. 두 여자도 일행이 아닌 것처럼 따로 시장에 가서 식량을 더 구입했다. 존은 구입한 것을 넣을 자루와(그 자루는 목수가 연장을 넣어 다니던 것이었다) 짐을 야영지까지 운반할 말을 끌고 갔다. 목수는 구할 수 있는 나무로 작업을 시작해 일행이 쓸 긴 의자와 등받이 없는 간이 의자, 밥을 먹을 식탁을 만들었다.

2~3일은 주목받지 않고 지냈지만, 그 뒤로 많은 마을 사람들이 그들을 보러 왔고, 지역 일대가 그들에 대해 경각심을 품었다. 처음에 사람들은 그들의 근처에 오기를 두려워하는 것 같았다. 한편, 일행 역시 마을 사람들이 다가오지 않기를 바랐다. 월섬에 병이 퍼졌으며, 에핑에도 2~3일 전에 병자가 나왔다는 소문을 들었기 때문이다. 그래서 존은 사람들에게 가까이 오지 말라고 소리치며 다음과 같이 말했다. 「우리 일행은 모두 병 없이 건강한 사람들인데, 당신들이 우리에게 병을 옮기지 않기를 바라고, 우리도 당신들에게 병을

전하지 않기를 바랍니다.」

이 일이 있은 후 교구 위원들이 그들을 찾아와 멀리에서 대화를 나누었다. 교구 위원들은 일행이 누구이며, 무슨 권리로 이곳에 야영장을 설치한 것인지 물었다. 존은 대단히 정직하게 대답했다. 그는 자신들은 전염병이 시 전체에 퍼지면 겪게 될 불운을 예상하고 목숨을 구하기 위해 너무 늦기 전에 런던을 빠져나온 불쌍한 이들로, 신세를 질 친척이나 지인이 없어 처음에는 이즐링턴에 자리를 잡았다가 전염병이 그 지역까지 퍼져 더 멀리 도망 온 것이라고 답했다. 그는 또 일행이 마을에 들어가는 것을 에핑 사람들이 허락하지 않을 것 같아서 누구라도 자신들 때문에 피해를 입을 것이라고 생각하거나 그런 상황을 걱정하게 하기보다는 차라리 험한 처소에서 온갖 어려움을 감수하는 편이 낫다고 생각해 들판에 텐트를 쳤다고 말했다.

에핑 사람들은 처음에 이곳은 그들이 있을 곳이 아니니 떠나야 한다고 거칠게 응대했다. 건강하고 병이 없다고 하지만 자신도 모르는 상태에서 병에 걸렸을 수도 있고, 카운티 전체를 감염시킬 수 있으며, 그들의 체류로 자신들이 불편을 겪을 수는 없다는 것이었다.

존은 매우 침착하게 한참 동안 그들을 설득하며 다음과 같이 말했다. 에핑과 그 주변 지역의 모든 사람들이 그들의 땅에서 나온 수확물을 런던에 팔아 생활을 이어 가고 농장 임대료를 내지 않았느냐. 그런데도 런던 거주민이나 당신들이 큰 덕을 본 사람들 누구에게든 그렇게 잔인하게 군다면 나중에 사람들이 이 일을 떠올리는 것이 부끄럽지 않겠느냐. 당신들이 세상에서 제일 두려운 적을 직면해 도망친 런던 시민들에게 얼마나 가혹하고 무자비하며 불친절하게 대했는지 사람들이 이야기하는 것이 걱정되지 않느냐. 런던시 전체가 에핑 사람의 이름만 들어도 치를 떨며 당신들이 시장에라도 올라치면 거리에서 군중들이 돌을 던지고도 남을 것이다. 게다가 당신들도 병에서 자유롭지 않다. 듣자 하니 월섬에서 벌써 감염자가 나왔다는데, 당신들 중 누구라도 감염을 피해 도망을 쳤는데 들판에서조차 몸을 뉠 수 없다면 가혹하다고 느낄 것이다.

에핑 사람들이 다시 대답했다. 일행이 감염 없이 건강하다고 주장하지만 확신할 방법이 없다. 월섬스토에서 상당한 수의 한 무리 사람들이 당신들처럼 건강하다고 주장하면서 마을을 약탈하겠다고 위협하고, 교구 관리들이 허락하든 말든 자신들의 길을 가겠다고 우격다짐했다더라. 거의 200명이나 되는 무리였는데, 저지대 군인들처럼 무기와 텐트를 갖추고 있었다고 한다. 무기를 보이면서 군인들처럼 말하고 들판에 살겠다고 협박해 마을 사람들에게 식량을 강탈해 갔는데, 그들 중 몇몇이 럼퍼드와 브렌트 우드 쪽으로 간 후 그들 때문에 그 지역이 감염되었고, 그 큰 두 도시로 페스트가 퍼져서 사람들은 평소처럼 그곳 시장에 가지 못한다. 당신들이 그 무리의 일부일 가능성이 농후한데, 그렇다면 카운티 감옥으로 가 당신들이 끼친 손해에 대해, 그리고 그 지역에 일으킨 공포와 두려움에 대해 합당한 대가를 치를 때까지 갇혀 있어야 할 것이다.

존이 대답했다. 그 사람들이 한 행동은 자신들과 아무 관련이 없고, 우리는 한 무리로 지금 당신들이 보는 것보다 수가 많았던 적이 없었다고 단언할 수 있다(어쨌건 이 말은 분명한 사실이었다). 처음에는 따로 출발한 두 무리였지만, 상황이 비슷해 중간에 합쳐졌으며, 누구든 알고 싶은 사람에게 우리들에 대한 정보를 제공할 준비가 되어 있다. 우리 때문에 문제가 발생해 이에 책임을 져야 할 경우를 대비하여 이름과 주소를 건네주겠다. 마을 사람들 누구라도 와서 보면 우리가 기꺼이 어려움을 감당하면서 단지 병 없는 숲에서 숨쉴 작은 공간을 바랄 뿐임을 알 수 있을 것이다. 숲이 안전하지 않으면 그곳에 머물지 않을 것이며, 숲이 위험해지면 텐트를 철수할 것이다.

마을 사람들이 대답했다. 하지만 우리는 이미 빈민들로 인해 큰 부담을 지고 있고, 그 부담이 늘지 않게 조심해야 한다. 전염에 대해 우리에게 위험이 되지 않을 것이라는 확증을 줄 수 없는 것처럼, 당신들이 우리 교구와 거주민에게 구호 부담을 지우지 않으리라는 보장도 할 수 없지 않느냐.

존이 대답했다. 구호에 대해서라면 당신들에게 부담이 되지 않기를 희망한다. 하지만 현재 우리에게 필요한 식량을 제공해 우리를 도와준다면 대단히 감사할 것이다. 원래 살던 지역에서 구호 없이 살았으므로, 신의 가호로 런던 시민들이 건강을 회복하고 우리가 안전하게 가족과 집으로 돌아가게 되면 당신들에게 빚진 것을 모두 갚을 것이다.

우리가 여기서 죽는 경우에 대해서라면, 우리 중 누구라도 죽으면 살아남은 사람이 그를 묻을 것이고 당신들이 비용을 부담할 일은 없을 것이라고 약속하겠다. 우리가 다 죽는 경우는 제외하고 말이다. 이 경우에는 마지막 사람이 자신을 묻을 수는 없으므로 그 한 사람의 매장 비용이 당신들에게 돌아갈 텐데, 그 마지막 사람이 매장을 위한 비용을 충분히 남기고 죽을 것이다.

다른 한편, 당신들이 전혀 인정을 베풀지 않고 우리에게 아무 도움도 주지 않는다고 하더라도 폭력으로 무언가를 취하거나 누군가의 물건을 훔치는 일은 없을 것이다. 얼마 남지 않는 식량이 떨어지고, 굶주림으로 죽게 되면 그 또한 신의 뜻일 터이다.

존이 그렇게 온화하고 합리적으로 마을 사람들을 설득한 덕에 그들은 물러갔다. 일행이 그곳에 머무는 것에 대해 어떤 동의도 하지 않았지만, 그렇다고 일행을 위협하지도 않았다. 일행은 별일 없이 그곳에서 사나흘을 더 지냈다. 그사이 그들은 마을 외곽의 한 식료품 판매점을 알게 되었고, 멀리에서 주인을 불러 필요한 약간의 물건들을 가져다 달라고 부탁했다. 그리고 멀찍이 물건을 부리라고 한 후, 언제나 정직하게 물건값을 지불했다.

이 기간에 마을의 젊은이들은 꽤 여러 번 일행 가까이 다가와 그들을 지켜보며 서 있곤 했다. 때로는 거리를 좀 둔 채 일행과 이야기를 나누기도 했다. 특히 그들은 이 딱한 사람들이 체류를 시작한 후 첫 일요일에 함께 예배를 드리고 「시편」을 낭송하는 것을 보고 들었다.

이런 모습과 조용하고 온화한 일행의 행동이 지역 사람들에게 좋은 평판을 얻기 시작했다. 사람들은 그들을 불쌍하게 여겼고, 그들을 칭찬했다. 그 결과 비가 아주 많이 내린 어느 날 밤, 이웃에 사는 한 신사가 움막에 두르고, 지붕을 덮고, 자리에 깔아 습하지 않게 지낼 수 있도록 그들에게 열두 다발의 짚을 작은 마차에 실어 보냈다. 그 신사를 모르는, 멀지 않은 교구의 목사도 약 두 부셸의 밀과 반 부셸의 흰콩을 보내왔다.

일행이 이런 도움에 감동한 것은 두말할 나위가 없는 일이다. 짚은 그들에게 특히 더 고마운 물품이었다. 솜씨 좋은 목수가 여물통 같은 틀을 만들고 나뭇잎이나 그 비슷한 것으로 속을 채워 누울 자리를 만들어 주었고, 그들이 가진 텐트 천을 모두 잘라 덮을 것을 마련했지만, 짚이 오기 전에는 여전히 축축하고 딱딱해 건강에 좋지 않은 잠자리에서 자야 했다. 그런 그들에게 짚은 깃털 침대 못지않았고, 존의 말대로 평상시의 깃털 침대보다 더 고마운 존재였다.

신사와 목사가 먼저 그렇게 일행을 돕고 방랑자들에게 자비를 베푸는 모습을 보여 주자, 다른 사람들도 곧 그 본보기를 따랐다. 일행은 매일 사람들로부터, 특히 이웃에 사는 지역 신사들로부터 이런저런 도움을 받았다. 그들은 일행에게 의자며, 등받이 없는 간이 의자, 식탁을 비롯해 일행이 필요로 하는 가재도구들을 보내 주었다. 어떤 사람은 담요와 깔개, 이불을 보냈고, 또 어떤 사람은 도자기 그릇을 보냈으며,

또 다른 사람은 음식 준비에 필요한 부엌 용품을 보내기도 했다.

이런 인정에 고무되어 목수는 며칠 만에 서까래와 지붕을 갖추고, 2층도 있어 일행 모두가 따뜻하게 지낼 수 있는 집을 지었다. 9월이 시작되면서 날씨가 습하고 추워졌기 때문이다. 집은 벽과 지붕이 두껍고 짚을 두툼이 덮은 덕에 추위를 잘 막아 주었다. 그는 또 한쪽 끝에 굴뚝이 있는 흙벽도 만들었다. 일행 중 다른 한 사람이 대단히 애를 쓴 끝에 연기를 내보낼 수 있도록 굴뚝에 통기구를 만들었다.

여기서 그들은 아쉬운 대로 9월 초까지 제법 편안하게 지냈다. 그러던 중 사실인지 아닌지 확실치는 않지만, 한쪽으로는 월섬 애비에서 다른 한쪽으로는 럼퍼드와 브렌트 우드에서 무섭게 퍼지던 페스트가 이제 에핑과 우드퍼드, 그리고 숲 쪽에 있는 마을 대부분에 퍼지고 있다는 나쁜 소식이 들려왔다. 사람들의 말로는 주로 보부상들과 식량을 팔러 런던을 오가던 사람들이 병을 옮긴 것이라고 했다.

만약 이 소문이 사실이라면 이는 후에 영국 전역에 퍼졌던, 그러나 앞서 말한 것처럼 나로서는 확신할 수 없는 소문을 정면으로 반박하는 셈이다. 식량을 팔기 위해 런던 시장에 갔던 사람들이 병에 걸린 사례는 없으며, 시골로 병을 옮기지도 않았다는 소문 말이다. 나는 이 두 가지 소문이 모두 사실이 아니라고 확신해 왔다.

많은 사람이 런던을 오가고도 병에 걸리지 않거나, 기적처럼은 아니지만 기대 이상으로 목숨을 부지했을 수는 있다.

그리고 그것은 가난한 런던 사람들에게 큰 도움이 되었다. 시장에 식품을 팔러 온 사람들이 많은 경우 놀랍게 병을 피했고, 적어도 일반적으로 예상할 수 있는 것보다 많은 수의 사람들이 목숨을 부지하지 못했다면 런던에 남은 사람들은 완전히 비참한 상황에 직면했을 것이기 때문이다.

이제 이 새로운 거주민들은 더 현실적으로 불안을 느끼기 시작했다. 그들 주변의 마을로 병이 퍼지기 시작했고, 필요한 물건을 사러 나가기도 조심스러울 정도로 이웃을 믿기 어려워졌기 때문이다. 이 때문에 그들의 생활은 더욱 힘들어졌다. 자비로운 인근의 신사들이 보내온 물품들 말고는 거의 아무것도 없었던 것이다. 그러나 다행히도 전에 그들에게 아무것도 보내지 않았던 그 지역의 다른 신사들이 그들의 소식을 듣고 원조 물품을 보내오기 시작했다. 한 사람은 큰 식용 돼지를 보냈고, 다른 사람은 양 두 마리를 보냈으며, 또 다른 사람은 송아지를 보냈다. 그래서 일행은 이제 고기를 충분히 확보하고, 때로는 치즈와 우유, 그 밖의 여러 유가공품을 먹을 수 있었다. 가장 아쉬운 것은 빵이었다. 신사들이 옥수수를 보내 주어도 제분을 하고 구울 곳이 없었기 때문이다. 그래서 말린 통곡물 상태의 밀 두 부셸이 왔을 때, 그들은 고대 이스라엘 사람들처럼 가루로 내거나 굽지 않고 밀을 먹어야 했다.

마침내 그들은 우드퍼드 근처의 방앗간으로 곡물을 운반할 방법을 찾아냈고, 그곳에서 밀을 제분했다. 그 후 비스킷 굽는 사람이 오목하게 속을 판 마른 화로를 만들어 제법 그럴듯한 빵을 구웠다. 이런 식으로 일행은 마을에서 어떤 물품이나 도움도 받지 않고 살 수 있는 조건을 갖추었다. 그것은 실로 현명한 처신이었는데, 곧 마을 전체에 병이 퍼져 그들 근처의 마을들에서 전염병으로 120명이 사망했다는 소문이 돌았고, 그것은 그들에게 큰 위협이 되었기 때문이다.

그 소식에 그들은 새로 회의를 소집했다. 이제 그들이 마을 근처에 정착하는 것을 마을 사람들이 무서워할 이유는 없었다. 오히려 마을 주민 중 가난한 몇몇 가족이 집을 떠나 일행이 한 것처럼 숲에 움막을 짓기 시작했다. 그러나 그렇게 마을을 떠난 이들 중 몇 명이 임시 거처나 움막에서도 병에 걸린 경우들이 있었다. 그 이유는 명백했다. 첫째, 숲으로 거처를 옮겨서 병에 걸린 것이 아니라, 제때 마을을 떠나지 않았기 때문에 병에 걸린 것이다. 즉 조심성 없이 이웃 사람들과 교류하다가 몸에 혹은 (이렇게 말해도 될 텐데) 그들 사이에 병을 지닌 채 가는 곳마다 병을 옮긴 것이다. 둘째, 안전하게 마을을 벗어난 후 다시 마을을 방문할 때 병에 걸린 사람들을 만나지 않도록 충분히 조심해야 하는데, 그렇게 하지 않았기 때문에 병에 걸린 것이었다.

그러나 원인이 무엇이든 간에, 우리의 여행자들은 전염병이 마을뿐 아니라 그들 근처 숲의 움막과 텐트까지 퍼지는 것을 볼 수 있었다. 그리고 걱정하며 짐을 싸서 다른 곳으로 이동하는 것을 고려하기 시작했다. 그곳에 계속 머문다면 목숨이 위태로울 것이 분명했기 때문이다.

그렇게 따뜻하게 그들을 받아 준 곳, 그들에게 아낌없는 자비와 인정을 베풀어 준 곳을 떠나야 했을 때 그들이 얼마나 아쉬워했을지는 말할 필요도 없다. 하지만 목숨을 구하기 위해 이렇게 멀리까지 온 그들에게 바로 그 목숨이 위협받는 상황, 그 상황의 절박함은 모든 것에 우선했다. 다른 대안을 찾을 수도 없었다. 그러나 존이 문제에 대처할 방법을 생각해 냈다. 그들을 가장 많이 도와준 신사를 찾아가서 그들이 직면한 어려움에 대해 이야기하고 조언과 도움을 청하기로 한 것이다.

선량하고 인정 많은 그 신사는 그들에게 전염병이 너무 사납게 퍼져 어디로도 몸을 피할 수 없는 상황이 될지 모르니 지금 이동할 것을 권했다. 그러나 어디로 가면 좋을지는 그도 안내해 줄 수 없었다. 마침내 존이 그에게(그는 치안 판사였다) 그들이 앞으로 만나게 될 다른 치안 판사들에게 보여 줄 증명서를 발급해 줄 수 있는지 물었다. 운명이 어떻게 될지 알 수 없지만 런던에서 오랫동안 멀리 떨어져 있었으므로 새로운 곳에서 쫓겨나지 않을 수 있도록 말이다. 존의 후원자는 그 요청을 즉시 수락했고, 일행에게 격식을 갖춘 건강 증명서를 만들어 주었다. 이제 그들은 어디로든 자유롭게 이동할 수 있게 되었다.

그리하여 일행은 다음과 같은 내용의 정식 건강 증명서를 발급받았다. 증명서는 일행이 에식스 카운티의 한 마을에 오랫동안 머물면서 충분히 건강을 입증해 검증받았고, 40일 이상 누구도 만나지 않고 전염병의 징후를 전혀 보이지 않았으므로 건강한 사람들임을 전적으로 보장할 수 있으며, 어떤 곳에도 안전하게 머물 수 있으나, 마침내 이 지역을 떠나는 것은 그들이나 그들 소유물에 감염의 징후가 있기 때문이 아니라, 마을에 퍼지기 시작한 전염병을 피하기 위해서라는 사실을 적고 있었다.

그들은 이 증명서를 가지고 실로 내키지 않는 마음으로 그곳을 떠났다. 존이 고향에서 너무 멀리 떨어진 곳으로 가기를 원하지 않았기 때문에 그들은 월섬 쪽 늪지대 방향으로 이동했다. 그곳에서 그들은 강을 오가는 바지선을 위해 수위를 높일 목적으로 건설한 강의 둑 혹은 보를 지키는 일을 하는 한 남자를 만났는데, 그는 병이 강변을 비롯해 강 근처 모든 마을, 미들섹스와 하트퍼드셔, 즉 월섬과 월섬 크로스, 엔펠드와 웨어로 퍼졌다는 무서운 이야기로 그들을 경악시켰다. 사실이 아닌 말로 그들을 속이는 것 같았지만, 그래도 그 방향으로 가는 것이 꺼려졌다.

결국 그의 말에 겁을 먹은 일행은 숲을 가로질러 럼퍼드와 브렌트 우드 방향으로 가기로 했다. 그러나 일행은 런던을 빠져나온 많은 사람들이 럼퍼드 인근까지 이어진 헤날트 포리스트라는 숲 곳곳에 자리를 잡았는데 잘 곳도 먹을 것도 없고, 구호도 받지 못해 숲과 들판에서 극한 상황에 직면해 큰 곤경을 겪고 있다는 이야기를 들었다. 그뿐만 아니라 극한 상황에 내몰린 그들이 지역 카운티에 다소 폭력적인 짓을 숱하게 하고 도둑질과 약탈, 가축을 죽이는 등의 행동을 했다는 이야기를 들었다. 또 다른 사람들은 길가에 오두막이나 헛간을 짓고 구걸을 하거나 집요하게 구호를 요청했기 때문에, 크게 불안을 느낀 해당 카운티가 그들 중 몇 명을 체포했다고 한다.

이 소식을 들은 일행은 무엇보다 우선 그들이 지금껏 머물던 곳에서 받았던 자비와 친절이 이제 냉담하게 그들에게 등을 돌릴 것임을 확신할 수 있었다. 또 어디를 가든 의심을 받고, 자신들과 같은 상황에 놓인 다른 사람들로부터 공격받을 위험에 처하리라는 것을 예상할 수 있었다.

모든 것을 고려한 끝에 그들의 대장 존은 일행 모두를 대표하여 전에 그들을 도와준 벗이자 은인인 신사에게 돌아가 그들의 상황을 정직하게 설명하고 겸허하게 조언을 구했다. 그는 친절하게 이전에 살던 곳에서 다시 살거나 혹은 길에서 조금 더 멀리 떨어진 곳으로 이동하라고 조언하며 그들에게 적당한 장소를 알려 주었다. 때는 성(聖) 미카엘 축일이 다가오는 시기로, 움막이나 헛간보다는 추위를 피할 집이 몹시 필요했던 일행은 무너져 가는 낡은 오두막 혹은 임시 숙소 같은 집을 한 채 발견했다. 한때 작은 오두막이었던 그 집은 손을 보지 않아 사람이 살 수 있는 상태가 아니었다. 일행은 농장의 농부에게 허락을 받아 그 오두막을 사용할 수 있게 되었다.

재주 많은 목수와 그의 지휘하에 모두가 함께 작업한 끝에 며칠 만에 오두막은 날이 추워지면 일행 모두가 잘 수 있는 상태가 되었다. 오두막에는 낡은 굴뚝과 화덕이 있었는데, 무너진 상태였지만 사용할 수 있도록 고쳤다. 거기에 더해 헛간을 짓고, 사면에 곁방을 지어 곧 모두가 들어가 살 수 있는 집이 되었다.

일행에게는 창문틀과 바닥, 문, 다른 몇 가지를 만들 나무판자가 제일 아쉬웠는데, 앞서 언급한 신사들이 그들에게 호의를 베풀어 주었고, 그 지역 사람들 역시 그들을 우호적으로 대했으며, 무엇보다 일행 모두가 건강하고 병이 없는 상태라는 것이 알려졌기 때문에, 모든 사람들이 구할 수 있는 것들로 일행을 도와주었다.

그들은 여기에 자리를 잡고 이동하지 않기로 했다. 일행은 카운티의 어디에서나 사람들이 런던에서 온 이들을 대단히 경계하는 것을 볼 수 있었고, 어디를 가도 결코 쉽게 받아들여지지 않을 것이며, 적어도 이곳에서 그들이 받은 것과 같은 환대와 도움은 기대할 수 없으리라는 것을 분명히 깨달았다.

그러나 지역의 신사들과 주위 사람들로부터 큰 도움과 지지를 받았음에도 불구하고 일행의 상황은 무척이나 고달팠다. 10월을 지나 11월이 되자 날씨는 점점 춥고 습해졌으며, 일행은 전에 이런 어려움을 겪어 본 적이 없었기 때문이다. 추위가 팔다리로 파고들었고, 병에 걸리기도 했다. 그러나 페스트에 걸린 사람은 아무도 없었다. 그리고 12월 즈음 모두 런던의 집으로 다시 돌아갔다.

이 이야기를 이렇게 자세히 한 이유는, 무엇보다 전염병이 수그러들자 곧 도시로 돌아온 많은 사람들이 겪은 일을 말하기 위해서이다. 앞서 말했듯이 시골에 갈 곳이 있고, 런던을 떠날 수 있었던 많은 사람들은 피신했다. 병자의 수가 앞서 설명한 것처럼 무서운 속도로 늘어나자, 시골에 아는 이가 없는 중간 계층 사람들도 버틸 돈이 있는 사람이나 없는 사람이나 몸을 피할 곳을 찾아 전국 각지로 떠났다. 돈이 있는 사람들은 언제나 가장 멀리 몸을 피했다. 버틸 능력이 있기 때문이었다. 그러나 돈이 없는 사람들은 앞서 말했듯이 큰 고생을 했고, 상황 때문이었다고는 하지만 자신들의 어려움을 해결하기 위해 지역에 피해를 주는 일도 자주 있었다. 이 때문에 시골은 그런 사람들의 존재에 큰 불안을 느꼈고, 때로는 어떻게 처리해야 할지도 모르는 채 그들을 체포하기도 했지만 처벌은 항상 미루어졌다. 또 이곳저곳으로 그들을 내쫓아, 결국 런던으로 돌아갈 수밖에 없게 만드는 일도 자주 있었다.

존과 그의 형제 이야기를 들은 후에 나는 조사를 통해 말한 것처럼 엄청난 수의 절박한 사람들이 전국 각지로 떠났다는 사실을 알게 되었다. 그들 중 몇몇은 작은 움막, 헛간, 별채를 찾아 거기에서 살았다. 어떻게든 자신에 대해 납득할 만한 설명을 할 수 있었던 곳, 무엇보다 런던을 너무 늦게 빠져나오지 않았다는 사실을 해명할 수 있었던 곳에서는 그 지역 사람들로부터 상당한 도움을 받기도 했다. 그러나 대단히 많은 다른 사람들은 들판이나 숲에 작은 움막이나 은신처를 만들고, 구덩이나 동굴 혹은 찾을 수 있는 곳이면 어디로든 들어가 은둔자처럼 살았다. 쉽게 짐작할 수 있지만 그들은 혹독한 시련 끝에 위험에도 불구하고 다시 런던으로 돌아올 수밖에 없었다. 그런 작은 움막들이 버려진 채 발견되는 일이 자주 있었는데, 시골 사람들은 그곳에 살던 이들이 페스트로 죽어 있을 것이라고 생각해 한참 동안 그 근처에 가지 않았다. 사실 불행한 방랑자들 중 그렇게 혼자 죽는 사람이 없지는 않았다. 아무런 도움도 받지 못하고 텐트나 움막에서 죽은 사람이 발견되기도 했고, 바로 옆 울타리 문에 칼로 삐뚤삐뚤 새긴 다음과 같은 문구가 발견되는 일도 있었다. 문구로 짐작하건대, 한 사람은 살아서 도망갔거나, 아니면 한 사람이 먼저 죽고 남은 사람이 최선을 다해 그를 묻은 것 같았다.

오 비참하여라!
우리 모두 죽겠지.
애통하고, 애통한지고.

강 하류에서 선박 관련 일을 하는 사람들의 상황을 설명하며, 그들이 어떻게 오핑이라고 불리던 곳에 가로로 혹은 내 시야가 닿는 저 멀리 강 하류 풀에서부터 줄지어 서로 뱃고물을 대고 세로로 배를 세우고 있었는지 이미 말한 바 있다. 나는 그레이브센드까지 강 하류로 죽, 그리고 때로는 한참 더 아래까지 날씨와 바람을 봐가며 안전하게 배를 띄울 수 있는 곳이라면 어디든 비슷하게 배들이 늘어서 있다는 이야기를 들었다. 또 그들이 신선 식품, 닭, 돼지, 송아지 등의 식료품을 사기 위해 강가 마을과 촌락을 자주 드나들었는데도 풀에 정박해 있던 배들과 뎁트퍼드 인근 상류에 세워져 있던 배들을 제외하고는, 그렇게 배에서 지낸 누구도 페스트에 걸렸다는 이야기를 듣지 못했다.

마찬가지로 런던 브리지 위쪽에서 일하는 뱃사람들도 할 수 있는 한 강 상류로 올라갈 방법을 찾았다. 그들 중 상당수는 가족을 모두 배에 태우고 차양이라고 부르던 천으로 배를 덮고 안에는 짚을 깔아 잠자리를 마련하고는 늪지대 옆 강변을 따라 배를 대고 있다고 했다. 그들 중 몇몇은 돛으로 작은 텐트를 만들어 낮에는 강변의 텐트 아래에서 지내고 밤이 되면 배로 돌아간다고 했다. 내가 들은 바로는 버틸 식량이 있거나 인근 마을에서 뭐라도 조달할 수만 있으면 이런 식으로 지내는 사람과 배가 강변에 즐비하다고 했다. 향사(鄉士)뿐 아니라 다른 시골 사람들도 이런 경우와 다른 경우에 기꺼이 그들을 돕고자 했지만, 절대 그들을 마을이나 집에 들이려 하지는 않았다. 그렇다고 해서 그들을 욕할 수는 없는 일이다.

나는 전염병의 맹습으로 아내와 아이들이 모두 죽고 자신과 하인 둘, 그리고 가까운 친척으로서 죽은 사람들을 힘닿는 데까지 보살핀 노파 하나만 살아남은 불행한 시민 이야기를 알고 있다. 절망에 빠진 이 남자는 전염병으로 인한 사망자가 나오지 않은 인근 마을로 가서 빈집을 하나 찾은 뒤, 집 주인이 누군지 알아본 다음 그 집을 쓰기로 했다. 며칠 후 그는 짐마차를 불러 그 집으로 짐을 실어 왔다. 마을 사람들은 그가 짐마차로 마을을 지나는 것에 반대했다. 하지만 약간의 말다툼과 몸싸움 끝에 짐마차는 거리를 지나 집 문 앞에 도착했다. 그곳에서 순경이 다시 그 남자를 막고 집에 짐을 들이지 못하게 했다. 그 남자는 짐을 문 앞에 부리게 하고 마차를 돌려보냈다. 그러자 사람들이 그를 판사에게 보냈다. 정확히 말하자면 판사에게 가라고 해서 그가 판사를 찾아간 것이다. 판사는 마차를 불러 짐을 다시 싣고 가라고 했지만, 그는 거부했다. 그러자 판사는 순경에게 마부를 쫓아가 짐마차를 불러와서 짐을 다시 실어 가거나, 다른 지시가 있을 때까지 짐을 보관하고 있도록 했다. 만약 순경이 짐마차를 찾지 못하거나, 이 사내가 다시 짐을 실어 가는 것에 동의하지 않는다면 갈고리로 집 문 앞에 있는 짐을 끌어내 거리에서 태우라고 했다. 그 명령에 불쌍한 이 남자는 비통한 울음을 터뜨리고 자신의 처지를 한탄하며 다시 짐을 싸서 돌아갔다. 안타깝지만 다른 방법은 없었다. 자기 보존을 위해 사람들은 다른 때라면 하지 않을 가혹한 행동을 할 수밖에 없었다. 이 딱한 사내가 죽었는지 살았는지는 모르지만, 사람들의 말로는 당시 그가 이미 페스트에 걸린 상태였다고 한다. 어쩌면 그에게 한 행동을 정당화하기 위해 그런 소문을 냈을지도 모를 일이다. 그러나 바로 얼마 전에 가족 모두가 전염병에 걸려 죽었으니 그와 그의 소지품, 혹은 둘 모두가 위험했을 가능성은 충분하다.

나는 런던 인근 마을 사람들이 재난의 시기에 병을 피해 도망간 불쌍한 사람들에게 한 잔인한 행동 때문에 많은 비난을 받는 것을 알고 있다. 지금껏 말한 것으로 짐작할 수 있다시피 무자비한 일들이 많았던 것 같다. 그러나 자신들에게 명백한 위험이 되지 않고 도움과 자비를 베풀 여력이 있는 경우, 사람들은 피난 온 이들을 기꺼이 도우려고 했다는 사실 또한 말해야겠다. 하지만 모든 도시가 직접 스스로의 이권을 방어하고 있었으므로, 극한 상황에서 도망친 많은 불쌍한 사람들은 자주 거친 대우를 받고 다시 런던으로 쫓겨 와야만 했다. 이 때문에 런던 바깥의 지방 도시들을 비난하는 소리가 높아졌고, 비난의 소리는 유행가처럼 널리 퍼졌다.

그러나 도시마다 차이는 있지만 그 모든 대처에도 불구하고 런던에서 10마일(나는 20마일이라고 생각하지만) 이내 도시 중 가볍게든 심각하게든 간에 감염이 되지 않은 도시는 전혀 없었으며, 전염병으로 인한 사망자가 나오지 않은 곳도 없었다. 몇몇 도시의 사망자 기록을 들은 바 있는데, 이를 정리하면 다음과 같다.

엔필드	32	하트퍼드	90
혼지	58	웨어	160
뉴잉턴	17	허드슨	30
토트넘	42	월섬 애비	23
에드먼턴	19	에핑	26
바넷/해들리	43	뎁트퍼드	623
세인트올번스	121	그리니치	231
왓퍼드	45	엘섬/루섬	85
억스브리지	117	크로이던	61

브렌트 우드	70	스테인스	82
럼퍼드	109	처트시	18
바킹 애벗	200	윈저	103
브랜퍼드	432	이하 생략	
킹스턴	122		

시골 사람들이 런던 시민, 특히 가난한 사람들에게 관용을 보이지 않은 또 다른 이유가 있었다. 앞에서 잠깐 언급하기도 했는데, 감염자들에게 다른 사람을 감염시키려는 경향, 혹은 사악한 의도가 있다는 소문이 그 이유였다.

그 이유에 대해 의사들 사이에 많은 논쟁이 있었다. 어떤 의사들은 그 경향이 병의 속성이라고 주장했다. 그 속성이 병에 걸린 모든 사람에게 자신의 종족에 대한 분노와 증오를 일으켜 마치 전염의 악의가 병 자체에만 있는 것이 아니라 그 사람의 본성에도 있는 것처럼 사악한 시선과 의지로 그를 부추긴다는 것이었다. 그들은 이것이 마치 평소에는 개 중에서도 가장 온순했던 개가 광견병에 걸리면 전에는 가장 따르던 사람, 또 누구든 상관없이 다가오는 사람에게 달려들어 물어뜯는 것과 비슷한 경우라고 설명했다.

다른 의사들은 자신이 같은 종족의 다른 사람들보다 더 비참해지는 것을 견디지 못해 자신도 모르게 모든 사람이 자신처럼 불행하고 나쁜 상황에 빠지기를 바라는 타락한 인간성으로 이를 설명하기도 했다.

또 다른 의사들은 그들이 절망적인 상태에서 무슨 짓을 하는지 알지도, 생각하지도 못하고, 그 결과 자기 근처의 사람들뿐만 아니라 자신의 안전이나 위험도 고려하지 않고 행동하는 것뿐이라고 설명하기도 했다. 사실 사람이 자신을 포기하는 상황, 그래서 자신의 안전이나 위험을 생각하지 않는 상황에 놓인다면 그들이 다른 사람들의 안전에 대해 생각하지 않는 것이 이상할 것도 없다.

그러나 나는 이 심각한 토론에 사뭇 다른 의견을 제시하려고 한다. 그리고 소문이 사실이 아니라고 말함으로써 이 논쟁에 답하거나 논쟁 자체를 일소하고자 한다. 사람들의 말과는 달리 사실은 그렇지 않았다. 그런 이야기는 런던 인근 마을 사람들이 소문이 자자했던 자신들의 무자비하고 인정머리 없는 행동을 정당화하거나, 최소한 변명하기 위해 런던 시민들을 비난하며 늘어놓은 일반적인 불평에서 비롯된 것이었다. 이 불평에서 양쪽은 서로를 비난했다. 전염병이라는 재난의 시기에 자신들을 받아 줄 곳, 머물 곳이 간절히 필요했던 런던 시민들은 이동을 막고는 식솔을 데리고 짐을 진 채 다시 도시로 돌아가게 만든 시골 사람들의 잔인하고 부당한 처사를 비난했다. 시골 사람들은 자신들이 과한 부담을 진다고 느꼈으며, 런던 사람들이 자신들의 허락과 상관없이 쳐들어온다고 생각하면서 감염된 런던 시민들이 다른 이들을 배려하지 않고, 심지어 일부러 그들을 감염시키려 한다고 불평했다. 양쪽 다 온전한 사실을 전달하고 있다고, 즉 그들의 묘사가 사태를 제대로 표현하고 있다고 할 수 없다.

강제로라도 구호를 받으려 하거나 도둑질, 약탈도 서슴지 않으려는 런던 사람들에 대해 지방 사람이 자주 듣곤 했던 경고며, 그들이 병에 걸린 채 어떤 제재도 없이 거리를 다닌다거나, 감염 주택을 봉쇄하고 감염자가 다른 사람에게 병을 퍼뜨리지 못하도록 그들을 격리하는 조치가 전혀 취해지지 않았다는 소문에 대해서도 하고 싶은 말이 있다. 런던 사람들이 억울하지 않도록 밝혀 두고 싶은데, 앞서 언급한 것과 같은 특별한 상황을 제외하면 런던 시민들은 결코 그런 행동을 한 적이 없다. 소문과는 달리 철저한 관리하에 모든 일이 처리되었고, 시 전체와 교외에서는 시장과 시 의원, 외곽에서는 치안 판사들과 교구 위원의 지도하에 질서가 놀랍도록 유지되었다. 런던은 무서운 전염병 시기, 시민들이 극도의 혼란과 시련을 겪던 시기에 도시가 놀랍게 잘 통치되고 질서가 유지된 예로 전 세계 도시들의 본보기가 될 정도였다. 그러나 이 부분은 나중에 다시 더 이야기하도록 하겠다.

행정관들의 분별력이 무엇보다 빛을 발한 사안이 있는데, 그들의 공을 기리기 위해 언급해야만 되겠다. 주택 봉쇄라는 중대하고 어려운 일을 처리할 때 그들은 유연하고 융통성 있는 태도를 보였다. 앞서 말했지만, 주택 봉쇄에 대한 불만은 굉장했다. 어쩌면 당시 사람들이 토로한 거의 유일한 불만 사항이라고 해도 무방할 것이다. 건강한 사람을 병자와 같은 집에 가두는 것은 과한 처사로 생각되었고, 그렇게 격리된 사람들의 불만은 대단해서 그들의 한탄은 거리까지 들려왔다. 대개는 동정심을 불러일으켰지만, 소리가 너무 요란한 탓에 때로는 원성을 사기도 했다. 아는 사람 누구와도 창문을 통해서가 아니면 이야기할 방법이 없었기 때문에 그들은 창에서 애처로이 한탄을 늘어놓았고, 그들과 대화를 나눈 사람들, 지나가다가 그들의 사연을 들은 사람들은 그 이야기에 마음 아파했다. 그런 한탄이 자주 격리 조치의 가혹함에 대한 것, 혹은 문 앞에 배치된 감시인의 무례함에 대한 것이었기 때문에, 감시인들은 성을 내며 이를 반박하거나 거리에서서 가족들과 이야기를 나누던 사람들을 겁박하기도 했다. 그런 태도 때문에, 혹은 격리된 가족에게 부당한 짓을 한 탓에 몇몇 집에서 7~8명가량의 감시인이 목숨을 잃은 일도 있었다. 구체적인 정황을 모르기 때문에 이런 경우를 살해라고 부를 수 있을지 모르겠다. 감시인들은 분명 공적 기관에 의해 부여된 임무를 수행하며 근무 중이었다. 공무를 수행하는 관리를 죽인 것은 법적으로 응당 살해라고 할 수 있다. 하지만 행정관 혹은 그들을 임명한 다른 어떤 책임자도 그들이 감시하는 사람들, 혹은 그들을 걱정하는 다른 사람들에게 무례하고 공격적으로 굴라는 지시를 내리지는 않았다. 따라서 그들이 그런 행동을 했을 때는 임명된 자로서 임무를 수행했다기보다 개인 자격으로 멋대로 행동한 것이다. 그렇다면 부적절한 행동 때문에 불운이 발생한 경우, 그 불운은 자신이 초래한 것이라고 할 수 있다. 감시인들이 그런 평가를 받을 만한 짓을 실제로 했든 하지 않았든 간에, 그들에 대한 원성이 하도 자자해서 감시인들에게 무슨 일이 생기든 그들을 동정하는 사람은 없었다. 또 그들이 무슨 일을 겪든 모두가 이구동성으로 그런 일을 당해도 싸다고 말하곤 했다. 내 기억으로는 자신의 집을 감시하던 감시인이 어떤 봉변을 당하더라도 적어도 중대한 처벌을 받은 사람도 전혀 없었다.

봉쇄된 집을 빠져나가기 위해 사람들이 얼마나 다양한 꾀를 썼는지, 그리고 그런 방법으로 감시인을 속이거나 제압해 도망을 쳤는지는 이미 설명한 바 있으므로, 그에 대해서는 더 말하지 않겠다. 하지만 행정관들이 많은 경우 이 규칙의 적용에서 융통성을 발휘해 가족들의 고통을 줄여 주었다는 점은 말하고 싶다. 그들은 특히 환자들이 격리 병원 혹은 다른 곳으로 가는 것에 동의해 감염 주택에서 그들을 옮겨야 하는 경우, 또 봉쇄된 집에서 건강한 사람이 감염되지 않았다는 확인을 받고 다른 장소로 가서 그곳에서 규칙이 정한 대로 격리되고자 하는 경우 이를 허가해 줌으로써 가족들의 고통을 경감시켜 주었다. 또한 행정관들은 감염된 가난한 가구들의 구호, 즉 음식뿐 아니라 약과 같이 꼭 필요한 물품을 제공하는 일에도 크게 신경을 썼다. 임명된 관리들에게 필요한 명령을 내리는 것에 만족하지 않고, 시 의원들이 직접 말을 타고 자주 그런 집을 방문해 창문 너머로 제대로 구호품을 받고 있는지 확인했다. 또 생필품 중 부족한 것이 있는지, 관리들이 그들의 요청을 잘 전달하고 그들이 필요로 하는 물품들을 가져다주는지도 물었다. 그렇다는 답변이 돌아오면 별일이 없었지만, 구호품을 받지 못했다거나 관리가 임무를 잘 수행하지 않거나 그들에게 무례하게 굴었다는 항의가 들어오면 대개 관리를 해고하고 그 자리에 다른 사람을 앉혔다.

그런 항의가 공정하지 않은 경우가 있었던 것도 사실이다.

만약 잘못한 것이 없으며, 그의 말이 중상모략이라는 사실을 상관에게 설득할 수 있으면 담당자는 자리를 보전했고, 비방한 사람들은 훈계를 들었다. 그러나 이런 경우 사안의 구체적인 조사는 쉽지 않았다. 당사자들이 대면하기 어려웠고, 당시 관행에 따라 창을 통해 외치는 항의를 거리에서 듣고 답하기도 쉽지 않았기 때문이다. 따라서 담당 행정관들은 대체로 격리 가족의 입장을 우선적으로 고려해 관리를 해고하는 편을 택했다. 그편이 피해를 줄이고 최악의 결과를 막을 수 있다고 판단했기 때문이다. 관리가 억울하게 비난을 받았을 때는 그에게 비슷한 다른 임무를 맡겨 쉽게 보상할 수 있지만, 가족이 부당한 일을 겪은 경우에는 달리 보상할 길이 없는 데다 가족의 생명이 달린 문제이므로 그들이 돌이킬 수 없는 피해를 볼 수 있었기 때문이다.

앞서 이야기한, 집에서 도망치는 경우 말고도 격리 가족과 감시인 사이에는 온갖 문제가 빈번하게 발생했다. 가족들에게 그의 도움이 필요한데, 감시인들이 자리를 비우거나 술에 취해 있거나 자고 있을 때도 있었다. 그런 경우 감시인들은 태만에 대해 예외 없이 합당한 처벌을 받았다.

그러나 이런저런 조치에도 불구하고 건강한 사람을 감염자와 함께 가두는 주택 봉쇄에는 큰 문제가 있었고, 이것은 때로 대단히 비극적인 결과를 가져왔으며, 그럴 여력이 있었다면 이 문제를 재고할 필요가 있었으리라고 생각한다. 그러나 공익이 우선적인 목표였으므로 봉쇄 조치는 법으로 승인되었고, 조치를 이행하는 과정에서 개인이 입은 피해는 공익의 명분하에 묵인되었다.

전체적으로 보아 주택 봉쇄가 감염 확산 방지에 도움이 되었는지는 지금도 의심스럽다. 나는 그렇지 않다고 생각한다. 설사 엄격하게 규칙을 준수해 최대한 효율적으로 감염 주택들이 봉쇄되었다고 하더라도 전염이 최고조에 이르렀을 때 맹렬한 병세의 확산을 제어할 방법은 없었다. 물론 모든 감염자가 효과적으로 격리되어 비감염자와 접촉하지 않았다면 건강한 사람들이 감염되는 일은 없었을 것이다. 여기서는 언급만 하고 지나가겠지만 현실은 그렇지 않았다. 본인이 감염되었는지, 누구에게 감염되었는지 모르는 사람들, 겉으로 봐서는 감염 여부를 알기 어려운 사람들에 의해 병이 파악하기 어려운 상태로 퍼졌기 때문이다.

화이트채플의 한 집은 하녀가 감염되었다는 이유로 봉쇄당했다. 하녀는 붉은 반점이 있을 뿐 병증은 없었고 회복되었다. 그러나 가족들은 40일 동안 바람을 쐬기 위해서든 운동을 위해서든 집 밖으로 전혀 나갈 수 없었고, 답답함과 공포, 분노, 당혹감, 그런 부당한 일을 겪는 데서 비롯된 마음고생 때문에 안주인에게 열이 났다. 의사가 아니라고 하는데도 검사관들은 전염병이라고 주장했고, 첫 번째 격리가 며칠만 있으면 끝나는 상황에서 방문객 혹은 검사관의 보고 때문에 가족들은 처음부터 다시 격리를 시작해야 했다. 이 결정에 가족들은 대단히 분노하고 낙담했다. 게다가 이미 겪었지만, 좁은 공간에서 신선한 공기를 마시지 못하고 지내는 상황이 너무 힘들었기 때문에 가족들 대부분이 병에 걸렸다. 한 사람이 이 병에 걸리면 다른 사람은 저 병에 걸렸는데, 주로 괴혈병이었고 한 사람만 심한 복통을 겪었다. 이렇게 몇 번이나 격리가 연장된 뒤, 그들의 격리가 끝나기를 바라며 아픈 사람을 검사하기 위해 검사관과 함께 온 이런저런 사람 중 감염자가 있어 온 식구가 감염되었고, 결국 일가 모두 혹은 대부분이 죽었다. 처음 격리 당시 감염된 사람이 있어서 죽은 것이 아니라 이후 방문자가 옮긴 병 때문에 죽은 것으로, 검사관은 이런 일을 막기 위해 조심했어야 마땅하다. 이런 일이 비일비재했는데, 이는 실로 주택 봉쇄로 인해 발생한 최악의 결과 중 하나였다.

이즈음 나에게 곤란한 상황이 생겼다. 결과적으로는 그로 인해 어떤 위험도 겪지 않았지만, 처음에는 크게 걱정하고 마음의 동요를 겪었다. 포트소컨 구의 시 의원이 나를 내 거주 지역의 주택 검사관으로 임명했기 때문이다. 우리 교구는 규모가 커서 사람들은 방문객이라고 부르고, 임명자는 검사관이라고 부르는 인원이 적어도 18명은 되었다. 나는 그 직책을 맡지 않기 위해 할 수 있는 모든 노력을 기울였고, 여러 가지 이유를 들며 면직해 줄 것을 부(副)시 의원에게 요청했다. 무엇보다 나는 봉쇄에 전혀 동의하지 않으며 내 판단과 다른 일, 진심으로 목적 달성에 도움이 되지 않는다고 생각하는 일을 맡아 직책을 수행하는 것은 대단히 힘든 일이라고 주장했다. 하지만 그래서 받은 감면이라고는, 시장에게 임명받은 검사관은 두 달 동안 의무를 수행해야 하는데, 나는 나 대신 남은 기간을 근무할 자격을 갖춘 사람을 구할 수 있다면 3주일만 일해도 된다는 것이 전부였다. 이는 감면이라고 할 수도 없었다. 이런 임무를 믿고 맡길 수 있는 사람들 중에 그 제안을 받아들일 사람을 찾는 것은 대단히 어려웠기 때문이다.

나 역시 도움이 되었다고 생각하는 주택 봉쇄의 효과가 한 가지 있긴 하다. 봉쇄 조치가 없었다면 병에 걸린 채 거리를 다니며 대단히 골치 아프고 위험한 존재가 되었을 사람들이 격리되었기 때문이다. 정신 착란 상태에서 그들은 무서운 모습으로 거리를 뛰어다녔을 것이다. 실제로 전염병 초기, 주택 봉쇄로 격리되기 전 이런 사람들이 거리를 다니는 것을 자주 목격할 수 있었다. 그들은 거리를 돌아다니며 다른 사람들의 문 앞에서 구걸을 하고, 자신이 페스트에 걸렸다고 말하면서 종기를 싸맬 천을 청하기도 했다. 두 가지를 다 하는 사람도 있었고, 그 외에도 제정신이 아닌 상태에서 생각할 수 있는 온갖 행동들을 했다.

(만약 소문이 사실이라면) 올더게이트 거리 혹은 그 근방에서 명망 있는 시민의 아내인 한 귀부인이 불행히도 이런 사람들 중 하나에게 살해당했다. 그 남자는 누가 봐도 제정신이 아닌 상태로 노래를 부르며 거리를 뛰어가고 있었다. 사람들은 그냥 취한 것이라고 했지만 그 자신은 페스트에 걸렸다고 주장했고, 아마 사실이었을 것이다. 귀부인을 만난 그는 그녀에게 입을 맞추려고 했다. 남자의 터무니없는 시도에 귀부인은 식겁해 달아났다. 그러나 거리는 한산했고, 근처에 부인을 도와줄 수 있는 사람이 없었다. 그가 덮치려는

것을 보고 부인은 몸을 돌려 그를 세게 밀쳤다. 허약한 상태였던 그는 뒤로 넘어졌다. 그러나 부인이 가까이 있었기 때문에, 불행히도 그는 부인을 붙잡고 함께 넘어진 후 먼저 일어나서 그녀를 제압하고 입을 맞추었다. 극악무도하게도 그는 이런 짓을 한 후 자신이 페스트에 걸렸으니 그녀도 걸려야 한다고 말했다. 젊고 아이까지 있던 부인은 이미 충분히 놀랐지만 그가 페스트에 걸렸다는 말을 듣고는 비명을 지르며 기절 혹은 발작 상태로 쓰러졌다. 잠시 후 부인은 의식을 회복했지만, 이 일로 인해 며칠 후 죽고 말았다. 부인이 페스트에 걸렸는지는 들은 바가 없다.

또 다른 한 감염자는 어떤 시민의 집을 찾아가 문을 두드렸다. 가족들이 잘 아는 사람이었으므로 하인이 그를 들여보냈다. 주인이 2층에 있다는 말을 듣고 그 남자는 2층으로 올라가 온 가족이 저녁을 먹고 있던 방으로 들어갔다. 무슨 일인지 몰라 다소 놀란 가족들이 자리에서 일어났다. 그러나 그 남자는 가족들에게 앉으라고 한 뒤, 그저 작별 인사를 하러 온 거라고 말했다. 「무슨 일이죠, 어디로 가시는데요?」 가족들이 물었다. 「떠납니다.」 그가 대답했다. 「페스트에 걸려서 내일 밤이면 죽을 겁니다.」 가족들이 느낀 경악을 묘사하기는 어렵지만, 얼마나 놀랐을지 짐작하기는 어렵지 않다. 여자들과 아직 어린 소녀였던 주인의 딸들은 죽을 만큼 겁에 질려 벌떡 일어나서는 하나는 이 문으로 다른 하나는 저 문으로 달려갔고, 누구는 아래층으로 누구는 위층으로 도망갔다. 그리고 정신을 차리려고 애쓰며 방으로 들어가 문을 잠그고는 두려움으로 제정신을 잃은 사람처럼 창문에 대고 도와 달라고 소리쳤다. 놀라고 화도 났지만 다른 가족보다는 침착함을 유지한 주인은 흥분 상태에서 남자를 잡아 아래층으로 내려보내려고 했다. 그러나 남자의 상태와 그에게 손을 대는 행동의 위험을 떠올린 주인은 갑자기 공포에 사로잡혀 겁에 질린 사람처럼 우두커니 서 있었다. 그사이 몸처럼 정신도 병에 걸린 불쌍한 병자는 어리둥절한 모습으로 가만히 서 있었다. 마침내 그가 몸을 돌렸다. 그리고 무겁게 가라앉은 목소리로 말했다. 「모두 다 똑같군! 다들 내가 그렇게 무서운가? 그렇다면 집에 가서 죽어야지.」 그러고는 곧바로 아래층으로 내려갔다. 그를 집 안으로 들였던 하인이 초를 들고 따라갔지만, 그를 앞질러 가서 문을 열기는 무서워 그 남자가 어떻게 하는지 보기 위해 계단에 서 있었다. 남자는 내려가 문을 열고 나간 다음 휙 닫았다. 가족들은 한참이 지나서야 충격에서 벗어났다. 하지만 그로 인해 나쁜 일은 생기지 않았고, 그 이후 (짐작하다시피) 퍽 다행스러워하며 그 일을 이야기하곤 했다. 남자는 곧 돌아갔지만, 가족이 평정을 되찾고 마음 편히 위아래층으로 다닐 수 있게 되기까지는 몇 시간, 아니, 듣자 하니 며칠이 걸렸으며, 그동안 그들은 방마다 향을 피우거나 뿌리는가 하면 역청, 화약, 황을 바꿔 가며 연기를 잔뜩 피우고 옷을 빨았다고 했다. 그 불쌍한 사내가 살았는지 죽었는지는 기억이 나지 않는다.

주택 봉쇄로 병자들을 격리하지 않았다면, 열에 들뜬 상태에서 제정신을 잃고 착란 상태에 빠진 다수의 사람들이 계속 거리를 활보했을 것이라는 사실은 의심의 여지가 없다. 심지어 주택 봉쇄 조치에도 불구하고 수많은 감염자가 거리를 돌아다니며 마주치는 사람들에게 여러 가지 폭력적인 행동을 했다. 마치 달리다가 만난 누구라도 물어뜯는 미친개와 같았다. 이런 감염자 중 누구라도 병 때문에 제정신을 잃은 상태에서 여자 혹은 남자를 문다면, 물린 사람은 분명 이미 병에 걸려 증상을 보이는 사람과 마찬가지로 돌이킬 수 없이 감염되었을 것이다.

나는 한 감염자에 대한 이야기를 들었는데, 몸에 세 개의 종기가 난 그는 그로 인한 고통을 이기지 못해 셔츠를 입은 채 침대에서 나와 신발을 신고 외투를 입은 다음 뛰쳐나가려고 했다. 간호사가 그를 막아서며 외투를 낚아챘다. 하지만 그는 간호사를 밀쳐 넘어뜨린 후, 그녀를 뛰어넘어 계단을 내려가더니 거리로 나간 다음, 셔츠 차림으로 곧장 템스강 쪽으로 갔다. 간호사가 그를 쫓으며 붙잡으라고 감시인에게 소리쳤다. 그러나 감시인은 그의 모습에 겁을 먹고 그에게 손을 대는 것이 무서워 남자를 내버려 두었다. 그 덕분에 남자는 스틸 야드 잔교로 달려 내려가 셔츠를 벗어 던지고 템스강에 뛰어들었다. 수영 실력이 좋았던 그는 거의 강 건너까지 헤엄쳐 갔다. 밀물이 밀려들기 시작했고, 그는 서쪽으로 흐르는 강에서 팔콘 잔교까지 가서 그곳에서 강변으로 올라갔다. 밤인지라 사람도 없고, 벌거벗은 채 한동안 그곳을 배회하던 그는 만조 시간쯤 다시 강에 뛰어들었다. 스틸 야드까지 헤엄쳐 온 후 강가로 나와 거리를 달려 집으로 돌아온 그는 문을 두드린 다음 계단을 올라가 침대로 다시 뛰어들었다. 이런 무모한 짓을 한 뒤 그는 병에서 나았다. 팔다리를 마구 움직인 탓에 종기가 난 자리, 즉 팔과 사타구니 아래가 신전(伸展)되면서 종기가 터졌고, 차가운 강물이 핏속의 열을 식혀 준 덕이었다.

그러나 다른 사례들처럼 이 사례 역시 내가 직접 본 사실, 진실을 보장할 수 있는 사실로 기록하는 것은 아니라는 점을 덧붙여야겠다. 특히 무모한 모험 후 병이 나은 남자 이야기의 경우 나는 별로 가능한 일이라고 생각하지 않는다. 그러나 이 이야기는 병에 걸린 사람들이 했던 온갖 절박한 행동을 보여 주는 한 사례가 될 수 있을 것이다. 당시에는 착란 혹은 정신이 혼미한 상태의 사람들이 거리를 마구 뛰어다니는 일이 흔했으며, 주택 봉쇄로 격리되지 않았다면 그런 사람들이 거리에 얼마나 많았을지 알 수 없다. 나는 이것이 그렇게도 가혹한 조치로 성취한 최고의, 어쩌면 유일한 효과라고 생각한다.

그러나 그 조치에 대한 불만과 불평은 굉장했다.

핏속의 열이나 엄청난 통증 때문에 제정신을 잃은 감염자들이 그렇게 집에 갇힌 채, 혹은 자해를 방지하기 위해 필시 침대에 묶인 상태에서 내는 처연한 비명은 길을 지나던 모든 사람의 심장을 파고들었다. 그들은 그렇게 갇힌 것에 대해, 그렇지 않았다면 진작 죽었을 텐데 소위 말하듯 제 뜻대로 죽을 수도 없게 된 것에 대해 사납게 항의했다.

감염자들이 거리를 뛰어다니는 것은 실로 참담한 광경이

었다. 관리들은 이를 막기 위해 최선을 다했으나 그런 일이 대개 밤중에 갑작스럽게 벌어지곤 했으므로 그런 시도가 있을 때면 그들을 막을 사람이 없었다. 설사 감염자가 낮에 나온다고 해도 이런 일을 하라고 배치된 사람들이 감염자를 상대하려 하지 않았다. 그 정도 증상을 보일 때는 모두 심각한 상태인 것이 분명했고, 보통 환자들보다 전파력이 높을 터였으므로 그들과 접촉하는 것이 너무 위험했기 때문이다. 다른 한편, 병자들은 보통 자신이 뭘 하는지도 모르는 채 쓰러져 죽을 때까지 달리거나 더 뛸 수 없을 때까지 달리다가 의식을 잃고 쓰러진 후 30분 혹은 한 시간가량 후에 죽었다. 30분 혹은 한 시간쯤 지나 잠시 의식을 회복할 때 그들은 십중팔구 온전한 정신을 되찾곤 했는데, 제정신이 든 그들이 자신의 상황을 뼈저리게 의식하며 내는 날카로운 비명과 한탄은 실로 처연하기 이를 데 없었다. 이런 일들은 상당수 주택 봉쇄가 엄격하게 시행되기 전에 발생했다. 처음에는 감시인들이 감염자의 감시를 이후처럼 엄격하고 철저하게 하지 않았기 때문이다. 다시 말해 감시인들이, 일부 감시인들이 그랬다는 말이지만, 감시하는 사람을 도망치게 내버려 두거나 감염자든 비감염자든 간에 그들의 도망에 공모한 경우 근무 태만 혹은 의무 불이행으로 엄중히 처벌받기 전에 일어난 일들인 것이다. 그러나 자신들을 감독하기 위해 임명된 관리들이, 그들에게 의무를 수행하게 하고 태만을 처벌하기로 작정했음을 깨닫자 감시인들은 더 정확히 규칙을 적용했고, 사람들을 엄격히 격리했다. 이에 사람들은 크게 반발하며 그 상황을 견딜 수 없어 했는데, 그들의 원성은 다 묘사하기 어렵다. 하지만 시의적절하게 다른 조치가 시행되지 않는 한 주택 봉쇄는 피할 수 없는 조치였고, 다른 방법을 쓰기에는 이미 늦은 상태였다는 사실을 인정하지 않을 수 없다.

당시 우리와 같은 상황에서 그런 증상을 보인 감염자들을 격리하지 않았다면 런던은 세상에서 가장 끔찍한 장소가 되었을 것이며, 집에서 사망한 사람만큼 많은 사람이 거리에서 죽었을 것이다. 병증이 최고조에 이르면 사람들은 보통 제정신을 잃고 착란 상태에 빠졌으며, 그런 상태에서는 강제가 아니고서는 그들이 침대에 누워 있게 할 방법이 없었다. 묶지 않은 감염자들 중 상당수가 집 밖으로 나갈 수 없다는 사실을 깨달으면 창밖으로 몸을 던졌다.

이 재난의 시기 동안 서로 대화를 나누기 어려웠으므로, 누구라도 다른 가족들이 겪은 온갖 기구한 사연을 아는 것은 불가능한 일이었다. 특히 오늘날까지도 착란 상태에서 얼마나 많은 사람이 템스강과 해크니 옆 늪지대에서 시작되는, 웨어강 혹은 해크니강이라고 불리는 강에 몸을 던져 죽었는지 알려진 바가 전혀 없다. 주간 사망 주보에 적힌 수는 매우 적었다. 그들의 익사가 사고인지 아닌지도 전혀 알려지지 않았다. 그러나 내 지식과 관찰에 근거해 나는 그해 사망 주보에 기록된 전체 익사자 수보다 더 많은 수가 물에 빠져 죽었을 것으로 생각한다. 물에 빠져 실종된 것으로 알려진 사람들 중 다수의 시신이 끝까지 발견되지 않았기 때문이다. 다른 방법으로 자살한 경우도 마찬가지다. 화이트크로스 거리 혹은 그 근처에 사는 한 남자는 침대에 불을 질렀는데, 혹자는 그가 직접 불을 질렀다고 했고, 다른 사람은 그를 돌보던 간호사가 의무를 저버리고 한 짓이라고 했다. 그러나 그가 페스트에 걸린 상태였다는 점에는 모두가 동의했다.

다른 한편, 나는 그해 여러 번 화재가 일어나지 않은 것, 적어도 큰 규모의 화재가 일어나지 않은 것은 신의 자비 덕이라고 생각한다. 그렇지 않았다면 상황은 실로 처참했을 것이다. 사람들은 홀로 화마에 휩싸이든지 아니면 대규모 인파가 몸을 피해, 들어간 집이며 만진 물건들, 함께 모인 사람들의 상태에 대한 고려 없이 감염 위험에도 불구하고 한데 모였을 것이다. 그러나 크리플게이트 교구에서 발생한 화재와 곧 진화된 다른 두세 건의 화재 외에 그해 내내 다른 화재는 없었다. 사람들에게 들은 이야기인데, 올드 거리가 거의 끝나는 곳에서 고스웰 거리를 지나 세인트존 거리로 이어지는 곳에 있는 스완 앨리의 어느 집에서 한 가족이 무서운 속도로 감염되어 모두 죽었다고 했다. 마지막으로 죽은 사람은 바닥에 쓰러져 있었는데, 불이 나기 직전 쓰러져 죽은 것 같았다. 불씨는 벽난로에서 떨어진 모양인데, 집이 목조 건물인지라 바닥과 바닥에 연결된 들보로 옮겨붙고 시체 근처까지 번졌다. 그러나 속옷만 걸치고 있던 시체에는 옮겨붙지 않았고, 저절로 꺼진 덕에 작은 나무 집이었는데도 집의 나머지 부분은 피해를 입지 않았다고 했다. 이 이야기가 어디까지 사실인지 나로서는 판단하기 어렵다. 그러나 다음 해 화재로 도시가 큰 고통을 겪은 것과 달리 그해에 화재로 인한 피해는 거의 없었다.

이미 설명한 것처럼 고통 때문에 제정신을 잃은 사람들이 광기에 사로잡혀 저지른 온갖 극단적인 일들을 생각할 때, 화재와 같은 사고가 더 일어나지 않은 것은 무척 신기한 일이다.

사람들이 내게 자주 질문하는 것이 하나 있었다. 감염된 집들이 그렇게 엄격하게 검사를 받고 빠짐없이 봉쇄되었으며 감시를 받았는데, 어떻게 그렇게 많은 감염자가 동시에 거리를 활보할 수 있었냐는 것이다. 이 질문에 대한 명쾌한 답은 결코 알지 못한다.

그러나 내가 제시할 수 있는 유일한 한 가지 답은 런던이 워낙 크고 인구가 많은 도시이기 때문에 감염 주택을 즉시 발견하고 빠짐없이 봉쇄하는 것은 불가능했으며, 그 결과 사람들이 모르는 한 감염 주택의 거주자들은 거리를, 심지어 원하는 대로 자유롭게 다닐 수 있었으리라는 것이다.

몇몇 의사들이 시장에게 말했던 것처럼 일정 시기 동안 전염병의 기세가 매우 사납고 감염 속도가 대단히 빨랐으며 사람들이 너무 금방 죽었기 때문에, 누가 감염자이고 누가 비감염자인지를 조사해 규칙대로 그들을 격리하는 것은 불가능할 뿐만 아니라 효과도 없는 일이라는 점을 부인하기 어려웠다. 한 거리의 주택 대부분이 감염되고, 주택 중 몇 곳에서는 거주자 전원이 감염된 곳도 많았다. 무엇보다 어떤 집에서 감염자가 나왔다는 사실이 알려질 때쯤이면 감염자 대부분이 굳은 시체로 발견되었고, 남은 사람들은 집에 갇힐 것이 두려워 도망친 후였다. 따라서 이런 집들을 감염 주택으로 지정해 봉쇄하는 효과는 실로 미미했다. 어떤 식으로든 그 집이 감염되었다는 사실이 알려지기 전에 병은 이미 그 집을 덮치고 지나간 후였기 때문이다.

이렇게 퍼지는 전염병을 막는 것은 관리들 혹은 그 어떤 인간적인 방법이나 정책의 힘으로 가능한 일이 아니었으므로, 합리적인 사람이라면 이런 식의 주택 봉쇄가 전혀 소기의 목적을 달성할 수 없다는 점을 충분히 이해할 것이다. 실제로 주택 봉쇄 정책 때문에 그렇게 격리되어 갇힌 가족들이 감내했던 막중한 고통을 상쇄할 만한 공익은 없었던 것으로 보인다. 그 가혹한 조치를 감독하는 자리에 임명된 기간 동안 나는 봉쇄 조치가 소기의 목적에 부합하지 않는 경우를 자주 보았다. 예를 들어 검사관 혹은 방문객 신분으로 감염된 몇몇 가구의 상황을 조사할 때, 분명 감염자가 나온 집안의 가족 일부가 도망치지 않은 경우는 거의 없었다. 담당 관리들은 이런 상황에 분노하며 검사 혹은 조사가 제대로 이루어지지 않았다고 검사관을 비난했다. 그러나 이는 그 사실이 알려지기 한참 전에 그 집이 감염되었다는 것을 의미할 뿐이었다. 나는 이 위험한 소임을 맡아 예정된 기간인 두 달의 절반밖에 일하지 않았다. 하지만 이는 문에서 질문을 하거나 이웃들을 면담하는 방식으로는 어떤 가족의 진짜 상황을 결코 파악할 수 없다는 사실을 알기에 충분한 시간이었다. 검사를 위해 집집마다 수색하는 것은 어떤 권위를 가지고 있다 해도 거주자들에게 강요할 수 없는 일이었고, 어떤 시민도 수행하고 싶어 하지 않을 업무였다. 그랬다가는 틀림없이 감염과 죽음에 노출될 테고, 자신뿐만 아니라 가족들까지 파멸로 몰아넣게 될 것이기 때문이다. 그렇게 위험한 일까지 해야 한다면 어떤 정직한, 혹은 신뢰할 만한 시민도 도시에 남지 않았을 것이다.

가족이나 이웃에게 묻는 것 이외에는 다른 조사 방법이 없고, 이런 면담은 그다지 신뢰할 만하지도 않은지라 이미 말한 것처럼 실태 파악은 언제나 미진할 수밖에 없었다.

물론 한 집안의 가장은 집에 누구든 병자가 나오면, 그러니까 감염 증상을 보이는 사람이 있으면 발견 후 두 시간 이내에 자신이 거주하는 지역의 검사관에게 그 사실을 알려야 한다는 규칙이 있었다. 그러나 그들은 규칙을 지키지 않을 온갖 방법과 변명을 찾아냈고, 병자든 아니든 간에 도망가기를 원하는 사람이 모두 집을 빠져나가기 전에 감염 사실을 통고하는 일은 거의 없었다. 이런 상황에서 주택 봉쇄가 감염 전파를 막을 신뢰할 만한 방법이 될 수 없다는 것은 쉽게 알 수 있는 일이다. 앞에서도 말했지만 감염된 집에서 빠져나간 사람들 다수는, 본인은 건강하다고 생각했을지 몰라도 실은 감염자들이었다. 그들 중 일부는 거리를 걷다가 쓰러져 죽었는데, 마치 총에 맞은 것처럼 일격에 병의 급습을 받은 것이 아니라 한참 전부터 핏속에 있던 병이 조용히 주요 장기들을 파괴하다가 결정적으로 심장을 공격해 갑자기 기절하거나 발작을 한 순간 환자가 죽음을 맞은 것이었다.

나는 어떤 사람들이, 심지어 몇몇 의사들도 한동안 거리에서 그렇게 죽은 사람들이 번개라도 맞은 듯, 그 순간 무슨 날 벼락이라도 맞은 듯 병의 공격을 받은 것으로 생각했다는 것을 안다. 그러나 이후 그들은 그런 의견을 바꿀 근거를 찾았다. 그렇게 죽은 사람들의 시신을 검시하면 언제나 생각한 것보다 오래 그들이 감염 상태에 있었음을 보여 주는 흔적이나 다른 명백한 감염의 증거들이 있었기 때문이다.

이미 말한 것처럼 이런 이유 때문에 검사관들은 자주 집을 봉쇄하기에는 이미 너무 늦은 시점까지, 때로는 남은 식구들이 모두 죽을 때까지 감염 주택을 발견하기 어려웠다. 페티코트 레인에 있는 두 채의 집에서 동시에 감염자가 나왔고, 여러 사람이 병에 걸렸는데, 사람들이 그 사실을 어찌나 잘 숨겼던지 내 이웃이었던 검사관은 거주자들이 다 죽었으니 시신을 거두기 위해 시체 수레를 보내라는 연락이 올 때까지 감염 사실을 알지 못했다. 두 집의 가장들은 합심하여 계획을 세웠고, 인근에 검사관이 나타나면 보통 둘 중 하나가 나와 검사관의 질문에 답했다. 다시 말해 서로를 위해 거짓말을 해준 것이다. 또 몇몇 이웃 사람에게, 결국 사망자가 나와 더는 비밀을 지킬 수 없을 때까지 두 가족들이 건강하다고 혹은 잘 모르겠다고 대답하도록 부탁해 두었다. 밤중에 두 집으로 시체 수레가 불려 왔고, 그래서 두 집의 감염 사실이 알려졌다. 그러나 검사관이 순경에게 두 집의 봉쇄를 명했을 때 남아 있는 사람은 셋뿐이었다. 한 집에는 2명, 다른 집에는 거의 죽기 직전인 또 다른 1명, 그리고 각 집마다 간호사가 1명씩 있었다. 간호사들에 따르면 두 집에 감염자가 나온

지 9~10일이 되었으며, 이미 5명을 묻었고, 적지 않은 수의 나머지 가족들 중 일부는 병에 걸리고 일부는 괜찮거나 혹은 감염 여부를 알 수 없는데, 모두 떠났다고 했다.

같은 거리의 또 다른 집 가장은 가족이 감염되었지만, 주택 봉쇄를 당하고 싶지 않아서 감염 사실을 숨기다가 더 이상 숨길 수 없게 되자 자기가 직접 집을 봉쇄했다. 문 앞에 〈하느님 자비를 베푸소서〉라고 적힌 크고 붉은 십자가를 세워 검사관을 속인 것이다. 구역마다 2명의 검사관이 있었으므로, 그는 다른 검사관이 순경을 시켜 그것을 세웠다고 생각하도록 했다. 이런 방법으로 그 가장은 감염 주택임에도 불구하고 결국 들통이 날 때까지 자유롭게 집 안팎을 드나들었다. 그리고 속임수가 드러났을 때 병에 걸리지 않은 그의 가족들과 하인들은 집을 떠나 도망쳤으므로, 결국 그들은 전혀 봉쇄를 겪지 않았다.

이미 말한 것처럼, 이런 경우들 때문에 사람들이 봉쇄에 대해 불만이 없고 감염을 발견하자마자 관리에게 정직하게 그 사실을 알리고 기꺼이 그 조치에 협조하지 않는 한 주택 봉쇄로 병의 전파를 막는 것은 불가능하지 않을지는 몰라도 대단히 어려운 일이었다. 그러나 사람들에게 그런 협조를 기대할 수 없었고, 설명한 것처럼 검사관이 집 안으로 들어가 조사할 수도 없었기 때문에 주택 봉쇄의 기대 효과는 실현될 수 없었다. 감염 사실을 숨길 수 없는 가난한 사람들이나 병으로 인한 공포와 당황 때문에 감염 사실이 드러난 소수의 사람들을 제외하고 제때 봉쇄가 이루어진 집은 거의 없었다.

나 대신 일할 사람을 구하자마자 나는 그 위험한 임무를 그만두었다. 약간의 돈을 주고 그 일을 맡을 사람을 구했는데, 그 덕에 지정된 2개월이 아니라 3주일을 넘기지 않고 그 일을 그만둘 수 있었다. 그러나 그 기간이 내가 사는 쪽 시의 경계 지역에서 병이 무서운 기세로 퍼지던 8월이었음을 생각한다면 그것도 꽤 긴 시간이었다.

그 일을 수행하는 동안 나는 사람들을 자기 집에 가두는 방침에 대한 내 의견을 이웃들에게 허심탄회하게 토로했다. 우리는 시행된 조치의 가혹함을 분명히 볼 수 있었고, 그 자체로도 중대한 문제가 있지만 무엇보다 그 조치가 소기의 목적을 달성하지 못한다는 점 때문에 주택 봉쇄에 반대했다. 앞서 말했듯이 감염된 사람들이 매일 거리를 활보했기 때문이다. 우리는 모두 건강한 사람이 감염 가옥에서 감염자와 함께 격리되어 지내는 것에 동의하며 집에 남겠다고 요청하는 경우가 아니라면 건강한 사람을 병자로부터 분리하는 것이 여러 가지 점에서 훨씬 더 합리적일 것이라고 의견을 모았다.

건강한 사람을 병자로부터 분리하자는 우리의 제안은 감염자가 나온 집에 적용되는 것이다. 환자의 격리는 봉쇄라고 할 수 없다. 착란 상태 혹은 정신이 혼미한 상태라면 격리의 부당함에 항의하겠지만, 정신이 온전하고 판단력이 있다면 거동이 어려운 병자들은 격리에 반대하지 않을 것이다. 그러나 우리는 건강한 사람을 집에서 내보내는 것은 대단히 합리적이고 합당한 조치라고 생각한다. 그들은 자신을 위해 병자와 떨어져 지낼 필요가 있으며, 다른 사람의 안전을 위해 자신이 건강한지, 다른 사람을 전염시키지 않는지 확인하기 위해 한동안 다른 사람들과 떨어져 지내야 한다. 그 기간은 20~30일이면 충분할 것이다.

이런 반(半)격리 상태를 시행할 사람들에게 그 목적하에 머무를 집이 제공된다면, 그들은 자기 집에서 감염자와 갇혀 지내는 것보다 격리로 인한 피해가 훨씬 적다고 생각할 것이다.

이 지점에서 사망자가 너무 많아지자 사람들은 전처럼 서로를 위해 조종을 치거나 애도를 하거나 울거나 상복을 입을 수도 없었고, 죽은 사람들을 위한 관조차 만들 수 없게 되었음을 말해야겠다. 그리고 얼마 후 감염자 수가 실로 무서운 기세로 늘어나자 주택 봉쇄는 완전히 중단되었다. 병이 걷잡을 수 없는 기세로 퍼졌기 때문에 백약이 무효라 이런 처방도 소용이 없었던 것이다. 다음 해 대화재가 무섭게 번지며 도시를 태워 절망에 빠진 시민들이 불을 끄려는 노력을 포기했을 때처럼, 전염병 역시 그 무서운 기세에 시민들은 마침내 자포자기한 것처럼 두 손을 놓고 멍하니 서로를 바라보고만 있었다. 도시 전체가 텅 빈 것 같았고, 집들은 사는 사람 없이 비어 있어 봉쇄할 필요도 없었다. 빈집이라 닫을 사람이 없는 탓에 문은 열려 있었고, 창문들은 바람에 덜컹거렸다. 한마디로 사람들은 공포에 무릎을 꿇고 그 어떤 규제와 구제 방책도 소용이 없다고, 희망은 없고 오직 절망뿐이라고 생각하기 시작했다. 그러나 바로 이런 절망의 한가운데서 병이 시작될 때만큼이나 갑작스럽게 주님의 손길이 전염병의 기세를 누그러뜨리면서, 병은 주님의 주관이며 인간의 노력이 완전히 쓸모없는 것은 아니더라도 인간의 노력을 넘어선 것임을 입증했다. 이에 대해서는 적당한 때 다시 이야기하려 한다.

아직은 병이 모든 것을 파괴할 듯 절정에 달했던 때, 전례 없는 환난을 겪으며 이미 말한 것처럼 사람들이 절망에 빠져 있던 때에 대해 더 말해야겠다. 극심한 병의 고통 속에서 흥분한 사람들이 저지른 광적인 행동들은 믿기 어려울 정도였다. 다른 부분과 마찬가지로 이 부분 역시 가슴 아픈 이야기이다. 거의 벌거벗은 남자가 집, 필시 침대에서 뛰쳐나와 거리로 달려가는 모습, 여러 도로와 골목, 공터가 교차해 사람들로 붐비는 화이트채플 부처 로의 해로 앨리에서 뛰어나오는 모습을 보는 것보다 더 인간의 반성 능력을 자극하고 영혼에 깊은 인상을 남기는 일이 있을까? 이 가엾은 남자가 춤추고 노래하고 온갖 기이한 몸짓을 하면서 대로로 달려오는 모습을 보는 것, 5~6명의 여자와 아이들이 그를 부르고 제발 돌아오라고 소리치며, 그를 붙잡아 달라고 다른 사람들에게 애원하면서 그 뒤를 따라 뛰는 것을 보는 것보다 마음 아픈 일이 있겠는가. 아무도 감히 그 사람에게 가까이 가거나 손댈 엄두를 내지 못했기 때문에 이런 애원은 부질없는 것이었는데도.

내 집 창문에서 이 모든 광경을 보며 나는 처연하고 슬픈 마음을 가눌 수 없었다. 이미 형언할 수 없는 고통을 겪고 있던 이 불쌍한 남자의 몸에는 찢거나 곪아 터뜨릴 수 없는, 사람들이 혹이라고 부르던 종기가 둘 있었다. 종기를 터뜨릴 생각으로 의사들이 그 위에 강한 부식제를 붙인 것 같았는데, 달리는 내내 그는 달군 쇳덩어리처럼 그의 살을 태우는 이 부식제를 붙이고 있었다. 이 딱한 남자가 어떻게 되었는지는 모른다. 그러나 아마 쓰러져 죽을 때까지 그렇게 계속 거리를 뛰어다녔을 것이다.

도시의 풍경이 황량했던 것은 놀라운 일이 아니다. 도시의 우리 쪽 끝에서 나오던 거리의 인파가 줄어들었고, 거래소는 아직 폐쇄되지 않았지만 더는 북적이지 않았으며, 태우고 있던 거리의 불도 꺼졌다. 갑작스레 쏟아진 폭우에 꺼진 지 거의 며칠이나 되었다. 그 불에 대해서는 할 말이 더 있다. 몇몇 의사들은 불을 피우는 것은 도움이 되지 않을 뿐 아니라 오히려 건강에 해롭다고 주장했다. 그들은 목청을 높여 시장에게 불만을 전하며 자신들의 주장을 내세웠다. 한편, 또 다른 저명한 의사들은 이 의견에 반대하며 불을 피우는 것이 어떻게 전염병 전파 감소에 도움이 되었으며, 이후에도 도움이 될 수 있는지 주장했다. 양쪽의 주장을 모두 옮길 수는 없지만 그들이 서로를 거세게 비판했던 것은 기억한다. 어떤 사람은 불을 피우는 것에 찬성하며, 그러나 그 불은 석탄이 아니라 나무, 그것도 테레빈유 향을 강하게 뿜는 특별한 종류의 전나무 혹은 삼나무여야 한다고 주장했고, 또 다른 사람들은 나무가 아니라 황이나 역청 성분을 가진 석탄을 태워야 한다고 주장했으며, 어떤 쪽을 특별히 지지하지 않는 사람들도 있었다. 결과적으로 시장은 불을 계속 피우라고 명령하지 않았다. 무엇보다 전염병의 기세가 너무 사나워 병세를 막거나 감소시키려는 어떤 시도도 소용이 없었고, 환자는 늘어만 갔기 때문이다. 그러나 행정관들이 손을 놓은 것은 임무를 회피하거나 신경을 쓰고 싶지 않아서, 혹은 전염병에 자신을 노출하고 싶지 않아서라기보다는 어떤 조치도 효과가 없는 상황 때문이었다. 사실 그들은 몸을 사리지 않았지만 그 무엇도 효과가 없었기 때문에 전염병은 걷잡을 수 없이 퍼졌고, 사람들은 이제 겁을 먹고 극도의 두려움에 사로잡혀 자포자기의 상태, 앞에서도 말한 것처럼 절망에 사로잡힌 상태가 되었다.

그러나 여기에서 사람들이 절망에 사로잡혀 있었다고 할 때, 그것은 일반적인 의미에서의 종교적 절망 혹은 사후의 영원한 절망을 의미하는 것이 아니라 병을 피할 수 없을 것이라는 절망, 전염병에서 살아남을 수 없을 것이라는 절망감이었다는 사실을 밝혀야겠다. 전염병의 기세가 너무나 사나운 최악의 시기였던 8월과 9월에 병에 걸린 사람들은 거의 살아남지 못했기 때문이다. 게다가 앞서 말한 것처럼, 병에 걸려도 핏속에 독이 있는 채로 제법 버티다가 죽은 6월과 7월, 그리고 8월 초의 일반적 경향과는 달리 8월의 마지막 2주일과 9월의 첫 3주일 동안 병에 걸린 사람들은 대부분 길면 2~3일 만에 죽었고, 걸린 그날 죽은 사람도 많았다. 삼복더위 또는 점성술사들의 말처럼 큰개자리의 불길한 영향 때문이었는지, 아니면 전부터 감염된 상태였다가 그때 갑자기

한꺼번에 병증이 다 발현된 것인지는 모르겠다. 그러나 보고에 따르면, 이 시기에는 하룻밤에 3,000명이 죽었다. 더 자세히 관찰한 것처럼 말하고 싶었던 사람들은 감염자들이 모두 두 시간 사이, 즉 새벽 1시에서 3시 사이에 죽었다고 떠들기도 했다.

이전과 비교해 급사하다시피 죽는 경우가 이 시기에 하도 많아서 내 이웃 중에서도 그런 사람들을 몇 명이나 예로 들 수 있다. 우리 집에서 멀지 않은 곳, 성문 밖에 있는 한 집은 식구가 10명이었다. 월요일까지만 해도 다 괜찮은 것 같았는데, 그날 저녁 하녀 하나와 수습공 하나가 병이 나더니 다음 날 아침에 죽고, 아이들 둘이 병에 걸려 같은 날 저녁에 죽은 뒤, 또 다른 둘이 수요일에 죽었다. 이런 식으로 토요일 낮까지 주인 부부, 4명의 아이와 4명의 하인이 모두 죽어 멀지 않은 곳에 사는, 아직 병에 걸리지 않은 그 일가의 형을 대신해 물건을 수습하러 온 노파 하나를 제외하면 집에는 아무도 없었다.

당시에는 가족들이 모두 죽어 황량하게 버려진 집들이 많았다. 성문 밖 같은 쪽에서 조금 더 멀리 떨어진 골목, 모세와 아론이라는 표지판 쪽으로 들어가는 골목에 집이 몇 채 있었는데, (사람들의 말로는) 그 집들 전체에서 살아남은 이가 한 명도 없다고 했다. 그 집들에서 마지막으로 죽은 몇몇은 매장을 위해 실려 가기 전까지 꽤 오랫동안 방치되어 있었다고 한다. 그러나 그 이유는 전혀 근거 없는 어떤 기록에서 주장하는 것처럼 죽은 사람을 묻을 생존자가 없어서가 아니라,

그 지구 혹은 골목 사람들이 너무 많이 죽어서 매장꾼이나 묘지기에게 매장할 시신이 있다는 연락을 할 사람이 없었기 때문이다. 이런 시신 중 일부는 너무 부패가 심해 운반이 어려웠다고 하는데, 이런 말이 얼마나 사실인지는 모르겠다. 수레가 큰길의 골목 입구까지밖에 갈 수 없었으므로 시체를 실어 내오기가 훨씬 더 어려웠을 것이다. 시체가 몇 구나 방치되어 있었는지 확실하지는 않지만, 그렇게 많지는 않았을 것이라고 생각한다.

앞서 말했듯이, 이 당시 사람들은 절망으로 자포자기한 상태였고, 이 때문에 3~4주일 동안 사람들 사이에 기이한 현상이 나타났다. 겁이 없어지고 대담해진 사람들은 서로를 피해 집 안에만 있지 않고 자유롭게 돌아다니며 서로 대화를 나누었다. 상대의 건강을 묻지도 않고, 자신의 상태를 말하지도 않았다. 병에 걸렸든 걸리지 않았든 모두 죽을 것이 확실하다고 생각해 체념한 탓에 어디든 가고 누구든 만났던 것이다.

이렇게 서로를 만나기 시작하면서 놀라울 정도로 많은 사람들이 교회로 몰려들었다. 그들은 가까이 혹은 멀리에 누가 앉는지, 주변에서 어떤 악취가 풍기는지, 회중이 어떤 상태인지 더 이상 신경 쓰지 않았다. 모두를 죽은 것이나 다름없는 송장으로 보았으며, 삼가는 법 없이 교회에 와서 그곳에 온 이유와 비교하면 목숨 같은 건 전혀 중요하지 않은 것처럼 사람들과 어울렸다. 교회에 오기 위해 그들이 보인 열정과, 설교에 귀를 기울이며 그들이 보인 간절함과 정성은 사람들이 교회에 올 때 매번 그것이 마지막 예배라고 생각하면 하느님을 섬기는 그 시간을 얼마나 소중히 여기게 될지를 여실히 보여 주었다.

이 시기에는 다른 주목할 만한 현상도 있었다. 교회에 온 사람들은 연단에서 누구를 발견하든 어떤 편견이나 거리낌도 느끼지 않았다. 그렇게 많은 사람이 희생된 무서운 재앙에서 교회 목사들 역시 상당수 죽었을 것이 틀림없다. 몇몇은 연단에 설 용기를 내지 못하고 도망갈 방법이 있으면 시골로 몸을 피했다. 그러므로 당시 여러 교구의 교회가 버려진 채 비어 있는 상태였고, 사람들은 몇 년 전 〈통일법〉이라는 이름의 법령 아래 생계를 박탈당한 비국교도 목회자들을 부르는 것을 조금도 꺼리지 않았다. 교회 목사들도 이런 경우 비국교도 목회자의 도움을 받아들이는 것을 문제 삼지 않았다. 이런 연유로 침묵의 목사로 불렸던 비국교도 목회자 다수가 이 시기에 말문을 열고 공개적으로 설교를 했다.

여기에서 우리가 관찰할 수 있는 한 가지 사실은, 이런 언급이 부적절한 것이 아니기를 바라는데, 죽음이 눈앞에 있을 때 건강한 신앙을 가진 이들은 서로 화해한다는 것이다. 또 우리가 지금처럼 화해를 멀리하고 갈등을 키우며 이간질을 계속하고, 편견을 갖고 기독교의 통합과 자비가 깨진 분란 상태를 지속하는 것은 무엇보다 인생이 평탄하기 때문이라는 것이다. 페스트가 다시 돌면 이 모든 갈등이 해소될 것이다. 죽음을 혹은 죽을 위험이 있는 병을 지척에서 겪으면 서로 미워하는 성격은 누그러지고 반목도 사라져서, 우리는 전에 보던 것과 다른 눈으로 사물을 보게 될 것이다. 국교회 신도들이 이 시기에 다른 종파와 화해하고 비국교도 목사들이 자신들에게 설교하는 것을 받아들인 것처럼 말이다. 고집스러운 편견을 고수하며 영국 국교회에서 분리되어 나갔던 비국교도 목사들도 이제 기꺼이 교구 소속 교회에 와서 과거 인정하지 않았던 예배 방식을 따랐다. 그러나 병의 공포가 잦아들자, 이런 상황도 다 이전의 덜 바람직한 상태로 돌아가고 말았다.

그러나 나는 역사의 일부로 이 일을 언급할 뿐이며, 어느한 편 혹은 양편 모두를 더 우호적인 협력 관계로 만들기 위해 설득할 생각은 전혀 없다. 그런 설득은 적절하지도 않고 성공하기도 어렵다고 생각한다. 종파 간 차이는 작아지기보다 커지는 것 같고 점점 더 커질 것만 같다. 내가 누구라고 어느 쪽에든 영향을 줄 수 있겠는가? 그러나 이 점만은 다시 한번 말해 두고 싶다. 죽음을 눈앞에 두면 우리는 모두 화해하게 될 것이다. 무덤 너머에서 우리는 모두 다시 형제가 될 것이다. 어떤 종파에 속해 있건 천국에서는 우리가 그 어떤 편견이나 거부감도 갖지 않기를 희망한다. 그곳에서 우리는 같은 신앙과 믿음을 가질 것이다. 아무 망설임 없이 가장 완벽한 조화와 사랑을 느끼며 서로 손을 잡고 가슴을 열 그곳으로 우리는 왜 손을 잡고 함께 가지 못하는 것인가? 왜 이곳에서 그렇게 할 수 없는지 나로서는 답할 수 없다. 이 문제를 더 거론할 마음도 없다. 그러나 이는 개탄스러운 일이다.

이 끔찍한 시기의 시련을 한참 더 이야기하면서 매일 우리가 본 것들, 병에 걸린 사람들이 착란 상태에서 했던 무시무시한 기행들을 더 말할 수도 있다. 거리에 끔찍한 광경이 더 많아지고, 가족들이 서로에게 두려운 존재가 되던 날들에 대해. 그러나 앞에서 이미 침대에 묶인 한 남자가 도망칠 방법을 찾지 못해 하필 손 닿는 곳에 있던 초로 침대에 불을 붙여 그곳에 누운 자신을 태운 일을 이야기하지 않았던가. 또 견딜 수 없는 고통 때문에 다른 한 남자가 어떻게 벌거벗고 거리에서 노래하고 춤추며 자신이 무슨 짓을 하는지도 모르고 온갖 기행을 저질렀는지도. 이런 것들을 말한 후 무엇을 더 이야기할 수 있을 것인가? 무엇으로 그 겹겹의 시련을 더 완벽히 전하고 독자에게 이 시기를 더 생생하게 보여 줄 수 있을 것인가?

이 시기 동안 정말 두려웠으며, 때로 결심이 흔들렸고 처음의 용기를 유지할 수 없었다는 사실을 고백해야겠다. 사람들은 극한 상황을 피해 멀리 도망쳤지만 나는 집 안으로 피신했다. 앞서 이야기한 것처럼 바람을 쐬러 나갔다가 배로 블랙월과 그리니치에 가긴 했지만, 그 이후에는 이전에 2주일 동안 그랬던 것처럼 거의 밖에 나가지 않고 집에만 있었다. 이미 말했지만 여러 번 시내에 남겠다는 만용을 부려 형과 형 가족을 따라 떠나지 않은 것을 후회했다. 그러나 이제는 너무 늦었다. 한동안 집에 틀어박혀 있다가 더는 참지 못하고 외출을 나가기도 전에, 앞서 말한 것처럼 시 당국자들이 그 혐오스럽고 위험한 직책을 맡기는 바람에 다시 바깥출입을 해야 했다. 그러나 그 기간도 끝났기 때문에 무서운 감염세가 지속되던 동안 나는 다시 칩거하여 열흘에서 열이틀 이상 계속해서 집에만 있었다. 그 기간에 나는 방 창문을 통해 바로 내가 사는 그 거리에서 일어나는 처참한 광경을 숱하게 목격했다. 무엇보다 해로 앨리에서 고통에 못 이겨 춤추고 노래하며 뛰어오는 남자를 보았고, 같은 곳에서 벌어진 다른 많은 비참한 광경도 보았다. 해로 앨리의 그쪽 끝에서는 낮이고 밤이고 하루도 이런저런 우울한 사건 없이 지나가는 날이 없었다. 해로 앨리는 가난한 사람들이 사는 곳으로, 그들 대부분은 도살업에 종사하거나 도살업 관련 직종에 종사했다.

때로는 사람들이 그 골목에서 비명과 울음, 서로를 부르는 소리 등이 뒤섞인, 들어도 무슨 뜻인지 알 수 없는 무시무시한 소리를 지르며 몰려나오기도 했다. 대부분 여자들이었다. 밤에는 거의 항상 시체 수레가 골목 끝에 서 있었다. 골목 안으로 들어가면 수레를 돌리기 어려웠고 가더라도 조금밖에 들어갈 수 없었기 때문에 수레는 그곳에서 시체를 실어 가기 위해 서 있었다. 교회 묘지가 가까웠으므로 수레는 시체를 가득 채워 떠난 후, 곧 다시 돌아와 대기했다. 아이들과 친구들의 시체를 수레까지 실어 오며 사람들이 내는 무시무시한 울부짖음을 묘사하는 것은 불가능한 일이다. 시체 수를 보면 골목에 남은 사람이 하나도 없다고, 혹은 작은 도시 하나를 이루기에 충분한 사람이 그곳에 살고 있었다고 생각할 정도였다. 몇 번인가 그들은 〈살인이야〉, 때로는 〈불이야〉 등의 소리를 지르기도 했다. 그러나 이것이 착란 상태에서 나온 말이며, 절망에 빠진 병자들이 내지르는 소리라는 것을 쉽게 짐작할 수 있었다.

당시에는 어디든 비슷한 상황이었을 것이다. 6~7주 동안
전염병이 지금까지 묘사한 그 어떤 상황보다 심각하게 퍼졌
고, 최악의 상황에서는 행정관들의 공을 기록하기 위해 내가
여러 번 묘사한 질서가 무너질 지경에 이르렀다. 즉 거리에
시체를 방치하면 안 되고, 낮에는 매장을 할 수 없다는 규칙
까지 무너질 지경이 되었던 것이다. 비록 그 기간이 길지는
않았지만, 이런 극한 상황에서는 규칙을 지킬 수 없는 불가
피한 경우들이 발생하게 마련이다.

여기에서 잊지 않고 언급할 일이 있다. 나는 이것이 놀라
운 일, 혹은 신적인 정의의 놀라운 작용이라고 생각한다. 온
갖 예언가, 점성술사, 점쟁이, 사람들이 마술사라고 부르는
이들과 주술사 같은 이들, 또 운세를 보는 이들이며, 꿈 해몽
가 같은 종류의 인간들이 사라져 코빼기도 보이지 않았다.
확신하건대, 크게 한재산 벌어 볼 생각으로 무모하게 시내에
남아 있던 자들 중 상당수는 전염병이 한창일 때 목숨을 잃
었을 것이다. 한동안 그들은 사람들의 광기와 어리석음 덕분
에 상당한 돈을 벌기도 했다. 그러나 이제 그들은 조용했다.
그들 중 다수는 자기 자신의 운명을 예견하지 못하거나 운세
를 읽지 못하고 영원한 집으로 돌아갔다. 그들에 대해 매우
비판적인 사람들은 그들이 모조리 죽었다고 말하기도 했다.
나로서는 확인하기 어려운 주장이지만, 재난이 끝난 후에 그
들 중 누구라도 다시 모습을 드러냈다는 소리는 들은 적이
없다는 사실을 밝혀 두어야 하겠다.

그러나 이제 전염병이 무섭게 퍼졌던 이 특정 시기에 대한
관찰로 돌아가자. 말한 것처럼 이제 9월로 접어들었고, 런던
은 한 번도 경험하지 못한 가장 무서운 전염병 상황을 경험
하고 있었다. 런던이 과거에 겪은 그 어떤 전염병 기록을 보
더라도 이때에 비견될 만한 것은 없었다. 8월 22일부터 9월
26일까지 단 5주 만에 사망 주보의 수는 거의 40,000명을 기
록했다. 주보의 세부 기록은 다음과 같다.

8월 22일~8월 29일	7,496
8월 29일~9월 5일	8,252
9월 5일~9월 12일	7,690
9월 12일~9월 19일	8,297
9월 19일~9월 26일	6,460
합계	38,195

이 숫자만으로도 엄청나지만 이 수가 실제 사망자 수보다
적고, 그것도 한참 적다고 믿는 이유를 추가로 설명한다면
독자들도 나처럼 이 기간 내내 매주, 그리고 이 기간의 앞뒤
몇 주 동안 한 주에 10,000명 이상이 죽었다고 망설임 없이
믿게 될 것이다. 이 시기 동안 특히 시내에 있던 사람들이 겪
은 혼란은 말로 표현할 수 없었다. 공포는 마침내 시체를 운
반하도록 임명된 사람들이 용기를 잃고 임무를 수행할 수 없
게 만들 정도에 이르렀다. 아니, 그들 중 일부는 전에 병을 앓
고 회복된 적이 있음에도 죽었고, 일부는 시체를 운반하던

중 매장지 옆까지 와서 시체를 부리다가 쓰러지기도 했다.
시내의 혼란은 더 심각했다. 시내 사람들은 병을 피할 수 있
으리라는 희망을 품은 채 자만했고, 죽음의 공포가 지나갔다
고 생각했기 때문이다. 들리는 말로는 수레가 마부도 없이
쇼어디치로 간 일이 있었다고 했다. 혹은 혼자 남은 한 사람
이 수레를 몰다가 그마저 거리에 쓰러져 죽은 후 말이 끌던
수레가 넘어져, 보기에도 처참한 모습으로 시체가 여기저기
널브러져 있었다고도 했다. 또 다른 수레 하나는 핀즈베리
필즈의 거대한 매장지 안에서 발견되었다는데, 마부가 죽거
나 마차를 버리고 도망간 뒤 말이 구덩이에 너무 가깝게 간
나머지 수레가 구덩이에 떨어지고 말도 같이 떨어진 것 같았
다. 마부가 같이 떨어졌고 마차가 그 위를 덮쳤다는 이야기
도 있었다. 시체들 속에서 그의 채찍이 발견되었기 때문이다.
그러나 사실을 확인하기는 어렵다.

　듣자 하니 우리 올드게이트 교구에서도 시체 수레가 몇 번
이나 시체를 가득 실은 채 종 치는 사람이나 마부, 혹은 그 외
누구도 없이 교회 묘지 앞에 서 있던 적이 있었다고 한다. 이
런 경우뿐만 아니라 또 다른 많은 경우에도 수레 속의 시체
가 누구인지는 알 길이 없었다. 때로는 창문이나 발코니에서
밧줄로 시체를 묶어 내렸고, 어떨 때는 운반인 혹은 다른 사
람이 시체를 수레까지 들고 왔다. 담당자들 자신이 말했던
것처럼, 이 일을 하는 사람들은 굳이 수를 기록할 생각도 하
지 않았다.

　행정관들의 통치력은 이제 최고의 시험대에 놓였다. 여기

에서도 그 공을 아무리 강조해도 지나치지 않은 한 가지 사실을 밝혀야겠다. 그것은 그들이 그 어떤 대가와 비용을 치르더라도 시내와 시외에서 다음의 두 가지 규칙이 반드시 준수되도록 했다는 것이다.

  1. 식량은 언제나 충분히 확보되어야 하며, 말할 필요도 없지만 가격이 크게 인상되어서는 안 된다.
  2. 시체를 매장하지 않거나 덮지 않은 채 방치하면 안 된다. 시의 한쪽 끝에서 다른 쪽 끝까지 걷는 동안 그 어떤 장례식이나 장례식의 흔적도 낮 동안은 목격할 수 없어야 한다. 이에 대해서는 앞에서 말한 것처럼 9월의 첫 3주 동안 약간의 예외가 있긴 했다.

  두 번째 조항의 준수는 믿기 어려울 것이다. 이후 다른 사람들이 출판한 기록들에서 시체가 매장되지 않고 방치되었다고 적고 있기 때문이다. 그러나 단언컨대 이 주장은 완전히 잘못된 것이다. 적어도 혹 어디에선가 그런 일이 있었다면, 앞서 말한 것처럼 그것은 도망갈 방법을 찾은 사람들이 죽은 이를 두고 떠나 관리들이 사망자 신고를 받지 못한 집들에서 발생한 일이다. 그러나 이런 경우들을 다 합치더라도 해당 규칙이 준수된 경우에 비하면 미미한 수였다. 이 점에 대해서는 확신이 있는데, 내가 직접 거주 교구에서 관련 업무를 잠시 맡은 적이 있기 때문이다. 우리 교구에도 다른 교구 못지않게 주민 수에 비례해 엄청난 수의 집이 버려져 있었다. 하지만 시체가 매장되지 않고 방치된 일은 없었다고 확신한다. 즉 책임을 맡은 관리가 알고도 방치된 시체는 결코 없었으며, 운반해 땅에 묻고 흙을 덮을 일손이 부족해서 방치된 시체도 결코 없었다. 이 사실만으로도 내 주장을 충분히 입증할 수 있다고 생각한다. 모세와 아론 앨리의 집들과 골목에서 나온 시체를 침소봉대해서는 안 된다. 발견 후 즉시 매장된 것이 틀림없기 때문이다. 첫 번째 사항, 즉 식량에 대해서는 앞서 식량 부족에 대해 언급한 적이 있고, 다시한번 더 다룰 생각이지만, 여기에서는 다음의 사실을 밝혀두고자 한다.

1. 특히 빵 가격이 별로 오르지 않았다. 그해 초, 즉 3월 첫째 주에 1페니짜리 밀가루 빵의 무게는 10.5온스였다. 전염병이 한창일 때는 1페니에 9.5온스였고, 그 기간 내내 가격이 그보다 오른 일은 없었다. 나는 과거 이렇게 무서운 전염병을 겪은 그 어떤 도시에서도 이런 일은 없었을 것이라고 생각한다.

2. 또 (실로 놀라운 일이라고 생각하는데) 사람들에게 빵을 조달하기 위한 화덕이나 제빵업자가 부족한 적도 없었다. 그러나 일부 가족들은 당시 풍습대로 반죽을 구우려고 빵집에 간 하녀들이 병에 걸려, 그러니까 전염병에 걸려 집에 병을 옮겼다고 주장하기도 했다.

이 무서운 전염병이 기승을 부리던 시기 내내, 앞서 말했듯 두 개의 격리 병원, 즉 올드 거리 너머 필즈에 있는 병원과 웨스터민스터에 있는 병원 두 곳만이 운영되었다. 두 곳 모두 사람들을 입원시키기 위해 어떤 강제 조치도 취하지 않았다. 강제는 필요 없었다. 구호품 외에는 어떤 도움이나 편의, 생필품도 없는 병들고 가난한 수천 명의 사람들이 기꺼이 입원해 간호를 받고 싶어 했기 때문이다. 그러나 입원 시에 혹은 병이 나은 후 퇴원할 때 돈을 내거나 돈을 낸다는 보증이 없이는 누구도 병원에 들어갈 수 없었으며, 나로서는 이것이 시 운영 전체에서 유일하게 아쉬운 부분이었다. 그곳에 들어간 많은 사람이 건강을 회복했기 때문이다. 대단히 훌륭한 의사들이 격리 병원에 배치되었고, 그 덕에 많은 환자가 치료를 잘 받았다. 이에 대해서는 다시 이야기할 것이다. 이미 말했지만, 격리 병원에 보내진 사람은 주로 같이 사는 가족들에게 필요한 생필품을 사러 갔다가 병에 걸린 하인들이었다. 이런 경우 병에 걸려 집에 온 하인은 다른 가족의 보호를 위해 병원으로 보내졌고, 전염병 기간 내내 그곳에서 훌륭한 치료를 받았다. 이 기간에 런던 격리 병원의 사망자는 156명에 불과했고, 웨스트민스터 병원의 사망자는 159명뿐이었다.

격리 병원이 더 운영될 필요가 있다고 주장한다고 해서 사람들을 모두 그곳에 강제로 수용했어야 한다고 말하려는 것은 결코 아니다. 어떤 이들은 주택 봉쇄 대신 병자들을 신속히 병원으로 이송하자고 제안하기도 했지만, 그랬더라면 당시에도 그 후에도 상황은 훨씬 더 나빠졌을 것이다. 아픈 사람을 옮기는 과정에서 병이 전파되고, 병자를 옮긴다고 해서 그가 있던 집의 전염 가능성을 효과적으로 제거할 수도 없으며, 자유롭게 집 밖을 다닐 수 있는 가족들이 틀림없이 병을 다른 이들에게 전파했을 것이기 때문이다.

가족들이 한결같이 발병 사실을 감추고 환자를 숨기기 위해 온갖 방법을 다 썼기 때문에 검사관이 상황을 파악하기 전에 온 가족이 다 병에 걸리기도 했을 것이다. 또 한번에 감염자가 너무 많이 발생하는 경우 공공 격리 병원의 수용 능력을 초과할 수도 있고, 환자를 찾아 옮길 인력이 부족했을 가능성도 있다.

이 사안은 당시 충분히 고려되었고, 사람들이 이 문제를 논하는 것도 자주 들었다. 행정관들은 사람들이 주택 봉쇄 조치에 따르도록 하는 것만으로도 골머리를 앓고 있었다. 앞서 말한 것처럼 사람들은 온갖 방법을 써서 감시인을 속이고 도망을 갔다. 그 같은 어려움을 생각해 보면 다른 방법이 성공했을 것이라는 기대는 분명 비현실적인 것이다. 아픈 사람을 강제로 침대와 집에서 끌어내는 것은 불가능했을 것이며, 그런 일을 하기 위해서는 런던시장 휘하의 관리가 아니라 군인이 필요했을 것이다. 또 누군가가 자신 혹은 자신의 자녀나 친척을 강제로 끌고 가면 분노한 사람들은 결과가 어찌되든 앞뒤를 생각하지 않고 그들을 죽이려 했을 것이다. 따라서 그런 방식은 이미 상상할 수 있는 가장 혼란스러운 상태에 빠져 있던 사람들을 완전한 광기로 몰아넣었을 수도 있다. 그러나 행정관들은 병자를 강제로 집에서 끌어내어 이송하는 것처럼 폭력적이거나 공포심을 조성하는 조치보다 때로 관용과 연민으로 그들을 대하는 것이 더 효과적이라는 사실을 알고 있었다.

이와 관련해 전염병이 처음 시작된 시기, 그러니까 시 전체에 병이 퍼질 것이 명백해진 시기에 대해 다시 언급할 것이 있다. 이미 말했지만 돈이 있는 사람들이 제일 먼저 겁을 먹고 서둘러 시를 떠나던 때였다. 나도 현장에서 목격했지만, 인파의 규모가 실로 대단한 데다 사람들을 태우거나 싣고 떠나는 마차와 말, 짐마차와 수레의 수도 엄청나서 마치 도시 전체가 피난을 떠나는 것처럼 보였다. 이런 시기에 공포를 조장하는 어떤 규제라도 공표되었다면, 특히 본인이 원하지 않는데 강제로 신변을 제한하는 것 같은 규제가 공표되었다면 런던 시내와 외곽 모두 극도의 혼란 상태에 빠졌을 것이다.

그러나 행정관들은 현명하게도 사람들을 안심시키고 시민 규제를 위한 효과적인 조례를 공표하며, 거리의 질서를 잘 유지하면서 가능한 한 모든 계층의 사람들이 필요한 것을 다 구할 수 있는 상황을 만들었다.

우선 시장과 부시장, 시 의원단, 일정 수의 평의회 의원들 혹은 그 대리인들이 결코 도시를 떠나지 않을 것을, 그리고 어디서나 질서를 준수하고 어떤 경우에도 정의를 지키기 위해 노력할 것을, 또 공적 구호품을 가난한 이들에게 배부하기 위해, 한마디로 의무를 다하고 시민들이 부여한 신임을 힘닿는 데까지 완수하기 위해 변함없이 자리를 지킬 것을 결의하고 공표했다.

이 결의를 구현하기 위해 시장과 부시장 등은 시의 평화 유지에 필요하다고 생각되는 규칙을 제정하는 회의를 거의 매일 열었다. 시민들에게는 최대한 온화하고 관대한 태도를 유지했지만, 도둑과 강도, 죽은 사람이나 병자의 물건을 훔치는 자 등 온갖 종류의 악한들은 합당하게 처벌되었고, 그런 범죄를 막기 위해 시장과 시 의원단에 의해 여러 조치가 발표되었다.

또 순경과 교구 위원 모두가 시에 남으라는 명령을 받았고, 위반할 시에는 중한 처벌을 받도록 했다. 혹은 부(副)시의장과 해당 지역의 평의회 의원이 승인한 유능하고 믿을 수 있는 감시인을 찾아 자리를 위임해야 했는데, 위임자에 대해 신원 보증을 서야 했고, 그들이 사망할 경우 즉시 그들을 대신할 다른 순경을 찾아 자리를 메워야 했다.

이런 조치들은 특히 모두가 떠날 이야기를 하던 초기의 혼란기, 가난한 사람들을 제외하고 모든 거주민이 도시를 떠나 시가 완전히 황폐해질 위험에 처했던 시기, 피난민 무리 때문에 시골이 약탈당하고 쑥대밭이 될 위험에 처했던 시기에 사람들의 마음을 진정시켰다. 공표한 바를 이행하면서 관리들이 보인 용기도 흠잡을 데가 없었다. 시장과 부시장들은 계속해서 거리에 나왔으며, 대단히 위험한 장소들도 찾아갔다. 많은 수의 군중에게 둘러싸이는 것이 내키지 않았지만, 긴급한 경우라면 사람들의 접근을 막지 않았으며, 인내심을 가지고 그들의 한탄과 불평을 들어 주었다. 시장은 그 목적으로 공관 현관에 낮은 단을 만들어 민원을 들어야 할 때면 가능한 한 안전을 확보하기 위해 군중으로부터 조금 떨어진 채, 그곳에 서서 시민들의 말을 들었다.

마찬가지로 시장의 부관으로 불렸던 담당 관리들도 돌아가며 시정을 살폈고, 그들 중 누군가 아프거나 전염병에 걸리면 준비된 대기자가 즉시 그 자리를 메워 해당 관리의 생사를 알게 될 때까지 임무를 수행했다.

부시장과 시 의원도 할당된 구역에서 직책에 따라 맡은 바 임무를 수행했고, 부시장의 보좌관들 혹은 부관들은 다시 해당 시 의원의 지시를 받았다. 이런 방식으로 어떤 상황에서도 차질 없이 질서가 구현되었다. 다음으로 당국자들은 사람들이 장터를 자유롭게 오갈 수 있도록 질서를 유지하는 일에 특별히 주의를 기울였다. 이를 위해 시장이나 부시장 둘 중 한 사람 또는 두 사람 다 장이 서는 날이면 말을 타고 나와 질서 유지 상황을 점검했고, 시골 사람들이 자유롭고 편안하게 시장에 왔다가 돌아갈 수 있는지 확인했다. 또 그들을 방해하거나 겁을 먹고 시장에 오는 것을 주저하게 만들 만한 무서운 것들이 거리에 보이지 않도록 주의를 기울였다. 빵을 굽는 사람들도 특별한 명령을 받았다. 제빵 조합의 조합장은 일군(一群)의 조합원의 도움을 받아 시장이 제빵업 관리를 위해 내린 명령이 준수되고 있는지, 매주 시장이 결정한 빵의 공시 가격이 지켜지고 있는지를 감독했다. 모든 제빵업자는 화덕을 계속 가동하라는 명령을 받았고, 위반하면 런던 자유민으로서의 특권을 박탈당했다.

이런 조치 덕에 빵은 언제나 충분히 확보되었고, 앞서 언급했듯이 평소 가격으로 유지되었다. 시장에서 거래되는 식료품이 부족한 적도 없어서 나는 자주 감탄했다. 시골 사람들은 마치 시내에 전염병도, 병이 옮을 위험도 없다는 듯 자유롭고 담대하게 다녔는데, 집 밖으로 나갈 때면 무척이나 겁을 먹고 조심하는 나 자신이 부끄러워질 정도였다.

이미 설명한 것처럼 누군가 갑자기 쓰러져 거리에서 죽는 경우를 제외하고는 흉측한 것이나 시체, 불쾌하고 적절치 못한 어떤 것도 보이지 않도록 거리를 언제나 깨끗하게 유지한 것도, 앞에서 말한 바와 같이 칭찬받아 마땅한 행정관들의 공적 중 하나였다. 갑자기 쓰러져 죽은 사람의 시체는 보통 밤까지 천이나 담요로 덮어 두거나 가까운 묘지로 실어 갔다. 암울하기도 하고 위험하기도 해서 공포를 조성할 수 있는 일들은 모두 밤에 진행되었다. 감염된 사람을 옮기거나 시체를 묻거나 감염된 옷가지를 태우는 일 등이 모두 밤에 처리되었고, 앞서 묘사한 것처럼 시체들은 모두 몇 곳의 교회 묘지에 있던 거대한 구덩이에 매장되었는데, 이 역시 밤에 진행되었다. 시체는 해가 뜨기 전에 흙으로 다 덮여 보이지 않았다. 그래서 텅 빈 거리 분위기, 때때로 봉쇄된 여러 집들과 가게들, 그 창문들에서 들려오는 사람들의 슬픈 한탄과 울음소리 외에는 낮 동안 재앙의 흔적은 보이지도 들리지도 않았다.

시내 거리가 텅 비어 조용했다고 해도 앞서 말한 것처럼 병이 시의 동쪽까지 와서 온 도시에 퍼졌을 때를 제외하면 도시 외곽처럼 적막하지는 않다. 전체적으로 병이 처음에 시내 한쪽 끝에서 시작되어 점진적으로 다른 지역으로 퍼지고, 시의 서쪽 지역에서 그 기세를 다 소진할 때까지 우리가 사는 지역 혹은 동쪽으로 오지 않은 것은 진정 신의 자비라고 생각한다. 그래서 한쪽에서 병이 퍼질 때 다른 쪽에서는 병세가 수그러들었다. 예를 들면 다음과 같다.

전염병은 시의 세인트자일스와 웨스터민스터 쪽 경계에서 시작하여 7월 중순경 그 지역 전체, 그러니까 세인트자일스 인 더 필즈, 세인트앤드루스 홀본, 세인트클레먼트 데인스, 세인트마틴스 인 더 필즈, 그리고 웨스터민스터에 창궐했다. 7월 중순이 지나면서 병은 이 교구들에서는 수그러들고 동쪽으로 이동하여 크리플게이트, 세인트세펄처, 세인트제임스 클라큰웰, 세인트브라이드, 올더스게이트로 급속히 퍼져 나갔다. 그 교구들에 병이 창궐하는 동안 런던 시내와 강가 서더크 지구의 모든 교구, 스테프니와 화이트채플, 올드게이트, 와핑, 랫클리프의 교구들은 전염병의 영향을 별로 받지 않았다. 그래서 시내 전체, 동쪽과 북동쪽 시외 지구, 서더크 등지의 사람들은 걱정 없이 일을 보러 다니고, 가게 문을 열어 장사를 계속했으며, 마치 전염병이 돌지 않는 것처럼 서로 자유롭게 교류했다.

심지어 북쪽과 북서쪽 시외 지구, 즉 크리플게이트와 클라큰웰, 비숍스게이트, 쇼어디치 전역이 감염되었을 때에도 다른 지역의 상황은 나쁘지 않았다. 예를 들어 7월 25일부터 8월 1일까지 전체 감염 사망자의 기록은 다음과 같다.

7월 25일~8월 1일	
세인트자일스 크리플게이트	554
세인트세펄처	250
클라큰웰	103
비숍스게이트	116
쇼어디치	110
스테프니 교구	127
올드게이트	92
화이트채플	104
시내 97개 교구 전체	228
서더크 내 교구 전체	205
합계	1,889

간단히 말해 크리플게이트와 세인트세펄처 두 교구에서 나온 사망자 수가 그 주 시내 전체, 동쪽 시외 지구, 서더크의 모든 교구에서 나온 사망자 수보다 48명 더 많았다. 이 때문에 시내의 건강 상태에 대한 명성이 영국 전역, 특히 런던에 식량을 주로 공급했던 인근의 시골과 시장에서, 심지어 시내의 면역이 무너진 한참 후까지도 지속되었다. 시골에서 쇼어디치와 비숍스게이트 혹은 올드스트리트나 스미스필드를 통해 오는 길의 거리는 비어 있고 집과 가게의 문은 닫혔으며, 대로에서는 사람을 보기도 어려웠다. 그러나 시내로 들어오면 풍경이 달라졌다. 시장들과 상점들이 열려 있고, 많지는 않아도 사람들이 평소처럼 거리를 다녔다. 그리고 이런 상황이 8월 말에서 9월 초까지 이어졌다.

그러나 그때부터 상황이 크게 달라졌다. 서쪽과 북서쪽 교구에서 병세가 수그러들고 시내와 시외 동쪽 지구, 서더크 쪽에 병이 무서운 속도로 퍼졌기 때문이다.

이 당시 시내의 풍경은 실로 암담했다. 가게들은 문을 닫았고 거리에는 아무도 없었다. 이런저런 필요에 의해 대로에는 사람들이 다녔고, 낮에는 인파가 꽤 보이기도 했지만, 아침과 저녁에는 대로에서도, 심지어 콘힐이나 칩사이드에서도 사람을 볼 수 없었다.

이 시기의 주보는 내 관찰을 잘 입증해 준다. 언급한 교구들에서 내가 말한 변화를 명백하게 보여 주는 사망 주보의 요약은 다음과 같다.

보다시피 다음 사망 주보는 시의 서쪽과 북쪽에서 매장 수가 감소했음을 보여 준다.

9월 12일~9월 19일	
세인트자일스 크리플게이트	456
세인트자일스 인 더 필즈	140
클라큰웰	77
세인트세펄처	214
세인트레너드 쇼어디치	183
스테프니 교구	716
올드게이트	623
화이트채플	532
시내 97개 교구	1,493

서더크의 8개 교구	1,636
합계	6,060

상황은 놀라울 정도로 달라졌다. 슬픈 변화이기도 했다. 이런 상태가 두 달 이상 계속되었다면 살아남은 사람은 거의 없었을 것이다. 그러나 신의 자비 덕에 초기에 전염병의 기세가 그렇게 거셌던 서쪽과 북쪽 지역의 상황이 앞의 표에서 보듯 한결 나아졌다. 한쪽에서 사람들이 죽어 갈 때 다른 쪽에서는 상황이 호전되었고, 다음 한두 주 동안 더 크게 변화되어 시의 다른 쪽 상황은 한결 더 좋아졌다. 예를 들어 다음의 기록을 보자.

9월 19일~9월 26일	
세인트자일스 크리플게이트	277
세인트자일스 인 더 필즈	119
클라큰웰	76
세인트세펄처	193
세인트레너드 쇼어디치	146
스테프니 교구	616
올드게이트	496
화이트채플	346
시내 97개 교구	1,268
서더크의 8개 교구	1,390
합계	4,900

9월 26일~10월 3일	
세인트자일스 크리플게이트	196
세인트자일스 인 더 필즈	95
클라큰웰	48
세인트세펄처	137
세인트레너드 쇼어디치	128
스테프니 교구	674
올드게이트	372
화이트채플	328
시내 97개 교구	1,149
서더크의 8개 교구	1,201
합계	4,328

이제 시내와 앞서 언급한 시의 동쪽과 남쪽 지역의 고통은 절정에 달했다. 표에서 볼 수 있는 것처럼 전염병은 이제 시내와 강 건너 8개 교구, 올드게이트, 화이트채플, 스테프니 교구에서 기세를 떨쳤다. 이때가 주보의 사망자 수가 실로 무섭게 치솟던 시기로, 앞서 말했듯 1주에 8,000~9,000명, 내 짐작으로는 10,000~12,000명까지 사망했던 시절이다. 이에 대해서는 확신이 있는데, 주보에 기록된 수는 내가 앞서 이미 설명한 이유로 실제 사망자 수를 제대로 반영하지 않았기 때문이다.

이후 그 시기와 그에 대한 자신의 관찰을 라틴어로 출간한 대단히 저명한 의사 중 한 사람은 한 주에 12,000명이 죽었으며, 특히 어느 날은 하룻밤에 4,000명이 죽었다고 기록하기도 했다. 하룻밤에 그렇게 많은 수가 죽은 날이 있었는지 나는 기억하지 못한다. 그러나 이런 기록 모두가 주보의 기록이 정확하지 않다는 내 주장을 입증해 준다. 이에 대해서는 나중에 더 이야기할 것이다.

같은 상황을 반복해 말하는 것 같지만, 여기에서 이 특별한 시기에 시내와 내가 살았던 지역의 참혹한 상황을 다시 이야기하고자 한다. 실로 엄청난 수의 사람들이 시골로 도망 갔음에도 불구하고, 시내와 런던의 다른 지역들에는 여전히 사람들이 많았다. 아마도 전염병이 시내 혹은 서더크나 와핑, 랫클리프까지는 오지 않을 것이라는 믿음이 한동안 유지되었기 때문에 더 많은 사람이 런던에 남아 있었을 것이다. 이에 대한 사람들의 확신이 확고했기 때문에 많은 사람들이 안전을 위해 시외의 서쪽과 북쪽에서 동쪽과 남쪽 지역으로 이사를 가기도 했는데, 나는 이 과정에서 그들이 이동하지 않았을 경우보다 훨씬 더 빠르게 병을 전파했을 것이라고 확신한다.

후대를 위해 이 지점에서 사람들이 서로에게 병을 옮기는 방식에 대해 추가로 말해 두고 싶은 것이 있다. 병에 걸린 사람만이 건강한 사람을 직접 감염시키는 것이 아니라 상태가 괜찮은 사람들도 건강한 사람을 감염시킬 수 있다는 것이다. 무슨 말인가 하면, 〈병에 걸린 사람들〉이란 감염 사실이 밝혀져 침대에 누워 있거나 간호를 받거나 몸에 종기나 혹 등의 증상이 나타난 이들이다. 이런 사람들은 침대에 누워 있거나 병을 숨길 수 없는 상태이기 때문에 피할 수 있다.

〈상태가 괜찮은 사람들〉이란 감염되어 이미 핏속에 병이 있는데 겉으로 봐서는 증상이 나타나지 않아, 길게는 여러 날 동안 본인들조차 감염 사실을 모르는 이들이다. 이들은 숨을 통해 사방에 죽음을 내뿜고 가까이 오는 모든 사람에게 죽음을 전한다. 그들의 옷부터가 병을 퍼뜨리고 손은 만진 물건들을 감염시킨다. 손이 뜨겁고 땀이 나는 경우라면 더욱 그랬는데, 감염자는 대개 땀을 흘리는 경향이 있었다.

이런 사람을 구분하는 것은 불가능했다. 이미 말했듯이, 때로는 그들 역시 자신의 감염 사실을 알지 못했다. 그리고 바로 그들이 그렇게도 자주 거리에서 의식을 잃고 쓰러지는 사람들이었다. 많은 경우 갑자기 땀이 나고 의식이 흐릿해져 문간에 주저앉아 숨이 끊어지는 마지막 순간까지 그들은 거리를 걸어다녔기 때문이다. 물론 그런 상태가 되면 어떻게든 자기 집 앞까지 가려고 했고, 때로는 집에 들어가서 곧바로 죽기도 했다. 또 어떤 경우에는 증상이 나타날 때까지 모른 채 멀쩡하게 밖을 돌아다니다가 집으로 돌아와 한두 시간 만에 죽는 사람도 있었다. 건강한 사람은 이런 사람들을 위험한 이들로 간주해 조심해야 했다. 그러나 이런 사람들을 알아보는 것은 불가능했다.

그리고 바로 이 때문에 인간이 할 수 있는 최대한의 주의를 기울이더라도 병이 퍼지는 것을 막을 수 없었다. 건강한 사람과 감염된 사람을 구분하는 것이 불가능하고, 감염된 사람 스스로 그 사실을 완벽하게 아는 것도 불가능했기 때문이다. 1665년 전염병이 돌던 시절 내내 런던에서 자유롭게 사람들과 교류하던 한 남자의 이야기를 알고 있다. 그는 감염 위험이 있을 때 먹기 위해 치료제와 강장제 등을 가지고 다녔는데, 위험 신호가 오면 알 수 있는 자신만의 특별한 방법이 있다고 했다. 그러나 그 전에도 후에도 그를 만난 적이 없기 때문에 얼마나 믿을 만한 이야기인지는 알 수 없다. 그는 다리에 상처가 있는데, 건강하지 않은 사람이 근처에 있어 병이 그에게 영향을 주기 시작하면 느낌이 오기 때문에 그 사실을 알 수 있다고 했다. 다리의 상처가 쑤시면서 희고 창백하게 변한다는 것이다. 그래서 흉터에 통증이 느껴지면 그는 다른 곳으로 피하거나, 그 목적으로 언제나 가지고 다니는 약을 먹어 자신을 보호한다고 했다. 이즈음 그는 자신이 병에 걸리지 않았다고 생각하고 다른 사람의 눈에도 그렇게 보이는 이들과 함께 있을 때 상처가 욱신거리는 경우를 자주 경험했고, 그럴 때면 곧바로 일어나 〈여러분, 여기 이 방에 병에 걸린 사람이 있어요〉라고 공개적으로 말하곤 했다. 그러면 사람들은 즉각 자리를 파했다. 이 사례는 모든 사람들에게 감염된 도시에서 사람들을 자주 만나는 이들은 병을 피할 수 없으며, 사람들은 병에 걸리고도 그 사실을 모를 수 있고, 따라서 자신이 병에 걸렸다는 사실을 알지 못한 채 다른 사람들에게 병을 옮길 수도 있다는 사실을 제대로 알려 주는 경고와 같다. 이런 상황에서는 증세가 아직 나타나지 않은 사람을 격리하거나 감염자를 다른 곳으로 옮기는 것으로는 문제를 해결할 수 없다. 과거를 추적해 감염자가 자신의 감염 사실을 깨닫기 전에 대화했던 모든 사람을 격리하지 않는다면 말이다. 게다가 얼마나 소급해야 할지, 어디에서 멈춰야 할지도 알 수 없다. 감염자들이 언제, 어디에서, 누구로부터 어떻게 전염된 것인지 아무도 알 수 없기 때문이다.

나는 바로 이것이 그렇게 많은 사람들이 공기 오염과 감염을 이야기하면서 병은 공기를 통해 전염되기 때문에 만나는 사람을 조심할 필요는 없다고 생각한 이유라고 믿는다. 나는 사람들이 무척 놀라고 동요된 모습으로 이에 대해 말하는 것을 보았다. 「나는 병에 걸린 사람 근처에도 간 일이 없는데!」 한 감염자가 당혹스러운 모습으로 말했다. 「건강하지 않은 사람과는 말도 한 적이 없는데 병에 걸리다니! 난 천벌을 받은 것이 분명해.」 또 다른 사람이 말했다. 그리고 심각한 상태에 빠졌다. 첫 번째 사람이 이어서 소리쳤다. 「감염된 물건이나 병에 걸린 사람 근처에도 간 적이 없어. 병은 공기에 있는 게 틀림없어. 숨을 쉬면서 죽음을 마시는 거지. 그러니 하느님의 뜻이고, 피할 방법은 없어.」 이런 생각 때문에 마침내 많은 사람들이 병이 절정에 달한 시기, 그리고 전염병 시기의 후반부로 갈수록 전염 초기보다 위험에 둔감해지고 조심하지도 않게 되었다. 튀르키예인들처럼 숙명론을 펼치면서 병에 걸리는 게 신의 뜻이라면 도망가든 집에 있든 마찬가지이며 병을 피할 도리는 없을 것이라고 말하곤 했다. 그리고 대담하게 감염된 집을 방문하거나, 감염된 사람을 만나고 문병도 갔다. 한마디로 감염된 상태에서 아내나 친척들과 침대를 나눠 쓴 셈이다. 그 결과가 어떠했겠는가? 튀르키예 혹은 그런 행동을 하는 나라와 같은 결과, 즉 감염되어 수백 명, 수천 명씩 죽는 결과가 나올 수밖에.

나는 이런 시기에 언제나 마음에 품어야 하는 주님의 심판에 대한 경외심 혹은 신의 섭리에 대한 믿음을 훼손할 생각은 추호도 없다. 어디에서든 전염병이 도시와 지역, 또 나라에 내린 하늘의 심판이라는 사실은 의심할 수 없다. 그것은 「예레미야」 18장 7~8절의 예언에 따른, 하느님의 심판을 알리는 전언이자 그 나라와 지역, 도시를 향해 뉘우치고 회개할 것을 명하는 일갈인 것이다. 「나는 한 민족 한 나라를 뽑아 뒤엎어 없애 버리기로 결심하였다가도 벌하려던 민족이 그 악한 길에서 돌아서기만 하면 내리려던 재앙을 거둔다.」 내가 이렇게 세세하게 기록을 남기는 것도 이런 일이 있을 때 우리가 느껴야 하는 신에 대한 경외심을 훼손하는 것이 아니라 북돋기 위해서이다.

그러므로 주님의 직접적인 응징과 당신의 섭리가 뜻한 바와 방향에서 이런 상황의 원인을 찾는 사람들을 비난할 생각은 없다. 비난은커녕 기적처럼 병에 걸리지 않은 많은 사람들, 병에 걸렸다가 나은 사람들의 사례는 그 특별한 경우들을 통해 드러난 신의 놀랍고도 신비로운 섭리를 보여 준다. 내가 병에 걸리지 않은 것부터가 기적이라고 생각하며 감사의 마음으로 그 사실을 기록하고 있기도 하다.

그러나 전염병이 자연적 원인에 기인한다고 말할 때 나는 그것이 진정 자연적인 원인을 통해 전파된다고 생각해야 한다고 믿는다. 전염병이 인간적인 원인과 결과를 갖는다고 해서 병이 신의 심판이라는 사실을 어떤 식으로든 부정하는 것은 아니다. 신의 권능이 전 자연의 원리를 형성하고, 신의 뜻에 따라 그것을 운용하기 때문이다. 그러므로 같은 힘이 자연법칙의 평범한 작용을 통해 자비든 심판이든 그 뜻을 인간에게 드러내는 것을 마땅히 여기시고, 기꺼이 자연적 원인을 통해 일상적인 방식으로 그 뜻한 바를 행하시는 것이다. 물론 필요한 경우 초자연적으로 그 뜻을 행할 권능은 오롯이 주님께 남겨져 있지만 말이다. 일상 세계의 작용만으로 하늘이 전염병을 통해 의도한 바를 충분히 실현할 수 있기 때문에 전염병은 초자연적인 힘이 개입할 특별한 일이 아니라는 것이 분명하다. 병의 여러 원인과 결과 중에서도 전염이 알아챌 수도 피할 수도 없이 비밀스레 퍼지는 방식이야말로 초자연적 현상이나 기적에 기대지 않고 무시무시한 신의 심판을 실현하기에 충분하고도 남음이 있다.

병의 전파력이 대단하고 감염이 실로 감지하기 어려운 방식으로 이루어지기 때문에 병이 퍼진 곳에서는 우리가 아무리 조심한다고 해도 스스로를 보호할 방법이 없었다. 그러나 나는 누구도 부인할 수 없는 많은 사례를 생생히 기억하고 있으며, 그에 따라 다음의 사실을 확신한다. 나라 전체에서 사람이나 옷, 접촉, 전에 감염된 누군가의 몸에서 나는 악취 등 평범한 감염 방식이 아닌 다른 방식으로 병에 걸린 사람은 단 한 명도 없다는 사실이다.

병이 처음 런던에 퍼진 방식, 즉 병이 레반트에서 네덜란드로, 네덜란드에서 영국으로 건너온 물품에 의해 전파된 방식이 이를 입증한다. 그 물건들이 운반되어 처음 개봉된 롱 에이커의 한 집에서 최초의 병자가 나왔고, 병이 난 사람과 거리낌 없이 대화를 나누다가 그 집에서 다른 집들로 병이 전파되었으며, 죽은 사람을 조사하기 위해 방문한 교구 관리들이 감염되는 식으로 병이 퍼져 나갔다. 이것이 병은 한 사람으로부터 다른 사람으로, 한 집에서 다른 집으로 줄곧 전염된 것이며 그 외의 방식으로 전염된 것이 아니라는 대전제를 뒷받침하는 근거들이다. 감염된 첫 번째 집에서 4명이 죽었다. 첫 번째 집 안주인이 아프다는 소식을 들은 한 이웃 사람이 그 집을 방문했다가 자기 집으로 돌아가 가족에게 병을 퍼뜨렸고, 본인과 가족 모두가 죽었다. 두 번째 집에서 병이 난 첫 환자를 위해 기도해 달라는 청을 받고 온 목사가 곧바로 병에 걸렸고, 자기 집에서 다른 몇 명과 함께 죽었다. 그러자 의사들은 전염병의 가능성을 고려하기 시작했다. 처음에는 일반적인 전염병의 가능성은 생각하지 않았던 것이다. 그러나 파견되어 시신을 검사한 의사들은 그 무시무시한 특징이 분명히 보이는, 페스트로 인한 사망이 확실하다고 선언했다. 그리고 대단히 많은 사람이 이미 감염되거나 발병한 사람들과 접촉했기 때문에, 그들로부터 감염되었을 것이라 짐작할 수 있고 대유행의 가능성이 있으며, 이를 막기는 불가능할 것이라고 단언했다.

이 시점에서 의사들의 의견은 이후의 내 관찰, 즉 병이 알아차리기 어려운 방식으로 전파된다는 나의 관찰과 일치했다. 감염자는 일정한 거리 안에서 병자를 접촉한 사람들에게만 병을 퍼뜨릴 수 있다. 그러나 실은 병에 걸렸는데 그 사실을 모르고 건강한 사람처럼 돌아다닌 사람은 수천 명에게 병을 퍼뜨릴 수 있고, 그들은 다시 그 수에 비례하여 더 많은 사람에게 병을 옮길 수 있다. 병을 옮긴 사람도, 병이 옮은 사람도 그 사실을 전혀 모르고, 어쩌면 며칠이 지나도록 증상을 느끼지 못할 수도 있다.

예를 들어 이번의 전염병 시기 동안 많은 사람들은 증상이 나타나 대경실색하며 자신의 상태를 깨달을 때까지 병에 걸렸다는 것을 알지 못했고, 증상이 나타나면 대개 여섯 시간 이내에 죽었다. 사람들이 병의 증표라고 부른 반점은 피부의 괴사 혹은 1페니짜리 은화 크기의 굳은살이나 각질처럼 단단한 죽은 살의 작은 돌기였다. 병이 그렇게까지 드러난 후에는 죽음을 피할 길이 없었다. 그러나 말한 것처럼 그들은 그 치명적인 징표가 나타날 때까지 감염 사실을 알지 못했고, 자신들이 그렇게 아프다는 사실도 몰랐다. 그러나 누구도 이 사람들이 이미 심각하게 감염된 상태이며 한동안 그 상태였으리라는 것, 그 결과 그들의 숨과 땀, 옷이 이미 여러 날 병을 옮기고 다녔다는 사실을 인정하지 않을 수 없었다.

이로 인해 감염된 무수한 사례가 있지만, 그에 대해서라면 의사들이 나보다 더 많이 알고 있을 것이다. 그러나 몇몇 경우는 내 관찰의 범위 안에 있었으므로 그중 한두 가지를 소개하고자 한다.

전과 비교해 전염병이 주로 시내에 퍼지고 있던 9월까지 병에 걸리지 않고 건강을 유지했던 한 시민은 대단히 명랑하게, 그리고 내 생각에는 지나칠 정도로 자신만만하게, 자신이 얼마나 조심하는지, 또 병자 근처에는 절대 가지 않으므로 병에 걸릴 위험이 없다며 떠벌이곤 했다. 어느 날 그의 한 이웃이 그에게 〈그렇게 너무 확신하지 말아요. 누가 병자고 누가 아닌지 구분하기 어려우니까. 한 시간 전만 해도 겉으로는 멀쩡하게 살아 있던 사람이 다음 순간 죽기도 하잖아요〉라고 말했다. 첫 번째 남자가 〈맞는 말이오〉라고 대답했다. 그는 건강을 과신하는 사람은 아니었던 것이다. 다만 오랫동안 병을 피한 덕에, 앞서 말했듯이, 특히 시내 사람들이 그러했듯 감염에 대해 긴장을 풀기 시작했을 뿐이다. 「맞는 말입니다.」 그가 대답했다. 「내가 병에 절대 걸리지 않을 거라고 믿는 건 아니오. 그저 위험한 사람을 만난 적이 없기만을 바라는 거지.」 이웃이 대답했다. 「위험한 사람을 만난 적 없다니! 그제 밤에 ○○ 씨와 그레이스처치 거리에 있는 불헤드 술집에 있지 않았어요?」 첫 번째 남자가 대답했다. 「맞아요. 하지만 거기엔 아무도 없었고, 위험하다고 생각할 이유도 없었는데요.」 이 말을 들은 이웃은 그를 겁먹게 하고 싶지 않아 아무 말도 하지 않았다. 그러나 이 때문에 첫 번째 남자는 더 궁금해하며, 물러서는 이웃에게 참지 못하고 상기된 얼굴로 〈왜요, 그 사람 죽은 거 아니죠, 그렇죠!〉라고 외치듯 물었다. 이웃은 그 말에 여전히 아무 대답 없이 하늘을 보며 혼잣말을 했다. 그 모습을 보고 첫 번째 남자는 얼굴이 창백해지더니 〈그렇다면 나도 죽은 사람이군〉이라는 한마디만을 남기고 즉시 집으로 가서, 아직 증상이 나타나지 않았으니 병을 막기 위해 뭔가를 처방해 달라고 부탁할 생각으로 이웃 약제사를 부르러 사람을 보냈다. 그러나 약제사는 그의 옷을 벗겨 가슴을 보고 나서 한숨을 쉬며 〈하느님께 의지하시기를〉이라고 말할 뿐이었다. 그리고 몇 시간 후 그는 죽었다.

이런 경우들을 생각해 보면, 감염자들이 병에 걸린 상태에서도 아주 건강해 보이고 심지어 언제 걸렸는지도 모르는 채로 이 사람에게서 저 사람에게로 병을 퍼뜨리는 상황에서, 행정관이 아픈 사람을 가두거나 다른 곳에 격리해서 전염을 막는 것이 과연 가능했을지 판단할 수 있을 것이다.

이 시점에서 돌이킬 수 없는 증상이 나타날 때까지 사람들이 전염병의 씨앗을 얼마나 오래 갖고 있는지, 겉으로는 건강하지만 가까이 오는 모든 이에게 병을 옮기는 상태가 얼마나 지속되는 것인지 묻는 것이 타당할 것 같다. 나와 마찬가지로 가장 경험이 많은 의사 역시 이 질문에 확실한 답을 줄수는 없을 것이다. 그러나 평범한 관찰자가 관찰에 근거해 답을 찾을 수 있을지도 모를 일이다. 외국의 의사들은 병이 정신이나 혈관에 상당 기간 잠복할 수 있다는 의견을 제기한 바 있다. 그렇지 않다면 의심되는 지역에서 온 사람들이 항구나 부두에 도착했을 때 왜 그들을 격리하겠는가? 어떤 사람은 몸이 병을 이기거나 병에 항복하지 않고 그런 적을 맞서기에 40일은 너무 긴 시간이라고 생각할 수도 있다. 내 관찰에 근거해 판단해 보자면, 나는 무증상 감염자가 다른 사람들에게 병을 옮길 수 있는 기간이 아무리 길어도 15~16일을 넘지는 않을 것이라고 생각한다. 그 때문에 시내에서 누군가 페스트로 죽고 그 집이 봉쇄된 후 16~18일 동안 다른 가족에게 병세가 나타나지 않으면 사람들은 엄격하게 규칙을 적용하지 않고 가족들이 사적인 용무를 위해 바깥출입하는 것을 용인했다. 그 후에도 사람들은 그 가족을 별로 꺼리지 않고, 오히려 집 안에 병이 있었는데도 불구하고 걸리지 않았으므로 병에 대한 저항력이 더 높을 것으로 생각했다.

이 모든 관찰에 근거해 나는, 주님의 섭리가 나를 다른 선택으로 인도하긴 했지만, 페스트에 대한 최선의 대응은 피난이라는 것이 내 의견이자 사람들에게 제안하고 싶은 처방이라는 사실을 밝혀야겠다. 나는 사람들이 하느님은 위험 속에서도 우리를 보호하실 수 있고 위험에서 벗어났다고 생각할 때 불시에 우리를 데려갈 수도 있다고 말하며 위안을 받는 것을 안다. 이런 생각 때문에 수많은 사람이 시내에 남았고, 무더기로 시체가 되어 수레 가득 실려 가서 거대한 매장 구덩이에 던져졌다. 위험을 피해 도망갔다면 그들이 재앙을 피할 수 있었을 것이라고, 적어도 죽음은 피했을 것이라고 나는 생각한다.

미래에 다시 전염병이나 비슷한 종류의 재난이 발생할 경우 사람들이 이 가장 기본적인 사실을 잘 고려한다면, 그들이 1665년에 사람들이 취한 조치 혹은 외국에서 취했다고 하는 그 어떤 조치와도 다른 방식으로 시민을 관리할 것이라고 확신한다. 즉 사람들을 작은 규모로 나눈 후 늦지 않게 분산시켜 사람들이 모여 있는 상태가 가장 위험한 이런 전염병 상황에, 과거에도 그랬고 이후에도 같은 상황이 생기면 또 그럴 것이 틀림없지만, 수백만 명의 사람이 함께 있지 않도록 할 수 있을 것이다.

전염병은 큰불과 같다. 화재가 발생한 곳에 집이 몇 채 있다면 불은 그 몇 채만 태우고 말 것이다. 집이 한 채만 있거나 막다른 골목 끝에 있다면 그곳에서 시작된 불은 그 집만 태우고 말 것이다. 그러나 집들이 밀접한 마을이나 도시에서 시작되면 불길은 점점 더 거세어져서 일대를 다 집어삼키고 화마의 손길이 닿는 모든 곳을 전소시킬 것이다.

나는 이 문제에 대해 런던시 행정부에 여러 가지 제안을 할 수 있다. 같은 적을 다시 만날 조짐이 보이면(하느님의 가호로 그런 일이 없기를) 런던시 정부는 시의 위험 인구, 무엇보다 걸식하고, 굶주리며 그날 벌어 그날 먹고사는 가난한 사람들, 재난이 닥칠 때 먹여 살릴 짐이 될 인구 대다수를 이동시키는 것을 고려하기를 제안한다. 그들에게도 도움이 되는 지혜로운 방식으로 빈민을 이동시키면 돈 많은 시민들은 자신과 하인, 가족을 알아서 피신시킬 것이다. 이런 식으로 시내와 외곽이 효율적으로 비워지면 병이 덮칠 수 있는 인구라고 해봐야 원래 인구의 10분의 1이 채 되지 않을 것이다. 5분의 1에 해당하는 250,000명이 남은 상태에서 전염병이 덮쳤다고 생각해 보자. 넓은 면적에 적은 사람이 거주함으로써 그들은 병에 더 잘 대비할 수 있을 것이고, 더블린이나 암스테르담처럼 더 작은 도시에 인구가 밀집되어 있을 때보다 전염병의 영향을 적게 받을 것이다.

가장 최근 이 전염병이 돌았을 때 수백, 아니, 수천 가구가 도시를 떠난 것은 사실이다. 그러나 그들 중 다수는 너무 늦게 런던을 떠났기 때문에 피난 도중 죽기도 했고, 도착한 지방에 병을 퍼뜨림으로써 안전을 위해 도망간 지역의 사람들을 감염시키기도 했다. 이 때문에 상황은 더 악화되었고, 병을 피할 가장 좋은 방법이 병을 퍼뜨리는 결과를 낳았다. 이 역시 다음 주장을 입증하는 사례이므로 앞에서 짧게 언급만 한 주제를 여기에서 다시 제대로 논하고자 한다. 병이 주요 장기에 침투하고 정신도 장악해 돌이킬 수 없는 상태가 되고도 여러 날이 지날 때까지 사람들이 겉으로는 멀쩡한 모습으로 생활한다는 주장 말이다. 그런 상태에 있는 내내 그들은 다른 사람들에게 위험한 존재인데, 앞의 경우는 그 위험이 현실이 된 예이다. 병에 걸렸지만 증상이 없는 사람들이 함께 지낸 가족뿐만 아니라 그들이 지나간 마을들을 감염시켰고, 이 때문에 정도의 차이는 있지만 잉글랜드의 거의 모든 대도시에 전염병이 퍼졌기 때문이다. 이로 인해 지방 사람들은 언제나 런던 사람 아무개가 그곳에 전염병을 퍼뜨렸다는 이야기를 하곤 했다.

그러나 이 사실을 꼭 말해야겠는데, 나는 그렇게 위험한 존재가 된 사람들이 자신의 상태를 전혀 몰랐다고 생각한다. 자신의 상태를 알고도 건강한 사람들이 있는 곳으로 갔다면 그것은 의도적인 살인이나 다름없으며, 앞서 언급한 소문, 나는 전혀 사실이 아니라고 생각하는 그 소문을 입증하는 행동일 것이다. 감염된 사람들이 다른 사람에게 병을 옮기는 것을 개의치 않으며, 조심하기는커녕 오히려 병을 퍼뜨리려고 한다는 소문 말이다. 나는 이런 무증상 감염자들 때문에 그런 소문이 났다고 생각하며, 그 소문이 사실이 아니기를 바란다.

개별적인 몇 가지 사례로 일반론을 펼칠 수는 없음을 알고 있다. 그러나 나는 지금도 살아 있는 이웃과 가족 역시 기억하는 어떤 사람들, 소문과는 반대로 행동한 사람들을 몇 명 소개할 수 있다. 내 이웃 가족의 가장이었던 한 남자가 병에 걸렸다. 그는 자신이 고용한 가난한 일꾼에게 병이 옮았다고 생각했다. 그를 만나기 위해, 혹은 시킨 일이 마무리되었는지 확인하기 위해 그의 집에 갔던 것이다. 그 가난한 일꾼 집에 머무는 동안에도 불길한 느낌이 들었지만 확신은 없었다. 그러나 다음 날 증상이 나타났고, 그는 심각한 상태에 빠졌다. 그 즉시 그는 자신을 집 마당에 있는 별채로 옮기도록 했다. 놋쇠 세공장이었던 그의 작업실 2층에는 방이 하나 있었는데, 그는 그곳에 누워 죽음을 맞았다. 외지에서 온 간호사에게 간호를 일임하고 이웃 누구에게도 신세를 지지 않았으며, 혹시 감염될까 두려워 아내와 아이들, 하인들이 자기 방 근처에는 얼씬도 못 하게 했다. 간호사를 통해 축복과 기도를 전했고, 간호사는 가족에게 병을 옮기지 않기 위해 멀리에서 그의 말을 전했다. 그는 병자와 접촉하지 않고 떨어져 있으면 가족이 안전하리라는 것을 알고 있었던 것이다.

또 여기에서 나는, 모든 병이 다 그러하리라고 생각하는데, 페스트가 사람마다 다른 양상으로 전개되었다는 사실을 밝히고 싶다. 어떤 사람은 처음부터 병세가 심각해 고열, 구토, 참을 수 없는 두통, 동통을 느끼다가 고통에 못 이겨 제정신을 잃고 난폭한 상태가 되기도 했다. 다른 사람들은 목과 사타구니와 겨드랑이에 종기가 생기고, 그것들이 부풀어 터지기 전까지 견딜 수 없는 고통을 겪었다. 또 어떤 이들은 앞서 말한 것처럼 감염은 되었지만 증상이 없었다. 눈치채지도 못한 열이 정신을 침투했고, 그들은 거의 병을 의식하지 못하고 있다가 기절해 쓰러진 후 고통 없이 죽음을 맞았다.

나는 같은 병이 사람마다 다른 증상을 보이고, 다른 양상으로 전개되는 구체적 이유와 방식을 설명할 의학 지식이 없다. 관찰은 했지만 그것을 기록하는 것도 내가 할 일은 아니다. 의사들이 나보다 훨씬 더 효율적으로 이미 그 작업을 했고, 내 의견이 몇 가지 점에서 그들과 다를 수도 있기 때문이다. 다만 나는 내가 아는, 혹은 들은 몇 가지 사례와 내 시야에 들어온 특정 경우들 및 그에 대한 내 생각, 그리고 내가 전하는 몇 가지 사례에 나타난 감염의 다른 양상들을 기술할 뿐이다. 그러나 다음의 사실도 추가로 말해 두고 싶다. 고통의 측면에서는 병의 양상 중 전자, 즉 증상이 확연히 드러나는 경우가 가장 나빴다. 환자들이 열과 구토, 두통, 종기 등에 시달리며 끔찍한 죽음을 맞았기 때문이다. 그러나 병의 예후는 후자가 더 나빴다. 전자의 경우, 환자들은 특히 종기가 터지면 종종 병에서 회복되었다. 그러나 후자의 경우는 죽음을 피할 수 없었다. 어떤 치료나 처방도 도움이 되지 않았고, 죽음 외에 다른 결말은 없었다. 다른 사람들에게도 더 위험한 경우였다. 앞에서 설명했듯이, 자신도 다른 사람도 의식하지 못한 채 자신과 대화한 이들에게 죽음을 전했고, 그렇게 몸에 침투한 독은 알아차릴 수도 설명할 수도 없는 방식으로 그들의 혈관에 스며들었다.

감염시키는 쪽도 감염당하는 쪽도 알지 못하고 진행되는 이런 전염은 당시에 흔히 발생했던 두 가지 경우를 통해 잘 나타났는데, 이 시기 런던에 거주했던 사람이라면 누구라도 이 두 가지 경우로 감염된 사례를 몇 건은 알고 있었다.

　　1. 감염 사실을 모르는 부모들이 자신이 건강하다고 믿고 건강한 사람처럼 행동하다가 온 가족이 몰살되는 경우가 있었다. 자신이 병에 걸려 위험하다는 사실을 조금이라도 알았다면 결코 그렇게 행동했을 리 없다. 내가 들은 한 이야기에서는 아버지를 통해 온 가족이 감염되었는데, 정작 아버지한테 증상이 나타나기도 전에 가족 중 몇 명이 증상을 보이기 시작했다. 더 자세히 알아보니 아버지가 이미 한동안 감염 상태였던 것인데, 자신 때문에 가족들이 병에 걸린 것을 알자 그는 곧 정신이 이상해져 자해를 시도했으나 그를 돌보던 사람들에 의해 제지당했고, 며칠 후에 죽었다.

　　2. 또 다른 경우는 다음과 같다. 자신의 관찰에 따르면 여러 날 동안 병증은 없고 그저 식욕이 감소하거나 속이 좀 불편할 뿐인 사람들이 많았다. 아니, 어떤 사람들은 식욕도 좋고 오히려 더 왕성해진 경우도 있었다. 그들은 단지 가벼운 두통이 있어서 원인을 알아보려고 의사를 불렀다가 죽음을 코앞에 두고 페스트의 징표를 발견하거나, 병이 치료할 수 없는 상태로 진전되었다는 사실을 알고 아연실색했다.

바로 앞에서 언급한 경우, 사람들이 한 주 혹은 두 주 동안 걸어다니는 죽음의 사신으로서 자신의 목숨을 바쳐서라도 구하려고 할 사람들을 파멸시키고, 어쩌면 자녀들에게 다정히 입을 맞추고 포옹을 하는 동안에도 그들에게 죽음의 숨을 내뿜었다는 사실을 생각하면 슬프기 그지없다. 그러나 사실이 그랬고, 흔한 일이었으며, 구체적인 사례도 얼마든지 제시할 수 있다. 공격이 그렇게 알 수 없이 가해지고, 화살이 보이지 않게 날아와 찾을 수도 없다면, 아픈 사람을 가두고 격리하기 위한 그 모든 계획은 다 무슨 소용이었을까? 그런 계획은 병증이 드러나고 감염이 명백한 사람들에게만 효과가 있는 것이다. 그러나 겉으로는 건강해 보여도 만나는 모든 사람에게 죽음을 전파하는 수천 명이 그들과 뒤섞여 있지 않은가.

이것이 자주 내과의들, 특히 건강한 사람들 사이에서 병자를 가려낼 방법을 찾지 못한 약사들과 외과의들을 난감하게 만든 문제였다. 그들 모두는 그것이 사실이라고 인정했다. 병이 핏속에 흐르고 정신을 잠식해 썩은 채 걸어 다니는 시체나 다름없는 사람들이 많았다. 그들의 숨은 병을 퍼뜨렸고, 땀은 독을 뿜어냈다. 그러나 겉으로 봐서는 건강한 사람들과 다를 바 없었고, 자신들도 병의 존재를 몰랐다. 의사들 역시 모두 무증상 감염의 존재를 인정했지만, 그런 사람을 찾아낼 방법은 알지 못했다.

의사인 내 친구 히스는 숨 냄새로 그들을 구분할 수 있다는 의견을 가지고 있었다. 그러나 히스 자신도 인정했지만, 그 사실을 밝혀내기 위해 누가 감히 그 숨 냄새를 맡아 볼 것인가? 사실을 밝히고 병의 유무를 알아내기 위해서 전염병의 악취를 자기 뇌까지 들이마셔야 할 텐데 말이다! 유리에 숨을 불도록 해서 병의 유무를 알 수 있다는 의견을 가진 사람도 있다고 들었다. 숨에서 나온 수증기가 응축된 뒤 현미경으로 들여다보면 용, 뱀, 독사, 악마처럼 보기에도 두려운, 기이하고 괴물 같은 무서운 형태들이 보인다는 것이다. 그러나 나는 이 의견이 그다지 믿을 만한 것이 아니라고 생각한다. 내가 기억하기에는 당시 그런 실험을 할 수 있는 현미경도 없었다.

학식 있는 또 다른 사람은 그런 사람의 숨이 새를 즉시 죽일 수 있다는 의견을 냈다. 작은 새뿐만이 아니라 암탉이나 수탉도 죽일 수 있으며, 즉시 죽지 않을 때는 닭들에게 전염성 호흡기병을 일으킬 수 있다고 했다. 특히 그런 상태에서 알을 낳으면 알이 다 썩어 있을 것이라고 했다. 그러나 이런 의견들이 실험을 통해 입증된 경우는 본 적이 없고, 다른 사람이 그런 실험을 목격했다는 이야기도 들은 적이 없다. 그러므로 나로서는 들은 그대로 소개하고, 이런 의견들이 꽤 개연성이 있다고 생각한다는 의견만을 덧붙인다.

어떤 사람들은 무증상 감염자들이 따뜻한 물에 숨을 내쉬면 물 위에 특이한 거품이 생길 것이며, 점성이 있어서 거품이 그 위에 떠 있을 수 있는 다른 물질에 숨을 불어도 마찬가지 결과가 나올 것이라고 했다.

그러나 발견한 사실을 전체적으로 고려하면 전염의 성질이 이러했으므로 그 어떤 인간의 기술로도 그 본성을 밝히거나 한 사람으로부터 다른 사람에게 병이 전파되는 것을 막는 것은 불가능했다.

이 지점에서 이번 전염병 사태의 난제, 내 생각으로는 단 하나의 답밖에 없는 문제 하나를 이야기해야겠다. 페스트로 죽은 최초의 사망자는 1664년 12월 20일 또는 그즈음에 나왔고, 감염자는 롱 에이커 혹은 그 인근에서 죽었다. 사람들은 첫 번째 감염자가 네덜란드에서 수입된 비단 꾸러미를 집에서 처음 풀어 본 후 병에 걸렸다고 했다.

그러나 이후 그곳에서 페스트 혹은 다른 병으로 죽은 사람의 이야기는 없었다. 약 7주 후인 2월 9일에야 같은 집에서 한 사람이 더 죽었다. 그러나 사람들은 그 소식을 쉬쉬했고 한참 동안 전혀 동요 없이 일상생활을 계속 영위했다. 4월 22일까지 페스트로 인한 사망이 주보에 기록되지 않았기 때문이다. 그러나 4월 22일 같은 집은 아니지만 같은 거리에서, 그리고 내가 기억하기로는 첫 번째 사망자가 나온 집 옆집에서 2명의 사망자가 추가로 발생했다. 9주 만의 일이었다. 그 뒤로 다시 2주 동안 추가 사망자가 없다가 여러 거리에서 병자가 속출하더니 사방으로 퍼졌다. 여기서 질문은 다음과 같다. 이 기간 내내 병의 씨앗은 어디에 있었는가? 어떻게 그렇게 오랫동안 전파되지 않으면서 완전히 사라지지도 않은 것인가? 한 사람에게서 다른 사람에게로 전염되면 바로 발병하는 것이 아닌가? 그렇다면 병에 감염된 채 여러 날, 아니, 여러 주, 심지어 며칠이 아니라 60일, 40일도 아니고 60일 혹은 그 이상의 격리에도 증상 없이 감염 상태가 유지될 수 있는 것인가?

처음에 말한 것처럼, 그리고 지금도 살아 있는 많은 사람이 기억하는 것처럼 그해 겨울은 분명 유독 추웠으며, 서리가 석 달 동안 계속되었다. 의사들은 이것이 전염을 막았을지도 모른다고 말했다. 그러나 나도 전문가들에게 하고 싶은 말이 있다. 그들의 생각대로라면 병이 추위로 얼었다고 해도 좋을 터인데, 그렇다면 마치 언 강물처럼 녹으면 원래의 흐름과 속도로 돌아가야 했을 것이다. 그러나 정작 전염이 상당 기간 중단되었던 때는 2월부터 4월까지로 서리가 멎고 날씨가 따뜻하고 온화했던 시기였다.

이 모든 난감한 질문에 답할 수 있는 다른 방법이 있는데, 내 기억이 그 방법을 제공할 수 있다고 생각한다. 나는 실은 실태가 제대로 알려지지 않았다고 믿고 있다. 즉 12월 20일부터 2월 9일까지, 그리고 그로부터 4월 22일까지의 긴 기간 동안 아무도 죽지 않았다는 것은 사실이 아니라는 말이다. 이를 반박할 유일한 증거는 사망 주보인데, 적어도 나는 사망 주보가 그 가설을 입증할 만큼 혹은 이렇게 중요한 문제를 결정할 만큼 신뢰할 수 있다고 생각하지 않는다. 교구 직원들, 조사인들, 사망자 수를 세고 사망 원인을 기록하기 위해 임명된 사람들이 정직하지 않았다는 것은 당시 일반적으로 받아들여진 의견이고, 나는 이 의견에 충분한 근거가 있다고 생각한다. 사람들은 처음에 이웃들이 자기 집이 감염되었다고 생각하는 것을 몹시 두려워했고, 그래서 돈을 주고 관련자들을 매수하여 사망자를 다른 병으로 죽었다고 기록하게 했다. 전염병 기간 동안 다른 여러 질병으로 주보에 기록된 사망자 수가 크게 증가하는 것을 보면 알 수 있지만 나는 이후에도 많은 곳에서, 사실상 전염병이 발생한 모든 곳에서 이런 일이 성행했다고 믿고 있다. 예를 들어 전염병의 기세가 최고조를 향해 가던 7월과 8월 중 다른 병으로 죽은 사망자 수가 한 주에 1,000~1,200명, 아니, 거의 1,500명까지 나오는 것은 흔한 일이었다. 그러나 여타 질병으로 인한 사망자가 실제로 그렇게 증가한 것이 아니었다. 페스트에 걸린 엄청난 수의 가족과 집이 주택 봉쇄를 피하기 위해 손을 써서 담당자가 사망자를 다른 병으로 죽은 것으로 기록했을 뿐이다. 예를 들어 다음의 기록을 보자.

페스트 이외의 질병 사망자	
7월 18일~7월 25일	942명
7월 25일~8월 1일	1,004명
8월 1일~8월 8일	1,213명
8월 8일~8월 15일	1,439명
8월 15일~8월 22일	1,331명
8월 22일~8월 29일	1,394명
8월 29일~9월 5일	1,264명
9월 5일~9월 12일	1,056명
9월 12일~9월 19일	1,132명
9월 19일~9월 26일	927명

여기 기록된 사망자의 대부분 혹은 상당수는 페스트로 죽었지만, 관리들이 청탁을 받고 앞의 기록처럼 사망 원인을

다르게 적은 것이 분명하다. 기록된 일부 병명을 보면 다음과 같다.

	열병	반점열	소화 불량	치아열	합계
8월 1일 ~8월 8일	314	174	85	90	663
8월 8일 ~8월 15일	353	190	87	113	743
8월 15일 ~8월 22일	348	166	74	111	699
8월 22일 ~8월 29일	383	165	99	133	780
8월 29일 ~9월 5일	364	157	68	138	728
9월 5일 ~9월 12일	332	97	45	128	602
9월 12일 ~9월 19일	309	101	49	121	580
9월 19일 ~9월 26일	268	65	36	112	481

노환, 결핵, 구토, 종양, 복통 등 비슷한 비율로 증가한 다른 질병 항목들도 있는데, 이런 질병으로 인한 사망자 수 역시 같은 이유로 늘었으며, 이들 중 상당수는 분명 페스트로 죽었을 것이라는 사실을 짐작하기 어렵지 않다. 그러나 피할 수만 있다면 감염 사실을 숨기는 것이 가족들에게 대단히 중요했으므로 집안의 누군가가 전염병으로 죽으면 그들은 그 사실을 감추고 검사관과 조사인이 사망자가 다른 병으로 죽

었다고 기록하게 하기 위해 할 수 있는 모든 수단을 동원했다.

나는 이것이 앞서 말한 긴 휴지(休止), 즉 주보에 페스트로 죽었다고 기록된 첫 번째 사람의 사망과 전염병이 눈에 띄게 퍼져 숨길 수 없게 된 시기 사이의 시차를 설명할 것이라고 생각한다.

당시의 주보부터가 이 짐작이 사실임을 분명히 보여 준다. 처음 페스트가 기록된 후 더 이상 페스트에 대한 기록이 없고 사망자 수도 늘지 않았지만, 페스트와 매우 유사한 병으로 인한 사망자가 증가했다. 예를 들어 페스트 사망자가 전무하거나 극히 적었던 어떤 주에 반점열로 인한 사망은 8~12명 내지 17명이었다. 평소에 그 병으로 인한 주간 사망자는 보통 1명 내지 3~4명이었는데 말이다. 앞에서 말했듯이, 페스트 사망자의 기록은 없지만 바로 그 교구 혹은 인근 교구에서 평소보다 사망자의 수가 늘기도 했다. 이런 정황들은 모두 당시 전염이 멈췄다가 갑자기 이상하게 다시 시작된 것처럼 보여도 사실 병이 퍼지고 있었고, 페스트가 지속되고 있었음을 보여 준다.

처음 배달된 뒤 어쩌면 개봉되지 않았던, 적어도 다 개봉되지 않았던 같은 수화물의 다른 일부 또는 처음 감염된 사람의 옷에 병이 남아 있었을 가능성도 있다. 누구라도 치명적으로 병에 감염된 채 다 합하면 9주에 이르는 기간 동안, 심지어 자신도 알아차리지 못할 만큼 건강한 상태를 유지하는 것은 불가능할 것이기 때문이다. 그러나 혹시 그런 일이

가능하다면 이는 내 주장, 즉 병이 겉으로는 건강한 사람의 몸에 잠복한 채 그가 만나는 사람에게 양편이 다 모르는 사이에 전염된다는 주장을 뒷받침해 줄 것이다.

당시 이 사실이 야기한 혼란은 대단했다. 겉으로는 건강해 보이는 사람이 이렇게 예상치 않은 방식으로 병을 옮길 수 있다는 사실이 분명해지자 사람들은 가까이 오는 모든 사람을 극히 경계하고 조심했다. 한번은 어느 공휴일에, 안식일이었는지는 기억나지 않는데, 사람으로 가득 찬 올드게이트 교회의 신도석에서 갑자기 한 여성이 나쁜 냄새를 맡았다면서 그 즉시 전염병에 걸린 사람이 신도석에 있다고 생각해 옆 사람에게 자신의 생각 혹은 의심을 이야기했다. 그러고는 일어나서 신도석을 나갔다. 옆 사람도 바로 일어나서 나갔고, 나머지도 모두 따라 나갔다. 그들과 가까운 곳에 있던 두세 줄의 신도석 사람들도 일어나 교회를 나갔다. 그러나 누구도 그들이 맡은 냄새가 무엇인지, 혹은 누구에게서 난 것인지 알지 못했다.

이런 상황 때문에 모두가 곧 다른 사람의 호흡으로부터 병이 전염되는 것을 막기 위해 노파들이 알려 준 처방약을, 어떤 사람들은 아마 의사들이 처방한 예방약을 입에 물고 다녔다. 그래서 사람들로 꽉 찬 교회에 가면 입구에서부터 온갖 처방약 냄새가 뒤섞여 코를 찔렀고, 약제사나 약국에 들어갈 때보다, 그보다 건강하지야 않겠지만, 더 강한 냄새가 났다. 한마디로 교회 전체가 냄새 맡는 약병과도 같았다. 한쪽에서는 향수, 다른 쪽에서는 방향제와 다양한 약재, 약풀, 또 다른 쪽에서는 소금과 알코올 냄새가 났다. 모두가 자신을 보호하기 위한 뭔가를 가지고 다녔기 때문이다. 그러나 앞서 말한 것처럼 사람들이 겉으로 보기에 건강한 사람한테서도 병이 옮을 수 있다는 생각 혹은 확신을 갖게 된 후, 교회와 예배당에 오는 사람이 이전과 비교해 확연히 줄어든 것을 볼 수 있었다. 런던에 대해 말하자면, 전염병이 돌던 시기 내내 교회와 예배당이 완전히 문을 닫은 적이 한 번도 없고, 예배를 보기 위해 사람들이 교회에 오는 것을 막은 일도 없었는데 말이다. 특정 시기에 전염병이 특히 더 기승을 부린 몇몇 교구에서 예외가 있긴 했지만, 그런 시기가 지나면 예배는 재개되었다.

사실 전염병이 두려워 다른 이유로는 결코 집 밖에 나오지 않던 시기에도 사람들이 예배를 드리기 위해 교회로 가면서 보여 준 용기는 실로 놀라웠다. 앞서 이야기한 자포자기 시기 이전에도 마찬가지였다. 또한 이는 초기의 위험 신호에 많은 사람이 시골로 피신했고, 병이 무서운 속도로 퍼지자 많은 사람이 더 겁을 먹고 숲으로 도망갔음에도 불구하고, 도시에 얼마나 많은 사람이 남아 있었는지를 보여 주는 증거이기도 하다. 안식일에, 특히 병이 아직 절정에 이르지 않았거나 병세가 약화된 지역에서 교회에 구름처럼 몰려든 인파를 보면 놀라울 뿐이었다. 그러나 이에 대해서는 곧 다시 이야기할 것이다. 그 전에 사람을 통한 감염에 대한 이야기로 돌아가야겠다. 처음 감염에 대해, 그리고 사람을 통한 감염에 대해 제대로 이해하기 전에 사람들은 종기가 난 목 주위에 천을 감거나 머리에 모자를 쓴 진짜 환자만을 피했다. 사실 그들은 보기에도 무서웠다. 그러나 허리띠를 하고, 손에 장갑을 끼고, 머리에 모자를 쓰거나 단정하게 빗질한 사람들은 전혀 무서워하지 않았다. 또 사람들은 한동안 이웃이나 지인과 걱정 없이 이야기를 나누었다. 그러나 의사들이 아픈 사람뿐만 아니라 겉으로 보기에 건강한 사람도 위험할 수 있으며, 자신이 전적으로 안전하다고 생각하는 사람들이 종종 가장 치명적일 수 있고, 대중이 이런 사실과 그 이유를 안다는 것이 일반적으로 인정되고 있다고 분명하게 말하자, 사람들은 모두를 경계하기 시작했다. 밖으로 나갔다가 누구라도 마주칠까 봐 집에만 있었고, 위험한 사람과 함께 있었던 사람은 일절 집 안에 들이거나 가까이하지 않았으며, 적어도 상대의 숨이나 체취가 느껴질 정도로 가까이 가지는 않았다. 낯선 사람과 이야기를 나눠야 할 경우에는 멀찍이 떨어져 선 채, 감염을 피하거나 막기 위해 옷 혹은 입에 예방약을 지니거나 물고 있었다.

하느님의 섭리가 우리를 인도한 방식에 합당한 경외심을 표하며, 우리는 사람들이 이렇게 조심한 덕분에 위험에 덜 노출되었으며, 과거 다른 경우에 그랬던 것처럼 병이 집집마다 무섭게 번지지 않았다는 것, 그리고 그런 방법들을 통해 수천 가구가 목숨을 구할 수 있었다는 사실을 인정해야 한다.

그러나 가난한 사람들을 일깨우는 것은 불가능한 일이었다. 병에 걸리면 그들은 평소 버릇처럼 고함을 치고 한탄을 하면서 분별없이 성질을 부렸다. 그러나 아프지 않을 때는 미련하고 고집스럽게 자신을 전혀 돌보지 않았다. 일거리를 구할 수만 있으면 가장 위험하고 감염에 쉽게 노출되는 일이라도 가리지 않고 뛰어들었다. 그 이유를 물으면 그들은 〈그 문제에 대해서는 하느님을 믿어야지요. 병에 걸리면 걸리는 대로 보살핌을 받겠지요. 어쨌든 끝은 있는 거니까요〉 등의 대답을 했다. 혹은 〈그럼 어떻게 할까요? 굶을 수도 없고, 병에 걸려 죽나 배고파 죽나 마찬가지인데요. 다른 일이 없는데, 그럼 어쩌라는 겁니까? 이 일을 하든지, 아니면 구걸을 해야 해요〉라고 대답하기도 했다. 시체를 묻거나 병자를 돌보는 일, 감염된 주택을 감시하는 일 등은 모두 대단히 위험한 일이었다. 그러나 그들의 이야기는 한결같았다. 먹고살기 위해서라는 것은 정당하고 설득력 있는 이유이며, 가장 설득력 있는 호소이기도 하다. 그러나 절박하지 않을 때도 그들이 대는 이유는 한결같았다. 이렇게 무분별한 행동 때문에 전염병은 가난한 사람들 사이에 무서울 정도로 빠르게 퍼졌고, 열악한 생활 조건과 결합해 가난한 이들은 병에 걸리면 무더기로 죽음을 맞았다. 건강해서 돈을 벌 수 있는 동안 가난한 노동자들이 전보다 조금이라도 절약하고 절제하는 모습은 볼 수 없었다. 그들은 평소처럼 앞날은 전혀 걱정하지 않고 흥청망청 무분별한 생활을 했고, 그래서 병에 걸리면 신체의 증상 때문만이 아니라 생활고 때문에, 건강뿐만이 아니라 음식의 결핍 때문에 즉시 극도의 어려움을 겪었다.

나는 가난한 사람들의 비참한 상황을 여러 번 목격했고, 때로 신실한 사람들이 그들에게 매일 음식과 약, 필요한 다른 도움을 제공하며 자비롭게 그들을 돌보는 것도 보았다. 여기에서 당시 사람들의 인정에 런던이 빚진 바를 언급하는 것이 마땅하겠다. 병에 걸린 빈자(貧者)들을 구조하고 지원하기 위해 엄청난 금액, 어마어마한 자선 성금이 런던시장과 시 의원들에게 보내졌다. 그뿐만이 아니라 많은 시민도 매일 가난한 사람들을 위해 개인적으로 상당한 금액의 돈을 기부했고, 병에 걸렸거나 어려움을 겪는 특정 가족들의 상태를 알아보기 위해 사람을 보내고 그들을 도왔다. 몇몇 신실한 귀부인들은 자선 사업에 놀라운 열정으로 매진하며 위대한 자선의 의무를 수행하는 그들을 하느님의 섭리가 보호할 것이라고 지나치게 확신하기도 했다. 그래서 가난한 사람들에게 직접 구호금을 나눠 주고, 심지어 감염자가 있는 집으로 찾아가는가 하면, 간호가 필요한 사람들을 보살필 간호사를 구하고 약제사와 외과의를 보내기도 했다. 약제사는 약과 고약을 비롯해 그들에게 필요한 기타 약품을 주었고, 외과의는 필요한 경우 종기를 터뜨리고 붕대를 감아 주었다. 귀부인들은 이렇게 진심 어린 기도뿐 아니라 실질적인 구호를 통해 그들을 도왔다.

이 자비로운 사람들 중 전염병에 걸린 이는 없다고 말하는 사람도 있지만, 나는 그렇게 말하지는 않겠다. 그러나 내가 아는 한 그들 중 누구도 죽지 않았다는 것은 말할 수 있다. 이 말을 하는 이유는 비슷한 재난이 닥쳤을 때 다른 사람들도 자비를 행하도록 격려하기 위해서이다. 〈가난한 자에게 베푼 것은 하느님께 드린 것이니 하느님께서 이를 보답하실 것이다)라는 성경 구절은 분명한 사실이다. 이런 재난에서 가난한 자들을 돕고, 위로하고, 그들을 구호하기 위해 자신의 목숨을 건 사람들은 그 일을 하는 동안 하느님의 가호를 받으리라는 것을 믿어도 좋으리라.

게다가 (이 주제를 간단히 언급하고 지날 수는 없다) 소수의 사람만 그렇게 놀라운 자선에 동참한 것도 아니었다. 시골뿐만 아니라 시내와 교외에 사는 부자들의 기부도 상당했다. 따라서 그런 기부가 없었다면 병 때문만이 아니라 굶주림 때문에 틀림없이 사망했을 무수히 많은 사람들이 기부금 덕에 구호와 도움을 받았다. 그렇게 기부된 금액이 얼마인지는 모르지만, 누구도 이에 대해 완전한 정보를 가지고 있는 것 같지는 않은데, 그 방면에 관한 일을 잘 아는 사람 하나가 수천 파운드가 아니라 수십만 파운드가 재난으로 고통받는 시내의 빈자를 구호하기 위해 기부되었다고 말하는 것을 들었다. 어떤 사람은 나에게 몇몇 교구의 교구 위원과 시장, 해당 지구의 시 의원, 그리고 각 거주 지역의 판사와 법원의 구체적인 지시에 따라 한 주에 100,000파운드 이상의 구호금이 지급되었다고 자신 있게 말하기도 했다. 이는 내가 앞에서 말한, 신실한 개인들이 베푼 자선과는 별도의, 그보다 더 큰 규모로 시행된 구호였고 여러 주 동안 지속되었다.

솔직히 나도 이것이 엄청난 금액이라고 생각한다. 그러나 내가 들은 바대로 가난한 사람의 구호를 위해 크리플게이트 교구에서만 한 주에 17,800파운드가 지급된 것이 사실이라면, 이 소문은 사실이라고 생각하는데, 위의 주장도 가능성이 없지는 않다.

이것은 당연히 이 위대한 도시를 보살핀 선한 하느님의 섭리를 증거하는 여러 신호 중 하나로 간주되어야 하는데, 이 외에도 기록할 만한 다른 가호들이 많이 있었다. 나는 하느님께서 왕국의 모든 지역 사람들의 마음을 움직여 그렇게 선뜻 런던의 빈자를 돕기 위해 돈을 기부하도록 한 것은 경이로운 일이라고 생각한다. 그런 자선의 긍정적인 결과는 다방면에서 체감할 수 있었는데, 무엇보다 그 구호금 덕분에 수천 명이 목숨을 건지고 건강을 회복할 수 있었으며, 수천의 가족들이 굶주림과 죽음을 피할 수 있었다.

이 재난의 시기에 드러난 자비로운 신의 섭리에 대해 이야기하자면, 이미 다른 부분에서 여러 번 언급하긴 했지만 페스트의 진행 방식을 다시 한번 말하지 않을 수 없다. 마치 한쪽 하늘이 어두워지는가 싶으면 다른 쪽 하늘이 맑아지면서 우리의 머리 위를 지나가는 먹구름처럼 병이 시의 한쪽 끝에서 시작해 순차적으로 천천히 다른 지역으로 전파된 방식 말이다. 그래서 페스트가 시의 서쪽에서 동쪽으로 퍼지는 동안 동쪽으로 퍼질 때는 서쪽 지역의 병세가 수그러들었고, 그 덕에 아직 병이 퍼지지 않은 지역 혹은 병이 그 기세를 다 소진하고 지나간 지역의 사람들은 (당시 실제로 그랬던 것처럼) 다른 사람들을 도울 여력이 있었다. 만약 전염병이 시와 교외 지역에 동시에 퍼져 외국의 일부 지역에서 그랬던 것처럼 사방에서 맹위를 떨쳤다면 시민 전체가 그 위세에 압도되어, 나폴리에서처럼 하루에 20,000명이 사망함으로써 서로를 돕거나 구호할 여력은 없었을 것이다.

전염병이 맹위를 떨치는 지역에서 시민들은 실로 비참한 상태에 빠졌고 이루 말할 수 없는 혼란을 겪었기 때문이다. 그러나 병이 그 지역에 도달하기 바로 전까지 혹은 전염병이 수그러들고 나면 얼마 되지 않아 그들은 마치 다른 사람처럼 보였다. 그래서 나는 당시 우리 모두가 인류 공통의 특징, 즉 위험이 지나가면 죽음을 잊는 특징을 똑똑하게 보여 주었다는 사실을 인정하지 않을 수 없다. 그러나 이 부분은 나중에 다시 이야기하기로 하자.

이 시점에서 이 공공의 재난 동안 무역이 어떤 상태에 있었는지를 언급해야 되겠다. 이는 외국과의 교역 및 국내 교역 모두를 포함한다.

외국과의 무역에 대해서는 별로 말할 것이 없다. 유럽의 모든 무역 상대국이 우리를 기피했고 프랑스와 네덜란드, 스페인과 이탈리아의 어떤 항구도 우리 배를 받아들이지 않았으며, 영국과의 교역을 거부했다. 게다가 우리는 네덜란드와 갈등이 있어 그들과 맹렬한 전쟁을 치르는 중이기도 했다. 내부에서 그렇게 무서운 적을 상대하고 있는 국가로서 다른 나라와 전쟁을 치르기 좋은 상황은 아니었는데 말이다.

이로 인해 영국 무역상들은 사업이 완전히 중단되었고, 그들의 배는 어디로도, 그러니까 해외 어디로도 갈 수 없었다. 외국 사람들은 영국에서 생산된 물품에는 손도 대려 하지 않았고, 영국 사람만큼이나 영국산 물건도 무서워했다. 여기에는 그럴 만한 이유가 있었다. 영국산 양모 제품은 사람의 몸처럼 병을 보유할 수 있어서 감염된 사람이 물품을 포장한 경우 병이 양모에 옮겨 붙기 때문에, 그 제품을 만지는 것은 병에 걸린 사람을 접촉하는 것과 마찬가지로 위험했던 것이다. 그래서 영국 화물선이 외국 항구에 도착해 그쪽에서 물건을 받아 주는 경우에도 그들은 언제나 화물을 지정된 장소에 부려 환기시켰다. 그러나 런던에서 출발한 화물선을 받아 주는 항구는 없었고, 어떤 조건으로도 그런 배의 화물을 부리도록 허락해 주는 항구는 더더욱 없었다. 스페인과 이탈리아의 항구들이 특히 더 엄격했다. 튀르키예와 당시 다도해라고 불리던 지역의 섬들은, 베네치아에 속한 섬이든 튀르키예에 속한 섬이든 간에 그렇게 엄격하지 않았다. 튀르키예의 경우 처음에는 전혀 규제가 없었다. 그래서 이탈리아의 레그혼과 나폴리로 갈 짐을 실은 템스강의 배 네 척이 당시 표현대로 교역 거부를 당하자, 그들은 튀르키예로 가서 아무 어려움 없이 자유롭게 화물을 부릴 수 있었다. 그러나 튀르키예에 도착한 배의 화물 중 일부는 그 나라에서 판매하기에 적당하지 않았고, 일부 다른 화물은 레그혼의 상인들에게 보내진 것이라서 배의 선장에게 물품을 처리할 권한이 없었다. 따라서 무역상들은 큰 불편을 겪었다. 그러나 상황이 그러했으므로 어쩔 수 없는 일이었다. 연락을 받은 레그혼과 나폴리의 상인들은 그 지역 항구에 특별히 부과된 규칙을 준수하기 위해, 다시 튀르키예에 사람을 보내 스미르나와 이스칸데룬의 시장에서 판매할 수 없는 물품들을 다른 배로 실어왔다.

스페인과 포르투갈에서 겪은 불편은 이보다 훨씬 더 심했다. 두 국가는 자국 항구 어디에서도 영국 화물선, 특히 런던에서 출발한 화물선을 결코 받아들이지 않았고, 화물을 부리는 것은 더더욱 허용하지 않았기 때문이다. 영국 배 하나가 몰래 영국산 옷감, 면, 울 등을 포함한 화물을 부렸는데, 스페인 사람들이 화물은 모두 불태우고 화물을 부리도록 허락한 사람들을 사형에 처했다는 이야기도 있었다. 확신할 수는 없지만, 일부는 사실이 아닐까 생각한다. 런던의 병세가 엄청났고, 전염의 위험도 그만큼 컸다는 것을 생각하면 충분히 있을 수 있는 일이다.

또 영국 배들이 그런 나라들 중 몇 곳에 병을 옮겼고, 특히 포르투갈 국왕에게 속한 알가르브 왕국의 파루 항구에 병을 퍼뜨려 몇 명이 죽었다는 이야기를 들었는데, 확인된 사실은 아니다.

스페인과 포르투갈이 영국 배를 그렇게도 꺼렸지만 처음에는 전염병이 웨스트민스터에 인접한 시내 경계에 퍼졌고, 시내와 강변의 상업 지구들은 적어도 7월 초까지, 강 위의 배들은 8월 초까지 전적으로 건강한 상태를 유지한 것은 분명한 사실이다. 7월 1일 자로 리버티 전체의 사망자는 60명인 반면 시내 전체 사망자는 7명이었고, 스테프니와 올드게이트 화이트채플 교구 전체에서는 1명, 그리고 서더크의 8개 교구에서는 2명의 사망자만 나왔다. 그러나 외국의 입장에서 볼 때는 별 차이가 없었다. 런던에 페스트가 퍼졌다는 나쁜 소식이 전 세계로 전파되었지만 병이 어떻게 진행되었는지, 시의 어느 지역에서 병이 시작되어 어디까지 퍼졌는지를 묻는 경우는 없었기 때문이다.

게다가 일단 병이 퍼지기 시작한 후에는 감염 속도가 대단히 빨랐고, 사망자 수도 갑자기 가파르게 증가해서 그에 대한 보도를 억제하거나 외국 사람들에게 상황을 실제보다 미화하려는 노력도 소용이 없었다. 사망 주보의 수만으로 충분해서 한 주에 2,000~3,000명 내지 4,000명까지 죽었다는 사실만으로도 세계의 모든 무역 지역이 경계심을 품었고, 이후 시내 역시 상황이 무척 악화되어 전 세계가 영국을 기피하게 만들기에 충분했던 것이다.

당연히 이런 상황에 대한 소문은 그 전달 과정에서 무엇 하나 누락하는 법이 없었다. 전염병은 실로 무서운 재난이었고, 이미 기술한 내용에서 볼 수 있듯이 사람들이 겪은 시련도 엄청났다. 그러나 소문은 실제보다 더 대단했다. 그래서 형의 거래처 사람들이 주로 무역을 하던 포르투갈과 이탈리아에서 들은 것처럼, 우리의 외국 지인들이 런던에서 한 주에 20,000명의 사람이 죽어서 시체가 매장되지 않은 채 산처럼 쌓여 있으며, 죽을 사람을 묻을 생존자가 충분치 않고 아픈 사람을 돌볼 건강한 사람의 수가 부족하다는 이야기를 들었다고 해서 놀랄 것은 없었다. 왕국 전체에 같은 식으로 병이 퍼져 전 세계에 유례가 없는 총체적인 전염병 상황이라는 소문을 포함해서 말이다. 그래서 우리가 실제 상황, 즉 사망자가 전체 인구의 10분의 1을 넘지 않았고, 전염병 기간 내내 500,000명의 인구가 도시에 남아 있었으며, 사람들이 이제 다시 거리를 오가고 피난을 떠났던 사람들도 돌아오기 시작해서 모든 가족이 이웃이나 친척을 잃긴 했지만 거리는 평소처럼 사람들로 북적인다는 사실 등을 알려 주었을 때, 그들은 믿으려 하지 않았다. 믿을 수 없었던 것이다. 그래서 나폴리나 이탈리아 해변의 다른 도시 사람들에게 지금 그 일에 대해 물으면, 그들은 여러 해 전에 런던에서 끔찍한 페스트가 돌아, 앞에서 말한 것처럼 한 주에 20,000명의 사람이 죽었다고 이야기할 것이다. 우리도 1656년 나폴리에 페스트가 퍼져 하루에 20,000명의 사람이 죽었다는 소문, 확신하건대 잘못된 것임이 틀림없는 소문을 들은 적이 있는 것과 마찬가지로 말이다.

그러나 이런 과장된 소문들은 그 자체로 부당하고 해로운 동시에 우리의 무역상들에게 심각한 편견으로 작용했다. 따라서 전염병이 끝나고도 한참이 지나서야 무역상들은 그 지역들에서 거래를 회복할 수 있었다. 그리고 그 덕에 플랑드르와 네덜란드, 특히 네덜란드가 시장을 독점함으로써 큰 이익을 보았다. 그들은 심지어 병이 퍼지지 않은 잉글랜드의 몇몇 지역에서 영국 물품을 구매한 후 네덜란드와 플랑드르 지역으로 싣고 가 그곳에서 다시 마치 자국 제품인 양 그것들을 스페인과 이탈리아로 수출하기도 했다.

그러나 가끔은 발각되어 처벌받기도 했다. 물품과 배를 압수당했던 것이다. 영국 사람과 마찬가지로 영국 물품이 감염된 것은 사실이었고, 영국 물품을 만지거나 개봉하거나 냄새를 맡는 것이 위험한 것도 분명한 사실이었다. 따라서 그런 밀수를 통해 그들은 자국에 전염병을 유입하고, 그들과 거래한 나라에 전염병을 퍼뜨릴 위험을 감수했던 셈이다. 그런 행동의 결과로 얼마나 많은 사람이 죽을 수도 있을지 생각해 보면 양심이 있는 사람으로서는 결코 할 수 없는 상행위라고 하겠다.

그런 사람들로 인해 실제로 피해가 발생했는지는 내가 말할 수 있는 문제가 아니다. 그러나 우리 나라의 경우에 대해서라면 이렇게 조심스러울 필요가 없을 것이다. 런던 시민을 통해서든 전 세계, 또 모든 주요 도시 출신의 온갖 사람을 만날 수밖에 없는 상업을 통해서든 전염병은 언제든 바로 앞서와 같은 방식으로 모든 도시와 마을, 특히 무역용 제품을 생산하는 마을과 바닷가 항구 마을, 런던을 포함한 왕국 전체에 퍼졌기 때문이다. 시간 차이는 있지만 결국 잉글랜드의 모든 주요 도시에 어느 정도는 전염병이 퍼졌고, 전체는 아니지만 아일랜드 왕국의 일부도 전염병의 영향을 받았다. 스코틀랜드의 상황이 어떠했는지는 알아볼 기회가 없었다.

전염병이 런던에서 맹위를 떨치던 동안 당시 외항이라고 불리던 항구들에서는 거래가 활발했으며, 특히 인근 국가 및 영국령 플랜테이션 농장과 거래가 성행했다는 사실을 밝혀야겠다. 예를 들어 런던과의 교역이 완전히 금지되고 몇 달이 지나도록 잉글랜드 외항 지구에 있는 콜체스터, 야머스, 헐의 도시들은 인근 지역의 생산품을 네덜란드와 함부르크에 수출했다. 비슷하게 브리스틀과 엑서터의 도시들은 플리머스 항을 통해 스페인과 카나리 제도, 기니, 서인도 제도, 특히 아일랜드로 물품을 수출하는 이익을 누렸다. 그러나 런던을 휩쓴 전염병이 8월과 9월에 무서운 기세로 전국으로 퍼지고, 이런 마을과 도시도 대부분 순차적으로 감염됨에 따라 무역은 대체로 혹은 완전히 중지되었다. 이는 영국 내의 교역 상황을 이야기할 때 더 다룰 생각이다.

그러나 꼭 언급할 필요가 있는 사항이 하나 있다. 외국에서 돌아오는 배들의 경우, 짐작하다시피 많은 배가 외국에서 돌아왔는데, 전염병 전에 세계 각지로 나가 상당 기간 머무른 배들, 또 전염병에 대해 전혀 모르거나 적어도 상황이 그렇게 심각하다는 것을 알지 못하고 나갔던 배들은 겁 없이 강에 들어와 평소처럼 화물을 부렸다. 런던 브리지 아래쪽 전 지역에 병이 심각하게 퍼져 한동안 누구도 감히 일을 하러 나올 엄두를 내지 못했던 8월과 9월은 예외였지만, 이런 기간은 몇 주밖에 되지 않았다. 그래서 고국으로 돌아오는 배들, 특히 부패할 염려가 없는 물품을 실은 배들은 풀 혹은 강의 민물 지대에 공간이 충분치 않은 탓에 메드웨이강 인근까지 내려가 한동안 그곳에 닻을 내렸다. 여러 척의 배가 이곳에 정박했고, 다른 배들은 노어와 그레이브센드 아래 호프에 정박해서 10월 말경에는 고국으로 돌아온 배들이 여러 해 동안 보지 못한 규모의 거대한 선단을 형성했다.

전염병 기간 내내, 특히 두 가지 교역이 수로를 통해 거의 중단되는 일 없이 계속되었고, 이는 재난을 겪는 시내 빈민들에게 큰 위안과 도움이 되었다. 연안 지역에서 이루어진 곡물 거래와 뉴캐슬로부터의 석탄 거래가 그것이었다.

작은 배들이 특히 헐 항구와 험버의 다른 항구들로 곡물을 실어 날랐는데, 이런 방법으로 요크셔와 링컨셔로부터 엄청난 양의 곡물이 수송되었다. 노퍽 카운티의 린, 그리고 모두 같은 카운티에 속한 웰스, 버넘, 야머스도 곡물 운송에 일조했다. 곡물 교역에 참여한 세 번째 지역은 메드웨이강, 밀턴, 페버셤, 마게이트, 샌드위치, 그리고 켄트와 에식스 연안의 작은 마을과 항구 들이다.

서쪽 연안에서는 옥수수와 버터, 치즈 거래가 활발히 이루어졌고, 배들이 교역로를 따라 지금도 여전히 베어 키로 알려진 시장까지 중단되는 일 없이 상품을 실어 날랐다. 육로 운송이 어려워졌을 때, 또 사람들이 전국 각지에서 런던까지 오는 것을 힘들어하기 시작했을 때 시내 사람들은 이곳에서 충분한 곡식을 구할 수 있었다.

이 역시 상당 부분 런던시장의 지혜와 행정력 덕에 가능한 일이었다. 시장은 선장과 선원이 위험에 노출되지 않도록 만반의 조치를 취해 언제든 그들이 원할 때(그런 일은 대단히 드물었지만) 시장에서 곡물이 수매되도록 했고, 곡물 도매상들이 곡물을 싣고 온 배를 즉시 인도해 화물을 부리게 했기 때문에 선장과 선원들이 배에서 나올 필요가 거의 없었다. 돈은 갑판 위로 전달했고, 건네기 전에는 언제나 식초가 담긴 양동이에 넣었다.

두 번째는 뉴캐슬 어폰 타인에서 오는 석탄 거래였는데, 이 교역이 중단되었다면 시내는 큰 어려움을 겪었을 것이다. 거리뿐 아니라 개인 집과 가족들도 심지어 여름 내내, 날씨가 가장 더울 때도 의사들의 충고에 따라 엄청난 양의 석탄을 태웠기 때문이다. 물론 이에 반대하며 집과 방을 뜨겁게 하면 이미 혈액 속 열기이자 부패 상태이기도 한 병이 더 퍼진다고 주장하는 의사들도 있었다. 그들은 병이 더운 날씨에 기승을 부리고 추울 때는 약해진다는 것은 이미 알려진 사실이며, 날이 더우면 전염력이 강해지고 열기를 통해 병이 확산되기 때문에 열은 모든 종류의 전염병을 악화시킨다고 주장했다.

혹자는 덥고 습한 날씨에는 공기 중에 벌레가 많고 음식과 식물에 번식하며, 심지어 우리 몸에도 있는 기생충, 그 악취를 맡는 것만으로도 병에 걸릴 수 있는 기생충이 더운 날 폭발적으로 증가하는 것과 같이 날씨가 더우면 전염이 확산될 수 있다는 사실은 인정한다고 말했다. 대기 중의 열기, 혹은 일반적인 표현대로 더운 날씨는 몸을 늘어지게 하고 정신을 흐릿하게 만들며 생기를 빼앗고 땀구멍을 열어, 페스트를 품은 해로운 습기 혹은 공기에 포함된 다른 것들까지, 우리 몸이 전염병을 비롯해 모든 종류의 해로운 영향을 더 쉽게 받아들이게 한다는 것이다. 그러나 그들은 불의 열기, 특히 집이나 우리 주위에 석탄으로 피운 불의 열기는 다르게 작용한다고 주장했다. 대기 중의 열기는 해로운 성분을 흩어지게 하고 연소시키는 것이 아니라 정체되고 발산되게 하지만, 불의 열기는 더위와 다른 종류로서 빠르고 센 불길이기 때문에 공기 중의 해로운 성분 일체를 증식시키는 것이 아니라 태워 없애 버린다고 했다. 또 석탄에서 자주 발견되는 유황과 질소 성분이 연소된 역청 성분과 함께 공기 정화를 돕고, 위에서 말한 해로운 성분이 타서 흩어진 후 공기를 안전하고 건강하게 숨 쉴 수 있는 상태로 만든다고 주장했다.

당시에는 후자의 의견이 유력했다. 시민들의 경험이 그 사실을 입증하기도 했고, 나 역시 충분한 이유에 근거해 방에 계속 불을 피워 둔 많은 집이 전혀 감염되지 않았다고 생각한다는 사실을 밝혀야겠다. 거기에 내 경험도 덧붙이고 싶은데, 계속해서 불을 피운 결과 집 안의 방들이 더 상쾌하고 위생적으로 유지되었고, 불을 피우지 않은 것보다 식구 모두가 건강하고 쾌적한 상태를 유지했다고 나는 진심으로 믿고 있다.

그러나 석탄 거래 이야기로 돌아가자. 석탄 거래는 적지 않은 어려움 속에서 계속되었다. 특히 우리는 당시 네덜란드와 공식적으로 전쟁 중이었는데, 초반에는 네덜란드의 사략선들이 우리 석탄 운송선을 다수 나포했다. 이 때문에 다른 배들은 더 조심하게 되었고, 선단으로 무리를 지어 함께 움직였다. 그러나 얼마 후에는 사략선마저 우리의 석탄 운송선을 꺼리게 되었고, 사략선 선장이 혹은 국가 차원에서 페스트 감염을 걱정해 영국 배의 나포를 금지한 덕분에 석탄 운송선들의 운항 상황은 나아졌다.

북쪽에서 온 이 상인들의 안전을 위해 런던시장은 석탄선이 한번에 일정한 수 이상 풀에 들어오지 못하게 했고, 거룻배나 나루터를 지키던 목재 상인 혹은 석탄 상인이 제공한 다른 배들이 뎁트퍼드와 그리니치, 때로는 더 아래까지 내려

가서 석탄을 실어 오도록 했다.

다른 배들은 그리니치나 블랙월, 또 배가 강변까지 접근할 수 있는 다른 곳들로 엄청난 양의 석탄을 싣고 와서 지정된 몇 곳에 판매를 위해 보관한 것처럼 석탄을 큰 무더기로 쌓아 두었다. 그러나 석탄을 싣고 온 배들이 떠나면 석탄은 다른 곳으로 옮겨졌다. 이런 방법을 통해 선원들은 강에서 선적과 양륙(揚陸)을 하는 인부들과 이야기를 나누거나 가까이 갈 필요가 없었다.

그러나 이렇게 조심했음에도 불구하고 석탄 거래상, 즉 석탄 운송선에 병이 옮는 것을 막지는 못했고, 무수히 많은 선원이 전염병으로 죽었다. 게다가 그들이 병을 입스위치, 야머스, 뉴캐슬 어폰 타인 및 해안의 다른 지역들에 퍼뜨렸고, 그중에서도 특히 뉴캐슬과 선덜랜드에서 엄청난 수의 사람들이 전염병으로 사망했다.

앞에서 말한 것처럼 많은 곳에서 불을 피우며 평소보다 훨씬 더 많은 양의 석탄을 소모했고, 나쁜 날씨 때문이었는지 적군의 방해 때문이었는지는 기억나지 않지만 한두 번 석탄 운송이 중단되었다. 그 때문에 석탄값이 굉장히 뛰어 촐드론[17] 당 4파운드까지 오르기도 했다. 그러나 배들이 다시 들어오면서 곧 상황이 나아졌고, 나중에 더 자유로이 운항하게 된 후로는 그해의 남은 기간 내내 석탄은 매우 합리적인 가격을 유지했다.

계산을 해보았는데 이번 전염병 상황에서 공적으로 불을

17 석탄의 무게를 재는 단위로 1촐드론은 약 1,296리터.

피우는 일을 계속했다면 시는 한 주에 약 200촐드론의 석탄을 구매해야 했을 것이다. 엄청난 양이기는 하지만 당시에는 필요하다고 판단되면 돈을 아끼지 않았다. 그러나 일부 의사들이 불을 피우는 것에 반대했기 때문에 4~5일 동안만 불을 피웠고, 그 문제는 그렇게 마무리되었다.

불은 세관, 빌링스게이트, 퀸 히스, 스리 크레인스, 블랙 프라이어스, 브라이드월 정문, 리든 홀 거리와 그레이스처치가 만나는 교차로, 노스, 로열 익스체인지 남문, 길드 홀, 블랙웰 홀 입구, 세인트헬렌스에 있는 시장 공관 문 앞, 세인트폴 성당 서쪽 입구, 보 교회 입구에 피워졌다. 성문에도 불을 피웠는지는 기억나지 않는다. 그러나 세인트매그너스 교회 바로 옆 런던 다리 입구에는 불이 있었다.

그 실험 이후 그렇게 불을 피운 탓에 더 많은 사람이 죽었다고 주장하는 사람들이 있다는 것을 안다. 그러나 그렇게 말한 사람들은 주장을 입증할 어떤 증거도 내놓지 못했으며, 나도 그들의 주장을 전혀 믿을 수 없다.

이 무서운 시기 동안 잉글랜드 내의 교역, 특히 시내의 제조업과 상업이 어떤 상태였는지 아직 언급하지 않았다. 쉽게 짐작할 수 있는 일이지만, 처음 전염병이 발생했을 때 사람들은 매우 겁을 먹었고, 그 결과 식량과 생필품을 제외한 모든 상거래가 중단되었다. 죽은 사람을 제외하고도 엄청난 수의 사람이 도시를 떠났고, 많은 사람이 병에 걸렸으므로 식량과 생필품의 소비량 역시 평소 시내에서 소비되던 양의 절반 혹은 3분의 2를 넘지 않았다.

주님의 가호로 그해 곡식과 과일은 대단히 풍작이었지만 건초와 풀은 그렇지 못했다. 곡식이 풍성했으므로 그 덕에 빵은 저렴했고 건초가 귀해서 고깃값은 떨어진 반면, 같은 이유로 버터와 치즈 값은 올랐다. 화이트채플 경계 바로 너머에 있는 시장에서 건초는 한 묶음당 4파운드에 판매되었다. 그러나 가난한 사람들에게는 별 영향이 없었다. 사과, 배, 자두, 체리, 포도 등 온갖 과일이 대단히 풍부했고, 살 사람이 없어 과일값은 더 떨어졌다. 그러나 이 때문에 가난한 사람들이 과일을 지나치게 먹어 설사, 복통, 과식으로 인한 식체(食滯) 등에 걸렸고, 종종 그로 인해 더 쉽게 페스트에 걸리기도 했다.

그러나 상업 이야기로 돌아오자면, 우선 해외로의 수출은 중단되거나 적어도 심각한 장애들로 어려움을 겪었다. 당연히 대체로 수출용을 위해 구매되는 물품의 생산이 다 중단되었다. 때로는 해외 상인들이 끈질기게 상품을 요청하기도 했지만 운송로가 대체로 막혔고, 이미 말한 것처럼 항구에서 영국 배들을 받아 주지 않았기 때문에 배송된 물건은 거의 없었다.

이 때문에 일부 외항을 제외한 영국 대부분 지역에서 수출용 물품의 생산이 중단되었고, 외항 인근 지역의 생산도 곧 멈추게 되었다. 그 지역에도 순차적으로 모두 전염병이 퍼졌기 때문이다. 영국 전역이 이렇게 생산 중단의 여파를 경험했지만 이보다 더 심각한 일은 내수용 상품 거래, 특히 런던 상인들을 통해 유통되던 상품 거래가 런던 시내의 상거래 중단과 함께 일시에 정지된 것이었다. 시내의 모든 수공업자와 상인, 직공이 앞서 말한 것처럼 일거리를 잃었고, 이 때문에 무수히 많은 장인과 기술자가 해고되었다. 생필품이라고 할 만한 것을 제외한 다른 물품들의 거래가 전혀 이루어지지 않았기 때문이다.

이로 인해 런던의 수많은 1인 가족과 가장의 노동에 의지해 살아가는 많은 가족이 생계를 유지할 수 없게 되었고, 최악의 빈곤 상황으로 내몰렸다. 시는 나중에 병에 걸리고 곤경에 처한 수천, 수만 명의 사람들을 기아로부터 구하기 위해 구호품을 제공했고, 그래서 우리는 굶어 죽은 사람은 없다고 자신 있게 말할 수 있었다. 적어도 행정관에게 보고된 사례는 없었다. 이는 런던시의 명예이며 사람들이 기억하는 한 앞으로도 오랫동안 런던시의 자랑이 될 것이라는 점을 밝혀야겠다.

상공업의 중단으로 인해 일꾼들이 훨씬 더 큰 어려움을 겪을 수도 있었다. 그러나 작업장 소유주와 의류 생산업자, 또 다른 사람들은 전염병이 완화되면 곧 전염병 시기에 거래가 없던 것에 비례해 즉각 수요가 늘어날 것이라고 생각하며 재고를 보관할 수 있는 한, 그리고 능력이 허락하는 한 계속해서 가난한 사람들을 고용하고 제품 생산을 지속했다. 그러나 이렇게 할 수 있는 것은 부유한 소유주뿐이었다. 다른 많은 사람들은 돈도 없고 그럴 여력도 없었으므로 영국의 상공업은 크게 쇠퇴했고, 런던 시내에 발생한 재난으로 인해 영국 전역에서 가난한 사람들이 어려움을 겪었다.

그러나 런던시를 덮친 또 다른 끔찍한 재난으로 인해 다음

해에 이에 대한 전면적 보상이 이루어졌다. 하나의 재난으로 나라를 가난하고 약하게 만들었던 런던시는 그 재난 못지않게 끔찍한 또 다른 재난을 통해 나라를 부유하게 만들고 손실을 보상했던 것이다. 끔찍한 전염병에 이어 다음 해 런던에서 발생한 화재로 인해 영국의 전 지역에서 온 산물과 공산품으로 가득 찬 창고 전부와 헤아릴 수 없이 많은 집안 살림이며 옷가지, 그 밖의 물건들이 모두 불타 버렸기 때문이다. 잃은 것을 공급하고 부족한 물품을 채우기 위해 왕국 전역에서 믿을 수 없을 정도로 상업이 활성화되었다. 나라의 모든 제조공이 생산에 매달려도 몇 년 동안이나 수요를 충족시키기에 충분한 물건을 시장에 공급할 수 없었다. 전염병으로 중단되었던 무역이 재개되기 전까지 외국에서도 영국산 물건이 동이 났다. 국내의 막대한 수요가 줄어들며 온갖 종류의 물품이 빠르게 해외로 수출되었고, 그 결과 전염병과 런던 대화재 이후 7년 동안 영국 전역에서 상공업은 전례 없는 호황을 누렸다.

이제 이 두려운 심판이 보인 자비에 관한 이야기를 해야겠다. 전염병은 9월의 마지막 주에 절정에 도달한 후 기세가 수그러지기 시작했다. 내 의사 친구 히스가 그 전주에 나를 찾아와 며칠이 지나면 감염세가 수그러들 것이라고 말한 것을 기억한다. 그러나 그 주 주보에 기록된 전체 질병 사망자 수는 8,297명으로 그해를 통틀어 가장 높았다. 나는 주보에 적힌 수를 들어 반박하며 그렇게 생각하는 이유가 무엇인지 물었다. 그의 대답은 내 예상과 달랐다. 「이보게.」 그가 말했다.

「지금 감염된 환자의 수를 고려하면 지난주에는 8,000명이 아니라 20,000명의 사망자가 나왔어야 해. 이 끈질기고 치명적인 전염병의 기세가 2주 전과 같다면 말일세. 그때는 병에 걸리면 2~3일 만에 죽었는데 이제는 8~10일이 지나야 죽고, 전에는 5명 중 1명도 채 병에서 회복되지 않았는데, 내가 관찰한 바로는 이제 사망자가 5명 중 2명을 넘지 않아. 내 말을 잘 듣게. 다음번 주보에서는 그 수가 더 줄어들 걸세. 그리고 전보다 더 많은 사람이 회복될 테고. 지금도 매일 사방에서 엄청난 수의 사람들이 감염되어 쓰러지지만, 전만큼 죽지는 않을 걸세. 병의 위력이 약해졌거든.」그러면서 그는 이제 감염세가 절정을 지났고 소멸 중이기를 바란다며, 단순한 희망만은 아니라고 덧붙였다. 그의 말대로였다. 그다음 주, 앞서 말한 것처럼 9월의 마지막 주에 주보의 사망자 수가 거의 2,000명이나 줄었기 때문이다.

전염병의 기세는 여전히 대단했다. 다음번 주보에도 6,460명 이상, 그다음 주보에도 5,720의 사망자가 기록되었다. 그러나 내 친구의 관찰은 정확했다. 사람들은 더 빨리 회복했고, 전보다 병에서 회복되는 사람들의 수도 늘었다. 그렇지 않았다면 런던 시내의 상황은 어떻게 되었을까? 히스의 말에 따르면 당시 감염자는 적게 잡아도 60,000명이었는데, 앞서 말한 것처럼 그중 20,477명이 죽었고 거의 40,000명이 회복되었다. 이전 같았으면 그중 적어도 50,000명이 죽고 다시 또 50,000명 이상이 감염되었을 것이다. 한마디로 모두가 병에 걸려 아무도 감염을 피할 수 없는 상황으로 보였을 것이다.

몇 주가 지나자 내 친구의 말은 더 분명하게 입증되는 것 같았다. 사망자 수가 계속 줄어들었으며 10월의 또 다른 주에는 1,849명이 줄어 페스트로 인한 사망은 2,665명밖에 되지 않았다. 그다음 주에는 1,413명이 더 줄었다. 여전히 많은 사람들이, 평소보다 더 많은 수의 사람들이 병에 걸렸고, 매일 대단히 많은 사람들이 병으로 쓰러졌지만 (말한 것처럼) 병의 위력이 약해진 것을 분명히 알 수 있었다.

영국 사람들은 얼마나 성미도 급한지. 어쩌면 세상 사람들이 다 그럴지도 모르지만, 그것은 내가 탐구할 문제는 아니고, 어쨌든 이곳 영국에서는 그 급한 성미를 분명히 확인할 수 있었다. 처음 전염병 소식에 놀랐을 때 사람들은 서로를 멀리하고 다른 사람의 집을 피했으며, 내 생각에는 설명할 수 없는 과한 공포에 사로잡혀 시를 떠났다. 이제 감염세가 전과 같지 않고 걸려도 그렇게 치명적이지 않다는 소문이 퍼지자, 그리고 실제로 매일 병에 걸린 사람 다수가 회복되는 것을 확인하자 사람들은 갑작스레 만용을 부리며 감염이나 자신의 안위를 전혀 걱정하지 않고 페스트를 평범한 열병 혹은 그보다 가벼운 병으로 생각했다. 듣자 하니 겁도 없이 종양이나 농이 흐르는 염증이 있는 사람들, 즉 전염성이 있는 사람들을 만날 뿐만 아니라 함께 술을 마시거나 그들의 집을 방문하는가 하면, 심지어 그들이 아파 누워 있는 방에 들어가기도 했다고 한다.

이것은 이성적인 행동이 아니다. 내 의사 친구 히스에 따르면, 이전과 마찬가지로 감염률이 높고 많은 사람이 병에 걸리고 있는 것은 분명한데, 다만 병에 걸린 사람들이 전처럼 많이 죽지 않을 뿐이라고 했다. 사실 이는 눈으로도 쉽게 확인할 수 있는 일이었다. 그러나 여전히 많은 사람이 죽었고, 죽지 않더라도 페스트 자체가 무서운 병이며 염증과 종기가 말할 수 없이 고통스럽고, 전만큼의 빈도는 아니더라도 병에 걸리면 죽음의 위험을 배제할 수 없었다. 이 모든 것에 더해 치료 과정은 길고 증상이 끔찍하며 다른 불편도 많다는 것을 생각하면, 산 사람 누구도 병자와 함께 있는 위험을 무릅써서는 안 되고 모두 전처럼 감염을 피하기 위해 조심하는 것이 마땅하다.

병에 걸리는 것 자체를 두려워해야 할 이유가 하나 더 있다. 종기를 터뜨려 고름을 짜기 위해 부식제를 붙여 태우는 끔찍한 치료가 그것이다. 심지어 전염병이 끝나 갈 무렵까지도 종기가 터지지 않으면 죽을 가능성이 대단히 높았다. 이미 몇 가지 사례를 소개하기도 했지만, 참을 수 없는 그 통증은 전처럼 사람들을 사나운 정신 착란 상태로 몰아넣지는 않더라도 환자들에게 형언할 수 없는 고통을 주었다. 그래서 병에 걸렸다가 살아남은 사람들은 그들에게 병이 위험하지 않다고 말한 사람을 크게 원망하며, 감염 위험을 피하지 않은 자신의 경솔함과 어리석음을 후회했다.

사람들의 부주의한 행동은 여기서 끝나지 않았고, 그렇게 경계심을 버린 사람들 중 실로 많은 이가 더 큰 시련을 겪었다. 살아남은 사람도 많았지만 죽은 사람도 적지 않았다. 이런 행동은 사회에도 해를 끼쳤는데, 조심했더라면 줄어들었을 사망자 수의 감소세를 더디게 만들었다. 처음 사망자 수가 크게 줄어든 것을 보자마자 병이 수그러든다는 생각이 벼락처럼 런던시를 강타했고, 사람들이 그 생각에 사로잡힌 탓에 다음 두 주 동안은 같은 비율로 사망자 수가 줄지 않았다. 사람들이 전처럼 주의하고 조심하며 서로를 멀리하는 태도를 버리고 병에 걸리지 않을 것이라고, 혹은 걸려도 죽지 않을 것이라고 믿으면서 너무 성급하게 위험한 행동들을 했기 때문이다.

의사들은 최선을 다해 사람들의 경솔한 행동을 막으려고 노력했다. 그들은 감염세가 둔화되고 있긴 하지만 병이 다시 전 도시에 퍼질 위험이 있으며, 재유행은 이미 경험한 전염병보다 훨씬 더 위험하고 치명적일 것이라고 경고하면서, 사람들에게 계속해서 사회 생활을 피하고 일상적인 행동을 할 때도 최대한 조심해야 한다고 충고하는 인쇄 전단을 만들어 시내와 시외에 배부했다. 전단에서 그들은 주의 사항을 설명하고 그 타당성을 입증하기 위해 여러 논증을 펼쳤는데, 여기에 소개하기에는 너무 길다.

그러나 이런 노력은 아무 소용이 없었다. 이 겁 없는 사람들은 최초의 기쁨에 사로잡혀 있는 데다 주보의 사망자 수가 확연히 줄어든 것을 보는 만족감에 취해 있어서 그들에게 다시 경각심을 불러일으키는 것은 불가능했으며, 어떤 말로 설득해도 죽음의 위험은 지나갔다고 생각했다. 그들에게 말을 하느니 동풍(東風)에게 말을 하는 편이 나을 정도였다. 그들은 가게를 열고, 거리를 활보하고, 사업을 하고, 용무가 있건 없건 간에 말을 거는 누구하고든 대화를 나누었다. 상대방의 건강 상태를 묻지도 않거니와, 설사 상대방이 건강하지 않다는 사실을 알아도 별 위협을 느끼지 않으면서 말이다.

이렇게 분별없고 경솔한 행동 때문에 접촉을 피해 집에만 머물면서 대단히 조심하고 주의한 사람들, 그 덕분에 신의 가호 아래 전염병이 맹위를 떨치던 그 기간 내내 목숨을 부지한 많은 사람들이 죽었다.

사람들의 성급함과 경솔한 행동이 도를 지나쳤기 때문에, 마침내 목사들이 더 이상 간과하지 못하고 그들에게 그런 행동이 어리석고 위험하다는 사실을 일깨워 주었다. 그 덕분에 사람들은 얼마간 정신을 차리고 더 분별 있게 행동했다. 그러나 이 소문 때문에 또 다른 현상이 발생했는데, 그에 대해서는 손쓸 방법이 없었다. 병세가 약해졌다는 최초의 소문이 런던 시내뿐만 아니라 시골에도 퍼져 그곳에서도 비슷한 효과를 불러왔고, 오랫동안 런던에 오지 못해 답답했던 사람들이 너무나 런던에 오고 싶은 나머지 과거의 공포를 잊고 미래에 대한 두려움도 없이 시내로 무리 지어 몰려들어 위험이 모두 끝난 것처럼 거리를 활보했다. 여전히 한 주에 1,000~1,800명이 죽는데도 불구하고, 마치 모든 상황이 끝난 것처럼 사람들이 런던 시내로 몰려드는 모습을 보면 실로 기가 찼다.

그 결과 11월의 첫 주에 사망자 수가 다시 400명 늘었다. 의사들의 말을 믿을 수 있다면 그 주에 3,000명이 병에 걸렸고, 그들 대부분은 시내에 새로 온 사람들이었다고 했다.

세인트마틴스 르 그랜드에서 이발사를 하는 존 콕이라는 남자는 전염세가 수그러들자 서둘러 런던으로 돌아온 이들의 대표적 예이다. 다른 많은 사람들처럼 그는 집 문을 닫고 가족들과 함께 시골로 도망갔다. 그러나 11월에 전염병이 수그러들고 모든 질병의 사망자 수가 한 주에 905명밖에 되지 않는 것을 보고 겁 없이 다시 집으로 돌아왔다. 그의 식구는 자신과 아내, 5명의 자녀와 2명의 도제, 하녀까지 10명이었다. 돌아온 지 한 주도 되지 않아서 그는 가게 문을 열고 일을 시작했다. 그러나 식구들이 전염병에 걸렸고, 5일 만에 자신을 제외하고 모두, 그러니까 아내와 다섯 아이, 도제 둘이 모두 죽고 하녀 하나만 살아남았다.

그러나 살아남은 사람들은 우리가 바랄 수 있는 것보다 더 큰 신의 자비를 누렸다. 말한 것처럼 병의 위력이 약해졌고, 감염세는 수그러들었으며, 겨울이 빨리 시작되어 차가운 서리와 함께 공기가 맑고 선선해졌다. 감염은 여전히 증가하고 있었지만, 병에 걸린 대부분의 사람들이 회복되었고, 도시는 건강을 되찾기 시작했다. 12월까지 여전히 전염병이 재유행하며 주보에 실린 사망자 수가 100명 가까이 늘어나기도 했지만 병은 다시 수그러들었고, 얼마 지나지 않아 런던은 원래의 모습을 되찾기 시작했다. 갑자기 도시가 그렇게 많은 사람들로 북적이는 것을 보니 놀라웠다. 런던에 처음 온 사람이라면 죽은 사람의 수를 짐작할 수 없었을 것이고, 사는 사람이 없는 빈집도 보지 못했을 것이다. 빈집은 거의 보이지 않았고, 있다 해도 세를 들 사람은 얼마든지 있었다.

도시가 새 얼굴을 갖게 된 것처럼 사람들의 태도도 일신되었다고 말할 수 있으면 얼마나 좋을까. 자신이 구원받았다는 사실을 신실하게 받아들이고 그렇게 위험한 시기에 자신을 보호한 하느님의 손길에 진심으로 감사한 사람들이 많았다는 사실은 의심하지 않는다. 이렇게 인구가 많고 전염병이 도는 동안에도 그곳에 남을 만큼 믿음이 강한 사람들이 사는 도시에 다른 평가를 내린다면 정당한 평가일 리 없다. 그러나 몇몇 가족과 개인에게서 예외적으로 이런 모습을 찾을 수 있었더라도 보통 사람들의 행동은 전과 같았고 달라진 점을 거의 찾기 어려웠다.

사실 태풍이 지나면 어리석고 방탕한 생활을 하는 선원들, 전보다 더 대담하고 무감하게 악행과 부도덕을 저지르는 선원들처럼 전염병 시기 이후 무서운 경험으로 겁이 없어진 사람들의 도덕성이 전보다 더 나빠지고, 세태도 전보다 더 타락했다고 말하는 사람들도 있었다. 그러나 이 이야기는 더 하지 않으려고 한다. 도시의 일상이 회복되고 이전처럼 운영되기까지 단계적으로 전개된 모든 상황을 구체적으로 전하기 위해서는 긴 이야기가 필요할 것이다.

이제 영국의 일부 지역에서, 한때 런던에서만큼 전염병이 맹위를 떨치고 있었다. 노리치, 피터버러, 링컨, 콜체스터 외 다른 지역들에 전염병이 퍼졌고, 런던의 행정관들은 이런 도시와 교류할 때 지켜야 할 규칙을 제정했다. 그러나 그들을 구별하는 것은 불가능했기 때문에, 사실상 그 지역 사람들이 런던에 오는 것을 막을 방법은 없었다. 따라서 수차례의 회의 끝에 시장과 시 의원들은 그 규칙을 포기했다. 다만 시민들에게 감염 지역에서 왔다는 것을 아는 경우, 그런 사람을 집에 들이거나 대화를 나누지 말라는 경고와 주의 사항을 전달했다.

그러나 차라리 허공에 대고 말을 하는 편이 나았을 것이다. 런던 사람들은 이제 자신들이 페스트에서 완전히 벗어났고, 심판이 끝났다고 생각했기 때문이다. 사람들은 공기가 정화되었으며, 공기는 마치 천연두에 걸린 사람과도 같아서 전염병에 두 번 걸릴 수는 없다고 믿는 것 같았다. 이 때문에 병은 공기를 통해 퍼진 것이고, 아픈 사람이 건강한 사람에게 옮기는 것이 아니라는 생각이 또다시 유행했다. 이 근거 없는 생각의 유행 때문에 사람들은 다시 아픈 이와 건강한 이를 구분하지 않고 경솔하게 어울렸다. 운명은 결정되어 있다고 믿기 때문에 될 대로 되라는 태도로 전염병 따위는 두려워하지 않는 이슬람교도들이라도 런던 사람들보다 더 막무가내로 행동하지는 않았을 것이다. 전혀 병에 걸리지 않은 사람들이 우리가 당시 건강한 대기라고 부르던 지역을 떠나 시내로 온 뒤 전염병에서 아직 회복되지 않은 사람들과 거리낌 없이 같은 집, 같은 방, 심지어 같은 침대를 사용했다.

몇몇은 이런 대담한 행동을 치른 대가로 목숨을 잃기도 했다. 무수히 많은 사람이 병에 걸렸고, 의사들은 그 어느 때보다 바빴다. 차이가 있다면 환자들이 더 많이 회복했다는 점뿐이었다. 사람들은 대체로 병에서 회복되었다. 그러나 한 주에 5,000~6,000명이 죽던 때보다 한 주에 1,000~1,200명이 죽던 그즈음, 감염 환자의 수는 분명 더 증가했다. 위험하고 심각한 건강과 감염의 문제에 대해 당시 사람들은 그렇게도 경솔했고, 자신을 위해 조심할 것을 권하는 충고에 전혀 귀를 기울이지 않았다.

모두들처럼 그렇게 런던으로 돌아온 사람들은 지인의 안부를 묻다가 일가가 모두 죽어 그들을 아는 사람이 한 사람도 남지 않은 기이한 상황에 직면하기도 했다. 죽은 이들이 남긴 얼마 되지 않는 재산이나 그에 대한 권리를 물려받은 사람도 찾을 수 없었다. 이런 경우 죽은 사람의 재산은 횡령이나 도난 등 이런저런 식으로 이미 공중분해되기 마련이었던 것이다.

그렇게 남은 재산은 보편적 후계자인 왕에게 보내졌으며, 왕은 그 헌납금을 런던시장과 시 의원들에게 보내 당시 그 수가 엄청났던 빈민들을 위해 사용하도록 했다는 이야기를 들었는데, 이는 부분적으로 사실일 것이라고 생각한다. 전염병 시기에 구호 대상자가 더 많았고, 도움이 필요한 사람도 전염병이 끝난 지금보다 더 많았던 것은 사실이지만, 가난한 사람들의 상황은 그때보다 지금 훨씬 더 나빠졌다는 사실을 주목할 필요가 있다. 전염병이 끝나자 그동안의 자선 행렬이 모두 끝났기 때문이었다. 사람들은 큰 재난이 지나갔다고 생각하며 자선의 손길을 거두어들였다. 그러나 어려운 사람들의 사연은 여전히 처연했고, 가난한 사람들이 겪는 시련은 참혹했다.

런던의 건강이 현저히 회복되었음에도 불구하고 외국과

의 교역은 아직 재개되지 않았고, 외국인들은 한참 동안 영국 배들을 그들의 항구에 받아 주지 않았다. 네덜란드의 경우 우리 궁전과 그들 사이의 갈등으로 인해 한 해 전 전쟁이 시작되었으므로, 그들과의 교역은 완전히 중단된 상태였다. 그러나 스페인과 포르투갈, 이탈리아, 바버리, 함부르크와 발틱해 인근의 항구들도 모두 다 오랫동안 우리를 기피했고, 수개월간 우리와 무역을 재개하지 않았다.

여러 번 언급했다시피 전염병으로 무수히 많은 사람이 사망했으므로 성 밖의 많은 교구가, 아마 모든 교구가 앞서 내가 언급한 번힐 필즈의 매립지 외에 새로운 매립지를 마련해야 했다. 그중 일부는 매립지로 유지되어 지금까지 사용되고 있다. 그러나 어떤 곳은 이후 사용이 중단되었고, 사실 이는 여러 상념을 불러일으키는 주제인데, 다른 용도로 쓰이거나 부지에 건축물이 세워지기도 했다. 이 때문에 망자들의 안식이 방해받았고, 일부 시체는 살점이 뼈에서 분리되어 부패하기도 전에 다시 파헤쳐져 분뇨나 쓰레기처럼 함부로 다른 곳으로 이장되었다. 그중 내가 관찰할 수 있는 범위 내에 있던 몇 곳에 대한 기록은 다음과 같다.

1. 마운트 밀 근처 고스웰 거리 너머에 런던시의 옛길과 성벽 유적이 남은 부지가 하나 있다. 그곳에 올드게이트와 클라큰웰 교구, 심지어 시내의 여러 교구에서 나온 엄청난 수의 시체들이 마구잡이로 섞여 매립되었다. 내가 알기로 이 부지는 후에 약초를 키우는 밭으로 전용되었으며, 그

후에는 건물이 세워졌다.

2. 쇼어디치 교구의 홀러웨이 레인 끝에, 당시에는 블랙 디치라고 부르던 곳 바로 위에도 매립지가 있었다. 후에 그 부지는 돼지 사육장으로 전용되었고, 일반적인 다른 용도로도 사용되었지만 오랫동안 매립지로 쓰이지는 않았다.

3. 당시에는 초원이었던 비숍스게이트 거리의 핸드 앨리 위쪽 끝자락에 있는 부지는 특히 비숍스게이트 교구를 위한 매립지로 사용되었다. 그러나 시내의 시체들도, 특히 세인트할로스 온 더 월 교구에서 나온 많은 수의 시체도 이곳으로 실려 왔다. 이 부지에 대해 이야기할 때면 나는 실로 마음이 착잡해진다. 내 기억으로는 전염병이 끝나고 2~3년 후 로버트 클레이턴 경이 그 부지를 소유하게 되었다. 얼마나 근거가 있는 이야기인지는 모르겠지만, 조금이라도 권리가 있는 사람들이 모두 페스트로 사망한 탓에 상속자가 없어 부지는 왕에게 귀속되었고, 로버트 클레이턴 경이 찰스 2세로부터 땅을 하사받았다고 했다. 땅을 소유하게 된 경위가 무엇이든 간에 클레이턴 경이 직접 땅을 건축용으로 대여했거나 부지에 건물을 올리라는 명령을 내린 것은 분명하다. 부지에 지어진 첫 번째 집은 지금은 핸드 앨리라고 불리는 거리, 골목이라고는 하지만 대로만큼이나 넓은 거리 맞은편에 여전히 서 있는 크고 아름다운 저택이다. 같은 길에 그 집과 함께 북쪽으로 늘어선 집들도 가난한 사람들이 매장된 바로 그 부지 위에 지어졌고,

기초 공사를 위해 땅을 팔 때 시체들도 파헤쳐졌다. 시체 일부는 여전히 선명히 알아볼 수 있는 형체를 유지하고 있었는데, 두개골에 긴 머리카락이 보여 여자임을 알 수 있는 시체도 있었다. 어떤 시체들은 아직 피부가 채 썩지도 않은 상태였다. 그래서 사람들은 그 계획에 거세게 반대했고, 어떤 사람들은 그러다가 전염병이 다시 유행할 수 있다는 의견을 제기하기도 했다. 이 일이 있은 후, 그들은 뼈와 시체가 나오는 대로 그것들을 모두 같은 부지의 다른 곳으로 옮겨 그 목적으로 판 깊은 구덩이에 넣었다. 지금도 그 자리를 볼 수 있다. 그 자리에는 건물을 세우지 않았으므로 로즈 앨리 북쪽 끝의 또 다른 집, 시간이 꽤 지난 후 그곳에 지어진 비국교도 예배당 문 바로 맞은편 집으로 연결되는 좁은 길로 남았기 때문이다. 시체를 묻은 자리는 길의 다른 부분과 구분하기 위해 작은 사각형 울타리를 쳐두었는데, 그 울타리 안에 한 해 동안 시체 수레에 실려 무덤으로 간 거의 2,000구의 시신 유골과 잔해가 안치되어 있다.

4. 이 외에도 오늘날 올드 베들렘이라고 불리는 거리로 들어서는 초입 부근 무어필즈에 매립지가 있었다. 이곳은 상당히 확장되었지만 전체가 다 매립지로 사용되지는 않았다.

부기: 이 일지의 필자도 본인의 희망에 따라 이 매립지에 안치되었다. 그의 누이가 몇 년 전 이곳에 묻혔기 때문이다.

5. 런던의 동쪽에서 북쪽으로, 거의 쇼어디치 교회 묘지

끝까지 걸쳐 있는 스테프니 교구에도 교구인의 시체를 묻기 위한 부지가 교회 묘지 근처에 있었다. 교회 묘지 옆이라는 이유 때문에 전용되지 않고 그대로 유지되다가, 이후 쇼어디치 교회 묘지와 합쳐졌던 것으로 기억한다. 스테프니 교구는 스피틀필즈에 매립지를 두 개 더 가지고 있었다. 하나는 이 대규모 교구의 편의를 위해 나중에 교회 혹은 예배당을 지은 곳에 있었고, 다른 하나는 페티코트 레인에 있었다.

당시 스테프니 교구가 이용할 수 있는 매립지는 이 외에 적어도 다섯 개나 더 있었다. 하나는 현재 세인트폴 새드웰 교구 교회가 있는 자리에 있었고, 다른 하나는 현재 와핑의 세인트존 교구 교회가 있는 곳에 있었는데, 당시에는 두 곳 모두 현재의 교구 이름을 사용하지 않았고 스테프니 교구에 속해 있었다.

더 많은 매립지를 언급할 수 있지만, 앞에 적은 매립지들이 기록할 만한 사항이 있는 부지들로서 내가 구체적으로 알고 있는 곳들이다. 전반적으로 이 재난의 시기에 그렇게 짧은 기간 동안 죽은 엄청난 수의 사람을 매장하기 위해 시외 교구 대부분이 새로운 매립지를 마련할 수밖에 없었다. 그러나 시신의 안식이 방해받지 않도록 이 매립지들을 일상적인 용도로 사용하지 못하게 관리하지 않은 이유는 모르겠다. 잘못된 일이지만 누가 책임져야 하는 일인지도 알 수 없다.

당시 퀘이커 교도들도 자신들만을 위한 매립지를 가지고

있었으며, 지금도 여전히 이용 중이라는 사실을 밝혀 두어야 겠다. 또 그들은 자기 교도들의 집에서 시신을 실어 오기 위한 시체 수레도 따로 가지고 있었다. 앞서 말한 그 유명한 솔로몬 이글은 페스트가 신의 심판이라고 주장하며 벌거벗은 채 거리를 뛰어다니면서 사람들의 죄를 벌하기 위해 페스트가 그들을 덮칠 것이라고 예언했는데, 정작 그 자신의 아내가 전염병이 퍼진 다음 날 죽어서 퀘이커 교도의 수레에 실린 첫 번째 시체들 중 하나로서 그들의 새로운 매립지로 실려 갔다.

전염병 시기에 일어난 특기할 만한 일들을 더 기록할 수도 있었을 것이다. 특히 시장과 당시 옥스퍼드에 있던 왕가 사이에 오고 간 교신을 비롯해 이 위기 상황에 대처하기 위해 정부에서 때때로 보낸 지시 사항을 기록할 수도 있었다. 그러나 왕가는 사실 런던 상황에 별로 개입하지 않았고, 개입한 일들도 그다지 중요하지 않아서, 매달 시내의 단식일을 지정한 것과 가난한 사람의 구호를 위해 왕실의 자선기금을 보낸 것을 제외하고 여기에 기록할 필요를 느끼지 않는다. 그리고 위의 두 사항은 앞서 이미 언급하기도 했다.

전염병 기간 동안에 환자들을 버리고 떠난 의사들에 대한 비난은 엄청났다. 그들이 시내로 돌아와도 아무도 그들에게 치료를 받으려 하지 않았다. 사람들은 그들을 도망자라고 부르며, 그들의 집 문 앞에 자주 〈의사 대여〉라고 쓴 전단을 붙였다. 따라서 그들 중 일부는 조용히 앉아 상황을 관망하거나, 이사를 가서 모르는 사람들 사이에서 새로 개업을 해야 했다. 성직자들도 마찬가지여서 사람들은 그들에게 대단히 무례하게 굴고 그들에 대해 나쁜 소문을 퍼뜨리는가 하면, 교회 문에 〈목사 대여〉라고 붙이거나 심지어 〈목사 판매〉 같은 말을 적기도 했다.

전염병이 종식되었을 때 전부터 나라의 평화를 위협하는 심각한 문제였던 반목과 갈등, 중상모략이 함께 사라지지 않은 것은 대단히 불행한 일이다. 아주 최근까지 우리 모두를 폭력과 무질서로 몰아넣은 것도 이 해묵은 갈등의 잔재였다. 그러나 최근 대사면법을 통해 갈등을 잠재운 정부는 모든 점에서 가족과 개인의 평화를 추구할 것을 나라 전체에 권고했다.

런던의 전염병이 종식된 후, 그런 평화는 결코 오지 않았다. 전염병 시기에 사람들을 지켜본 이라면 누구나, 그러니까 당시에 사람들이 어떻게 서로를 끌어안으며 앞으로는 더 자비심을 갖고 서로를 비난하지 않을 것이라고 다짐했는지를 목격한 이라면 누구나 사람들이 마침내 다른 의견을 가진 이들과도 화합할 것이라고 생각했을 것이다. 그러나 화합은 이루어지지 않았다. 갈등은 계속되었고, 국교회와 장로교는 공존하지 못했다. 전염병이 끝나자마자 재임자들이 버리고 간 교단을 대신 지킨, 한때 추방당했던 비국교도 목회자들은 다시 교단에서 내려왔다. 국교도들이 즉시 그들을 공격하고 법으로 탄압하며, 전염병 기간에는 그들의 설교를 인정하다가 병이 끝나자마자 그들을 처벌할 것이 분명했기 때문이다. 국교회 신도인 우리도 이것은 너무 가혹한 일이며 절대 용인할 수 없는 일이라고 생각한다.

그것은 정부가 한 일로서 우리는 그런 상황을 막기 위해 어떤 의견도 낼 수 없었다. 다만 우리가 한 일은 아니며, 따라서 그에 대해 책임을 질 수도 없다고 말할 수 있을 뿐이다.

한편, 비국교도들은 위안과 도움이 가장 필요한 시기에 교회를 버리고 위험에 처한 교인들을 내버려 둔 채 도망간 국교회 목사들을 비난했다. 그러나 우리는 절대 이 비난에 동의하지 않는다. 모든 사람이 똑같은 믿음과 용기를 가진 것은 아니며, 성경은 우리에게 자비롭게, 그리고 상대에게 가장 우호적인 방식으로 그들을 평가하라고 명하기 때문이다.

페스트는 실로 가공할 공포로 무장한 막강한 적이었고, 모든 사람이 그 충격을 견딜 준비가 되어 있거나 그 공포에 맞설 힘을 갖고 있지는 않았다. 도망갈 수 있었던 목사들 다수가 목숨을 구하기 위해 자리를 비우고 런던을 떠난 것은 사실이다. 그러나 동시에 대단히 많은 목사가 시에 남았고, 의무를 이행하다가 재난에 희생된 것 역시 진실이다.

분명 추방된 비국교도 목사들이 런던에 남았고, 그들의 용기를 칭찬하고 높이 평가해야 마땅하다. 그러나 그 수가 그렇게 많은 것은 아니었다. 국교회 목사들이 모두 도망갔다고 할 수 없는 것과 마찬가지로, 비국교도 목사들 모두가 런던에 남았고 누구도 시골로 피신하지 않았다고 말할 수는 없다. 또 피난을 간 국교회 목사들 중 일부는 필요한 업무를 수행하고 아픈 사람을 방문할 부목사 혹은 다른 사람을 찾아 자신을 대신하도록 임명하고 가기도 했다. 그래서 전체적으로 보면 양쪽 모두 공을 치하할 만한 점이 있다고 할 수 있다. 우리는 1665년이 역사상 유례를 찾을 수 없는 시기였고, 최고의 용기로도 반드시 이 상황을 견딜 수는 없었다는 점을 고려해야 한다. 나는 이런 말들 대신 둘 중 어느 쪽이든 의무를 저버린 부분은 잊고, 이 재난의 시기에 가난한 사람들을 돕기 위해 위험을 감수한 양쪽 성직자 모두의 용기와 종교적 열정을 기록하는 편을 택하고 싶다. 그러나 관용이 부족한 탓으로 우리는 반대의 결과를 피할 수 없게 되었다. 남은 사람들은 자신의 처신을 지나치게 자랑하며 도망간 사람들을 겁쟁이라고 낙인찍고 무리를 버렸네, 돈만 바라고 목사 일을 했네 등등의 말로 그들을 비난했다. 그러나 나는 모든 선량한 사람들에게 자비심을 가지고 당시를 회고하기를, 당시의 공포를 제대로 떠올리기를 권한다. 그러면 누구라도 보통 용기로는 그 상황을 감당할 수 없었다는 사실을 깨달을 것이다. 그것은 군대의 선두에 서거나 전장에서 한 무리의 기병에게 맞서는 것이 아니라, 창백한 말을 탄 죽음 그 자체에 맞서는 일과 같았다. 런던에 남는 것은 죽음을 의미했고, 특히 8월 말과 9월 초 상황에서 달리 생각하는 것은 불가능한 일이었다. 그렇게 생각할 수밖에 없는 상황이었던 것이다. 감히 단언하건대 누구도 감염세가 그렇게 돌변해 갑자기 한 주에 2,000명씩 사망자가 줄어들 것이라고 예상하지 못했다. 잘 알려진 것처럼 그즈음 엄청난 수의 사람이 병에 걸렸고, 이전 시기 내내 런던에 남아 있던 다수의 사람들조차 이 시기에 마음을 바꿨기 때문이다.

게다가 만약 하느님이 누군가에게 다른 사람보다 더 많은 용기를 주셨다면 시련을 견딜 수 있는 자신의 능력을 자랑하고 같은 재능과 지지를 받지 못한 사람들을 비난해야 하겠는가, 아니면 형제들보다 자신이 더 유용하게 쓰일 수 있도록 태어났다는 사실에 대해 겸손하게 감사의 마음을 가져야 하겠는가?

나는 그들의 공을 기리기 위해 내과의와 외과의, 약사, 행정관, 다양한 자리의 공직자 모두와 성직자, 또 의무를 다하기 위해 죽을 위험을 감수하며 필요한 일을 수행한 모든 사람에 대한 기록을 남겨야 한다고 생각한다. 남은 사람들 모두가 최선을 다해 자신의 의무를 이행했으며, 그들 중 일부는 위험을 감수했을 뿐만 아니라 그 슬픈 기간 중에 목숨을 잃기도 했기 때문이다.

한때 나는 그렇게 의무를 수행하다가 죽은 사람들의 직업을 망라해 목록을 작성해 보기도 했다. 그러나 한 개인이 모든 사례를 확인하는 것은 불가능한 일이었다. 나는 다만 시내와 리버티에서 9월이 시작되기 전에 16명의 목사, 2명의 시 의원, 5명의 내과의, 13명의 외과의가 사망했다는 것을 기억한다. 그러나 이미 말한 것처럼 전염병의 위기가 최고조에 달한 예외적 상황이었으므로 온전한 기록이라고 보기는 어렵다. 하급직 중에서는 스테프니와 화이트채플 두 교구에서 46명의 순경과 교구 경리가 사망했다고 기억한다. 그러나 목록 작성을 계속할 수는 없었다. 9월에 전염병의 기세가 너무 거세어 기록하는 것이 불가능했기 때문이다. 사망자 수는 어림짐작으로만 계산되었다. 7,000~8,000명, 혹은 뭐든 원하는 숫자를 사망 주보에 적었을지도 모른다. 헤아리지 않아도 사람들이 무더기로 죽고 무더기로 매장된 것은 분명했다. 나도 별다른 직을 맡지 않은 사람치고는 공적인 일들을 꽤 알고 있지만, 나보다 더 바깥 활동을 많이 하고 이런 사안을 잘 아는 몇몇 사람들의 말을 믿는다면, 즉 그들의 말이 신뢰할 만한 것이라면, 9월의 첫 3주 동안 매주 20,000명에 가까운 사람이 죽었다. 그러나 그 수가 사실이라고 주장하는 사람들이 있더라도 나는 공적인 기록을 더 믿고 싶다. 한 주에 7,000~8,000명의 사망자도 내가 지금껏 설명한 그 시기의 공포를 입증하기에 충분한 숫자이고, 여기에 기록한 모든 사실에 과장이 없으며 확인할 수 없는 것보다는 확인 가능한 것들을 적었다고 말하는 편이 읽는 독자뿐만 아니라 기록하는 내게도 더 만족스럽기 때문이다.

이 모든 기록을 바탕으로 나는 병이 끝난 후 과거의 재난을 기억하며 우리가 더 자비롭고 친절한 사람이 되기를 희망한다. 또 하느님의 심판을 피해 도망간 사람들을 다 겁쟁이로 취급하고, 진정한 용기가 아니라 죄에 가까운 자포자기 상태에서 조물주의 심판을 경멸하며 용기가 아닌 무지에 힘입어 시에 남은 사람이 마치 없었던 것처럼, 시에 남은 자신의 담대함을 부풀리지 않기를 바란다.

가난한 사람들을 보살필 책임을 지고 있던 교구 관리들과 순경, 교구 경리, 시장과 부시장의 부관들이 일반적으로 누구 못지않은 용기, 아니, 그 이상의 용기를 가지고 의무를 수행했다는 사실도 기록해야만 되겠다. 그들의 일에는 더 많은 위험이 따랐다. 감염에 쉽게 노출되고, 일단 감염되면 가장 비참한 상황에 빠지는 가난한 사람들과 관련된 일을 주로 했기 때문이다. 그들 중 다수가 죽었고, 그런 결과를 피하기 어려웠다는 사실 역시 밝혀야겠다.

그 끔찍한 재난 동안 우리가 흔히 이용한 약 혹은 처방에 대해서는 전혀 언급하지 않았다. 나처럼 자주 거리를 돌아다닌 사람들이 이용한 약이나 조제약 말이다. 돌팔이 의사들의 전단이나 책에서도 그런 약과 처방에 대해 요란하게 떠들어 댔는데, 그에 대해서는 앞에서 충분히 이야기한 바 있다. 그러나 의사들이 치료 과정에서 사용한 몇몇 조제약 처방을 왕립 의학회에서 매일 공개했다는 사실은 추가로 기록할 만하다. 이 처방은 인쇄물로 출간되어 있으므로 여기에서 다시 소개하지는 않겠다.

자신에게 페스트를 막을 최고의 예방약이 있으며, 누구든 그 약을 지니고 있으면 결코 병에 걸리지 않거나 병에 걸릴 가능성이 줄어든다는 전단을 돌렸던 돌팔이 의사 중 하나에게 일어난 일을 소개하지 않을 수 없다. 쉽게 짐작할 수 있겠지만, 그는 외출할 때면 언제나 그렇게 약효가 탁월한 자신의 예방약을 주머니에 넣어 가지고 다녔다. 그런데도 병에 걸려 2~3일 후에 죽었다.

나는 의사를 혐오하거나 경멸하는 사람이 아니다. 오히려 의사인 친구 히스에게 받은 지시 사항을 진지하게 따랐다는 사실을 앞서 여러 번 언급한 적이 있다. 그러나 정직하게 말하자면 나는 이미 말한 것처럼 뭐가 되었든 불쾌한 냄새를 맡거나 시체 혹은 매립지에 너무 가까이 가는 상황에 대비해 강한 향이 나는 약물을 가지고 다닌 것을 제외하고는 거의 아무런 약도 사용하지 않았다.

어떤 사람들은 몸을 따뜻하게 하고 기운을 유지하기 위해 강장제나 포도주 등을 마시기도 했다는 걸 알지만, 그것도 하지 않았다. 나는 한 박식한 의사가 스스로 그 방법에 너무 의존한 나머지 전염병이 끝난 후에도 술을 끊지 못하고 이후 평생 주정뱅이로 산 것을 알고 있다.

내 의사 친구가 전염병에 걸렸을 때 반드시 도움이 되는 일련의 약과 처방이 있다고 말하곤 했던 것이 기억난다. 의사들은 그것들, 혹은 그중 몇 가지로 무한한 수의 약을 제조할 수 있다고 했다. 마치 종 치는 이가 여섯 개에 불과한 종소리와 순서를 바꿔 가며 수백 개의 다른 음악을 만드는 것처럼 말이다. 그는 그 다양한 조제 방식이 모두 큰 효과가 있기 때문에, 이번 전염병 상황에서 그렇게 여러 가지 약이 처방되는 것이 전혀 이상하지 않다고 했다. 또 거의 모든 의사가 자신의 판단과 경험에 따라 다른 약을 처방하지만, 결국 의사 각자의 선호에 따라 같은 성분을 다르게 배합한 것에 불과하며, 따라서 모든 사람이 자신의 체질이며 생활 방식, 감염 정황 등을 고려해 평범한 약이나 처방으로 자신만의 약을 만들 수 있다고 했다. 다만 어떤 의사는 이것이 가장 좋다고 추천하는 반면, 다른 의사는 저것이 가장 좋다고 할 뿐이라는 것이다. 그래서 어떤 사람은 이름부터 항페스트 알약이었던 러프 알약을 조제할 수 있는 최고의 약이라고 생각하는가 하면, 다른 사람은 베네치아 시럽만으로도 감염을 충분히 막을 수 있다고 생각했는데, 히스 자신은 두 가지 의견에 다 동의한다고 말했다. 다시 말해 베네치아 시럽은 병을 예방하기 위해 미리 먹으면 효과가 있고, 항페스트 알약은 감염된 후에 치료 효과가 있다는 것이었다. 그의 말을 듣고 나는 몇 번 베네치아 시럽을 먹고 땀을 흠뻑 흘렸는데, 그러고 나서 누구 못지않게 약효를 보아 병을 막을 힘이 생겼다고 느꼈다.

시내에 돌팔이 의사들과 사기꾼들이 득실댔지만 나는 그들의 말을 일절 듣지 않았다. 그리고 전염병이 끝난 후 2년여 동안 시내 근처에서 그들의 모습을 보거나 그들의 소식을 들은 적이 거의 없다는 사실을 생각하며 여러 번 놀라곤 했다. 어떤 사람들은 그들이 모두 전염병으로 죽었다고 생각했다. 그리고 그것이 가난한 사람들로부터 푼돈을 뜯어내기 위해 그들을 파멸의 구덩이로 인도한 것에 대한 신의 심판을 보여주는 증거라고 주장하기도 했다. 그러나 나는 그렇게 생각하지 않는다. 그들 중 상당수가 죽은 것은 틀림없다. 내가 아는 경우만 해도 꽤 많다. 그러나 그들이 다 죽었다는 주장은 신빙성이 없다. 그보다는 시골로 가서 아직 병이 그곳에 이르기 전 불안해하고 있던 그곳 사람들에게 영업을 했을 것으로 짐작한다.

그러나 한참 동안 그들 중 아무도 보이지 않았던 것은 분명한 사실이다. 전염병이 끝나고 나서, 그들의 표현에 따르면 몸을 정화해 준다는 이런저런 약을 광고하는 전단을 돌린 의사들이 더러 있긴 했다. 그들의 설명에 따르면 병에 걸렸다가 나은 사람들이 먹어야 하는 약이라고 했다. 그러나 당시 가장 저명한 의사들은 전염병 자체가 강력한 정화이며 병에서 회복된 사람들이 몸을 정화하기 위해 다른 약을 먹을 필요는 전혀 없다는 의견을 가지고 있었음을 밝혀야겠다. 의사의 지시에 따라 염증이나 종기를 터뜨려 농이 흐르면 그것만으로 환자는 충분히 정화되고, 농을 통해 다른 병이나 병의 원인이 효과적으로 빠져나간다는 것이었다. 의사들의 의견이 이러했기 때문에 돌팔이들은 어디에서도 거의 물건을 팔 수 없었다.

전염세가 감소한 후 성급한 예측들이 몇 번 나오기도 했다. 혹자는 그런 예측을 사람들을 겁먹게 하고 혼란스럽게 할 목적으로 꾸며 낸 이야기라고 했는데, 정말 그런 것인지는 잘 모르겠다. 어쨌든 우리는 때로 페스트가 모일 모시에 다시 유행할 것이라는 이야기를 들었다. 그 유명한 솔로몬 이글, 알몸의 퀘이커 교도는 매일 불길한 예언들을 쏟아 냈고, 또 다른 사람들은 런던이 아직 충분히 벌을 받지 않았으며 더 무섭고 힘든 시련이 기다리고 있다고 주장하기도 했다. 거기에서 멈추거나, 아니면 더 구체적으로 다음 해 화재로 도시가 파괴될 것이라고 이야기했다면, 실제로 화재 발생을 목도했을 때 그들의 예언에 필요 이상의 관심을 보인 것을 부끄러워하지 않을 수 있었으련만. 적어도 그들의 예언에 감탄하며 예언의 의미를 묻거나, 그들이 어디에서 그런 선견(先見)을 얻었는지 더 진지하게 물었을 텐데. 그러나 그들은 그저 페스트가 다시 올 거라는 막연한 이야기만 했기 때문에 그때 이후로 사람들은 그런 말들에 귀를 기울이지 않았다. 그러나 이런 소문이 자주 있었기 때문에 우리는 언제나 약간의 불안을 느꼈고, 누군가 갑자기 죽거나 반점열 환자가 늘어나면 바로 겁을 먹곤 했다. 페스트 환자가 증가하는 경우에는 더 말할 것도 없었다. 그해가 끝날 때까지도 언제나 200~300명 정도의 페스트 환자가 나왔기 때문이다. 그리고 이럴 때마다 우리는 항상 다시 겁을 먹곤 했다.

화재 전의 런던 시내를 기억하는 사람들은, 당시에는 지금 뉴게이트 시장으로 불리는 곳이 없었다는 사실을 기억할 것이다. 그 대신 양을 도축하고 손질하는 도축업자들의 이름을 따서 지금은 블로블래더 거리라고 불리는 길 가운데에(아마 고기를 실제보다 더 크고 기름져 보이게 하기 위해 관으로 창자에 공기를 불어넣는 관습이 있었던 모양으로, 그 때문에 시장에게 처벌을 받았다), 뉴게이트 방향으로 가는 길 끝에서부터 죽 고기를 파는 두 줄의 노점들이 늘어서 있었다.

이 노점에서 2명이 고기를 구입하던 중 쓰러져 죽었고, 그래서 고기가 감염되었다는 소문이 돌았다. 그로 인해 사람들이 겁을 먹고 2~3일 동안 시장에 거래가 끊기기도 했는데, 이후 그 소문이 전혀 근거 없는 것이라는 사실이 밝혀졌다. 그러나 일단 공포에 사로잡히면 누구도 합리적으로 행동하지 못했다.

그러나 주님의 가호로 추운 날씨가 계속되었고, 시내의 건강은 회복되었다. 이어서 2월에 전염병이 거의 끝났다는 생각이 들자 다시는 그렇게 쉽게 겁을 먹지 않았다.

전문가들도 여전히 해결하지 못한 문제가 하나 있었는데, 이 때문에 처음에는 좀 혼란이 있기도 했다. 전염병이 발생한 집과 그 집의 가재도구들을 소독해 전염병 기간 동안 비어 있던 집들을 사람이 다시 살 수 있게 만드는 방법에 대한 문제였다. 의사들은 갖가지 향과 조제약을 잔뜩 처방했다. 의사들의 말을 들은 사람들은 그런 것들을 사기 위해 상당히 많은 돈을 썼는데, 내 생각에는 불필요한 지출이었다. 더 가난한 사람들은 그저 낮이고 밤이고 늘 창문을 열어 두고 방에 유황과 역청, 화약 등을 피웠는데, 그것만으로도 충분한 효과를 얻을 수 있었다. 다른 한편, 앞서 말한 성격이 급한 사람들은 온갖 위험을 무릅쓰고 서둘러 집으로 돌아왔고, 집이나 살림살이를 사용하면서 아무런 불안도 느끼지 않았으며 그것들에 뭔가를 하려는 노력을 전혀, 혹은 거의 하지 않았다.

그러나 일반적으로 신중하고 조심스러운 사람들은 집을 환기하고 쾌적하게 만들기 위해 이런저런 노력을 했고, 방문을 꽉 닫고 향이나 벤저민, 송진, 황을 태운 뒤 화약을 터뜨려 연기가 한 번에 밖으로 빠져나가게 하는 방법을 쓰기도 했다. 어떤 사람들은 낮이고 밤이고 며칠 동안 밤낮없이 큰 불을 피우기도 했다. 두세 가족은 이런 식으로 집에 너무 크게 불을 피우다가 사실상 집을 거의 태우다시피 하며 소독을 하기도 했다. 랫클리프와 홀본, 웨스터민스터에 있던 세 집이 특히 그런 경우였다. 불이 나긴 했지만, 다행히 전소될 만큼 불길이 세지기 전에 불을 끈 다른 두세 채의 집도 있었다. 한 시민의 하인 하나는, 템스 거리에 있었던 집 같은데, 집을 소독하려고 너무 많은 화약을 주인집으로 가지고 왔다가 안전하게 다루지 못한 탓에 지붕 일부를 날려 버리기도 했다. 그러나 도시가 불로 정화될 시기는 아직 오지 않았다. 9개월 후 모든 것이 재가 되어 쓰러진 것을 보게 될 터이므로 머지않았지만. 사이비 학자 몇몇은 병이 그 전에 끝난 것이 아니라 이 화재를 통해 완전히 소멸되었다고 주장했는데, 이는 소개하기도 민망한 어리석은 생각이다. 페스트 씨가 건물에 남아 있었고, 불만이 그것을 파괴할 수 있었다면, 화재가 끝난 뒤 전염병이 다시 돌지 않은 이유는 무엇인가? 페스트가 무섭게 퍼졌던 스테프니, 화이트채플, 올드게이트, 비숍스게이트, 쇼어디치, 크리플게이트, 세인트자일스 등의 큰 교구들과 시외 및 리버티의 건물들은 화재의 영향을 전혀 받지 않았고, 전과 똑같은 상태로 건재했는데 말이다.

그러나 본 것들을 사실 그대로 기록하자면, 다른 사람보다 건강에 신경 쓰는 사람들이 집에 향 입히기라고 부른 특별한 방법을 썼으며 이를 위해 비싼 향을 아낌없이 사용했는데, 그 덕에 그들의 의도대로 집에 향을 입혔음은 물론이고 주변 공기를 쾌적하고 건강하게 만듦으로써 비용을 낸 사람뿐만 아니라 다른 사람도 혜택을 본 것은 분명한 사실이다.

앞서 말했듯 가난한 사람들은 급하게 시내로 왔지만, 부자들은 그렇게 서두르지 않았다. 일이 있는 사람들은 왔지만 그중 많은 이들이 봄이 될 때까지, 그리고 페스트가 재발하지 않는다는 사실을 확신할 때까지 가족들은 데려오지 않았다.

크리스마스가 지난 후 왕실은 돌아왔다. 그러나 정부에 직책과 의무가 있는 사람들을 제외한 귀족과 신사 계급은 그렇게 금방 돌아오지 않았다.

이쯤에서 런던과 다른 지역에서 페스트가 기승을 부렸음에도 불구하고 함대에는 병이 전염되지 않은 것을 분명히 알 수 있었다는 사실을 기록해야겠다. 한동안 함대의 인원을 보충하기 위해 강과 거리에서 평소보다 많은 징병이 있었다. 그러나 전염병이 거의 나타나지 않은 연초였고, 징병이 주로 시행된 시내의 해당 지역에는 병이 전혀 퍼지지 않은 상태였다. 당시 누구도 네덜란드와의 전쟁을 반기지 않았고, 선원들은 강제 징병에 대해 불평하며 마지못해 입대했지만, 그들 다수에게 그것은 고마운 강제였음이 입증되었다. 그렇지 않았다면 모두가 겪은 이 재난에서 그들 역시 죽음을 피하기 어려웠을 것이기 때문이다. 여름 복무가 끝나 집으로 돌아왔을 때 가족들이 많이 죽어 빈집을 보고 슬퍼했겠지만, 본인의 뜻에 반해 얻어진 결과라고 해도 그 재난을 피한 것은 감사했을 것이다. 우리는 그해 네덜란드와 치열한 전투를 치렀고 한 번은 해상에서 대접전을 벌였는데, 네덜란드는 그 전투에서 대패했다. 우리 역시 많은 해군과 배를 잃었다. 하지만 말한 것처럼 함대에는 병이 퍼지지 않았고, 배들이 돌아와 강에 정박할 무렵에는 전염병의 기세가 수그러들고 있었다.

이 슬픈 해의 일지를 몇 가지 특별한 일들에 대한 역사적 기록으로 마무리할 수 있다면 기쁠 것 같다. 이 무서운 재난에서 우리를 구한 구원자 하느님에 대한 감사를 기록하고 싶은 것이다. 우리가 벗어난 무서운 적 못지않게 구원의 상황도 온 나라가 주님을 생각하게 만들었다. 앞서 잠깐 언급했지만 당시 우리가 겪고 있던 상황이 특히 참담했고, 전염병이 끝날 수 있다는 희망으로 기뻐하는 것은 온 시내가 전혀 예상하지 못했던 일이었으므로, 그런 상황에서 이루어진 구원은 실로 경이로웠다.

하느님의 직접적인 개입, 그 전지전능한 힘이 아니고서는 무엇도 그런 일을 가능하게 할 수 없었다. 전염병은 모든 약을 무력화했고 죽음이 모든 구석을 덮쳤으므로, 당시 그 상태에서 상황이 달라지지 않고 몇 주 더 지났다면 영혼이 있는 모든 존재가 죽어 도시에는 아무도 남지 않았을 것이다. 사람들은 어디에서나 절망하기 시작했고, 모두가 겁에 질려 용기를 잃었다. 영혼까지 파고드는 고통에 무릎을 꿇었고, 얼굴과 표정에는 죽음의 공포가 어려 있었다.

바로 그때, 인간의 힘으로는 어쩔 도리가 없다고 포기할 수밖에 없던 그때 하느님이 실로 놀라운 은혜로 전염병의 기세, 아니, 전염병 자체를 잠재웠고 병세는 약해졌다. 앞서 말했듯 엄청난 수가 병에 걸렸지만 죽은 사람은 별로 없었다. 첫 주에 사망자가 1,843명 줄었는데, 실로 엄청난 감소였다!

그 목요일 아침, 주보가 나왔을 때 사람들의 얼굴에 떠오른 변화를 말로 표현하는 것은 불가능하다. 모두의 얼굴에서 조심스러운 기쁨의 미소와 놀라움을 볼 수 있었다. 전에는 같은 쪽 길에서 걸으려고도 하지 않던 사람들이 서로 악수를 했고, 너무 넓지 않은 길에서는 창을 열고 서로를 부르며 안부를 묻고는 전염병이 수그러들었다는 반가운 소식을 들었는지 물었다. 어떤 사람들은 좋은 소식이라는 말에 〈좋은 소식?〉이라고 되물었고, 전염병이 수그러들고 있으며 사망자가 거의 2,000명이나 줄었다는 답을 들으면 〈하느님, 감사합니다〉라고 외치며 기쁨에 겨워 소리 내어 울면서 그 소식을 전혀 듣지 못했다고 대답하기도 했다. 마치 무덤에서 살아 돌아온 것처럼 사람들은 그렇게 기뻐했다. 그들이 슬픔에 사로잡혀 한 행동만큼 주체할 수 없는 기쁨 때문에 한 많은 기이한 행동을 소개할 수도 있지만, 그러면 그 기쁨의 가치를 훼손하게 될 것이다.

이런 상황이 오기 전에 나 역시 무척 좌절한 상태였음을 고백해야겠다. 그 주와 전주에는 죽은 사람뿐만 아니라 감염자 수도 엄청났고, 비통한 울음소리가 사방에서 들려와 병을 피할 수 있으리라고 기대하는 것은 이성적인 판단이 아닌 듯했다. 내가 사는 동네에서 감염되지 않은 집은 우리 집뿐이었고, 그런 속도로는 오래지 않아 모든 집이 감염될 것이 분명했다. 그 전 3주 동안의 무서운 혼란은 믿기 어려운 것이었다. 언제나 꽤 근거 있는 수치를 제공하는 사람의 말을 믿는다면, 언급한 그 3주 동안 30,000명이 죽었고 거의 100,000명이 감염되었다. 엄청난 수였고 실로 경악할 만한 상황이었으므로, 그때까지 용기를 유지한 사람들도 좌절하기 시작했다.

바로 그때, 절망의 한가운데에서, 런던시가 완전히 무너지려던 상황에서 주님의 손길이 직접 적을 무장 해제시켰다. 독침에서 독을 빼내신 것이다. 놀라운 일이었다. 의사들도 놀라워했다. 어디에서나 환자들의 상태가 호전되고 있었다.

땀이 흠뻑 나거나 종기가 터지거나 염증이 가라앉거나 염증 주위 색깔이 변하거나 열이 내려가거나 격렬한 두통이 사라지는 등의 반가운 증상이 나타났고, 며칠이 지나면 모두 회복되었다. 감염되어 모두 드러누운 채 목사님께 기도를 부탁드리고 죽음만을 기다리던 일가 전체가 병에서 회복되어 아무도 죽지 않은 일도 있었다.

새로운 약이나 치료법이 발견된 것도 아니었고, 내과의나 외과의가 확보한 치료 경험 덕분도 아니었다. 심판을 위해 처음 우리에게 병을 보낸 보이지 않는 그 은밀한 손이 행한 일이 분명했다. 무신론자들이 내 주장을 뭐라고 부르든 상관없다. 그러나 이것은 광신이 아니다. 당시의 모든 사람이 그것을 인정했다. 전염병은 약해졌고 독성은 떨어졌다. 어떻게 시작된 것인지는 알 수 없다. 학자들은 그 원인을 설명할 방법을 자연에서 찾기 위해 할 수 있는 모든 노력을 기울임으로써 그들이 조물주에게 진 은혜를 갚아도 좋을 것이다. 종교에 영향을 거의 받지 않는 의사들도 그것이 전적으로 초자연적이고 특별한 현상이며, 무엇으로도 그 현상을 설명할 수 없다고 인정했다.

이것이 특히 거세지는 감염으로 우리가 공포에 사로잡혀 있을 때 우리 모두를 감사로 인도하는 가시적인 호명이었다고 말하면, 상황이 끝났다고 생각하는 일부 사람들은 신앙심이 깊은 척한다거나, 역사를 기록하는 것이 아니라 설교를 한다거나, 관찰을 전하는 대신 가르치려 든다고 생각할지 모른다. 이 주제에 대해 더 쓰고 싶지만, 그런 비판을 생각해 이 이야기는 여기에서 멈추고자 한다. 그러나 10명의 나환자가 회복되었는데 1명의 환자만이 감사를 위해 돌아왔다면 나는 그 1명이고 싶고, 내가 구원받은 것을 감사드리고 싶다.

말을 잊을 정도로 감읍한 사람들도 물론 당시에 많이 있었다. 심지어 그런 일에 별로 길게 감동을 받지 않는 이들조차 할 말을 찾지 못할 정도였다. 그러나 당시 우리가 받은 구원의 느낌은 너무도 강렬한 것이어서 최악의 사람조차 그것을 부인할 수는 없었다.

거리에서 전혀 모르는 사람들이 경이감을 표현하는 것을 보는 것은 흔한 일이었다. 어느 날 사람들로 붐비는 올드게이트를 지나는데 한 남자가 미너리즈 끝에서 나오더니, 잠깐 거리를 위아래로 보고 나서 손을 뻗으며 외쳤다. 「세상에, 바뀐 것 좀 봐! 지난주에 왔을 때는 아무도 없었는데!」 또 다른 사람이 이렇게 덧붙이는 말도 들었다. 「놀라운 일이야, 꿈같은 일이야.」 세 번째 남자가 말했다. 「하느님께 영광을, 주님이 행하신 모든 일에 감사할지니, 인간의 힘과 능력이 한계에 부딪혔을 때 하느님이 이 모든 일을 행하셨으니.」 그 사람들은 모두 서로 모르는 사이였다. 그러나 매일 거리에서 이런 인사들이 오갔고, 방종한 행실에도 불구하고 보통 사람들 역시 거리를 걸으며 신의 구원을 찬양했다.

앞서 말한 것처럼 이제 사람들은 불안을, 그것도 대단히 서둘러 다 내려놓았다. 머리에 흰 모자를 쓰거나 목에 천을 감은 사람, 사타구니에 종기가 있어 다리를 저는 사람 등 한 주 전만 해도 대단히 무서워했던 사람들을 더는 경계하지 않았다. 거리는 그런 사람들로 북적댔고, 회복 중인 그들은 자기 몫의 감사를 표했으며 기대치 않게 받은 구원을 잘 의식하고 있는 것처럼 보였다. 그들 중 많은 이들이 진심으로 감사하고 있었다는 사실을 인정하지 않는다면 그것은 대단히 부당한 평가일 것이다. 그러나 대부분의 사람은 이스라엘의 후손들, 홍해를 건너 파라오의 손길에서 벗어난 후 뒤를 돌아보며 물에 빠져 죽은 이집트인들을 볼 때는 하느님을 찬양했지만 곧 주님의 행적을 잊고 만 이스라엘의 후손들 같았다고 해도 무방할 것이다.

온갖 사악한 행동이 다시 시작되고, 감사하는 마음을 잊은 이유가 무엇인지를 생각하는 유쾌하지 않은 일을 하다가 그런 경우들을 숱하게 목격했지만, 부당하게 사람들을 비난할 수도 있을 터이므로 여기서 그만두어야겠다. 그러므로 이 재난의 해에 대한 기록을 소박하지만 진실한 나 자신의 문구, 내가 이 기록을 작성했던 그해에 일지 끝에 남겼던 문구로 마무리하고자 한다.

수십만 명의 목숨을 앗아 간, 1665년의 끔찍한 전염병에서 나는 살아남았다.

H. F.

인본주의 서사로서의 『전염병 일지』

『전염병 일지 *A Journal of the Plague Year*』(1722)를 쓴 대니얼 디포 Daniel Defoe는 국내 독자들에게 『로빈슨 크루소 *Robinson Crusoe*』(1719)의 저자로 더 친숙할 것이다. 아동용으로 각색된 작품을 포함해 번역본만도 40여 종에 이르고 작품을 직접 읽지 않은 경우라 하더라도 제목은 들어 봤을 만큼 유명한 작품이기 때문이다. 문학적으로 『로빈슨 크루소』만큼 영향력 있는 고전으로 평가되지만 『전염병 일지』가 대중적으로 잘 알려지지 않은 이유는 짐작하기 어렵지 않다. 『전염병 일지』는 소설이라기보다 르포에 가깝고, 출간 당시에도 익명의 런던 시민이 남긴 기록으로 읽혔을 만큼 그 당시의 실제 행정 명령, 예방 수칙, 교구별 사망 주보, 처방전 등을 집적한 일종의 자료집 같아서 읽기가 쉽지 않기 때문이다.

그러나 코로나19로 인해 전염병을 다룬 고전 문학들이 새롭게 주목받으면서 국내외를 막론하고 『전염병 일지』에 대한 관심이 일고 있다. 그리고 전례 없는 규모의 현 상황을 이

해하고 이에 대처하기 위한 통찰을 고전에서 구하고 싶다면
『전염병 일지』는 실로 그 목적에 가장 부합하는 작품 중 하나
일 것이다. 세계가 3년여 동안 코로나19를 겪으며 깨달은 중
요한 사실, 즉 전염병 상황은 세균이나 바이러스와의 싸움만
이 아니며 구조적 불평등과 지도층의 무책임 같은 누적된 사
회 문제와의 싸움이기도 하다는 사실을 분명히 보여 주는 작
품이기 때문이다. 사실 가독성을 떨어뜨리는 빈번한 표와 사
료(史料)의 활용, 건조한 기록 문체의 사용 역시 전염병 상황
을 인간의 힘으로 어쩔 수 없는 천벌 혹은 자연적 재난으로
받아들이는 대신 합리적 분석과 구조적 개혁을 통해 대응할
수 있는 사회 문제로 이해하려는 저자의 의도를 반영한 선택
이다. 그리고 이런 작품의 특징은 소설 혹은 르포로 분류되
어 온 『전염병 일지』를 18세기 초 서구에서 등장한, 인본주
의 서사Humanitarian Narrative라는 더 큰 범주를 통해 이해
할 수 있게 해준다.

  인본주의 서사의 〈인본(人本)〉이라는 단어는 말 그대로 인
간이 중심이 된다는 뜻이다. Humanitarian이 흔히 〈인간적
인〉으로 번역되기 때문에 자칫 인간애를 강조하는 태도로 해
석될 수 있지만, 그리고 그런 의미가 전혀 없는 것은 아니지
만, 그보다는 신, 우주, 자연이 아닌 인간이 중심적인 역할을
하는 서사라는 의미로 해석하는 것이 더 정확하다. 위에서
언급한 것처럼 서구에서 18세기 초부터 본격적으로 등장한
이 서사의 가장 대표적인 특징은 과거에 주목의 대상이 되지
못한 평범한 사람들의 사고, 질병, 죽음의 원인과 결과를 자

세히 분석해 기술하는 것이다. 이를테면 이유 없이 급사한 마을 사람의 부검 기록에는 사체의 위에서 발견된 음식 종류가 기록되었고, 분뇨 처리장에서 죽은 채 발견된 영아의 부검 기록에는 폐호흡의 흔적 여부가 적시되었다. 갱도 사고 사망 조사서에는 갱도 내 환기구의 설치 상태 여부가 기록되었다. 그리고 그 의도는 물론 사망자의 영양 상태, 영아 살인 여부, 갱도 내 안전 설비 현황을 확인해 이후 동일한 사고를 예방하기 위함이었다. 따라서 갱도에서 질식사한 광부의 부검서는 건조한 전문적 의학 소견만으로 이루어진 경우에도 환기구의 부재를 사망 원인으로 규정함으로써 필요한 안전 장치의 설치를 촉구하는 실천적 지침을 암묵적으로 내포하고 있었다.

이런 서사 양식이 18세기 초부터 뚜렷하게 등장했다는 사실은 물론 그 이전에는 일반인이 겪는 사고와 질병, 죽음을 대하는 태도가 달랐다는 것을 시사한다. 자연사하지 않은 일반인의 경우 공식 문서에는 많은 경우 원인 불명, 사고 등으로 사망 원인이 기록되었고, 통념적으로는 운이 나빴다거나 천벌을 받았다는 식으로 그 죽음을 해석하는 것이 일반적이었다. 우연 혹은 신에게 죽음의 원인을 돌린 것이다. 사고의 원인 규명을 위해 자세한 기록을 남기는 인본주의 서사 양식은 따라서 무엇보다 인간이 사고의 원인을 밝히고 이에 개입해 예방할 수 있다는 믿음, 즉 인간의 인식 및 도덕적 행위 능력에 대한 믿음에 근거한 동시에 그 믿음을 시대정신으로 확산하는 새로운 글쓰기 방식이었다. 인간의 고통에 대한 책임이 신과 운명에서 인간에게로 이전되었음을 보여 주는, 그리고 그런 이전을 촉구하는 방식의 글쓰기인 것이다. 그러므로 전문 용어로 가득한 소견서, 각종 조사 자료 등을 포함한 인본주의 서사는 일견 건조하고 비인간적인 기술 방식을 통해 불운으로 치부된 동료 인간의 불행을 인간의 재난으로 번역한 것이라고 할 수 있다.

1665년 런던과 영국 전역을 덮친 페스트의 발생과 진행 상황을 기록한 『전염병 일지』는 몇 가지 점에서 전형적인 인본주의 서사의 특징을 보인다. 작품의 창작 의도부터가 과거의 재난 기록을 통한 미래의 재난 대비이다. 1720년 프랑스 남부 도시 마르세유에서 페스트로 4만에서 6만 명까지로 추정되는 사망자가 발생하자, 영국은 10만여 명의 사망자가 나온 1665년에 겪은 바 있는 대규모 전염병이 머지않아 자국에도 다시 시작될 것이라는 공포에 사로잡혔다. 1722년 출간된 『전염병 일지』는 무엇보다 디포가 이 〈임박한, 아마도 피할 길 없을〉 국가적 재난을 예상하며 동료 시민들이 이에 대비하도록 돕기 위해 쓴 글이다.

자신을 1665년 페스트 발발 당시 〈계속 런던에 머무른 한 시민〉으로 소개하는 작품의 화자는 작가의 의도를 대변하며 이후 〈같은 재난〉을 겪는 사람들이 〈행동 지침〉으로 삼기를 바라며 이 기록을 작성했다는 사실을 여러 번 강조한다. 그 목적을 위해 이름을 밝히지 않고 작품 끝에 H. F.라는 초성 서명만을 남긴 화자는 마치 현대의 기자 같은 태도로 자료를 수집하고 분석하며, 현장을 취재한다. 예컨대 1665년 페스트 창궐 당시 런던시에 포고되었던 실제 칙령, 교구별 사망 주보, 당시 거리에서 볼 수 있었던 사기꾼 의사의 실제 광고문이나 부적을 수집해 참고 자료로 본문에 삽입하고, 잠입 취재라도 하듯 출입이 금지된 감염 사망자 매립지를 한밤중에 방문해 부지 운영과 시체 매립 방식을 관찰한 후 상술하기도 한다.

자신의 기록을 〈관찰〉 혹은 〈기록〉으로 부르며 사태에 대한 논평보다는 〈사실만을 주목〉하는 것이 자신의 목적이라고 밝힌 화자는, 그러나 결코 평가 없는 날것의 정보를 제공하지 않는다. 반대로 사망 주보의 감염 사망자의 기록을 전염병 전개 단계별로 제시하고, 그 사망자 추이 사이로 정책의 공과(功過)에 대한 평가와 바람직한, 혹은 피해야 할 시민의 대응 양식을 기록해 넣으면서 전염병의 매 국면에 취할 행동 방향을 제시한다. 예를 들어 전염병 초기 사람들이 병을 피하려고 액막이나 부적을 사는 풍습을 묘사한 뒤 실제 사용되는 부적의 종류까지 보여 준다. 그는 한편 〈이러한 행위들의 부덕과 아둔함을 한탄하며 한참 시간을 보낼 수도 있을 것이다. 그러나 이런 일들을 기록하며 나는 사실을 적고 상황을 있는 그대로 전하는 것으로 족하려 한다〉고 논평을 삼가는 태도를 드러낸다.

하지만 논평을 삼가겠다는 말 바로 뒤에 화자는 〈가난한 사람들이 어떻게 이런 조치들이 충분치 않다는 것을 깨달았는지, 이후 그들 중 얼마나 많은 수가 그 끔찍한 부적과 야릇한 물건을 목에 매단 채 각 교구의 공동 매립지로 던져졌는지는 차츰 이야기하게 될 것)이라고 덧붙임으로써 사실상 부적과 액막이를 팔고 사는 풍습을 선명히 비판한다. 감염 주택 관리와 시체 및 감염 물건의 처리 등에 관한 규정을 포함한 런던시의 1665년 전염병 규제를 위한 명령을 거의 원문 그대로 소개하는 부분에서도 화자는 비슷한 태도를 보인다. 〈이런 조치 덕분에 전국에서 한 주에 거의 1천여 명의 사망자가 나올 때도 시내의 사망자 수는 28명에 불과했고, 전염병 창궐 기간 내내 런던시는 다른 어떤 지역보다 상대적으로 건강하게 유지되었다〉라는 서술에서 전염병 초기에 시행된 런던시의 행정 조치가 병의 전파를 막는 데 효과적이었다고 평가하기 때문이다. 자료 수집과 관찰, 그에 대한 해석을 통해 1665년에 이어 또 한 번의 대규모 전염병 발발을 예견하고 있던 1722년 영국의 동료 시민들에게 전염병을 예방하거나 그 피해를 줄일 수 있는 영육(靈肉)의 지침을 제공하려는 일관된 목적에 따라 작품을 구성한 것이다.

물론 『전염병 일지』가 페스트에 대해 전적으로 근대적이고 실증적인 태도를 보이는 것은 아니다. 1665년 런던의 페스트 창궐과 그 소멸 경위를 기록하며 디포는 실제 작품의 창작 시기였던 1722년까지도 원인이 분명히 밝혀지지 않았던 전염병에 대해 유사 과학적인 동시에 종교적인 접근을 취한다. 예를 들어 작품의 시작이 묘사하듯 사람들은 그 병이 외국 감염 지역의 〈화물〉에 묻어 왔다고 생각했다. 그리고 화물에 묻어 이동한 것처럼 병이 감염자와 감염자가 사용한 물건을 통해 이동, 즉 전염되는 것으로 생각했다. 병이 감염자 혹은 감염 물체와의 접촉을 통해 전염된다고 생각했으므로 병자를 진찰해 감염 여부를 결정하는 의학적 조치와 감염이 확인되면 타인과의 접촉을 금지하는 행정 조치가 가능했다. 바로 그 때문에 『전염병 일지』는 1665년 전염병 발발 당시 런던시가 취한 보건 의학적이고 행정적인 조치를 세세히 기록하고 그 공과를 평가함으로써 이후 세대가 다시 전염병을 겪을 경우 참조할 수 있는 지침을 제공하고자 한 것이다.

그러나 이 작품은 동시에 반복적으로 전염병을 〈신의 심판〉으로 부르는가 하면, 병의 소멸 역시 〈심판을 위해 처음 우리에게 병을 보낸 보이지 않는 그 은밀한 손〉이 베푼 구원으로 이해하기도 한다. 하지만 이런 종교적 접근 역시 전염병을 초자연적 현상으로 설명하려는 의도라기보다 지도층과 일반 시민의 타락을 비판하고 사회 개혁을 촉구하려는 인본주의적 의지에서 비롯된 것으로 볼 수 있다. 예컨대 화자는 전염병이 돌기 시작하자 바로 런던을 떠난 왕가를 언급하며 〈그들의 숨길 수 없는 악덕〉이 〈나라 전체에 이런 무서운 심판을 불러온 것일지도 모른다〉고 지배층의 무능력과 무책임을 비판한다. 또 사치와 향락에 사로잡혀 신의 분노를 산 끝에 파괴될 운명에 놓였던 성경 속 도시 니느웨와 런던을 비교하며 물질주의에 사로잡힌 도시의 영적 정화를 촉구하기도 한다. 전염병을 종교적으로 해석할 때조차 이를 예방하고, 발생한 상황에 더 잘 대처하기 위해서는 의학적이고 행정적인 조치뿐만 아니라 사회 전반의 도덕적 개혁이 필요하다고 주장하는 것이다.

여전히 끝나지 않은 코로나19 상황에서 『전염병 일지』를 인본주의 서사로 읽는 것은 여러 가지 점에서 시사적이다. 일차적으로 이 상황을 이해하고 해결할 책임이 인간에게 있음을 환기하는 독서이기도 하고, 책임의 실질적 이행을 위해서는 의학적, 행정적 조치들뿐만 아니라 윤리적 성찰과 사회 개혁이 함께 요구된다는 사실을 주지시키는 독서이기 때문이다. 코로나19뿐만이 아니라 재난이 일상화된 사회에 사는 한국에서는 재난을 인본주의적으로 접근한다는 것, 즉 개입하고 예방할 수 있는 인재(人災)로 해석한다는 것이 의미하는 바를 다시 묻게 하는 독서가 될 수도 있을 것이다.

끝으로 이 책의 번역 대본으로는 Daniel Defoe, *A Journal of the Plague Year* (Norton Critical Edition, ed. Paula R. Backsch eider. New York: W.W.Norton & Company, Inc. 1992)를 사용했음을 밝힌다.

2023년 8월
서정은

대니얼 디포 연보

1660년 출생 성공한 수지(獸脂) 양초 제조업자 제임스 포James Foe와 앨리스 포Alice Foe의 아들로 런던시 외곽 크리플게이트, 세인트자일스에서 태어남. 이해에 스튜어트 왕가 찰스 2세의 왕정복고가 이루어짐.

1662년 2세 교회의 사제 새뮤얼 앤슬리Samuel Annesley가 크리플게이트, 세인트자일스에서 추방당함. 포 가족은 그를 따라 국교회(영국 국교회, 지금의 성공회)를 떠나 비국교도가 됨.

1665년 3세 역병이 발발하여 가족이 런던 시내로 이주한 듯함. 런던에 발병한 이 역병으로 6만 7천 명이 사망함. 이 사건은 『전염병 일지*A Journal of the Plague Year*』의 소재가 됨. 비국교도의 종교적 권리를 제한하는 법안이 발효됨.

1668년 8세 어머니 앨리스 포가 1668~1671년 사이에 세상을 떠난 것으로 추정됨.

1672년 12세 서리주 도킹의 독립 사제 제임스 피셔James Fisher의 기숙 학교에 다님.

1674년 14세 뉴잉턴 그린에 위치한 찰스 모턴Charles Morton이 운영하는 비국교도 학교에 입학하여 장로교 목사 수업을 받음. 당시 비국교도들에게는 옥스퍼드나 케임브리지 대학교와 같은 고등 교육 기관의 입학이 불허됨. 이 학교에서 라틴어나 그리스어 등 고전 문학 교육이 아니라 신학, 역사, 외국어, 지리, 과학, 도덕 철학 같은 다양한 일반 과목을 수학함. 후에 로빈슨 크루소라는 이름의 출처가 된 티머시 크루소Timothy Cruso라는 친구를 만남.

1681년 21세　목사가 되려는 생각을 접고 메리야스 양말 도매상을 시작함. 하지만 내면적으로나 외면적으로나 독실한 비국교도(개신교/청교도) 신앙인 생활을 함. 이런 독실한 신앙심과 청교도적인 신앙생활이 『로빈슨 크루소Robinson Crusoe』의 주제 가운데 하나인 종교적 알레고리 주제에 지대한 영향을 미침.

1683년 23세　콘힐에 살며 메리야스 양말 도매상으로 자리를 잡음. 이후 기업가 정신을 지닌 사업가로 다양한 세상 경험을 하게 됨.

1684년 24세　3천7백 파운드를 지참한 메리 터플리Mary Tuffley와 결혼함. 이후 딸 여섯과 아들 둘을 둠.

1685년 25세　서머싯주 세지무어 전투에서 제임스 2세에게 반기를 들었다가 패주한 몬머스 경Duke of Monmouth의 반란군 기병대에 소속됨. 이후 이어진 〈피의 재판Bloody Assizes〉을 가까스로 피함.

1687년 27세　정육업자 조합의 동업 조합원이 됨. 그의 이름이 몬머스 반란군 사면자 명단에 등재됨.

1688년 28세　최초의 팸플릿 「헤이그의 친구가 어느 비국교도에게 보내는 편지A Letter to a Dissenter from His Friend from Hague」를 써서 제임스 2세의 종교적 관용이 거짓이라고 주장함. 1687년에 제임스 2세가 신교 자유령Declaration of Indulgence을 내려 가톨릭교도들과 비국교도들에 대한 종교적 관용을 주장함. 이 계기로 제임스 2세가 쫓겨나고 윌리엄 3세가 즉위한 명예혁명이 일어남.

1689년 29세　런던시장이 주최한 윌리엄 3세를 기리는 퍼레이드에서 왕립 자원병 기병 연대에 참가함.

1690년 30세　이 무렵부터 담배, 목재, 포도주, 위스키, 양말, 메리야스 같은 품목의 운송 및 수출입 교역 사업에 투자하기 시작함.

1692년 [32세]　1만 7천 파운드의 빚을 지고 파산함. 플리트 감옥에 투옥되었다가 다시 킹스 벤치 감옥으로 이송됨. 자신의 파산을 투자했던 무역선의 난파에 기인했다고 생각함. 이때의 경험이 『로빈슨 크루소』의 경제적 주제와 관련된 주요 소재가 됨.

1694년 [34세]　에식스주 틸버리에 벽돌과 타일을 제조하는 공장을 설립함. 이 경험도 『로빈슨 크루소』 속 도기 제작 장면의 소재가 됨. 상원에서 디포를 포함한 저명한 상인들이 진 거액의 빚을 탕감해 주기로 한 법안이 부결됨.

1695년 [35세]　세무 감독관 돌비 토머스Dalby Thomas의 회계 사무원이 됨. 돌비 토머스의 주요 관심사가 아프리카 노예 무역 관련 업무이며, 이 무렵 습득한 관련 지식 역시 『로빈슨 크루소』에 반영됨. 이해부터 가문의 품격을 높이기 위하여 가족의 성에 〈디De〉를 붙임.

1697년 [37세]　최초의 주요 저술 『사업론An Essay upon Projects』을 출간하여 경제적, 사회적 발전을 위한 활기찬 새 사업들을 주창함. 이 무렵부터 은밀하게 윌리엄 3세 정부의 정치와 외교에 대해 자문을 해줌.

1698년 [38세]　『프랑스 개신교도 박해 방지를 위한 최적의 방법 연구An Inquiry into the Most Proper Ways to Prevent the Persecution of the Protestants in France』 출간. 윌리엄 3세에게 남미 대륙 해안 영토에 대해 조언함. 특히 『로빈슨 크루소』의 배경이 된 오리노코강 유역 영토에 관해 조언함. 이 무렵부터 해상 교역과 식민지 건설 사업이 그의 주요 관심사가 됨. 이 역시 『로빈슨 크루소』의 주요 소재가 됨.

1701년 [41세]　1688년 명예혁명을 통해 즉위한 네덜란드 출신 국왕 윌리엄 3세를 옹호하는 운문 풍자집 『진정한 순종 영국인The True-Born Englishman』을 출간하여 대중적인 명사로 부상함.

1702년 [42세]　설교가 헨리 세치베렐Henry Sacheverell 같은 편협한 국교회 고교회파 토리당원들의 종교적 극단주의를 풍자한 『비국교도 처리의 지름길The Shortest Way with the Dissenters』을 페르소나 수법을 사용하여 출간함. 비국교도 처리의 지름길은 불온한 반란 분자들인 그들을 처단하는 길뿐이라고 주장하는 가공의 국교도 페르소나를 등장시킴.

1703년 43세 『비국교도 처리의 지름길』에서 국교회와 국교회 고위직 성직자들을 모독했다는 죄목으로 체포 영장이 발부되어 투옥되고 목 형틀 형벌을 받음. 당시 하원 의장이자 국무 대신인 로버트 할리Robert Harley의 개입으로 석방됨. 하지만 이 일로 다시 재정적으로 곤궁해짐.

1704년 44세 로버트 할리가 그를 정치 공작원(스파이)으로 채용함. 영국에 부는 각종 돌풍과 폭풍 들에 관한 이야기 『폭풍The Storm』 출간. 이 작품에서 처음 선보인 상세한 사실주의 묘사가 이후 그의 장편소설 창작의 밑거름이 됨. 정치, 경제, 종교 문제를 모두 다루는 1인 발행 정기 간행물 『리뷰Review』지를 창간하여 일주일에 두세 차례 발간함. 특히 이 저널에 영국과 프랑스의 전쟁에 관한 정치 평론들을 게재함.

1705년 45세 가상의 달나라에서 벌어지는 역사와 정치를 묘사한 최초의 장편 알레고리 소설 『콘솔리데이터Consolidator』 출간.

1706년 46세 전제적 통치를 비판하는 『유레 디비노Jure Divino』 출간. 두 번째로 파산함. 스코틀랜드와 영국의 정치적 합병이라는 이해관계를 옹호하기 위해 스코틀랜드로 파견됨. 그리고 이 명분을 위해 1710년까지 왕성하게 저술 활동을 함.

1707년 47세 스코틀랜드와 영국의 합병을 위한 정치적 책동 및 협상 과정에 깊숙이 개입함. 이해에 두 나라의 합병이 성사됨.

1708년 48세 스코틀랜드의 선거 상황을 런던에 보고함. 1710년까지 시드니 고돌핀Sidney Godolphin의 새 내각을 위해 일함.

1709년 49세 『대영 제국 합병사The History of the Union of Great Britain』 출간.

1710년 50세 영국 고교회파 토리당에 대한 스코틀랜드인들의 두려움을 진정시키기 위해 다시 스코틀랜드로 돌아감. 1710년부터 1714년까지 로버트 할리의 토리당 내각을 위해 일함.

1711년 51세　마지막으로 스코틀랜드를 방문함. 『정당의 역사에 관한 시론*An Essay on the History of Parties*』을 써서 과거의 비국교도 탄압 입법 과정을 돌아보고, 임시 국교 순응·occasional conformity 금지 법안을 공격함. 임시 국교 순응 금지 법안이란, 국교도 외에 개신교 비국교도들이나 가톨릭교도들이 국교도들에게만 허락되는 대학 입학과 공직 진출을 하기 위해, 필요한 경우 임시로 국교회에서 부과하는 성사·sacraments를 받아들이던 관행을 금지하는 법안을 말함.

1713년 53세　채무로 인해 몇 차례 더 투옥됨. 「하노버 왕가의 왕위 계승을 반대하는 이유·Reasons against the Succession of the House of Hanover」를 비롯하여 선동적이고 비방적인 아이러니한 소논문 두 편을 집필함. 앤 여왕에게 사면을 청원하여 성공적으로 얻어 냄.

1714년 54세　실각 후 대역 죄인으로 몰린 후원자 로버트 할리를 옹호하는 글을 씀.

1715년 55세　토리당을 대변하는 고용 집필가로서의 이력을 마침. 가상의 대화를 사용하여 가정생활에 필요한 지침들을 다룬 최초의 품행 교본서 『가정의 교사*The Family Instructor*』 1권 출간. 자서전 성격이 가미된 『명예와 정의에 바치는 호소*An Appeal to Honour and Justice*』 출간.

1716년 56세　중도 성향의 토리당 월간지 『메르쿠리우스 폴리티쿠스*Mercurius Politicus*』를 맡아 1720년까지 편집함.

1717년 57세　너새니얼 미스트·Nathaniel Mist의 토리당 기관지 『위클리 저널*Weekly Journal*』에 기고함.

1718년 58세　『파리 주재 튀르키예 스파이의 편지 모음집*A Communication of Letters Written by a Turkish Spy at Paris*』과 『가정의 교사』 2권 출간.

1719년 59세　휘그당 저널 『매뉴팩처러*Manufacturer*』를 창간하여 1월부터 9월까지 운영함. 59세라는 늦은 나이에 최초의 장편소설 『로빈슨 크루소』가 『요크 선원 로빈슨 크루소의 기이하고 놀라운 생애와 모험

The Life and Strange Surprising Adventures of Robinson Crusoe, of York, Mariner』이라는 긴 제목으로 4월에 출간됨. 이어서 8월 속편 『로빈슨 크루소의 더 많은 모험 *The Farther Adventures of Robinson Crusoe*』도 출간. 남미 해안 영토, 특히 『로빈슨 크루소』의 배경이 된 오리노코강 유역 영토를 확보하자고 다시 한번 주장함.

1720년 60세   소설가로서의 입지를 굳혀 나감. 『어느 왕당파의 회고록 *Memoirs of a Cavalier*』, 『싱글턴 대장 *Captain Singleton*』, 『로빈슨 크루소의 진지한 명상 *Serious Reflections of Robinson Crusoe*』 등을 출간함. 이해에 남해 포말 사건 South Sea Bubble이라는 희대의 주식 투자 사기 사건이 발발함. 이 사건으로 그의 식민지 계획에 대한 꿈이 무산됨.

1721~1722년 61~62세   다양한 정치 활동으로 연간 대략 1천 파운드 이상의 수입을 올림. 에식스주 콜체스터 인근에 수백 에이커의 땅을 임차함. 하류층 소매치기와 매춘부를 전전한 주인공의 파란만장한 이야기를 다룬 피카레스크 · 장편소설 『몰 플랜더스 *Moll Flanders*』, 부랑아와 해적, 노예 생활을 전전한 주인공의 이야기를 다룬 장편소설 『잭 대령 *Colonel Jack*』을 비롯해 『종교의 구애 *Religious Courtship*』, 『전염병 일지 *A Journal of the Plague Year*』 등 왕성한 저술 활동을 함.

1723년 63세   타일 제조업을 다시 시작하려고 했지만 무위로 끝남.

1724년 64세   고급 매춘부의 일생을 다룬 장편소설 『록사나 *Roxana*』와 『신(新)세계 일주 여행기 *A New Voyage round the World*』, 『대영 제국 일주 여행기 *A Tour thro'the Whole Island of Great Britain*』 1권 출간. 2권은 1725년, 3권은 1726년에 출간됨.

1725년 65세   방광에 생긴 돌 제거 수술을 성공적으로 받음. 『완벽한 영국 상인 *The Complete English Tradesman*』 1권 출간. 2권은 1727년에 출간됨.

1728년 68세   엄청난 액수가 저당 잡혀 있고 더 이상 이익이 창출되지 않던 콜체스터의 토지에 대한 법적 분규에 휘말림. 『영국의 상업을 위한 계획 *A Plan of English Commerce*』 출간.

1729년 ^{69세} 『완벽한 영국 신사 *The Complete English Gentleman*』집 필 시작. 이 작품은 사후인 1890년에 출간됨.

1731년 ^{사망} 4월 24일 채무자들을 피해 숨어 살았던 출생지 인근 로 프 메이커스 앨리에서 뇌졸중으로 세상을 떠남.

열린책들 세계문학 285 전염병 일지

옮긴이 서정은 연세대학교 영어영문학과를 졸업하고, 뉴욕 주립대 버펄로 캠퍼스에서 19세기 영국 문학 전공으로 박사 학위를 받았다. 현재 국립한국교통대학교 영어영문학과 교수로 재직 중이며 『허영의 시장』, 『진 브로디 선생의 전성기』, 『가면 뒤에서』 등 다수의 영미 문학 작품을 번역했다.

지은이 대니얼 디포 **옮긴이** 서정은 **발행인** 홍예빈·홍유진
발행처 주식회사 열린책들 **주소** 경기도 파주시 문발로 253 파주출판도시
전화 031-955-4000 **팩스** 031-955-4004 **홈페이지** www.openbooks.co.kr
Copyright (C) 주식회사 열린책들, 2023, *Printed in Korea.*
ISBN 978-89-329-1286-8 04840 **ISBN** 978-89-329-1499-2 (세트)
발행일 2023년 8월 20일 세계문학판 1쇄

열린책들 세계문학
Open Books World Literature